Auf Geheiß ihrer 94-jährigen Großmutter Aleksandra reist die Ich-Erzählerin Lisa nach Luhansk, um das Grab ihres Onkels Kolja zu suchen, der seit 2015 verschwunden ist. Das verfluchte Geburtsland ihrer Oma sei gefährlich und kein Ort für Stippvisiten, warnt der Soldat am Checkpoint. Lisa gelingt die Flucht durchs Kornfeld – und landet plötzlich in der Vergangenheit: im magischen Palast des verlorenen Donkosaken. In seinen unzähligen Räumen entfaltet sich ein packendes Jahrhundertpanorama, das nicht nur die Geschichte ihrer Familie lebendig werden lässt, sondern die Historie dieses ganzen Landes, einer Region, die nie zur Ruhe kommt.

»Ein Jahrhundertroman – Lisa Weeda erzählt mehrdimensional von den zahlreichen Traumata der Ukraine.« NDR DAS!

Lisa Weeda wurde 1989 geboren und ist eine niederländisch-ukrainische Schriftstellerin, Drehbuchautorin und Virtual-Reality-Regisseurin. Die Ukraine, das Heimatland ihrer Großmutter, steht oft im Mittelpunkt ihres Werks. Ihr Debütroman »Aleksandra« sorgte für Furore und begründete Lisa Weedas Rang als europäische Erzählerin. Ihr zweiter Roman »Tanz, tanz, Revolution« erschien 2024 bei Kanon.

Birgit Erdmann studierte Kunstgeschichte und Niederlandistik und war anschließend Mitarbeiterin der Kulturabteilung der Niederländischen Botschaft in Berlin. Seit 2010 arbeitet sie als freie Übersetzerin.

LISA WEEDA

ALEKS ANDRA

ROMAN

Aus dem Niederländischen
von Birgit Erdmann

kanon verlag

Die Originalausgabe erschien 2021 unter
dem Titel *Aleksandra* bei Uitgeverij De Bezige Bij,
Amsterdam.

Die deutschsprachige Erstausgabe erschien 2023
im Kanon Verlag Berlin.

Die Arbeit der Übersetzerin am vorliegenden Text wurde
vom Deutschen Übersetzerfonds unterstützt.

Nederlands
letterenfonds
dutch foundation
for literature

Der Verlag dankt der Niederländischen Literaturstiftung
für die Förderung der Übersetzung.

ISBN 978-3-98568-139-6

1. Auflage 2024
© Kanon Verlag Berlin GmbH, 2023
© Lisa Weeda, 2021
Umschlaggestaltung: Ingo Neumann / boldfish
nach einem Entwurf von Anke Fesel / bobsairport
Herstellung: Daniel Klotz / Die Lettertypen
Satz: Ingo Neumann / boldfish
Druck und Bindung: Pustet, Regensburg
Printed in Germany

www.kanon-verlag.de

Lisa Weeda
Aleksandra

Anmerkungen

Sascha ist der Rufname für Aleksandra – eigentlich lautet die weibliche Abkürzung Schura, doch weil Aleksandra in den Niederlanden scherzhaft Schura-Hur(e)-ha genannt wird, hat sie sich in Sascha umbenannt. Sascha ist normalerweise der Rufname für Aleksandr. Nastja ist der Rufname für Anastasija.

Und Kolja für Nikolaj. In diesem Roman kommen drei Nikolajs vor. Der älteste heißt durchgehend Nikolaj, der jüngste Kolja.

Ein vollständiger ukrainischer Name besteht aus einem Vornamen, dem Namen des Vaters und dem Familiennamen. Vatername und Familienname werden je nach Geschlecht gebeugt. So lautet der Familienname meines Urgroßvaters Krasnov und der meiner Großmutter Krasnova.

Die Stadt Lugansk hieß von 1935–1958 und von 1970–1990 Woroschilowgrad. Zur Zeit der Niederschrift des vorliegenden Romans war die Verwendung von Lugansk gebräuchlich. Seit dem 24.02.2022 wird verstärkt die ukrainische Transliteration von Städtenamen verwendet. Der Verlag dankt Kateryna Stetsevych von der Bundeszentrale für politische Bildung für die entsprechende Beschriftung des Kartenmaterials (S. 295) sowie Dr. Manfred Sapper, dem Chefredakteur der Zeitschrift »Osteuropa«.

Stammbaum

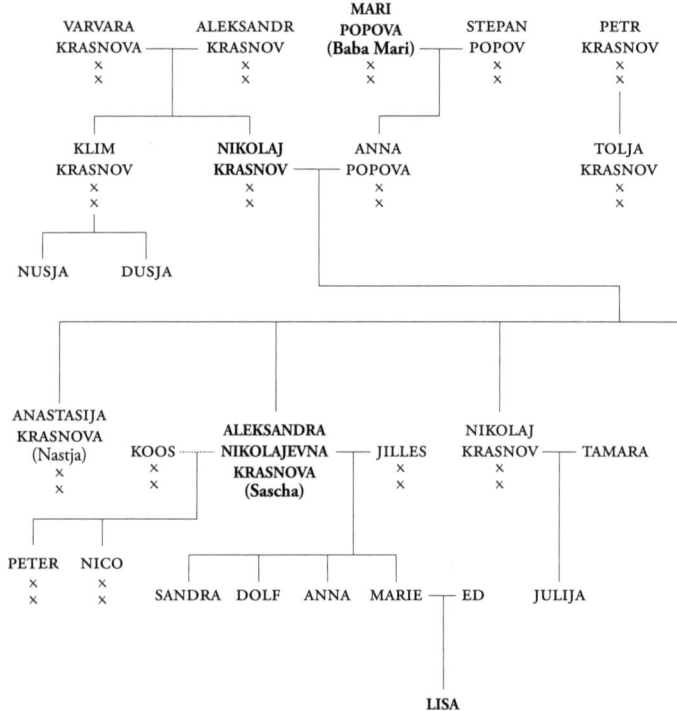

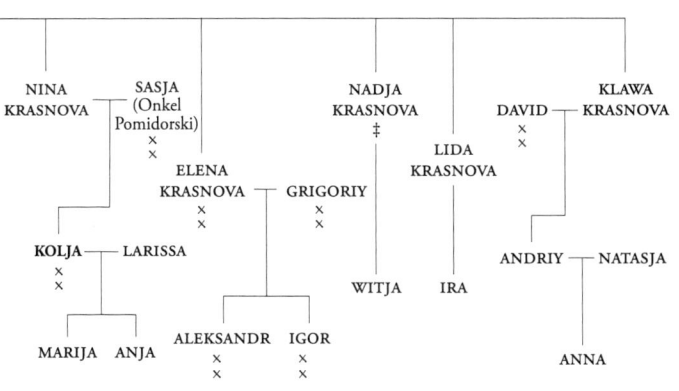

Für meine Oma Aleksandra

»And these are the trenches?«
»Yeah, these are the trenches. The final trenches of Europe.«

Reizen Waes, belgische Fernsehserie, S4E8 »Ukraine (2/2)«

Ich bin so kühn zu sagen, dass wir die Chance verpasst haben, die wir in den 90er Jahren hatten. Die Frage, was für ein Land wir wollen, ein starkes oder ein menschenwürdiges, in dem jeder gut leben kann, wurde zugunsten der ersten Antwort entschieden: Ein starkes Land. Es herrscht wieder eine Zeit der Stärke. Russen kämpfen gegen Ukrainer. Gegen Brüder. Mein Vater ist Weißrusse, meine Mutter Ukrainerin. Und so ist es bei vielen. […] Auf die Zeit der Hoffnung folgte eine Zeit der Angst. Die Zeit dreht sich zurück.

Swetlana Alexijewitsch
Dankesrede Literaturnobelpreis 2015
(übers. Ganna-Maria Braungardt)

Grenzübergang Ukraine – Volksrepublik Lugansk

AUGUST 2018

Selbst als ich am Checkpoint Aleksandras Namen, ihren Vaternamen Nikolajevna und ihren Familiennamen Krasnova nenne, lassen sie mich nicht durch. Ich nehme meinen Pass entgegen und deute auf die Brücke Richtung Lugansk.

»Als sie deportiert wurde, hieß die Stadt noch Woroschilowgrad«, sage ich.

Der ukrainische Soldat, der alle vor mir hat passieren lassen, schiebt sein Gewehr vom Bauch auf den Rücken und verschränkt die Arme vor der Brust. Die Brücke hängt wie ein entzweigehackter Baumstamm im Fluss, der die separierte Republik vom ukrainischen Boden, auf dem ich stehe, trennt. Die Holzkonstruktion, die schon knapp vier Jahre als Aufgang zur eingestürzten Brücke dient, sieht selbst von hier klapprig aus.

»Überall liegen Minen, es wird in einem fort geschossen, nachts fallen Bomben«, brummt der Soldat.

»Ja, das haben sie gesagt.«

»Wer, sie?«

»Meine Oma. Ihre Schwester Nina. Die wohnt hier, kennen Sie sie? Meine Großtante und ihr Sohn. In Odessa. Sie sagten: Du bist verrückt.«

Der Soldat schüttelt den Kopf.

»Deine Oma schickt dich in ein Kriegsgebiet? Ist sie plemplem?«

»Es ist wichtig, sie hat mich darum gebeten.«

»Das reicht mir nicht. Du hast zwar Papiere, bist aber allein. Such dir einen Helfer, jemanden, der mit dir geht.«

»Meine Großcousinen wohnen in Lugansk. Hier, ihre Telefonnummern.«

Ich halte ihm mein Handy unter die Nase und scrolle, bis die Namen Ira und Julija auftauchen. Er presst die verschränkten Arme noch fester an seine Brust, wodurch das blaugelbe Emblem auf seinem Ärmel zerknautscht.

»Das kann ich nicht machen.«

Mit sehr ernster Miene hole ich ein längliches Leinentuch aus der Tasche und zeige es dem Soldaten.

»Dieses Tuch ist fast ein Jahrhundert alt. Es hat Tausende Kilometer zurückgelegt. Sie dürfen ihm nicht seine letzte Reise nach Hause verwehren.«

Das weiße Tuch ist mit schwarzen und roten Linien bestickt, die Ränder mit blauen, roten und schwarzen Blumenmustern. Ich deute mit dem Zeigefinger auf das Tuch. »Sehen Sie diese Linie hier, über der der Name Kolja steht, die Linie, die 2015 endet? Meine Oma Plemplem hat mich gebeten, das Tuch zu seinem Grab zu bringen, um die Zeit zu flicken. Sonst ist er verloren.«

Der Soldat sieht zu, wie ich das Tuch zusammenfalte. Langsam, erst einmal zur Hälfte, dann noch einmal, bis ich ein kleines Stoffquadrat in den Händen halte. Vorsichtig stecke ich es in meine Tasche. Möglichst dramatisch packe ich es langsam ein, als wäre es heilig.

»Das ist meine letzte Etappe. In ein paar Tagen bin ich wieder weg.«

Ich wühle noch einmal in meiner Tasche und hole das alte Foto von Aleksandra heraus, mein Trumpf. Das letzte, was ich bei mir habe, um ihn zu überzeugen. Ich halte ihm das Foto vors Gesicht, drücke es ihm beinahe an die Nase, so dass er es einfach betrachten muss. Aleksandra schaut ihn geradewegs an. Links und rechts von ihr sitzen Nusja und Dusja, ihre Cousinen, die wie sie im Krieg verschleppt wurden.

»Allmächtiger Gott!«, sagt der Soldat leise und blickt zum Himmel.

»Alle anderen Fotos aus ihrer Jugend sind verbrannt«, sage ich. »Ich habe mich überall erkundigt, meine Mutter hat herumgefragt, aber keiner in unserer Familie hat noch irgendwas. Alles weg. In Brand gesteckt. Von den Deutschen.«

Er nimmt das Foto und hält es neben mein Gesicht, kneift ein Auge zu, betrachtet mich, dann wieder das Foto. Ich ahme Aleksandras strengen Mund nach und kneife wie sie die Augen zusammen. Vielleicht hätte ich auch mein Zottelhaar flechten und mir den Zopf auf traditionelle Weise, wie eine Krone, um den Kopf schlingen sollen.

»Ihr seht euch ähnlich. Nur dein Haar … «

»Ja, ja«, murmele ich.

Ich reiße ihm das Foto aus der Hand und stecke es mit einer hitzigen Bewegung wieder ein. Der Höhepunkt meines kleinen Schauspiels. Hätte ich doch mehr Hitzköpfigkeit in mir, die Hitzköpfigkeit meiner ukrainischen Tanten, die jemanden endlos anblaffen können, ohne Atem zu holen.

»Lassen Sie mich durch«, versuche ich es wenigstens.

Die alte Frau hinter mir stöhnt inständig. Sie stellt ihre Plastiktüten mit einem theatralischen Seufzer ab und fragt, wie lange meine Vorstellung noch dauert.

»Schluss jetzt!«, sagt der Soldat und schiebt mich beiseite. »Raus aus der Schlange, zurück zur ukrainischen Flagge. Da drüben, hinter der Brücke, bist du trotz deiner Papiere, dem Sticktuch und dem lausigen Foto nicht sicher.«

»Ich habe es versprochen«, jammere ich, »lass mich einfach durch, dann bist du mich los.«

»Nein. Es wollen noch mehr Menschen über die Grenze, Menschen, die nach Hause müssen. Die hier wohnen«, sagt er laut. Die Frau nickt mürrisch.

»Ja, Menschen wie ich«, wettert sie, »dies ist kein Ort für dich. Komm wieder, wenn der Krieg vorbei ist. Dein toter

Cousin läuft schon nicht weg, da bin ich mir sicher. Hopp, geh zur Seite, ich habe noch einen ewiglangen Weg vor mir, und kochen muss ich auch noch.«

»Kann ich nicht mit Ihnen kommen?«, quengle ich. »Wenn wir in Lugansk sind, gehe ich auch meinen eigenen Weg. Nachdem ich meine Familie angerufen habe.«

»Und wenn du niemanden erreichst? Bleibst du dann bei mir? Ich gehe abends in meinen Keller, immer noch, nach vier Jahren. Legst du dich dann zu mir, in mein schmales Bett? Soll ich dir etwa Geschichten von besseren Zeiten erzählen, bis du einschläfst?«

»Ihre Papiere«, sagt der Soldat und streckt die Hand aus.

»Ja, ja.«

Die Frau zischt mich an und hebt ihre Tüten auf den langen Tisch. Aus ihrem BH zieht sie einen ukrainischen Pass und einen der Volksrepublik Lugansk. Der Soldat blickt ihr ins Gesicht und vergleicht es mit den Fotos. Er ist nicht viel älter als ich, bemerke ich jetzt. Dann schaut er in eine Tüte nach der anderen, durchsucht den Inhalt. Ein Einweckglas mit Gurken, Milchtüten, geblümte Schlüpfer, in knisterndes Plastik eingepackte Strumpfhosen, ein Brokkoli, eine Artischocke, Bohnenkonserven, Knackwürste, schmale Sardinenbüchsen, gelb-blau gestreifte Plastikbecher, ein Schwarzbrot, Plastikteller mit knallrosa Blumenmuster.

»Warum waren Sie in der Ukraine?«

»Rente. Gemüse. Brot, Strumpfhosen. Neue Schlüpfer.«

»Warum wollen Sie einreisen?«

»Mann, Mann, Mann, du müsstest mich doch allmählich kennen. Du solltest mich über diese klapprige Brücke nach Hause tragen. Ja! Auf deinen starken Armen. Auf Händen. Die blättern sonst doch den ganzen Tag nur diese federleichten Pässe durch.«

»Gute Frau …«

»Ich habe es satt. So satt. Hast du es nicht satt? Diesen Zirkus, dieses ganze Theater?«

»Gute Frau, bitte, jetzt halten Sie hier alles auf. Wir machen mehr als nur die Ausweiskontrolle, das wissen Sie genau.«

»Ja, auf dieser Seite!«

Sie zeigt hinter sich, in Richtung Ukraine, und lacht verächtlich: »Was für ein Witz. Wie sie hier die Grenzschützer spielen. In all der Zeit, die ich hier lebe, hat sich überhaupt nichts verändert.«

»Nimm mich doch mit«, unterbreche ich das Gezänk, »meine Oma ist hier aufgewachsen, in einem Dorf an der russischen Grenze ist sie geboren, vielleicht kennen Sie sie ja.«

Wieder nehme ich mein Telefon, will es ihr auf der Landkarte zeigen.

»Oh!«, trötet die Frau. »Deine Großmutter ist hier in der Gegend geboren! Na, das ändert natürlich alles.«. Sie steckt ihre Pässe wieder ein und zerrt die Tüten vom Tisch.

»Dieses verfluchte Geburtsland deiner Oma ist kein Ort für Stippvisiten, es ist zu gefährlich. *Do swidanija*!«

Sie stößt mir demonstrativ die Tüten gegen den Bauch, wodurch ich einen Schritt zurückgehen muss, drängelt sich an mir vorbei und geht so würdevoll, wie sie es in ihren hellblauen Glitzerplastikpumps kann, am Grenzposten vorbei. Mürrisch grüßt sie die fünf Soldaten, die in aller Einsatzbereitschaft hin und her laufen. Zügig schreitet sie über die Asphaltstraße, die vor Hitze flimmert. Durch ihr Blümchenkleid verwandelt sie sich langsam in einen knallbunten Klecks, der auf die Brücke zuschwebt. Ich nehme meinen Rucksack und drehe mich um.

»Dann halt nicht«, sage ich laut, damit der Soldat es auch hört.

Ich gehe in die Ukraine zurück. Entlang der Straße leuchtet das Land golden. Das Getreide wiegt sich im Wind. Am Horizont rauchen Schlote, ihre weißen schlierigen Rauchwolken zerstückeln den hellblauen Himmel. In der Ferne ertönt ein Schuss. Noch zwei, dann vier, immer schneller hintereinander. Die Knallerei kommt von zwei Seiten, aus Ost und West. Erschrocken schaue ich zu den Menschen in der Schlange vor dem Checkpoint zurück. Alte, Männer und Frauen im Alter meiner Eltern, eine Handvoll junger Leute – niemand scheint beunruhigt. Sie starren weiter auf ihre Handys, verlagern nur das Gewicht von einem Bein auf das andere. Das Echo der Schüsse hallt über die Felder. Während sich das Geräusch langsam verflüchtigt, hält eine Schrottkarre hinter der Warteschlange. Ein alter Saporoshez, eckig und zusammengestückelt, die linke Hintertür ist rot statt weiß. Ein Mann steigt aus, schaut kurz auf seine Uhr und dann zu den Menschen, die sich unter dem Spanholzschutzdach drängen. Er nickt zufrieden und beugt sich zum geöffneten Fenster, um dem Fahrer noch etwas zu sagen. Dann geht er in das Kornfeld. Das Auto wendet ungeschickt, fährt mehrmals vor und zurück, und entfernt sich auf der staubigen Straße.

»Hey, warte mal.«

Der Soldat drückt einem Mädchen ihren Pass in die Hand. Er läuft zum Ende der Schlange, will nachsehen, was los ist. Alle verstummen, die Leute lassen die Handys sinken. Ihre Blicke verfolgen den Mann im Feld. Sein Körper taucht erst bis zu den Hüften, dann bis zu den Schultern und schließlich bis zum Scheitel in das Getreide ein.

»Wieso ist da jemand im Feld?«, blafft der Soldat einen schlaksigen Jungen an, der verschreckt zusammenzuckt.

»Er wollte pinkeln, glaube ich.«

»Verdammt, dieser Idiot«, flucht der Soldat.

Er rennt zum Rand des Feldes, wo ein schmaler Pfad entstanden ist. Als er einen Schritt auf den Boden setzen will, plärrt ein Klingelton: »Warum verlässt du mich?«, singt eine wollüstige Stimme. Sie übertönt alle Geräusche in der Umgebung. Jeder in der Schlange steht still, schaut.

»Hallo?«, klingt es aus dem Getreide.

Die Halme bewegen sich nicht mehr, der Staub legt sich. Die schwarze Erde verhält sich ruhig, wartet auf das, was noch kommt.

»Ja, ja natürlich, logisch«, sagt der Mann.

Sein Kopf bewegt sich kurz. Eine Frau wendet sich vom Feld ab, schließt die Augen, als wüsste sie, was gleich passiert. Ich höre ein seltsam saugendes Geräusch. Etwas schmatzt. Dann zerfetzt ein enormer Knall beinahe mein Trommelfell. Schwarze Erde und Getreidehalme fliegen durch die Luft. Der Kopf des Mannes verwandelt sich in einer Zehntelsekunde in eine Rauchwolke. Die Menschen in der Schlange gehen gleichzeitig in die Hocke. Durch das Pfeifen in meinen Ohren habe ich die Orientierung verloren. Ich sehe das wogende Getreide und die Soldaten. Mit den Maschinengewehren am Anschlag rennen sie zur Böschung vor der Explosionsstelle. Sie sprechen laut und in kurzen Sätzen.

»Tot?«

»Mausetot.«

»Unangenehm zu dieser Tageszeit.«

»Vollidiot, Männer, wieder so ein Vollidiot.«

Sie rücken auf der staubigen Straße näher zusammen und beratschlagen sich flüsternd.

»Stehenbleiben, alle! Niemand bewegt sich, bis wir den Ort gesichert haben.«

Die kleine Truppe marschiert in das Feld, die Gewehre im Anschlag. Ein Soldat bleibt am Feldrand stehen, um den Checkpoint im Auge zu behalten. Ein alter Mann beginnt leise zu weinen. Andere blicken auf ihre Uhren und Handys, schütteln ärgerlich den Kopf.

»Wann ist denn endlich Schluss damit, was für ein Irrer«, murmelt ein junger Mann in einem Lugansk-Fußballshirt. Er verschränkt seine tätowierten Arme und betrachtet das Feld, über dem die Helme der Soldaten schweben. Einer ruft, ein

Krankenwagen soll kommen, woraufhin ein anderer sagt, dass ein Krankenwagen keinen Sinn mehr macht und sie besser die Gliedmaßen aufsammeln und die Ortspolizei verständigen sollten. Ich schaue zur Brücke in der Ferne und dann zu der Frau, die inzwischen telefoniert. Ihre Perlmutt-Swarovskihülle glitzert in der Sonne.

»Jaja, ich komme später«, sagt sie und seufzt. »Rate mal. Da steht extra ein Schild am Feldrand, bisschen besser aufpassen, tja, Fehlanzeige.«

Mittlerweile telefonieren alle um mich herum. Ich mache kehrt. Ich bin verrückt, denke ich, dann laufe ich los. Ich renne am Grenzposten vorbei und schlängle mich um die Betonblöcke, Richtung Holzprovisorium und Brücke.

»Tu's nicht, Mädchen«, ruft ein alter Mann mir nach, »deine Oma würde sich dafür schämen, wie ihr Land heute aussieht!«

Rennend strecke ich den Arm in die Luft und mache eine Wegwerfgeste. Ich kann nicht mehr stoppen, nicht jetzt. Was würde passieren, wenn ich stehen bleibe? Was dürfen Soldaten eigentlich tun, bei einem illegalen Grenzübertritt? Während der Heimatboden meiner Oma näher kommt, muss ich an den Nachmittag denken, an dem mich meine Mutter schluchzend angerufen hat und nur einen Satz sagte: »Sie haben Kolja gefunden.« Und an Aleksandra, die das Tuch auseinanderfaltete und meinte, dass Kolja das Tuch nun am bitter nötigsten von uns allen hätte, und mir auftrug, eine kugelsichere Weste zu kaufen, die ich unter meinem T-Shirt tragen sollte – was ich nicht getan habe und es nun bereue, weil hinter mir ein Soldat ruft, ich solle auf der Stelle zurückkommen.

»Niemand holt deinen Leichnam, wenn es schiefgeht«, schreit er.

Ich renne an der Frau mit dem Blumenkleid vorbei, den maroden Aufgang hinauf. Kurz stelle ich mir vor, wie meine Oma am Esstisch in ihrer Seniorenwohnung bekümmert den

Kopf schüttelt, und vergesse, auf die aufgerissene Straßendecke zu achten. Der Abgrund links zieht mich beinahe in den Donez, der Fluss, von dem sie immer spricht, in dem sie als Kind gebadet hat, in dem meine Mutter schwamm, als sie zum ersten Mal hier gewesen ist, der Fluss, den ich zum ersten Mal sehe und von dem ich denke: Wenn ich falle, war's das. Ich finde das Gleichgewicht wieder, ergreife das Geländer. Am Ende steige ich unbeholfen eine Treppe hinunter, die nicht weniger provisorisch ist – nur ein Gestell aus schrägen Holzplatten, auf denen Latten montiert sind, um nicht in einem Rutsch nach unten zu schlittern.

»Immer mit der Ruhe!«, ruft ein Mann, der mir entgegenkommt. Er zieht einen Einkaufstrolley mit abgenutzten Rollen hinter sich her. Nach jeder Latte, über die er den Trolley ruckend zieht, bleibt er kurz stehen. Unter den Achseln seines Hawaiihemds zeichnen sich runde Schweißflecken ab, seine Haare sind ordentlich zur Seite gekämmt, er riecht nach süßem Eau de Cologne. Der Duft kribbelt in meiner Nase.

»Den alten Friedhof«, frage ich und bleibe stehen, stütze die Hände auf die Knie, um zu Atem zu kommen, »kennen Sie den?«

»Den alten Friedhof?«

Ich nicke.

»Geradeaus, immer geradeaus und dann irgendwann rechts. Es ist ein langer Weg, wirklich, täusch dich da nicht. Und wenn du gleich unten bist: nicht mehr rennen, das fällt auf.«

Ich danke ihm und nehme die Beine in die Hand, vorbei an alten Frauen und Männern. Ihre Schritte sind langsam. Sie ziehen sich an dem klapprigen Holzgeländer vorwärts. Die Hitze scheint sie nach hinten zu ziehen. Sie tupfen sich mit geblümten Taschentüchern den Schweiß von der Stirn, genau wie es Aleksandra an heißen Sommertagen tut, wenn sie in ihrem kleinen Vorgarten in der Sonne sitzt. Die Straße hinter ihnen ist lang und voller Schlaglöcher. Die Straße liegt vor mir und in der Ferne nur der Checkpoint der Volksrepublik. Doch wo genau beginnt Aleksandras altes Lugansk, frage ich mich.

»He, du kannst da echt nicht einfach hin!«

Der Soldat steht mittlerweile auf der Brücke. Seine großen Stiefelschritte klatschen dumpf auf dem Asphalt.

»Los, renn!«, spornt mich der Mann im Hawaiihemd weiter oben auf der Treppe an und legt seinen Trolley quer über die Stufen, während er so tut, als suche er etwas. Er öffnet den Deckel und zieht seine Einkäufe heraus: Tomaten, Kartoffeln, eine Melone.

»Das hält ihn nicht lange auf, *dawai*!«

Ich ziehe die Riemen meines Rucksacks fester und springe von der letzten Latte. Unten, in der staubigen Böschung, rutsche ich aus. Die Menschen, die aus dem Kriegsgebiet kommen, beobachten verwirrt meine ungeschickten Bewegungen.

»Haltet den Soldaten auf!«, rufe ich, »Bitte, ich muss zum Grab meines Cousins.«

Ich schaue mich kurz um. Bevor ich mir überlegen kann, wie ich es gleich noch durch den nächsten Grenzposten schaffen soll, höre ich einen Mann rufen, irgendwo links von mir.

»Hier, ins Feld!«

Ich überquere die Straße und renne der Stimme hinterher, an einem roten dreieckigen Schild vorbei: *Achtung! Minen!*

»O nein, Mist«, fluche ich und suche über die Halmen die Stimme, die mich gerade eben gerufen hat.

»Lauf weiter, mein Kind, weiter. Dir wird nichts zustoßen.«

Die Ähren peitschen mir ins Gesicht und hinterlassen dünne rote Striemen auf meinen Waden und Unterarmen. Ich wedle wie eine Irre mit den Händen, um die nächsten Meter Erde vor mir sehen zu können. Den Boden möchte ich möglichst wenig berühren, also spurte ich auf Zehenspitzen vorwärts.

»Wo muss ich denn hin?«, rufe ich.

»Hierher!«

Bei einem Schritt nach rechts stoße ich mir den Zeh an einem Stein. Ich verliere das Gleichgewicht und knalle vornüber auf eine gigantische weiße Treppe.

Palast des verlorenen Donkosaken

Breite Marmorstufen ragen über mir auf. Ich komme wieder auf die Beine und steige hastig hinauf. Die Stufen sind so hoch, dass ich springen muss. Als ich auf einem Treppenabsatz verschnaufe, sehe ich den riesigen Turm. Eine hysterische Geburtstagstorte, die schlanke Version des Turms von Babel. Das Ungetüm besteht aus sechs großen runden Geschossen. Ganz oben thront eine Leninstatue. Jedes Geschoss ist mit Säulen bekleidet, auf denen weitere Skulpturen stehen: Menschen, die fünfmal so groß sind wie ich. Sie tragen Fahnen und marschieren vorwärts, ich sehe Arbeiter und Kinder, Kolchosemädchen, Jungen mit Meißel und Hammer in den Händen. Sie tragen zweiteilige Arbeitsanzüge, Latzhosen, Schürzen über Kleidern, Kopftücher und Schirmmützen. Lenin nimmt etwa ein Viertel des Gebäudes ein und weist in die Ferne, Richtung ukrainischen Checkpoint, Richtung Westen, weg von dem Kriegsgebiet, weg von der russischen Grenze. Ich folge seinem Finger und entdecke den Helm des Soldaten, der am Rand des Weizenfelds entlangläuft. Verfolgt er mich etwa immer noch? Hinter mir geht knarrend eine Tür auf.

»Hey, sag mal«, zischt die Stimme, »was stehst du da herum?«

Im Türspalt erscheint ein Kopf. Ich erkenne das Gesicht von einem schwarz-weiß Porträt, das in dem Schlafzimmer meiner Oma über dem Bett hängt.

»Holy shit«, flüstere ich, »Nikolaj.«

Er scheint keinen Tag älter zu sein als auf dem Foto: ein paar lange Furchen auf der Stirn, Krähenfüße, frisierter Schnurrbart, dunkle Augenbrauen und eine stramme Kinnpartie. Mit seiner schmalen Hand winkt er mich zu sich. Ich werfe Lenin einen letzten Blick zu.

»Was tut der noch hier?«, rufe ich. »Ist der Mann nicht ein Jahrhundert zu spät dran?«

»Was soll's«, sagt Nikolaj, »komm rein.«

Ich renne die restlichen Stufen hoch und schlittere über den glänzenden Treppenabsatz zur Tür. Weizenkörner strömen durch den Türspalt nach draußen.

»Die müssen alle wieder hinein«, sagt er besorgt.

Also gehe ich in die Hocke, forme mit meinen Händen eine Schale, schaufele die Körner peinlich genau zurück.

»Schneller, so schnell dein junger Körper kann, mein Mädchen!«

Während ich meine Hände als kleine Schneepflüge einsetze und das Getreide vor mir herschiebe, höre ich den Soldaten rufen, dass ich mitten in einem Minenfeld stehe.

»Ich weiß nicht, was du da tust, aber hör mir gut zu: Nicht. Bewegen!«

Einen Moment überlege ich, ob ich Nikolaj folgen oder die Augen zukneifen und mich nicht mehr rühren soll, wie es der Soldat sagt, mich einfach tot stellen, in dem Feld, bis mich jemand rettet. Doch als ich in die freundlichen blauen Augen meines Urgroßvaters blicke und hinter mir den Soldaten näher kommen höre, fege ich die letzten Weizenkörner zusammen und stapfe hinter ihm her. Einmal drinnen, drücke ich mit Nikolaj die schwere Tür zu. Er beugt sich vor und holt tief Luft. Ich lege meinen Rucksack ab und lasse mich rücklings ins Korn fallen. Die Gewölbedecke und die Wände sind voller Fresken: Menschen mit roten Fahnen in der Hand, Kinder in weißen Anzügen und roten Halstüchern. Sie marschieren über Boulevards, die genauso breit sind wie die sechsspurige Straße, die mitten durch Kiew verläuft und auf der die Militärparaden am 9. Mai abgehalten werden. Die Ecken der Decke sind mit Hämmern und Sicheln verziert, ich sehe rote Sterne, goldene Ornamente und steinerne Banner. Nikolaj reicht mir die Hand und zieht mich hoch.

»Endlich«, sagt er, »nach all der Zeit.«

Er schüttelt das Getreide aus den Falten meiner kurzen Hose und meines T-Shirts, hört aber abrupt damit auf, als er meine Schultern abgeklopft hat und mir ins Gesicht sieht. Irgendwie scheint er sich vor mir zu erschrecken. Vor meinen Augen, meiner Nase. Vor meinen Beinen und Armen, die er soeben noch väterlich tätschelte. Mir fällt plötzlich ein: Ich habe den Vater meiner Oma noch nie gesehen, nie berührt, er ist ja seit 1953 tot. Lange Zeit sehen wir uns schweigend an, dann schließt er die Augen und schüttelt den Kopf, lacht über sich selbst.

»Ich dachte kurz, du wärst Aleksandra.«

Sich durch die Getreidekörner zu bewegen ist umständlich. Die Masse reicht mir bis zu den Knien. Ich wate. Von allen Seiten kommen die Fresken auf mich zu, die Halle ist ein lebendes Propagandaplakat: Sie rufen mich in rot, weiß, gold an. Hierauf hat mich Aleksandra nicht vorbereitet, als sie sagte: »Hilf Kolja auf die andere Seite.« Kurz überlege ich, ob ich die Tür doch wieder öffnen sollte, um wie eine Irre zurück zu rennen, im Slalom, direkt in die Arme des Soldaten.

»Dies ist nicht der Ort, an dem ich sein sollte, glaube ich«, sage ich möglichst lässig. Meine Stimme verflüchtigt sich in der großen Halle.

»Mir scheinst du auch nicht diejenige zu sein, die hier sein sollte.«

Ich schaue ihn an, suche in seinen Augen, was er damit meint.

»Du lebst!«, ruft er. »Das ist hier noch nie vorgekommen, ein lebender Krasnov-Nachkomme im Palast! Ich dachte wirklich, du wärest Aleksandra, dass sie endlich gekommen ist, um mit mir auf die andere Seite zu gelangen.«

Seine Stimme klingt heiter, wenn er über sie spricht. Wartet er hier etwa seit knapp einem Dreivierteljahrhundert auf sie?

»Sie hat dafür mich geschickt«, sage ich entschuldigend.

»Ich gehe hier nicht weg, ich warte, bis sie vor der Tür steht.«

»Nein, beruhige dich. Es geht um Kolja. Sie träumt von ihm, sie meint, dass er keine Ruhe findet.«

Nikolaj reißt die Augen auf.

»Woher weiß sie das?«

»Sie sagte, dass er irgendwo feststeckt. Sie sprach von weißen Hirschen in ihrem Haus, von roten und schwarzen Linien. Sie gab mir ein altes Tuch mit, das mit diesen Linien bestickt ist. Du hast auch eine.«

Nikolajs Mund ist plötzlich so gerade wie ein Lineal, kein Kräuseln mehr in den Mundwinkeln. Auch Aleksandra kann so ein Gesicht ziehen: Wenn ich einen dreckigen Witz reiße; auf dem Begräbnis meines Großvaters, als der Sarg geschlossen wurde; vor vier Jahren beim Abschied von ihren drei Schwestern Lida, Klawa und Nina, nachdem sie als Überraschung zu Aleksandras neunzigstem Geburtstag in die Niederlande kamen. Im Hochsommer, der Krieg im Donbass tobte seit ein paar Monaten. Die Wochen mit den drei Schwestern vergingen wie im Fluge, es kam uns vor, als wären sie gerade mal zwei Tage zu Besuch und dann Hals über Kopf wieder abgereist. Ihre Blümchenkleider hingen doch gerade noch an unserer Wäscheleine, ihre Absatzschuhe standen noch im Flur, gerade hatten sie zwei alte Lieder gesungen, und schon waren sie wieder weg. Im Auto meines Onkels Peter, zum Flughafen, ich saß eingepfercht zwischen Lida und Nina auf der Rückbank. Die beiden verdrehten sich fast den Hals, um ihrer Schwester, die in ihrem Vorgarten stand, möglichst lange zuzuwinken.

»Wir müssen so lange wie möglich winken«, sagte Lida, den goldenen Eckzahn beinahe in meine Wange rammend, »so lange wie möglich. Vielleicht ist es das letzte Mal.«

Nikolaj ergreift meine Hände.

»Er ist hier. Kolja. Er verharrt auch noch im Dazwischen.« Mein Urgroßvater deutet in die Luft, an der gewölbten Decke entlang. Ich folge dem Finger, der langsam immer weiter wandert, während Nikolaj auf den Zehenspitzen steht. Um uns herum versammeln sich Menschen, die breit grinsend vorwärtsmarschieren. Sie kommen auf uns zu, treiben Nikolaj und mich wie folgsames Vieh zusammen, um uns mit ihrer exorbitanten Freude anzustecken. Es sind nicht nur Fresken, wie ich jetzt bemerke, es sind auch Mosaike, aus Tausenden glänzenden Steinchen zusammengesetzt.

»Warum marschieren sie auf uns zu?«, frage ich. »Warum sehen wir nicht, wohin sie gehen?« Ich denke an Aleksandras Geschichten aus ihrer Kindheit, über den Komsomol, bei dem sie mit ihren Freundinnen Lieder über das starke Mutterland singen lernte, mit denen sie durch die Straßen zog.

»Ich habe gelernt, mit Schrot zu schießen und Verwundete zu versorgen«, erzählte sie mir einmal. Die vergnügten Geschichten aus ihrer Jugend nahmen mit einem Mal ganz andere Formen an.

Nikolaj führt mich weiter durch die Halle zu einem roten Sofa, das genau in der Mitte steht. Bei jedem Schritt füllen sich meine Schuhe mit den kitzelnden Körnern. Ich bemühe mich, nicht auszurutschen. Neben mir gleitet Nikolaj eher, als dass er geht. Er bewegt die Füße wie Skier im Schnee und stützt mich.

»Man gewöhnt sich daran«, sagt er. »Es dauert ein bisschen, aber irgendwann gewöhnt man sich daran. Ich betrachte dann immer die Wände und das glitzernde Interieur, das lenkt ab.«

Die lächelnden Mosaikmenschen ziehen jedes Mal, wenn ich sie ansehe, ein gequälteres Gesicht, als wüssten sie selbst, dass sie sich ihre Gesichtsmuskeln zerren. Einen Moment glaube ich, Aleksandra zu entdecken, sie kommt direkt auf mich zu, ihr rundes Gesicht, die dunklen Haare und die blauen Augen schwanken mit den wogenden Schritten der Menschenmenge mit. Nikolaj klopft auf die Sitzfläche des Sofas. Ich setze mich zu ihm.

»Was ist das für ein absurder Ort? Eine Zwischenstation für die Toten?«

»Im Prinzip ist es nichts. Diesen Palast gibt es nicht. Besser gesagt, es hätte ihn geben müssen, aber es blieb bei einem Traum auf dem Papier der Anführer aus dem Geburtsland deiner Oma. Es sollte das Hauptquartier für die Weltrevolution werden. Menschen riefen: Hier werden wir alle Reichtümer unseres Landes versammeln, alle Kreativität unserer Bauern und Arbeiter! Dieser Palast sollte allen Freunden und Feinden zeigen, dass wir in der Lage wären, wie drückten sie das noch aus, die sündige Erde mit einem Monument zu bedecken, von dem andere nur träumen könnten. Ein Ort für die Kongresse der Volkskommissare, mit einem kleinen und einem großen Theatersaal. Der große Theatersaal ließ sich auch in eine Eisbahn verwandeln. Es sollte riesige Kantinen und Speisesäle geben, ein Restaurant in einem der höheren Stockwerke eigens für die Anführer der Sowjetunion. Der Vorplatz sollte so groß sein, dass Massendemonstrationen abgehalten werden könnten, Aufmärsche, Paraden, wichtige Momente an Feiertagen, so was wie Der Tag des Sieges. Wenn man wissen wollen würde, wo all die deportierten Freunde abgeblieben waren, hätte man sich hier umschauen müssen.«

Er lacht. Nur kurz. Danach atmet er tief aus.

»Kleiner Scherz. Darauf hätte man auch in den allerschönsten Gebäuden keine Antwort gegeben. Kolja und ich nennen diesen Ort den *Palast des verlorenen Donkosaken*.

Jedenfalls ich nenne ihn so, Kolja kann darüber immer noch nicht richtig lachen.«

Zwischen den glitzernden Wänden springt seine Stimme hin und her. Er streicht über den roten Stoff. Jetzt verstehe ich, warum der große Lenin oben auf dem zylinderförmigen Gebäude steht. Wieder atmet Nikolaj tief aus und blickt hoch zur Decke. Da ist Lenin wieder. Aus der Mitte eines Freskos deutet er, genau wie sein Standbild, in Richtung Westen.

»Sie hatten so viele Träume für diesen Ort, wie sie auch viele Träume für unser Land hatten. Mit den Jahren wurden sie immer gieriger. Diese Gier zog wie ein Schüttelfrost über unseren Boden. Wir bekamen es zu spüren, den Hunger nach Wachstum, der größer war als irgendein anderer Hunger. Wir fühlten es, im Winter, als sie die größte Kathedrale Russlands sprengten, um Platz für diesen Palast zu schaffen. Deine Oma, unsere Sascha, war damals noch klein, gerade sieben. Ein wunderbares Kind, sanfte blaue Augen, ein Lächeln, das mir guttat, auch als unser Leben immer finsterer wurde.«

Er weist mich auf die Bleiglasfenster hin, links und rechts der Tür, durch die ich hereingekommen bin. Auf der ganzen Länge ist eine glühende Landschaft zu sehen.

»Schau«, sagt er, »so sah unser Land in dem Sommer aus, bevor sie die Kathedrale gesprengt haben, um dieses Ungetüm zu bauen, Hunderte Kilometer von unserem Dorf entfernt.«

Ich betrachte die goldenen Felder, die hellbraunen Steppen und das schwarzgrüne Ackerland. In der Ferne stehen Menschen. Zunächst scheinen sie still zu stehen, dann setzen sie sich in Bewegung. Es sind Bauern. Sie gehen über die Hügel, tragen Getreidebündel auf dem Rücken, sitzen auf Pferdekarren mit Säcken voller Weizen, Mais, Bergen von Zwiebeln und Rüben. Auch Nikolaj spaziert über die Felder, ich erkenne seinen geraden dunklen Schnurrbart. Er trägt eine kurze Sense über der Schulter und geht Hand in Hand mit einer Frau.

»Schau, deine Urgroßmutter. Anna, meine Frau.«

Hinter ihnen laufen zwei Mädchen: Aleksandra und ihre ältere Schwester Nastja.

»Und da ist Baba Mari, meine Schwiegermutter, siehst du sie? Mit ihrem trägen schleppenden Gang? Sie kannte keine Eile.«

Genau wie meine Oma stemmt Baba Mari beim Gehen die Hand in die Hüfte, streichelt Pferde, Ziegen und Kühe, die ihre Köpfe für sie beugen. Manche Tiere schmiegen sich an sie, andere begleiten sie ein Stück. Aleksandra und Nastja klopfen einander auf den Rücken und ducken sich so schnell wie möglich, wenn sich die andere umdreht. Sie verstecken sich im Kornfeld, rennen über einen staubigen Sandweg zu einer Mühle. Die Flügel drehen sich im Wind. Ich kenne diese Mühle aus Aleksandras Erzählungen: Sie ist etwas kleiner als niederländische Windmühlen und vollkommen aus Holz. Als Aleksandra und Nastja vom Herumalbern erschöpft sind, schließen sie sich wieder Anna, Nikolaj und Baba Mari an. In einer Reihe laufen sie im Gleichschritt über das Land. Sie klatschen in die Hände, spornen die Pferde an, den Karren schneller zu ziehen, treiben die Ziegen zusammen. Die Farben des Bleiglases verändern sich, der hellblaue Himmel wird dunkler, rosig. Die Sonne geht in den ockergelben Feldern unter. Alle setzen sich, lehnen sich an ein Wagenrad, halten eine Tomate in der Hand. Die Tomaten sind genauso rot wie der Himmel. Die Erde ist pechschwarz.

»Was für ein schöner Landstrich«, sage ich und betrachte meine junge Oma, die langsam auf dem Schoß meines Urgroßvaters einschlummert.

»Dieses Stück Ukraine wurde jeden Tag als Erstes von der Sonne berührt. Morgens schimmerte dann eine dünne Schicht Rot am Horizont«, sagt Nikolaj.

»Es umgab uns immer, das Schwarz und Rot«, sagte Aleksandra am Tag vor meiner Abreise in die Ukraine. »Mit dem Sticktuch, das Baba Mari in meinen Koffer gestopft hat, an jenem eiskalten Novembertag 1942, als ich in Woroschilowgrad in den Zug nach Deutschland gesetzt wurde, fuhren das Rot und das Schwarz mit mir. Das Tuch, das ich dir mitgebe, ist Fluch und Segen zugleich. Unsere Familie ist durch das Rot und Schwarz miteinander verbunden. Durch Leben und Tod, durch die Linien, die es durchlaufen, ineinander fließen, gegeneinander prallen, sich voneinander fortbewegen, neue Linien entstehen lassen. Gibt es zu viel Schwarz, kommen wir zusammen und trauern. Gibt es viel Rot, lachen und singen wir, umarmen uns und tanzen. Im Leben eines Krasnov bewegen sich Schwarz und Rot fast immer gleichzeitig.«

Sie sagte das nahezu unbekümmert. Sehr gefasst, ruhig. Sie sprach über die beiden Farben, als hätte ich das schon immer wissen müssen, als Mädchen mit einer ukrainisch-russischen Großmutter. Danach gab sie mir drei Küsschen und umarmte mich kurz.

Ich nehme meinen Rucksack, öffne den Reißverschluss des kleinen oberen Fachs und hole das Sticktuch heraus. Nikolajs Augen leuchten, als er das Stoffstück sieht.

»Dass das noch da ist. Wir dachten, sie hätte es auf der Reise verloren. Einigen Mädchen wurde alles abgenommen, haben wir gehört.«

»Sie hat es immer in ihrem Koffer bei sich gehabt«, sage ich. »Der kam auch mit in die Niederlande. Dort versteckte sie das Tuch all die Jahre in einem Brotkasten. Sie holt es nur hervor, wenn sie allein ist, selbst mein Opa hat nie gesehen, dass sie daran stickt.«

»Baba Mari hat mit dem Tuch angefangen, in unserem Haus in der Stadt, das Haus, in das wir gezogen sind, nachdem wir dem Staat unseren Bauernhof überlassen mussten. Sie stickte immer in ihrem Zimmer. Man war seines Lebens nicht sicher, wenn man hereinkam und sie gerade mit ihren alten Fingern das Tuch bestickte. Dann zitierte sie dich hinaus.«

Nikolaj streckt mir die Hände entgegen. »Darf ich?«

Ich übergebe ihm das Tuch. An zwei Ecken faltet er es auseinander. Er betrachtet die Linien, die seine Schwiegermutter Mari in den dreißiger Jahren begonnen und die Aleksandra auf ihre Bitte in der Baracke in Griesheim und später in den Niederlanden fortgesetzt hat. »Vielleicht war es das Tuch, das mich am Leben gehalten hat«, hat sie einmal zu mir gesagt.

»Wo stehe ich? Ich kann es nicht gut lesen.«

Ich zeige ihm die Linie mit seinem Namen, die in einem grauen Viereck endet, über einem kleinen orthodoxen Kreuz steht sein Sterbedatum.

»Ah, ja, 1953, da steht es ja«, sagt er. Er betrachtet die anderen Linien, Verwandte für Verwandte: meine *Prababa* Varvara, Baba Mari, *djed* Stepan, Anna – sein Finger hält kurz inne, er streichelt die Buchstaben ihres Namens –, Nikolaj, Aleksandra, meine Großtanten Nastja, Lida, Klawa und Nina, mein Großonkel Kolja, Großonkel Sasja, Cousin Aleksandr, Igor, Kolja, Larissa, Andriy, Natasja, Witja. Ich weise ihn auf die Linien hin, die nach dem grauen Kreuz bei Koljas Namen weiterlaufen.

»Ihre Hände wurden langsam steif«, sage ich, »die Jahreszahlen sind manchmal etwas zittrig.«

»Das Leben in diesem Palast spielt sich ohne Jahreszahlen ab«, sagt Nikolaj. »Nach meiner Ankunft hier geschah sehr lange nichts. Der Erste, der mir sagte, welches Jahr wir hatten, war 1987 mein Enkel, dein Onkel Aleksandr. Da herrschte anscheinend Krieg. In Afghanistan, wie war das noch?«

Ich schüttele entschuldigend den Kopf. »Ich weiß es nicht genau. Ich weiß nur, dass die Soldaten, die wieder nach Hause kamen, langsam verrückt wurden. Ich habe eine Geschichte über einen Mann gehört, der mit einem menschlichen Rumpf Fußball um ein großes Feuer im Truppenlager spielte, etwas über Piloten, die auf ihre eigenen Männer schossen, über unpassierbare Berge, Kinder ohne Hände und überall Hinterhalte.«

»Ach, was du da sagst, ist genauso unzusammenhängend wie die Geschichte, die Alexandr mir erzählte. Er konnte es nicht richtig erklären. Er war verwirrt, er konnte mir nicht einmal mehr sagen, wer sein Vater war. Gleichzeitig war er unglaublich stolz, in seiner Armeeuniform, mit seinen Schneestiefeln. Na ja, ich hatte im Großen Vaterländischen Krieg so viele stolze, völlig gebrochene Soldaten durch die Straßen unserer Stadt ziehen sehen, dass mich sein Heldentum nicht wirklich beeindruckte. Ich sagte immerzu, dass er ohne diesen Krieg nicht neben mir in diesem Palast sitzen würde, er hörte nicht auf, Dinge zu predigen, die ich längst vergessen hatte. Nach sechs Monaten war er verschwunden. Danach kam lange Zeit niemand aus unserer Familie in diese Lücke zwischen Leben und Tod. Dann schneite Igor herein, ein Blitzbesuch. Er war erschöpft und still. Er hielt den Kopf irgendwie schief, der baumelte stets zur Seite, als würde er nur noch an einem Nerv festsitzen. Um seinen Hals verlief rundherum eine lilablaubraune Strieme. Er wollte nicht darüber reden. Ich durfte mir seinen Hals nicht ansehen, ihn nicht anrühren. Er weinte manchmal, lautlos. Dann sah er mich an und schüttelte den Kopf. Das einzige Mal, als er endlich etwas sagte, war es das: ›Ich habe genug davon, wie düster alles auf unserem Boden ist, endlos wiederholt es sich, warum, Opa Krasnov? Wie eine Raupe, die sich immerzu in eine Motte verwandelt statt in einen Schmetterling.‹ Er war so schnell wieder weg, dass ich ihn nicht fragen konnte, welches Jahr wir hatten. Kolja kam kurz nach Igor. Als ich von ihm hörte, dass es 2015 war, erschrak ich. Ich bin hier schon zweiundsechzig Jahre. Kolja und ich haben bestimmt einen Monat lang die Tage mitgezählt: Er trägt eine Uhr. Das Glas ist gesplittert, wir konnten das Datum in dem viereckigen Kästchen kaum entziffern. Das Glas bekam immer mehr Risse, wurde matter, bis wir nichts mehr erkennen konnten.«

Er will das Tuch zusammenfalten, hält aber inne, faltet es wieder auseinander und betrachtet meine Linie, die größtenteils rot ist, mit ein paar wenigen schwarzen Stichen: der Tod von Igor und Kolja, von meinen Onkeln Peter und Nico, von einer Cousine, ganz plötzlich. Wo Koljas Linie aufhört, geht meine weiter, wie auch die meiner Mutter und Aleksandras, meiner Großtanten Nina, Lida und Klawa, meines Onkels Andriy, Tante Natasja, Onkel Witja, Tante Julija und Tante Larissa.

Das erste Mal, als ich mit meiner Mutter in Odessa war, im Mai 2015, war Kolja schon zwei Monate verschollen. Am Abend unserer Ankunft saßen wir alle in Großtante Klawas Wohnzimmer zusammen. Onkel Andriy erhob Wodka Nummer eins, *odin.*

»Vielen Dank, dass ihr gekommen seid«, sagte er. »In unser Land, in unsere Stadt. Wir hoffen, dass ihr, trotz der fragilen Situation hier, die Liebe zu unserem Land spüren werdet. So wie wir. *Na sdorovje*! Oder, *ja budjmo*! Was ihr wollt, Russisch, Ukrainisch, wir stecken irgendwo dazwischen, mit unseren Vorfahren, unseren ukrainischen Pässen.«

Wir stießen an. Nina schloss die Augen, tätschelte mein Knie, kippte den Wodka in einem Zug hinunter und knallte das Glas, auf dem ein holländisches Touristenstädtchen abgebildet war, auf den Tisch.

»Ai Ljesinka, hierfür bin ich einfach zu alt«, sagte sie.

Andriy nahm die Flasche und schenkte lässig nach. Der Wodka lief über die Teller mit Hering und Hühnchen, über Tomatenscheiben, Paprikastücken und gefüllten Eiern.

»*Odin, dva, tri*«, sagte er zu Nina und streckte Daumen, Zeige- und Mittelfinger in die Luft, genau wie Jesus hinter ihm auf der Ikone. »Sonst bringt es Unglück. Und das können wir uns gerade nicht leisten.«

»Ich auch?«, fragte Nina theatralisch und tippte sich an die Brust.

»Du auch!«, skandierte der Tisch.

Nummer zwei, *dva*. »Auf unsere Tjotja Nina. Dass sie so mutig war, ganz allein aus dem Osten hierher zu kommen. Sie ist unverwüstlich. Genau wie unser Land. Genau wie unsere Häuser. Möge sie immer wohlbehalten bleiben und der Krieg, der um ihr Haus tobt, schnell vorübergehen. Tjotja Nina, *na sdorovje*!«

Es ging zu wie in meiner Jugend bei Aleksandra zu Hause, an allen Geburtstagen und Feiertagen. Schaute ich auch nur einen Augenblick zur Seite, tauchten auf meinem Teller neue Berge von Essen auf: »Iss! Willst du mehr? Nimm noch etwas, das hier ist auch lecker!«

Unterdessen wurde Wodka nachgeschenkt, und während ich auf die goldene Uhr auf Klawas Fensterbank blickte, stellte ich fest: Wir saßen hier erst seit einer Viertelstunde, das Abendessen fing gerade erst an. Meine Tante Natasja stand auf und zwinkerte mir zu.

»Pass auf, pass auf«, sagte sie und zeigte auf mich, dann zwinkerte sie noch einmal, »jeder kommt an die Reihe.«

Sie zog ihr blaues Kleid mit den weißen Blümchen zurecht und rief vergnügt: »*Tri*! Nummer drei, um das Unglück zu bekämpfen. Hör zu, Ljesinka, Marie, ich bin dankbar, dass ihr hier seid. Ich hoffe, wir werden uns in Zukunft öfter besuchen. Dafür kommen wir in die Niederlande. *Na sdorovje!*«

Prost. Schluck. Schlag auf den Tisch. In unserer Familie heißt es: »Wenigstens drei Wodka gegen das Unglück.« Aber es bleibt nie dabei. Die ersten drei Gläser sind die Probefahrt, das Aufwärmen. Das Trinken kostet noch Mühe, mit Brennen in der Kehle, einem verschluckten Hüsteln. Die ersten drei Gläser Wodka sind die Dehn- und Streckübungen für den perfekten Rutsch am Ende, wenn der Schnaps durch die Kehle gleitet, wenn er nicht mehr im Magen kneift, sondern von innen wärmt. Nina räusperte sich. Links von mir schüttelte meine Mutter mit geschlossenen Augen den Kopf und sagte: »Oh, Jesus Christus, das ist lange her.«

Das nächste Glas ließ eine Weile auf sich warten. Andriy baute Spannung auf. Er grinste mich über den Tisch herausfordernd an, tätschelte mir väterlich die Hand. Wir aßen, Klawa schaufelte meinen Teller wieder voll mit Hering, Wurst und einer Scheibe Brot mit einem selbstgemachten Aufstrich.

»*Vkusno*«, sagte sie und wedelte mit der Hand neben dem Ohr hin und her: lecker. Ich nickte und nahm einen Bissen vom Brot und war überwältigt von der Mischung aus Mayonnaise, Käse und Knoblauch, die auf meiner Zunge kribbelte. Und dann kam plötzlich doch schon Nummer vier, *chetyre*, und bei Nummer vier war die Flasche fast leer, was bedeutete, dass jeder sein Glas während des Einschenkens auf dem Tisch stehen lassen musste. Andriy verteilte den Wodka sorgfältig auf die acht Gläser. Ehrlich, gewissenhaft. Er hielt die Flasche am Hals.

»Jetzt ein anderes wichtiges Ritual«, sagte er bedeutsam und zog seine Hose am Gürtel hoch, wodurch sich das adrette Hemd über seinem vorstehenden Bauch spannte. »Jemand muss sich etwas wünschen.«

Er blickte sich wie ein Showmaster um und reichte die Flasche seiner Tochter Anna. Sie nahm die Flasche, schloss die Augen und pustete hinein. Andriy nahm die Flasche und drehte den Verschluss schnell zu. Wir stießen auf den gehauchten Wunsch an. In den Niederlanden stoßen wir eher nachlässig an, das lernte ich an diesem ersten Abend in Odessa. Wir sagen zu selten, »was bin ich froh, dass ich hier mit euch sitze, was bin ich froh, dass du da bist«. An diesem ersten Abend lernte ich auch, wie man auf die Toten anstößt: Die Flasche wurde still herumgegeben. Wir hielten die Gläser nicht in unserer rechten, sondern in unserer linken Hand. Wir sagten nicht »Prost«.

»Fünf.« *Pyat.*

Klawa ergriff das Wort. Sie stand auf, strich sich den Rock glatt und spitzte die Lippen, bevor sie ansetzte.

»Trinken wir auf Neffe Igor, auf unsere Mutter Anna, unseren Vater Nikolaj, unseren Bruder Kolja, auf Ninas Mann Aleksandr, unseren Neffen Aleksandr. Auf unsere Schwestern Anastasija, Elena und Nadja.«

Ich dachte an Aleksandra und daran, was sie antwortete, wann immer ich sie fragte, ob wir nicht zusammen reisen wollten, zu ihrem Geburtshaus, in ihr altes Land. »Was soll ich da noch? Bei jedem Besuch musste ich Gräber anstarren. Und es wurden immer mehr.«

Wir erhoben die Gläser schweigend.

»Und auf Kolja?«, ergänzte meine Mutter vorsichtig. Jeder am Tisch erschrak, schüttelte den Kopf.

»Allmächtiger«, lamentierte Klawa und blickte zum Himmel.

»Auf keinen Fall, das ist nicht erlaubt«, sagte Nina. »Marie, wir wissen nicht, ob er tot ist. Wir dürfen ihn nicht in den Tod treiben.«

»Man darf die Hoffnung nicht aufgeben, dass er noch lebt«, sagte Natasja. »Auf Kolja zu trinken, würde Unglück bringen.«

Wir tranken, aber nicht auf Kolja. Danach kam gleich Nummer sechs an die Reihe.

»Nach den Toten trinken wir auf das Glück und die Gesundheit, auf die Liebe, die gute Arbeit, ein schönes Haus, die Zukunft der Kinder. *Na sdorovje budjmo na sdorovje*!« Wir prosteten, tranken, rückten ein wenig auf den Stühlen und der Bank herum, aßen, und sprachen nicht über den Krieg, nicht über Igor, der letztes Jahr mit einem Gürtel um den Hals in seinem Badezimmer gefunden wurde, nicht über Kolja, der verschwunden war, nicht über seine Frau Larissa, die ihn überall gesucht hatte und sogar nach Russland gefahren war, um herauszufinden, ob Kolja bei diesem Mann war, mit dem er manchmal Geschäfte machte, weil er preiswert Kühlschränke verkaufte. Nach zwei gefüllten Eiern stupste meine Mutter mich an. Ich bat Andriy, noch einmal einzuschenken.

»Sieben. *Sem*«, sagte ich unsicher. Beim Aufstehen schwirrte mir der Kopf und ich musste an meinen besten Freund denken, der auch ukrainisches Blut hat und mir vor meiner Abfahrt ans Herz gelegt hatte: »Sieh zu, dass du immer neben einem Blumentopf sitzt, sonst überlebst du das nicht.« Es gab keinen Blumentopf. Es gab nur meine Tanten in Kleidern, mit Goldzähnen. Das Wohnzimmer von Tjotja Klawa war voll glänzender Sowjetschränke, Wandteppichen, Familienfotos, glitzernden Swarovski-Schwänen und Holztafeln mit traurig dreinblickenden Heiligen. Es gab einen alten Kalender mit einem niederländischen Motiv: eine Windmühle und zwei Mädchen davor. Sie pflücken Tulpen. Und ich war hier. Hier, in Odessa. Hier, im Land, in dem meine Großmutter geboren wurde, das Land, über das vor meiner Reise jeder gesagt hatte: »Es ist Krieg. Pass auf. Die sind so korrupt wie sonst was.«

»Liebe Großtanten, Andriy, Natasja, Anna. Ich komme hier nach Hause, ich bin dankbar. Dass ich endlich eure Sprache lerne. Dass ihr uns so herzlich empfangt. Dass es in diesem Haus endlos Wodka zu geben scheint. Habt vielen

Dank. Nina, Klawa. Letzten Sommer, als ihr gemeinsam mit Lida, die zurück in Kasachstan ist, bei uns in den Niederlanden gewesen seid, kam meine Baba Sascha nicht mit zum Flughafen, um euch zu verabschieden. Ich habe sie später gefragt, warum. Ich sagte, dass es vielleicht das letzte Mal gewesen sein könnte. Sie rührte ihren Tee um und sagte: ›Lisa, man kann nicht immerzu nur Abschied nehmen, man muss auch weitergehen können.‹ Darum bin ich hier, um in ihrem Namen, in ihrem Mutterland, auf sie zu trinken. Auf Sascha. *Budjmo. Na sdorovje*.«

Als ich wieder saß, legte Nina noch einmal ihre Hand auf mein Knie. Sie schien mir viel älter als noch vergangenes Jahr, als sie uns besucht hatte und ihr Haus in Stanzja Luganska von einer Granate getroffen wurde. Ihr Gesicht war letzten Sommer voller, ihre Augen lagen nicht so tief in den Höhlen und ihr Blick war weniger müde.

»Schön gesagt, Mädchen.«

Sie hievte sich hoch und stützte sich auf meine Schulter.

»Andriy«, kommandierte sie meinen Onkel mit ihrer leisen Stimme. »*Dawai*, Wodka, einen klitzekleinen Schluck für deine alte Tante. Tschut-tschut.«

Andriy stand auf und füllte die Gläser zum achten Mal, nur Ninas goss er nicht ganz voll. Ninas Hand bewegte sich genauso, wie meine Oma ihre Hand bewegt, wenn sie nachmittags um vier Uhr einen Schnaps trinkt. Wie Aleksandra knetete sie ihre runzelige Haut, wenn sie uns zuhörte.

»*Spasibo*«, sagte sie. »Ich bin so dankbar, dass ich heute Abend hier sein darf, zusammen mit euch, meiner Familie. Dass ich die Fahrt hierhin habe unternehmen können. Dass wir trotz aller Unterschiede beisammensitzen. Ich wünsche euch allen Glück, *Schelaju vam stschastja*.«

Wir schwiegen, sie räusperte sich. Seit die nächtlichen Bombardierungen heftiger geworden waren und sie in ihrem Keller übernachtete, plagte sie ein rauer Husten.

Der Husten war hartnäckig. Nina sprach weniger als im vorigen Sommer. Fragte ich sie etwas in diesen Tagen in Odessa, schüttelte sie den Kopf und deutete auf ihren Hals. Dann hakte sie sich bei mir unter und wir spazierten durch die Stadt, am Strand entlang, über den viel zu prunkvollen Boulevard oder durch die Flachbauten in den Außenbezirken. Wir schwiegen, schauten uns um, besichtigten alles, was nicht wie bei ihr zu Hause kaputt geschossen war. Ich kannte die Geschichten über den allmählichen Verlust ihrer Stimme. Aleksandra hatte mir erzählt, dass Nina irgendwann in den sechziger Jahren ihren zehnjährigen Sohn verloren hatte. Beim Spielen in den Straßen von Stanyza Luganska hatte er ein Stromkabel aufgehoben, das im Bausand lag. Er war auf der Stelle tot gewesen. Ein Jahr sprach Nina nicht – wofür man sie schräg ansah. Der Einzige, der ihr Schweigen verstand, war ihr Mann, Onkel Sasja. Über ihn erzählte mir meine Mutter, dass sein Kopf immer rot wie eine Tomate wurde, wenn er wütend war. »Onkel Pomidorski«, nannte sie ihn.

»Seinen Kummer allzu lange mit sich herumzutragen, ist bei uns verpönt«, erzählte Nina mir, als sie in den Niederlanden war. »Man senkt kurz den Kopf, richtet sich aber schnell wieder auf. Zu Hause weinte ich, in der Öffentlichkeit schwieg ich und arbeitete.«

Nach der Todesnachricht von ihrem Neffen stickte meine Oma am anderen Ende Europas schwarze Stiche in Ninas und Sasjas Lebenslinien. Es war der zweite schwarze Stich in Ninas Lebenslinie seit Nikolajs Tod. Schweigend baute Nina mit ihrem Tomatenmann weiter an ihrem Haus. Sie legten einen gepflegten Garten an, bauten eine Veranda und ein zweites Stockwerk. Sie lackierten den Eisenzaun rings um den Gemüsegarten blau und gelb. Von dem Haus war nach dem Granateneinschlag an dem Septembermittag 2014 wenig übrig geblieben. Dennoch kehrte sie dorthin zurück. Sie wollte nicht bei Kolja in Lugansk wohnen, nicht bei Klawa in Odessa und nicht bei Lida in Kasachstan. »Ich habe dieses Haus mit meinen eigenen Händen gebaut, meine Kinder sind dort geboren, mein Mann ist dort gestorben, es ist alles, was ich noch von unserem gemeinsamen Leben habe«, sagte sie.

Nina ließ sich noch einmal von meinem Onkel Andriy nachschenken.

»Und Frieden«, sagte sie. »Lasst uns auf den Frieden trinken.«

»Welches Jahr haben wir jetzt?«

»2018. Es ist Sommer. Draußen ist es heiß.«

»Aha, dann ist unser Kolja schon drei Jahre hier.«

Ich will Nikolaj daran erinnern, wie lange er selbst hier ist, inmitten der unzähligen Getreidekörner, der schaurigen Fresken mit den viel zu breit lächelnden Sowjetmenschen. Ich schlucke es herunter. Vielleicht bringe ich sonst die Familiengeschichte durcheinander.

Lugansk

An dem Mittag, als Kolja seine Ladentür aufschließt und einen jungen Mann mit einem Maschinengewehr die Straße überqueren sieht, schrecken wir aus unserem Halbschlaf. Der Boden hat sich verschoben. Wir spüren das Rütteln, das Wackeln. Die Pfeile in unserem Rücken brennen, versengen uns das weiße Fell.

»Etwas verschiebt sich. Und wir stehen dabei«, flüstern wir.

»Es musste so kommen«, sagt einer von uns, »ich habe das Beben unter meinen Hufen gespürt.« Wir neigen unsere Geweihe, versuchen zu hören, was die Erde uns sagt. Wir lauschen, wie tief das Blut eingesickert ist, ob es sich rührt, ob es unter der schwarzen Erde stillhält. Wir wollen wissen, wie es unseren Donkosaken-Nachfahren ergeht. Wir wussten, dass etwas im Gang war. Im Winter 2013 vernahmen wir, dass unser Kolja aus dem Osten des Landes seinen Cousin Andriy im Westen anrief. Wir wussten, er tat dies nicht von zu Hause aus, nicht dort, wo seine Frau Larissa und seine Tochter Marija waren, er rief ihn aus seinem Laden an.

Und das kam so. Eine Revolution war entbrannt, mitten im Land. Der größte Platz in der Hauptstadt Kiew, knapp achthundert Kilometer von unserem Familiengrund entfernt, brannte lichterloh. Buchstäblich. Der Präsident des Landes unserer Nachfahren, der Ukraine, weigerte sich, ein Abkommen mit Europa zu unterzeichnen. Er wandte sich im letzten Moment unserem großen Bruder zu, wie die Leute so schön sagen: Russland, das Land, für das wir Donkosaken früher gearbeitet haben, für das unsere Väter endlos gekämpft haben: der Große Nordische Krieg, der Siebenjährige Krieg, der Krimkrieg, die Napoleonischen Kriege, der Kaukasus-krieg, ein paar Russisch-Persische Kriege, Russisch-Türki-sche Kriege und der Erste Weltkrieg. Wer starb, wurde zu einem Hirschen mit goldenem Geweih, weißem Fell und einem goldenen Pfeil im Rücken. Wir wurden zu dem Symbol, das wir zu unseren Lebzeiten als Emblem auf unserer Brust getragen hatten.

Als die Bolschewiken kamen, lehnten wir uns gegen sie auf. Der Donkosak stand immer auf unterschiedlichen Sei-ten, er trägt zeit seines Lebens die Worte »freier Mensch« und »Abenteurer« unter seiner Haut und nach seinem Tod, nach dem Übertritt, unter seinem Fell. Wir geben diese Worte an die uns folgenden Generationen weiter: »Wir sterben lieber frei als versklavt«, flüstern wir in die Ohren der Kinder bei ihrer Geburt. Letzten Winter waren diese Worte wieder bit-ter nötig, die Worte, die in all der Zeit so viele Bedeutungen innehatten. Von dem Abkommen selbst verstanden wir herz-lich wenig, das war sterbenslangweilig, diese Zeilen auf Papier, wir ignorierten sie, wir fanden sie unerheblich, wie oft hatten wir schon erlebt, dass Sätze auf Papier ihre Wahrheit in der Wirklichkeit verlieren. Nein, was uns beunruhigte, waren Ge-fühle: Das Unterzeichnen dieses Vertrags wäre die Gelegen-heit für Veränderungen gewesen, doch das Gegenteil trat ein. Es war, als würden sich die Türen wieder schließen, als wür-den unsere Kinder in die Zeit zurückgestoßen.

Kolja schaute im Winter 2013 den Studierenden zu, die sich im Herzen des Landes auf dem Maidan um die weiße Kuppel versammelten. Dank einer Webseite mit Livebildern sah er, wie Studentinnen, die etwa im Alter seiner Tochter waren, zu dem Platz strömten, und es wurden immer mehr. Sie scharrten sich um das große Denkmal der Berehynja, die vergoldete Frau auf ihrer sechzig Meter hohen Säule, die zehn Jahre nach der Unabhängigkeit der Ukraine aufgestellt wor-den war. Berehynja, in einem traditionellen ukrainischen

Kleid und mit einem Rosenzweig in den Händen, blickt auf die demonstrierenden Studenten hinab wie eine Mutter, die Hüterin der Zukunft. Aus den anfänglich erst Hunderten jungen Menschen wurden schnell Tausende. Sie kamen nicht einmal wegen der Politik. »Daraus machen wir uns nichts, wir wollen nur ein freies Land, atmen können, wir wollen Veränderung. Wir sind Brüder und Schwestern mit Eltern und Großeltern, die überall und nirgends herkommen, die Russen sind oder Kasachen, Ukrainer oder Georgier, Tataren oder Donkosaken. Die Politik ist uns egal.« Um die Schultern trugen sie europäische Fahnen, als wären sie traditionelle Kleidungsstücke. Sie kamen zum Maidan für echte Unabhängigkeit. Sie wollten nicht mehr so leben wie bislang unser Andriy und seine Natasja nach dem Umsturz in den neunziger Jahren: hoffnungsvoll, doch bitter enttäuscht. Sie hatten miterlebt, wie alles aus ihrer Stadt verschwunden war, dass kein Versprechen eingelöst wurde – es gab jedenfalls nicht weniger Schlaglöcher in den Straßen.

Wir fanden es schön, diesen friedlichen Widerstand mit anzusehen: Die Studenten sangen Lieder, tanzten, Suppe und Brot wurden verteilt, wir sahen Mädchen mit zu Kränzen geflochtenen Haaren. Na gut, wir hätten es wissen müssen auf diesem Grund und Boden: Schon bald ging es schief. Männer in Schwarz, von Kopf bis Fuß. Bewaffnet mit Stöcken und Schutzschilden stürmten sie den Platz, trieben alle zusammen. Der friedliche Widerstand hatte kaum begonnen, schon tropfte Blut auf das weiße Pflaster des Platzes. Menschen verschwanden, wurden eingesperrt. Für jede aufgegriffene Person aber kamen noch mehr Demonstranten. Tausende, wirklich, Tausende. Wir hatten noch nie so viele Menschen beisammen gesehen. Sie kamen von nah und fern. Auch aus dem Donezbecken, aus unserer Gegend. Zwar nicht viele, doch ein paar, die das Feuer des Aufbruchs in sich spürten, Richtung Westen. Als Spezialeinheiten von Polizei und Militär ein paar

Wochen später anfingen, mit echten Kugeln zu schießen, fingen wir erste Gespräche zwischen Kolja und Andriy auf.

»Bist du auch dort, Andriy?«

»In Kiew? Nein, ich war dort im November, mit Natasja. Da waren es noch Gummigeschosse, Rauchbomben, Tränengas. Ich bin zu Hause in Odessa, hier ist es ruhig, noch. Es ist unglaublich. So viele Menschen, Millionen! Und alle gegen diesen Gesinnungslump Janukowitsch. Wir werden gewinnen, Bruder. Es geht in Richtung Europa.«

»Gewinnen? Gegen wen?«

»Russland ist doch Schnee von gestern, oder?«

»Pass auf, was du sagst, Andriy. Pass auf, was du sagst. Hier ist die Lage anders. Vergiss nicht den Boden, auf dem du geboren bist.«

Als es im Februar 2014 auf und um den Maidan Tote gab, war ganz im Osten der Ukraine, dort, wo Kolja lebte, noch alles in Ordnung, aber manchmal braucht es nicht viel. Fällt irgendwo ein Pfeiler um, kann plötzlich alles zusammenbrechen. Nach über hundert Toten und hundertfünfzig Vermissten war es mit der »Revolution der Würde« vorbei. Es dauerte vierundneunzig Tage, bis der Präsident seine Sachen packte. Das Volk jubelte und bereitete sich auf eine neue Regierung vor. In Koljas Gegend, dem Boden, auf dem wir seit Jahrhunderten Wache halten, spürten wir nichts von dieser Euphorie. Hier raunte man nicht das Wort »Revolution«, hier raunte man sich etwas anderes zu: Was ist mit unserer Würde, hier, weitab der Grenze zu Europa? Was ist mit uns vergessenen Bergarbeitern, die wir früher, nach dem Zusammenbruch der Sowjetunion, zu Tausenden nach Kiew gezogen sind, dort aber kein Gehör fanden, sondern nur Korruption, Armut, Filz und Chaos? Sind wir nicht für immer das Grenzland, liegt nicht hier, im Osten, der letzte Landstrich der Ukraine?

Zügig, vielleicht vier Tage nach der Revolution und dem »Triumph der Würde«, bemerkten wir, dass andere Fahnen auf der Halbinsel Krim gehisst wurden: aus dem Blau-Gelb der Ukraine wurde das Weiß-Blau-Rot Russlands. Unser Andriy und Kolja schauten gemeinsam mit ihren Neffen Igor und Witja auf die Krim. Die Halbinsel, die erst seit 1954 Teil der Ukraine ist, wurde annektiert. In Lugansk freuten sich manche mit einer Spur Sowjetliebe darüber: auf zur alten Ordnung, zurück nach Russland. Es fällt uns schwer, darüber zu urteilen, weil jeder Wendepunkt in unserer Geschichte sich aus einem älteren Wendepunkt ergibt, aus noch älteren Machtverhältnissen. Da wo wir stehen, ist es eigentlich immer unberechenbar und nebulös.

Hier im Osten hielt man mittlerweile seinen Mund. Außerhalb des Hauses redete Kolja nicht mehr über Politik. Andriys Anrufe drückte er weg, wenn er zu Hause am Tisch saß. Larissa blickte ihn dann an, fragte aber nichts. Witja kam immer seltener zu Besuch, er fing an, mit zwielichtigen Typen abzuhängen, und Igor war plötzlich verschwunden.

Gerade als Kolja also seine Ladentür aufschließt und einen Jungen mit einem Maschinengewehr auf der Straße sieht, empfängt er über Viber ein Video von Larissa. Wir schauen es mit an. Einer von uns beugt seinen Kopf über Koljas Schulter. Was Kolja sieht, ist so aufreibend, dass er nach einer Minute erschüttert zurückspult und das Video noch einmal ansieht. Alle paar Sekunden stoppt er es. Eine Gruppe Männer, ein breiter Bürgersteig und die untersten Fenster der Regionalbehörde in der Lugansker Innenstadt, in der Larissa arbeitet. Männer mit Sturmhauben und Sonnenbrillen schlagen die Fenster mit Knüppeln, Eisenstangen und Stöcken ein. An ihren Ärmeln stecken schwarz-orangene Bändchen. Die Männer klettern durch die zertrümmerten Scheiben, stellen sich auf die Fensterbank und ziehen ihre Kameraden hoch. Sie sind drin. Vom Treppenhaus aus schaut eine Gruppe uniformierter Polizisten zu. Sie schreiten nicht ein.

Schweigend starren sie in die Kameralinse, lassen die Männer mit den Knüppeln und Sturmhauben vorbei. In den letzten zehn Sekunden des Videos verlassen die Polizisten unter lautem Applaus und Gejohle das Gebäude.

»Überall sind aufgestapelte Autoreifen, Transparente und Stacheldraht«, schreibt Larissa ihrem Mann. »Ich durfte nichts mitnehmen und darf auch nicht mehr hinein. Die Männer brüllten, waren aber freundlich, als sie mich aus meinem Büro geholt haben. Ich verstehe das alles nicht.«

Kolja öffnet seine Ladentür. Er hält nach dem jungen Mann mit dem Gewehr Ausschau. Er ist fort. Auf der Straße ist es ruhig, als wäre nichts geschehen, als hätte er sich den Mann nur eingebildet. Kolja geht hinein und ruft Larissa an.

»Wo bist du jetzt?«

»Fast zu Hause.«

»Fahr zu Nina. Nimm Marija und Anja mit.«

Dann schickt er Andriy eine Nachricht.

»Es ist so weit, sie sind hier«, schreibt er.

Palast des verlorenen Donkosaken

Nikolaj legt das Sticktuch in seinen Schoß.

»Ich habe noch etwas mitgebracht«, sage ich.

Ich zeige ihm das Foto, das ich am Checkpoint dem ukrainischen Soldaten vor die Nase gehalten habe. Schweigend betrachtet Nikolaj meine Oma. Sie sitzt zwischen ihren Cousinen Nusja und Dusja. Ihr Zopf ist wie eine Krone um ihren Kopf geschlungen. Elena, die Mutter meiner Tante Natasja, hat mir einmal die Haare geflochten. Genau so. Es war ein brüllend heißer Tag. Wir waren in Andriys und Natasjas Datscha, mit dem Auto eine Stunde von Odessa entfernt. Ich saß vor der Gartenlaube und schaute auf das Schwarze Meer. Elena sang ein Lied und flocht mein Haar. Im Garten wuchsen jede Menge Tomaten und Gurken. Ein Stück weiter werkelten Klawa, meine Mutter und Nina im Garten. Sie sprachen Russisch miteinander, vorsichtig, leise. Ich sah sie gestikulieren, Klawa gab Nina ein Taschentuch. Wenn ich sie zu lange beobachtete, schob Elena meinen Kopf mit sanftem Druck ein Stück nach links.

Meine Oma kneift auf dem Foto die Augen zu, vielleicht wegen des Blitzlichts. Sie trägt ein schwarz-weiß kariertes Kleid. Vier Knöpfe verlaufen schräg von ihrem Hals zur Brust.

»Das sind die Töchter meines Bruders Klim«, sagt Nikolaj. Er zeigt auf Nusja und Dusja. »Dusja brachte uns die Nachricht, dass deine Oma noch lebte. Die beiden Schwestern kamen nach dem Krieg wieder nach Hause. Doch als sie in unserer halb zerstörten Stadt eintrafen, mussten wir ihnen sagen, dass sie keinen Vater mehr hatten. Klim wurde von einem Russen erschossen.«

»Dein Bruder war doch selbst Russe, genau wie du?«

»Russen, Ukrainer, wir waren vor allem Donkosaken. Klim und seine Freunde hatten schnell die Nase voll von dem Land nach der Revolution. Erst klang alles noch vielversprechend, aber in Wahrheit gab es wenig Freiheit und schon gar keine Möglichkeit des Widerspruchs. Für uns Donkosaken war kein Platz. Wir lebten ein freies Leben, also waren wir gefährlich. Jeder, der in den zwanziger Jahren den Mund aufmachte, verschwand oder kam ums Leben. Was danach geschah, ist so alt wie die Redensart: ›Alle tapferen Menschen sitzen im Gefängnis.‹ Sie rotteten uns aus. Systematisch. Dann kam Stalin noch mit seinem Fünfjahresplan. Alles, und vor allem jeder, musste für die großen wirtschaftlichen Veränderungen weichen, die er für uns in petto hatte. Wir verloren noch mehr Menschen, Freunde, Kinder. Nach diesen finsteren Jahren war mein Bruder wütend. Klim widersetzte sich gern der herrschenden Macht, wie so viele Donkosaken.«

»Warst du nicht wütend?«

»Ich war anders, stiller, es fiel mir leichter, mich anzupassen. Ich wollte nicht kämpfen, wollte keinen Krieg. Ich wollte ein sicheres Leben, Kleider schneidern, für deine Oma und ihre Geschwister sorgen, Anna ein guter Mann sein. Ja, ich war wütend, sicher. Ich habe Menschen verloren, gute Freunde, aber ich war nicht wie Klim. Der merkte sich alles, als wäre es gestern geschehen, er trug seinen Kummer auf der Haut, wie ein Widerhaken hing er an ihm. Als der Krieg ausbrach und die Nazis im Sommer 1942 Richtung Don marschierten, las ich Hoffnung in seinem Gesicht. ›Vielleicht befreien sie uns ja‹, flüsterte er mir eines Nachts zu.«

»Die Deutschen haben euer Gebiet in Brand gesteckt, euch ausgehungert, Frauen vergewaltigt, Menschen ihr eigenes Massengrab schaufeln lassen.«

»Vieles, was in diesem Krieg passiert ist, war für uns nicht neu. Für Klim gehörte das dazu, der Preis der Freiheit.«

»Für jeden Deutschen, der starb, drohten sie an, hundert Menschen an die Mauer zu stellen. Das erzählt Aleksandra.«

Nikolaj dreht sich mir zu und sieht mich an. Seine Augen nehmen eine andere Farbe an, von Blau zu Pechschwarz.

»Klim wollte befreit werden. Das wollten wir eigentlich alle. Man spürte es im ganzen Land: Aufregung, vermischt mit Angst, zog durch unsere Straßen. In manchen Dörfern wurden die Nazis mit Blumengirlanden, Brot, Butter und Salz empfangen. Mütter und Mädchen umarmten die Soldaten, die auf ihren Motorrädern mit Beiwagen angefahren kamen. Manche alten Starosten meldeten sich sogar freiwillig. Sie nagelten an jede Tür ihres Dorfs eine Namensliste, damit die Nazis wussten, wer wo wohnte und wie alt er war. Wir saßen in der Klemme zwischen zwei höllischen Alternativen.«

Am letzten Abend in Odessa beugte sich Andriy über den Tisch zu mir und ergriff meine Hand. Seine Augen waren feucht.

»Wer sind wir schon, Lisa, denke ich manchmal. Ich habe eine Geschichte gehört. Über einen Mann auf der Krim, halb Tatar, halb Russe, er wohnte dort sein ganzes Leben. Während der Maidanrevolution war seine Tochter nach Kiew gefahren und nicht mehr wiedergekommen. Sie hatte sich in die Hauptstadt verliebt. Das konnte er begreifen. ›Kiew atmet, Papa‹, sagte sie. Er versprach, sie im Frühling zu besuchen. Doch noch bevor es Frühling wurde, standen die Russen auf der Halbinsel. Sie kamen mit Panzern und Waffen. Sie sahen furchterregend aus. ›Die Krim gehört uns‹, sagten sie. Der Mann war damit nicht ganz einverstanden. Irgendwann im achtzehnten Jahrhundert wurde die Krim von den Russen annektiert und unter Chruschtschow der Sowjetukraine angegliedert. ›Wer weiß schon, wem was genau gehört‹, dachte er. Aber es nützte nichts. Die Mauern einer Militärbasis wurden von einem Panzer, der von einem russischen Schiff kam, niedergerissen und die russische Fahne gehisst. So in etwa. Ich weiß es auch nur vom Hörensagen. Dieser Mann also, der dort schon sein ganzes Leben wohnte und ein paar Jahre nach dem Krieg geboren wurde, fütterte immer die streunenden Hunde. Schnell wurden es sehr viele, denn immer mehr Menschen verließen die Krim. Alle Zugänge zu der Halbinsel wurden durch Checkpoints abgeriegelt. Es konnte Stunden dauern, auf die Insel zu kommen, wenn man von der Ukraine anreiste. Seine Tochter kam nicht. Sie sprachen am Telefon, wenn es Empfang gab. Manchmal funktionierte tagelang das Internet nicht, dann konnte er sie nicht erreichen. Sie bat ihn, dort wegzugehen. So wie ich Kolja gebeten habe, nach Odessa zu kommen, wo er in Sicherheit wäre. Aber der Mann konnte nicht. ›Was soll dann aus den Hunden werden‹, sagte er. ›Die Tiere sterben ohne mich.‹ Seine Tochter erzählte von einem Referendum, sie habe gehört, man würde abstimmen können, ob die Krim zu Russland oder zur Ukraine gehörte. Der Mann wünschte sich, seine Tochter hätte ihm nichts davon erzählt. Das Referendum rückte näher. Jeden Tag zogen Militäreinheiten durch die Straßen, klopften bei den Leuten an und fragten, wie sie abstimmen würden. Der Mann sah sie durch die Stadt marschieren. Geduldig wartete er darauf, dass sie auch in seinem Garten stehen würden. Als die Soldaten kamen, waren sie zu zweit, sagten, er müsse für Russland stimmen. Er fragte, warum, und dass Demokratie so nicht funktionierte. ›Es ist besser für das Land‹, meinten die Männer. ›Es ist besser für eine Seemacht‹, antwortete er. ›Die Krim ist jetzt schon die Urlaubsinsel der Russen und über die Hälfte ihrer Bewohner spricht Russisch, also ist es doch egal?‹ Die Männer seufzten: ›Wenn es egal ist, können Sie genauso gut für Russland stimmen.‹

Der Mann sagte noch einmal, dass es so nicht funktioniert. ›Dann stimmen Sie eben gar nicht ab‹, sagten die Soldaten. So ging es noch eine Weile weiter, denke ich, bis einer der Russen sagte, sie würden nächste Woche noch einmal vorbeikommen und er seine Meinung dann hoffentlich geändert hätte. ›Ihre Tochter hat sich schon entschieden, sie ist in Kiew. Das lässt Sie gar nicht gut dastehen, also überlegen Sie gut.‹ Die Soldaten gingen. Vor dem Zaun warteten die streunenden Hunde. Dutzende. Eine Woche verging. Der Mann tat jeden Tag dasselbe: aufstehen, zum Meer fahren, die Hunde füttern. Acht Tage nach ihrem ersten Besuch kamen die beiden Soldaten wieder. Sie sahen anders aus. Sie trugen Gummiknüppel. Einer hatte eine Pistole bei sich. ›Wir müssen sichergehen, dass Sie auf der richtigen Seite stehen‹, drängten sie. Sie stießen ihn gegen die Schulter, stießen ihn herum, schlugen ihn mit den Knüppeln zu Boden. Der Mann blieb liegen, fragte, welche Seite das sein sollte, die richtige. ›Wisst ihr das noch? Richtig und Falsch haben die Eigenschaft, die Seiten zu wechseln, wie es den Menschen passt. Wie bei der Deportation meiner Großeltern. Im Mai 1944. Meine Mutter hatte das Glück, als Tatarin mit einem Russen verheiratet gewesen zu sein. Aber ihre Großeltern, ihre Eltern und die Geschwister wurden von den Sowjets unter Beschuss aus ihren Häusern gejagt. Sie hatten eine Viertelstunde, ihre Sachen zu packen. Meine Mutter blieb allein in dem Haus zurück. Sie wurden in einen Viehwaggon gestopft, sechzig Menschen pro Waggon, und nach Usbekistan transportiert. Die Hälfte der Familie starb unterwegs‹. Die beiden Soldaten schwiegen. ›Die Tataren haben gemeinsame Sache mit den Faschisten gemacht‹, sagte einer der beiden. ›Alle hatten Angst vor Stalin‹, warf der Mann ein. Er stand auf und lief zum Zaun, öffnete die Pforte. Die Hunde, die dort schon eine Weile gestanden hatten, kamen in den Garten, schnüffelten an den Hosenbeinen der Männer, leckten an den Gummiknüppeln. Einer der Soldaten holte aus, schlug direkt auf den Kopf eines Schäferhunds. Das Tier jaulte so laut, dass es auf der Straße zu hören war. ›Was tust du?‹, fragte der Mann. ›Wozu soll das gut sein?‹ Der Soldat schlug noch einmal zu. Der Schäferhund sackte zusammen. Die Hunde bellten und kreisten die Soldaten ein. Immer mehr Hunde schlüpften jetzt durch die Pforte, bis es im ganzen Garten keinen Platz mehr gab. Sie schnappten nach den Männern, bissen ihnen in die Waden. Sie sprangen an ihnen hoch, schnappten nach Händen, Armen, Ohren. Die Soldaten schlugen mit den Gummiknüppeln wütend um sich, die Hunde ließen nicht locker, sprangen höher, immer schneller. Zerrissene Hosenbeine, Ärmel, Löcher in den Lederschuhen. Nach fünf Minuten Geschrei zog der eine Soldat seine Pistole und zielte auf den Schäferhund, der noch immer winselnd auf der Erde lag. Er drückte ab. Die Hunde wurden still. Der Knall hallte durch die Straße, zwischen den Hochhäusern. Der Mann hockte sich neben seinen Hund, hob ihn hoch. Die Kugel war durch seinen Bauch gegangen. An jeder Flanke ein Loch. ›Haut ab‹, herrschte er die beiden Soldaten an, die reglos dastanden und auf das tote Tier starrten. ›Wenn sogar die unschuldigsten Geschöpfe ihren Kopf hinhalten müssen, sind wir erledigt.‹ Die Soldaten gingen. Sie kamen nicht wieder.«

Andriy hielt meine Hand fest. Ich musste an die Male denken, wenn ich bei Aleksandra zu Hause war und er anrief, um sie davon zu überzeugen, dass in ihrem alten Land alles in Ordnung sei.

»Ich bin mit der russischen Sprache aufgewachsen«, sagte er jetzt. »Ich habe einen ukrainischen Pass. Das Passwort unserer Internetverbindung ist *PUTIN_ist_ein_Scheißkerl*, Igor ist tot, Kolja seit dem 30. März verschwunden. Witja sagt, er wird mich niederschießen, wenn ich nach Lugansk komme, ich soll bloß im Westen bleiben. Wir sind auf zerrissenem Boden geboren, was soll ich tun? Vielleicht ist der Donbass, unser Stück Land, das seit Jahrhunderten so viele verschiedene Grenzen und Völker kennt, erst ein richtiges Land, wenn es für sich selbst steht. Die Donkosaken, von denen dein Urgroßvater abstammt, zogen durch das Gebiet des Dons, über all die Grenzen hinweg, die es nun gibt. Werden wir, die Kinder eines Krasnovs, auf ewig umherziehen?«

Nikolajs Augen sind wieder blau, das Blau von Aleksandra und Andriy. Ich lege die Hand auf sein Knie, spüre seine Knochen durch die Hose hindurch.

»In der Zeit, als der Erste Weltkrieg begann und jeder seine Seite wählte, dachte ich oft an Tolja, den Sohn meines entfernten Cousins Petr. Tolja war etwas jünger als ich. Nach der Oktoberrevolution schloss er sich den Bolschewiken an. Er wollte Abenteuer erleben. Er war begeistert von der neuen Welt. Doch irgendwann, fern von zu Hause, verließ er die Armee. Er wusste nicht mehr, für was er eigentlich kämpfte und gegen wen.«

»Kann ein Land, das sich so viele Völker teilen, überhaupt Ruhe finden?«

Nikolaj bricht in Gelächter aus. »Lisa, also ehrlich, du denkst viel zu eng.«

Beleidigt und ein wenig ertappt verschränke ich die Arme und drehe den Kopf zur Seite, betrachte die immer säuerlicher lächelnden Mosaikmenschen.

»Hör zu, in der Fabrik in Lugansk, in der ich Pelzmäntel nähte, nachdem wir den Bauernhof hatten aufgeben müssen, ereiferten sich die Männer und Frauen stundenlang darüber, wie es sich mit der Geschichte unseres Lands eigentlich genau verhält und wer dort wirklich hingehörte. Sie zankten sich endlos, den lieben langen Tag, bis sie irgendwann im Jahr achthundert oder neunhundert-sowieso angekommen waren, um sich dann auch darüber wieder in die Haare zu kriegen. Dabei ging es um die Kiewer Rus, irgendein Fürstentum, in dem irgendein Stammesführer eine Art Ursprungsland gegründet hat. Ein Ukrainer sagte: Wir haben das gegründet! Völkervielfalt? Ach, was! Genau wie all die Donkosakenmärchen meines Urgroßvaters. Man kann sich da reinsteigern, in die Geschichten über die Verteidigung von Boden und Tradition. Man könnte aber auch einfach dafür sorgen, dass morgen genügend Brot für die Kinder da ist.«

Nikolaj nimmt mir das Foto aus der Hand und legt es in seinen Schoß, auf das Sticktuch.

»Schau, damals war das Leben noch ziemlich einfach. Deine Oma hat das Foto an ihrem 15. Geburtstag machen lassen, am 1. September 1939, der Tag, an dem die Deutschen in Polen eingefallen sind, der Tag, an dem der Wind Baba Maris Tuch in den Baum wehte. Im Nachhinein war das ein ziemlich seltsamer Tag. Damals aber waren wir vor allem überrascht, denn wir hatten dieses Tuch nie zuvor gesehen. Nusja, Dusja und Aleksandra hatten für dieses Foto Geld zur Seite gelegt. Sie hatten den ganzen Sommer über in der Kolchose gearbeitet. Aleksandra nahm das Foto mit nach Deutschland, genau wie das Sticktuch. Eigentlich weiß ich nicht, warum sie das Foto mitgenommen hat.« Nikolaj betrachtet das Datum auf der Rückseite. »Sie saßen doch im selben Zug. Hunde, diese Nazis.«

Er hält das zerknitterte Foto, das voller kleiner weißer Risse ist, ins goldgelbe Licht, das durch die Bleiglasfenster hineinfällt. Er holt tief Luft.

»Ich wusste lange nicht, dass dieses Foto existiert«, sage ich. »Ich kannte nur die Nachkriegsfotos, das Hochzeitsfoto, das Foto mit ihren sechs Kindern. Oma hat es mir erst gezeigt, als im Winter 2013 die Proteste in Kiew ausbrachen. Hundert-tausend Menschen auf dem Maidan. Ich zeigte ihr die Fotos von Jugendlichen, Müttern, Vätern, Studierenden, Opas und Omas mit Abtropfsieben auf dem Kopf, anstelle eines Helms. Sie wurden mit Gummiknüppeln zusammengeschlagen, bis das Blut floss. Es lief ihnen übers Gesicht, den Hals entlang, tropfte auf ihre Mäntel und in den Schnee. Gemeinsam sahen wir, wie der weiße Platz langsam zu einem schwarz glimmen-den Fort wurde. Jungs schleppten die Leichen ihrer toten Freunde durch die Straßen, während sie sich selbst mit Metall-schildern und Spanplatten schützten. Meist betrachteten Alek-sandra und ich die Fotos schweigend, manchmal sagte sie: ›Das Land hat sich so verändert, seit ich 1942 deportiert wurde, was ist denn da schon wieder los?‹ Bei jedem meiner Besuche zogen die Unruhen weiter Richtung Osten.«

»Das ruhige Rot unserer Familienlinien ist in Gefahr«, flüs-terte Aleksandra. Gerade hatte sie mit Andriy telefoniert. Er hatte ein paar Novembertage auf dem Maidan demonstriert, war nun aber wieder zu Hause in Odessa, wo ukrainische Demonstranten und pro-russische Hooligans mit den Fäus-ten aufeinander losgingen. »Er hat angerufen, um mir zu ver-sichern, dass in Odessa alles halb so schlimm ist. Witja hat Europa den Rücken gekehrt, aber sie reden noch miteinander. Meine Schwester Klawa will mir einen Brief schreiben. Ich weiß schon, was drin stehen wird. Sie wird mir erklären, dass alles ruhig ist, ja, vielleicht sind andere in Gefahr, wird sie schreiben, aber sie nicht. Wenn du solche Briefe bekommst, solche Telefonate führst, Lisa, dann weißt du, es ist ernst. Ich erinnere mich noch an den ersten Brief, den ich nach dem Krieg von meinen Eltern bekam. Weißt du, was sie ge-schrieben haben? ›Liebe Aleksandra, dies und das, Grüße von allen, du fehlst uns so, wann kommst du nach Hause? Wir warten auf dich, wir können nicht schlafen. Wir weinen die ganze Zeit. Uns geht es gut, wir haben genug zu essen und zu trinken. Die Straße hinunter, bei Hausnummer 12, haben sie nichts zu essen, da leben sie in Armut. Die Kinder müssen an den Türen um Brot betteln, sie tragen Lumpen, sie stehlen, um zu überleben‹.« Sie schwieg kurz und griff nach meiner Hand. »Nur diese letzten beiden Sätze waren wichtig, Lisa. Diese Sätze über die Familie von Nummer 12. Aber das waren sie. Bei Leuten aus dem Ostblock musst du immer zwischen den Zeilen lesen. Das habe ich nie vergessen, Mädchen. Kein Wort ist, wie es scheint. Dein Onkel Andriy lügt. Es steht schlecht. Das Land bricht auseinander.«

Ein Monat nach Klawas Brief und dem Telefonat mit Andriy wurden Omas Worte wahr: Im Frühjahr 2014 traf es ihre alte Heimat, das Donezbecken. Bewaffnete Separatisten mit schwarz-orangenen Bändern an den Oberarmen stürmten Regierungsgebäude und riefen eine Volksrepublik aus. Besonders jüngere Menschen flüchteten nach Russland, in den Westen der Ukraine, nach Deutschland und Polen. Leute verschwanden, wie schon zuvor auf der Krim, sie waren ein paar Tage weg und tauchten ein paar Tage später, zu Brei geschlagen, wieder auf. Andere blieben vermisst, wurden ermordet und an seltsamen verlassenen Orten aufgefunden. Das Haus meiner Großtante Nina stand mit einem Mal an der Frontlinie, sie schlief nur noch im Keller, eine Ausgangssperre wurde verhängt, Tag und Nacht wurde geschossen und bombardiert, von unserem Cousin Igor forderte man drohend Rubel, was er später mit dem Leben bezahlte. Es gab zu wenig zu essen. Tagelang gab es keinen Strom, kein fließend Wasser, kein Internet. Keine Briefe mehr, keine Anrufe. Meine Mutter bekam keine E-Mails mehr mit Fotos und lieben Grüßen. Das alte Land meiner Oma schwieg, wir waren von unserer Familie abgeschnitten. Als Kolja im März 2015 verschwand und ich Aleksandra die Nachricht überbrachte, kippte etwas.

»Unvorstellbar«, sagte sie, »habe ich es dir nicht gesagt, sie tun genau dasselbe wie damals, als ich ein kleines Mädchen war.«

Sie griff nach ihrem Spazierstock, der am Stuhl lehnte, hievte sich mit grimmigem Gesicht hoch, schlurfte zum Flurschrank und holte einen dunkelgrünen Brotkasten vom Brett über der Waschmaschine. Der Metallkasten, den ich mein ganzes Leben an verschiedenen Stellen in verschiedenen Häusern habe stehen sehen, hatte Dellen und Rostflecken. Der Schließmechanismus war in die Jahre gekommen: Nur mit viel Mühe ließ sich der runde Knopf, der in einer länglichen Metallschließe steckte, eindrücken. Die Schließe saß wegen einer Delle im Kastendeckel schief und gab kaum nach. Es gelang meiner Oma, das Ding zu öffnen, indem sie den Knopf halb eindrückte und mit der anderen Hand hart auf den Deckel schlug.

»Verflixt«, sagte sie und schob mir den Brotkasten über den Esstisch zu. Darin waren unzählige Fotos, Telegramme und Luftpostbriefe aus der Sowjetunion, der Ukraine, Kasachstan und Russland. Nichts war nach Datum oder Land sortiert. Hochzeitsfotos, auf denen Menschen – im Winter mit Pelzmütze, im Sommer ohne – griesgrämig in die Kamera blickten (selbst das Brautpaar), sepiabraune Familienporträts, auf denen die Großtanten ihre Kinder fest an sich drückten, Cousinen in Militäruniformen unter einem Apfelbaum, Cousins in Militäruniform vor Blumenbeeten, ein Leichenzug durch Stanzja Luganska, ein Karren, darauf Cousin Alexandrs toter Körper, ein quadratisches Foto von Tante Nina und Onkel Pomidorski in Dordrecht um einen runden Tisch mit meinem Opa, meiner Mutter, den Tanten und Oma, Oma zwischen ihren Schwestern, neben ihrer Mutter, alle in Blumenkleidern, ein schwarz-weiß Porträt von Kolja, Omas einzigem Bruder.

»In unserer Familie gibt es mehrere Koljas. Zu viele, um sie sich alle merken zu können«, erklärte mir Aleksandra. »Als ich mit deiner Mutter 1973 zum ersten Mal in die Ukraine reiste, war das für sie sehr verwirrend. Ich sage dir, was ich damals zu ihr sagte, noch im Zug, bevor wir in den Bahnhof einfuhren: Diese Koljas musst du dir merken. Mein Vater Nikolaj. Mein Bruder Nikolaj, Rufname Kolja, also dein Großonkel, Lisa. Der hatte sich bei der Arbeit in der Fabrik aus Versehen ein Fingerglied abgesägt. Es flog über den Zementboden. Annähen ging nicht. Als ich mit deiner Mutter auf dem Bahnsteig stand, zwischen allen Verwandten, dicht neben uns spielte auch noch jemand viel zu laut Akkordeon, da umarmte sie Kolja als Erstes, sie hatte ihn an seinem Fingerstummel erkannt. Dann gibt es natürlich noch deinen niederländischen Onkel, meinen Sohn Nico. Und Kolja, der Cousin ersten Grades deiner Mutter, mein Neffe, der Sohn meiner Schwester Nina.«

Auf dem Foto aus dem Brotkasten war Aleksandras Bruder noch jung, etwa dreizehn. Da hatte er noch all seine Fingerkuppen. Das Foto wurde ein paar Jahre nach dem Krieg aufgenommen. Kolja saß etwas schief auf einem Stuhl, die Hände im Schoß. Sein schwarzes Hemd hatte einen gestärkten Kragen, und seine pechschwarzen Haare waren ordentlich zum Mittelscheitel gekämmt. Verhalten lächelnd blickte er in die Kamera. Seine Augen waren nahezu schwarz. Seine Haltung, der Versuch, möglichst ordentlich auf dem Stuhl zu sitzen, passte überhaupt nicht zu seinen knochigen Schultern. Schräg über seinem Kopf hatte jemand etwas auf das Foto geschrieben. Die Tinte der eckigen Großbuchstaben auf Kyrillisch war teilweise verwischt. Ich konnte bloß »Sascha«, den Rufnamen meiner Oma, entziffern. Ich gab ihr das Foto.

»Als Andenken für meine Schwester Sascha«, las Aleksandra vor. Danach legte sie das Foto wieder in den Kasten. »Es war seltsam, ihn dort zu sehen, auf dem Bahnsteig, meine ich. Als würde ich geradewegs meinem Vater in die Arme fallen, so sehr ähnelte er ihm. Als hätte die Zeit stillgestanden, als wäre es wieder November 1942, als hätte er die ganze Zeit dort gestanden.«

Ich mustere Nikolaj, seine Haut ist sonnengebräunt, als hätte er gestern noch auf dem Land gearbeitet.

»Kein Wunder, dass der Brotkasten erst so spät aufgetaucht ist«, sagt er. »Deine Oma ist in Stille aufgewachsen. In einem Bad aus Schweigsamkeit. Wir haben ihr das Schweigen mitgegeben, zu unserer aller Sicherheit. Schweigen. Ich habe geschwiegen, seitdem man die Donkosaken verjagt hatte. Anna und Baba Mari haben geschwiegen, seitdem wir 1927 mehr Getreide als erlaubt auf dem Bauernhof gelagert hatten, um so vielleicht etwas mehr verdienen zu können. In dieser Zeit wurden die Kontrollen immer strenger, mehr und mehr unserer Erträge wurden beschlagnahmt. Komsomol-Brigaden streiften durch unsere Gegend. Manchmal betrunken, meistens bewaffnet. Sie spürten die Bauernhäuser auf und kamen mit Weisungen von ganz oben: Unsere Ländereien wurden zusammengelegt. Wir sollten sie gemeinschaftlich bearbeiten, in Kollektiven. Nicht mit unseren Gerätschaften, sondern mit modernen Traktoren. Die Brigadiere hängten Spruchbänder an Gebäude, Häuser, Zäune. Sie organisierten Dorfabende, luden alle ein und hielten schrille Reden. Sie teilten uns in drei Gruppen ein, wodurch plötzlich Feindschaften entstanden. Mit einem Mal bestand unser Dorf aus armen Bauern, die sich mit der neuen Welt verbünden mussten, gewöhnlichen Bauern, die neutral waren und sich zukünftig der Kollektivwirtschaft anzuschließen hatten, und reichen Großbauern, die *Kulaken*, den Feinden des Proletariats. Mit diesem Wort schmissen sie unentwegt um sich, schwadronierten darüber in ihren Uniformen, manchmal sturzbetrunken: Proletariat hier, Proletariat da. Nach solchen Reden hätte ich immer speien können. Dann lief ich die Dorfwege entlang, vorbei an den Isbas, russischen Holzhäusern, blickte hinein, sah meine Freunde, die ihren Kindern zu essen gaben, die Frauen, die ihren Männern den Kopf streichelten und die Vorhänge zuzogen, und ich dachte: unser kleines Dorf, diese sieben Bauernhöfe, es gelingt ihnen noch, uns auseinanderzutreiben. Die Brigadiere zogen weiter, und wir machten uns wieder an die Arbeit. So normal wie möglich. Auch wenn sich etwas verschoben hatte. Wir spürten, dass etwas Düsteres auf uns zukam, es schlich durch unser Dorf wie ein böser Geist in der Nacht, wir sahen einander anders an, unsere Arbeiter wurden scheu und still, auf den Märkten, in anderen Dörfern und Städten, sagten die Leute Dinge wie: ›Die Feinde des Proletariats sollen vor die Hunde gehen.‹ Alle sprachen so und keiner wusste, was das bedeutete. Manche prophezeiten einen Bürgerkrieg: Wir, die etwas wohlhabenderen Bauern, die etwas mehr Gewächse auf der schwarzen Erde anbauten und mehr Vieh besaßen, würden uns gegen den Staat auflehnen, wir würden uns verteidigen. Unsere Erträge und unser fruchtbares Land sollten nicht in die Hände des Staats fallen, der von allem immer nur mehr wollte.

›Wer den Weizen hat, hat die Macht‹, sagte eines Tages ein alter Mann zu Anna auf dem Markt in Lugansk. Erst vier Jahre später, als wir das Dorf schon verlassen hatten, die meisten Dörfer fast menschenleer waren und in den Städten ausgehungerte Bauern durch die Straßen irrten, begriffen wir, was er da gesagt hatte. Aber da war es bereits zu spät.«

Die Mosaikmenschen schauen nicht mehr von den Wänden zu uns hinab, sondern auf das Korn überall um uns herum. Ihre Gesichter erscheinen mir jetzt eingefallen und die Wangen nicht mehr rot. Sie wirken plötzlich müde. In den Augen liegt Panik. Ich zeichne mit den Füßen Kreise ins Korn, bis der

Palastboden zum Vorschein kommt. Er ist weiß und glänzt. Lässt mich an den Maidan denken, wo ich auf meinem Weg in die Ostukraine einen Abend verbracht hatte. An seinen Rändern lagen Blumen und Fotos. Im Kopfsteinpflaster ringsherum fehlten hier und da Steine, die vielleicht während der Revolution herausgebrochen waren und nun nicht mehr ersetzt werden durften. Abends brannten auf dem Platz rote Grablichter, überall waren blau-gelbe Schleifen in die Bäume gebunden.

»Im Frühjahr 1928 begannen sie, die Daumenschrauben anzuziehen. Der Befehl war simpel, wodurch es zunächst nicht so grausam erschien: mehr abliefern. Mit gebeugten Köpfen gaben Anna, Baba Mari und ich mehr Getreide und Fleisch ab. Wir sträubten uns nicht. An meinem Gemüsestand auf dem Markt hörte ich, dass protestierenden Bauern entweder sofort in den Kopf geschossen wurde oder man setzte sie in den Zug nach Sibirien. Kinder blieben allein zurück, wenn sie Glück hatten in Waisenhäusern. Wir wollten nicht, dass Aleksandra und Nastja ohne Eltern aufwuchsen, also taten wir, was man von uns verlangte. 1928 und 1929 waren schlechte Erntejahre. Wir konnten fast nichts selbst behalten. Der Befehl blieb gleich: mehr abliefern, sogar die Pferde und Kühe. Sinn machte daran nichts mehr, denn wir brauchten die Tiere für das Land, für uns selbst. 1930 hatten Anna, Baba Mari und ich nur noch ein paar Hühner, Ziegen, zwei Kühe und drei Pferde. Manche Bauern aus unserem Dorf vergruben ihr spärliches Geld und verkauften ihre Wertgegenstände. Wir verkauften die goldenen Rahmen unserer Ikonen. Auf Anraten von Oleg, meinem besten Freund, hängten wir statt der Ikonen ein großes Porträt von Lenin an die Wand. Fragte Aleksandra, warum, sagten wir ihr immer, weil sie doch in seinem Todesjahr auf die Welt gekommen sei. Das machte sie ziemlich lange sehr stolz, dass er dort an der Wand hing, mit seinem Blick nach vorn, ins Unendliche. Lenin schräg gegenüber, in einer Ecke des Wohnzimmers, hing unsere letzte Ikone. Baba Mari und Stepan hatten sie nach ihrer Hochzeit anfertigen lassen.

Im Winter 1929 lebten wir vor allem von dem Gemüse, das Baba Mari den ganzen Sommer über sauer eingeweckt hatte. Im ganzen Haus standen die Einmachgläser. Mitten im Esszimmer war sie tagelang mit nichts anderem beschäftigt. In diesem Winter magerte Nastja zusehends ab, und deine Oma war immerzu erschöpft. Im Jahr darauf fiel die Ernte üppig aus. Unser Gehorsam und Schweigen schienen belohnt zu werden. Als würde sich unser Land entschuldigen, uns mit möglichst viel entschädigen wollen: Mais, Weizen, Sonnenblumen, Zwiebeln, Rüben, Knoblauch. Auch Kälbchen und Zicklein wurden geboren. Wir hatten mit der Ernte alle Hände voll zu tun. Wir konnten liefern, pünktlich, reichlich. Selbst für uns blieb endlich genügend übrig. 1930 war ein gutes Jahr. Wir luden Freunde und unsere Arbeiter in unseren Garten ein. Anna backte Honigkuchen und Oleg brachte selbstgebrautes Bier mit. Wir aßen Fleischspieße und Fisch aus dem schmalen Fluss. In diesem Sommer schmeckten die Tomaten süßer als jemals zuvor.

Im Jahr darauf war die Ernte mager. Die Felder machten den Eindruck, als hätten sie ihren letzten Atemzug getan, als wären sie zusammengebrochen und könnten nicht mehr aufstehen. Jeden Tag geschah eine kleine Katastrophe: verfaultes Gemüse, Pflanzen mit Frostschäden, Saat, die nicht aufging, Ungeziefer, aufgeschwemmte Böden, so sumpfig, dass ich manchmal bis zu den Knien versank. Der Staat verlangte trotzdem immer mehr, doch die Schwarzerde spielte nicht mehr mit, als spürte sie, dass alles egal war, dass wir, die Menschen, die sie mit Liebe beackerten, nur noch litten. Der Boden schien zu wissen, dass der Ertrag bei den falschen Leuten landete. Das Jahr hat uns gebrochen, unser Land, unsere Tiere, die Bauern aus dem Dorf. Alles und jeder war erschöpft, leer und dünn. Ich war hungrig, Anna war hungrig. Viele unserer Arbeiter zogen in die Stadt, in der Hoffnung, dass dort mehr zu holen war. Deine Oma und ihre Schwester mussten für sie einspringen. Jede Stunde, die sie nicht in der Schule waren, arbeiteten sie auf den Äckern.«

Nikolaj schöpft Weizenkörner vom Boden auf und wiegt sie in der Hand, schätzt ihren Wert. »Ich sehe sie noch vor mir, in der schwarzen Erde kniend, zwischen den Kartoffeln, Zwiebeln, Rüben. Nachts träumte ich davon, dann sah ich sie im Boden versinken. Die wenigen Arbeiter, die noch bei uns waren, brachten nun auch ihre Kinder mit. Jungen und Mädchen von fünf, sechs Jahren. Sie hatten flinke Finger: Blitzschnell lasen sie Kartoffeln und Rüben auf. Aleksandra war damals erst sieben. Mit ihren Locken, in ihrem Lieblingskleid, hockte sie auf der Erde. Ihre Hand passte zwei Mal in meine, schändlich, das mit anzusehen. Die Arbeit ging schneller mit den Kindern, doch wenn die Erde nichts hergibt, können auch mehr Hände nichts aus ihr herausholen. Im Sommer 1931, ein paar Tage nach der Segnung der mageren Ernte, beschlossen Anna und ich, eines unserer Pferde, Olesja, schlachten zu lassen, damit wir genügend Geld hätten, um den Herbst und den Winter zu überstehen. Der Metzger war schon in die Stadt gezogen, und ich brachte es nicht übers Herz, es selbst zu tun. Also bat ich Oleg um Hilfe, er war Holzfäller, stärker und größer als ich. Mitten in der Nacht, als alle im Bett lagen, ritt ich auf Olesja über die dunklen Wege unseres Dorfs zu seinem Haus am Waldrand. Auf dem warmen Rücken des Tieres sitzend, mit dem wir so viele Ernten eingebracht hatten, dachte ich: Alles, was diese Erde lebenswert gemacht hat, geht verloren. Das letzte Stück zu Olegs Haus musste ich das Tier über einen schmalen Waldweg hinter mir herziehen. Nachts sah man hier die Hand vor Augen nicht. Einmal, nach einem Erntefest, war ich dort fürchterlich über einen Baumstumpf gestolpert. Ich hatte überall blaue Flecken, konnte kaum gehen. Baba Mari hat mich immer damit aufgezogen. Ich war hinkend in die Scheune gekommen und sie hatte mich nachgeäfft und dabei schallend gelacht. Aber in jener Nacht ging ich den Weg vorsichtig, schleichend, den großen Zeh des einen Fußes immer dicht an der Ferse des anderen. Ein knallharter Sturz sollte nicht das Letzte sein, was Olesja mit mir erlebte, das durfte einfach nicht passieren. Mein Vater hätte sich bestimmt zu Tode geschämt, wenn er gehört hätte, dass sein Donkosakensohn gestolpert und von seinem eigenen Pferd zerquetscht worden wäre. Ich sah uns schon so liegen, da im Wald. Weißt du, was er zu mir gesagt hat, als ich klein war?«

»Nein.«

»Ein Donkosak ist nichts ohne sein Pferd. In jener Nacht dachte ich viel an ihn, an meinen Vater, wie er mich als Kind auf den Rücken eines Pferds gesetzt und losgelassen hatte, ab ins Feld. Er hatte mich angefeuert, meine Fersen in den Bauch des Tiers zu rammen. Bei diesem ersten Mal hatte ich das barfuß getan und die Muskeln des Pferds gespürt, die Linien seines Leibs, meine Füße kühl an seinem warmen Bauch. Fast waren sie in seinen Flanken verschwunden. Ein widerspenstiges und weiches Tier zugleich, ich hatte mich an seinen Hals geklammert, bis mein Vater wütend gerufen hatte: ›Setz dich gerade hin!‹ Aufrecht und ohne Angst. Auf den letzten Metern vor Olegs Haus richtete ich mich ebenfalls auf. Das Pferd durfte mich nicht schwach sehen, nicht klein. Oleg hatte alles vorbereitet: Wetzstein, Seile, ein Trog mit Heu, damit das liebe Pferd abgelenkt wäre, Eimer, um das Blut aufzufangen. Oleg streichelte das Tier, als wir ankamen, flüsterte ihm die alten Worte ins Ohr, die wir von unseren Vätern gelernt hatten. Er sang das Lied vom schwarzen Raben: *Flieg an meine Seite, erzähle meiner lieben Mutter, dass ich für das Vaterland gefallen bin.* Dann meinte er, dass er noch etwas holen müsse. Er ging mit der Öllampe ins Haus und kam mit dem größten Beil, das er hatte, wieder.

›Das Ding willst du benutzen?‹, fragte ich erschrocken. Ich sah schon vor mir, wie er dem Pferd wie ein Barbar zu Leibe rückt, ihm ins Fleisch hackt, bis es zusammenbricht – oder wie er Olesjas Knie bricht, um ihm danach erst den Gnadenstoß zu verpassen. Ich hörte schon die Knochen splittern.

›Sei still‹, sagte er, ›ich gebe ihm einen einzigen Stoß. Das darf jetzt nicht schiefgehen.‹

Ich legte die Arme um Olesjas Bauch und schloss die Augen. Oleg holte tief Luft, dann folgte ein dumpfer Schlag. Im Wald war alles still, kein Zweig knackte, kein Hirsch regte sich. Das einzige Mal, dass es genauso still auf unserem Land war, war der Moment, als der Zug mit Aleksandra, Nusja und Dusja außer Sicht war und wir ihr Geschrei und Geheul nicht mehr hörten. Die Geräusche nach dem Schlag auf Olesjas Kopf höre ich noch immer: das Haumesser in seinem Hals, das Aufplatzen der Haut und das Blut, das in die Eimer fließt. Das Tier glitt aus meinen Armen. Wir banden ein Seil um seine Hinterbeine, zogen den Kadaver hoch und ließen ihn ausbluten, hinter Olegs Haus, auf dem Teil der Veranda, wo er nie saß. Wir tranken Kwass und schwiegen. Das Blut schütteten wir in einen Seitenarm des Don.«

»Olesja. Ein paar Ikonen. Taschen mit Geld. Ich war zwar klein, aber ich kann mich daran erinnern«, sagte meine Oma, »darüber gesprochen wurde nicht. Immer häufiger kamen Männer ins Dorf, die auf dem Platz einen Tisch aufstellten und Transparente an Stangen aufhängten. Sie erzählten von großen Bauernhöfen, auf denen alle zusammenarbeiten, härter als je zuvor. Neue Maschinen, neue Traktoren. Sie riefen: Euer Getreide wird die restliche Sowjetunion aufbauen, ihr füllt die Bäuche der ganzen Gesellschaft! Es machte mich stolz, dass meine Eltern das tun würden. Eine Woche später war Olesja plötzlich verschwunden. Weg. Und es lag wieder eine Tasche mit Geld auf dem Tisch. Es kriecht dir in den Leib, man spürt, dass sich langsam etwas verschiebt, auch wenn du noch ein junges Mädchen bist.«

»Ein paar Monate nach Olesjas Schlachtung, es war der 5. Dezember 1931, überlegten Anna und ich frühmorgens, was für ein schrecklicher Winter es bislang gewesen war. Wir küssten uns kurz.« Nikolaj blickt zur Decke, schürft mit dem Fuß eine Kuhle ins Korn. »›Es kann nur besser werden‹, sagte Anna. Ich nickte oder strich ihr über den Kopf, etwas in der Art, um sie zu beruhigen. Um den eigenen Kummer zu bekämpfen, setzte ich mich an die Tretnähmaschine und nähte eine dickere Lage Futter in die Wintermäntel von Aleksandra, Nastja, Baba Mari, Oleg und Anna. Es war der Winter, in dem die Führer unserer Sowjetunion in Moskau die größte Kathedrale des alten Russlands in die Luft sprengten. Vielleicht brachten sie mit ihren viel zu großen Plänen für den Volkspalast selbst alles aus dem Gleichgewicht.«

Am 5. Dezember 1931, als Anna und Aleksandra einen halben Sack Mehl zu Baba Mari bringen, eilt Oleg ihnen entgegen. Er verschnauft einen Moment, stützt sich auf Annas schmale Schulter und streichelt Aleksandra kurz die Wange. Weiße Wölkchen entweichen seiner Nase, sie sehen genauso aus wie Wolken an einem Sommerhimmel, wenn Aleksandra

versucht, Tiere in ihnen zu entdecken. Anna sieht Oleg überrascht an, den Mehlsack wie ein Baby in den Armen haltend.

»Onkel, was ist los?«, fragt Aleksandra.

»Halte dir die Ohren zu«, sagt er.

Kurz überlegt sie, weiß, ihr Lächeln lässt Oleg immer dahinschmelzen. Sie versucht es, doch er schüttelt den Kopf.

»Sascha«, sagt er mit tiefer Stimme.

Sie legt sich die Hände auf die Ohren und wartet, bis er zu reden beginnt. Als er sie nicht mehr ansieht, sondern mit Anna spricht, lüftet sie die linke Hand.

»Vor der Schule steht ein großes Schild. Alle Namen stehen darauf, in drei Reihen.«

»Sie kommen also wirklich zurück, nach all dem Gerede auf dem Platz«, flüstert Anna.

Oleg packt ihre Oberarme und schüttelt sie ein bisschen. Aleksandra hat ihn noch nie ängstlich gesehen. Er ist nicht gelassen wie sonst, bewegt sich schneller, wedelt mit den Händen und blickt sich besorgt um, wie ein scheues Tier.

»Ihr steht ganz oben. In der Reihe der Kulaken.«

Meine Oma beugte sich über den Brotkasten und flüsterte das Wort, ein gefährliches Etwas, zwei geheimnisvolle Silben. »›Kulak‹. Ein altes Schimpfwort für reiche Bauern, die ihre Arbeiter ausbeuten. In unserem Dorf hingen mit einem Mal überall Plakate, auf denen Bauern mit ihren Gewehren am Anschlag abgebildet waren, umringt von Traktoren, die Rauch ausstießen. Es gab auch Plakate mit einer großen Faust, die auf den Rücken eines dicken, gut gekleideten Mannes schlug und ihn zermalmte. Weg mit den Kulaken, stand auf den Plakaten. Schrecklich. Die dicken Kulaken mit Zigarren im Mund und dem vielen Geld in den Taschen ähnelten meinem Vater oder meinem toten Opa Stepan überhaupt nicht. Unsere Familie war zu ihren Arbeitern immer gut gewesen, wir kannten jeden, aßen mit ihnen gemeinsam, und wenn Essen übrig war, wurde es ehrlich geteilt. Nachdem die Brigaden unser Dorf besucht hatten, war das alles egal: gut oder schlecht, ehrlich oder nicht. Wir waren plötzlich Kriminelle, selbst ich, ein siebenjähriges Kind, war ein *Kulak*. Mein Vergehen war, auf unserem Land, in unserem Bauernhof, geboren zu sein.«

Ich betrachte Nikolajs Körper, den Aleksandra mir als äußerst muskulös, aber vielleicht ein wenig zu dünn beschrieben hat. Nicht dick, stinkreich oder überfressen, wie es propagiert wurde. Seine Wangenknochen sind gut sichtbar, die Haut spannt an den Knochen der Kinnlade – irgendwie das gleiche Gesicht wie das seiner Tochter direkt nach dem Krieg, vollkommen von jener Fettschicht befreit, die einen Menschen erst lebendig aussehen lässt.

Lugansk

23. APRIL 2014

Wir dachten, die Übernahme von Koljas Stadt durch die pro-russischen Separatisten würde niedergeschlagen werden. Die Ausrufung einer neuen Republik, dachten wir, ist so überholt, so Neunzigerjahre. Wir dachten, es würde enden wie in den Städten nicht ganz so weit im Osten, wo sie zurückgedrängt wurden, die Separatisten und Rebellen. Aber es ist den Männern mit den schwarz-orangenen Bändern und den Sturmhauben, den Raketenwerfern und den Kalaschnikows gelungen. Vor dem Hauptsitz der Regionalbehörde in Lugansk, die sie gestürmt haben, stehen sie nebeneinander aufgereiht, wie Angehörige eines Bataillons. Sie halten Schutzschilde vor sich, die unser Kolja von den Protesten auf dem Maidan im vergangenen Winter kennt: robust und rechteckig. Sie reichen ihnen bis zum Kinn und sind mit Plakaten beklebt. Wir lesen Phrasen wie: *Obama Hands off Ukraine*. Wir verstehen es nicht recht. Eine Journalistin interviewt die Männer für einen englischen Nachrichtensender, sie hält das Mikrofon über die Schilde. Die Männer blicken argwöhnisch in die Kamera. Auf dem großen Platz, dem eingenommenen Hauptsitz direkt gegenüber, gibt es seit ein paar Tagen ein pro-russisches Lager mit einer provisorischen Bar und einer Bühne, auf der Reden gehalten werden und Musik gemacht wird. Die Journalistin deutet hinüber und fragt: »Was, hoffen Sie, wird geschehen?«

Kolja hört nur einen Teil ihrer Frage, bleibt kurz stehen, um das Gespräch zu verfolgen. Einer der Männer mit Sturmhaube sagt, dass Kiew mit Amerika gemeinsame Sache macht und der Donbass von der Regierung immer vergessen wird.

Kolja will eigentlich nur in Larissas Büro, um ein paar ihrer Sachen zu holen, doch als er die Reaktion der Männer auf die Fragen der Journalistin sieht, dreht er sich um und geht. Wir haben ihn schon bemerkt, und nun entdeckt er ihn auch: auf dem Platz sitzt Witja, sein Cousin. Kolja überlegt, ob er ihn begrüßen soll, ob er zwischen den pro-russischen Demonstranten, die nichts mit dem Westen zu tun haben wollen, gesehen werden will. Was würde Andriy denken, oder Nina? Wir halten uns abseits, unsere Geweihe stoßen ihn nirgends hin. Nichts ist entschieden, wenn man sich nur kurz ein Bild macht. Manchmal muss man sich eben erst einmal umsehen, bevor man sich umdreht und geht. Witja bemerkt Kolja und winkt ihm begeistert zu. Unser Kolja winkt zurück, holt tief Luft und geht dann doch über den Platz zu dem aufgeschlagenen Lager. Dort wird er von einem Mann in Jeans, schwarzem T-Shirt und schwarzer Jacke aufgehalten.

»Ich kenne dich«, sagt Kolja. Der Mann bedeutet ihm die Arme zu heben. »Du hast letztes Jahr einen Fernseher bei mir gekauft. Arbeitest du hier für den Sicherheitsdienst?«

»Ich kenne Sie nicht«, sagt der Mann.

»Flatscreen, 55 Inch.«

Kolja blickt den Mann, der ihn jetzt durchsucht, direkt an.

»Glaubst du etwa, ich hab was vor?«, scherzt er in dem Versuch, ein Gespräch in Gang zu bringen.

»Routine«, murmelt der Mann und tastet Kolja weiter ab, von den Hüften abwärts und wieder nach oben zu den Achseln. Uns ist beim Zuschauen nicht wohl, es erinnert uns an die Brigaden, die durch das Land gezogen sind und überall alles durchsuchten, sogar unter den Matratzen unserer Familie haben sie nachgeschaut. Ist hier denn immer noch alles Gemeingut? Mit beiden Händen klopft der Mann Koljas Jackenärmel ab, die Oberschenkel, sein Kreuz und die Hosenbeine an den Knöcheln. Nachdem er noch kurz an den Hosenbeinen gezogen hat, richtet er sich wieder auf.

»Safe«, sagt er, ohne Kolja anzusehen. Niemand reagiert auf diese Feststellung, die Männer, die in der Nähe herumlungern, blicken nicht einmal auf.

»Funktioniert der Fernseher noch?«

»Sie können weitergehen.«

»Ach, hab dich nicht so.«

»Weitergehen, ich weiß von keinem Fernseher.«

Kolja zuckt die Schultern und läuft über den Platz, zwischen Partyzelten entlang. An jedem Zelt ist eine Fahne befestigt. Nicht die ukrainische, nein, die Donkosaken-Fahne, blau, gelb und rot, das Gesicht von Christus darauf und darunter die Worte: »Gott sei mit uns. Für Glaube, Don und Vaterland.«

»Warum hängen die hier?«, fragt einer von uns. »Was haben sie mit der alten Kampffahne vor? Gehört das Land jetzt den Donkosaken?«

Witja sitzt auf der schluderig errichteten Terrasse an einem Plastiktisch. Die Leute ringsum reden ruhig miteinander, trinken Bier oder Cola, rauchen Zigaretten. Auf der Bühne singen zwei Männer ein Lied, die Münder dicht am Mikrofon, das zwischen ihnen steht. Der eine Mann spielt simple Akkorde auf der Gitarre, der andere hält die Hände hinter dem Rücken. Kolja schaut kurz zu und nickt im Rhythmus der Musik. Dann setzt er sich. Witja klopft ihm fröhlich auf die Schulter.

»Bruder, alles in Ordnung?«

»Was machst du hier?«, fragt Kolja.

»Ich protestiere.«

»Und wogegen?«

»Kiew hört uns nicht zu.«

»Ach.«

»Wir geraten doch immer zwischen die Fronten, Brüderchen. Der Donbass muss mal wieder für sich selbst geradestehen. Wir hätten es wissen müssen. Was tun sie denn schon groß für unseren Landstrich und seine Bewohner nach ihrer ›Revolution der Würde‹?«

»Hm, klär mich auf.«

»Koljaaaa, Nikolaj. Hast du nicht mitgekriegt, was sie über uns sagen? Im ukrainischen Fernsehen?«

Er zeigt auf die Männer und Frauen, die an den anderen Tischen sitzen.

»Sehen wir aus wie korrupte Terroristen? Sehe ich etwa aus wie ein Terrorist?«

Kolja folgt seinem Finger nur halb. Er betrachtet lieber Witjas Tarnhose und -jacke, das schwarz-orangene Band an seinem Arm. Sein Gerede ist wirr.

»Hier, schau mich an.«

Witja schlägt sich mit der Faust auf die Brust.

»Witja, komm mal runter.« Kolja schlägt die Augen nieder, betrachtet den Tisch. »Ich verstehe deine Wut, aber hier sind Verrückte am Werk. In der Stadt wird geschossen, dahinten wurde der ganze Platz vom Sicherheitsdienst mit Paletten und Stacheldraht abgesperrt, überall flattern Fahnen mit *stop fascisme*. Was um Himmelswillen hat der Faschismus mit alldem zu tun? Ich begreife das nicht. Männer laufen mit Sturmhauben und Kalaschnikows vor dem Stadtratsgebäude auf und ab. Warum alles kaputt machen? Und was soll das mit diesen Armbinden?«

»Wie soll sich sonst jemals etwas ändern?«

»Wir können doch wählen.«

»Du kommst mir mit Demokratie?«

Kolja nickt. »Was sonst? Willst du hier eine zweite Krim? Weißt du überhaupt, wie viele Menschen von dort weggegangen sind?«

Witja beginnt laut zu lachen. Wir erschrecken über sein höhnisches Gelächter. War das nicht das Lachen von Klim, als Nikolaj sagte, die Rote Armee würde die Familie schon retten? Wo war er noch zugrunde gegangen? Wo hatte er einem

Russen gegenübergestanden und gesagt: »Bruder, nimm nicht mich, wir stehen schließlich alle auf derselben Seite.« Witja steht auf, wirft die Arme in die Luft und zeigt auf Kolja.

»Leute, hört mal zu: Dieser Mann, mein Cousin, mein Bruder, ist für demokratische Wahlen! Was für ein Volksheld. Lasst ihn uns auf Händen tragen für diese revolutionäre Idee!«

Die Männer und Frauen grinsen.

»Armut, Korruption und Arbeitslosigkeit hat uns deine Demokratie bis jetzt eingebracht«, murmelt ein Mann ein paar Tische weiter. »Na, herzlichen Dank, Mann.« Er schüttelt den Kopf und nimmt einen Schluck Bier. An seiner Armeeuniform stecken Dutzende Sowjetorden.

»Bist du blind? Demokratie!«, ruft eine Frau. Sie beugt sich über ihren Stock und entblößt lachend ihre Goldzähne. »Soll wieder irgendjemand entscheiden, was mit unserem Land passiert? Das wäre ja noch schöner! Zieh doch in die Westukraine mit deinen wahnwitzigen Ideen.«

Jemand applaudiert und ruft »Hurra«, die traditionelle Kriegsparole der Roten Armee. Witja verbeugt sich und setzt sich wieder hin.

»Alle haben es satt, Bruder«, schnauzt er. »Deshalb sind wir hier. Was ist mit dir?«

»Wie meinst du das?«

»Wartest du wirklich auf Wahlen, nach dem ganzen Mist in Kiew? Vielleicht hat die alte Schachtel recht, vielleicht solltest du in den Westen. Dein Laden läuft. Du bist der Reichste in der Familie, du hattest es nie wirklich schwer.«

»Ich sorge für Nina, für Julija«, schnauzt Kolja zurück. »Ich teile, was ich habe.«

»Sag das bloß nicht zu laut. Bleib hinter deinem Ladentisch, bis alles vorbei ist. Und den Mund halten.«

Palast des verlorenen Donkosaken

»Oleg stand nicht auf der Liste«, erzählt Nikolaj. »Er hatte keinen Bauernhof. Er hackte sein Holz in dem schmalen Waldstück, das an unser Dorf grenzte. Ein prächtiger Wald war das, voller Eichen, ich ging dort oft mit deiner Oma spazieren. Ich war ja eigentlich auch nicht an erster Stelle Bauer und Oleg nicht an erster Stelle Holzfäller: Wir waren beide Söhne von Donkosaken, unsere Väter waren gemeinsam über die Steppen gestreift und hatten für die Zaren gekämpft. Bevor Oleg und ich in das Dorf kamen, in dem deine Oma geboren wurde, waren wir Flegel, Herumtreiber. Anna lernte ich zufällig kennen, auf dem Markt in Lugansk, wo sie die Ernte ihrer Eltern verkaufte. Blaue Augen, glänzendes Haar, ein strenges Gesicht. Sie war hübsch, und lebensgefährlich. Oleg und ich gingen an ihrem Stand vorbei und klauten einen Apfel, sie sah es, natürlich, und kam mir hinterher. Sie schlug mir mit einem Maiskolben ins Gesicht. Mit einem Maiskolben! Roh sind die Dinger so hart wie Knüppel. Eine Woche lang hatte ich ein blaues Auge. Als die Haut dunkelviolett geworden war, ging ich wieder auf den Markt. Mit einem Apfel, ehrlich erworben bei einem anderen Stand. Ich fragte sie, ob sie noch frei wäre. Es dauerte lange, bis sie sich mit mir verabreden wollte, oder na ja, bis Baba Mari und Stepan damit einverstanden waren. Sie war ihr einziges Kind, etwas jünger als ich: ich war siebzehn, sie sechzehn. Baba Mari fand es keine gute Idee.

›Was sollen wir mit so einem‹, sagte sie, als ich zum ersten Mal bei ihr und Stepan auf dem Bauernhof erschien. Sie bestickte gerade eine Bluse und gönnte mir keinen Blick. Bei jedem Stich stellte sie eine Frage: ›Säufst du? Prügelst du dich?

Hast du Geld? Woher kommen deine Eltern? Was arbeitest du?‹ Ich verfolgte jeden Stich und antwortete. Danach lauschte ich mit gesenktem Kopf ihrer Tirade über Habenichtse, die um die Hand ihrer einzigen Tochter baten wie bettelnde Straßenköter um ein Stück Fleisch.

›Die Popovs sind eine wohlhabende Bauernfamilie. Was sollen wir denn mit dir anfangen?‹, fragte sie empört. Immerzu stickend. Die Popovs, deine Vorfahren, Lisa, waren in der ganzen Gegend bekannt. Stepan, Annas Vater, sagte nichts, als ich da stand, in seinem Haus, in meinem besten Leinenhemd. Er führte den Bauernhof mit harter, aber gerechter Hand. Er war seinen Arbeitern, vor allem aber seinem Dorf gegenüber loyal. Ein richtiger Sippenführer mit einem großen gewichtigen Schnurrbart und griesgrämig wirkenden Augenbrauen. Es dauerte Monate, bis ich ihn zum ersten Mal lachen sah. Tiefer als die tiefste Rinne in einem breiten Fluss waren die Furchen in seinem Gesicht, unglaublich, wenn man sie zu lang betrachtete, ertrank man darin.«

Nikolaj runzelt die Stirn, schiebt mit beiden Händen die Wangen und Schläfen nach vorn, bis sein Gesicht nur noch aus Falten besteht. Ich lache.

»Ich sah selbst etwas zusammengestückelt aus und kam auch noch aus einem Donkosaken-Geschlecht, ich wusste, es würde schwierig werden, Baba Mari zu überzeugen, Donkosaken standen nicht in dem Ruf, angenehme Zeitgenossen zu sein. Meine Vorfahren waren dort umhergestreift, wo die Popovs ihren Bauernhof gebaut hatten, sie hatten geraubt und geplündert, also war ich zu ihr so ehrlich, wie es nur ging. Das war alles, was ich tun konnte. Ich nähe, sagte ich. Sie lächelte.«

Während eines Abendspaziergangs über den am Schwarzen Meer gelegenen Boulevard von Odessa erzählte meine Großtante Klawa, die jüngste Schwester meiner Oma, ihr Vater sei in jener Zeit ein Schacherer gewesen. »Ein echter Donkosak, ein Charmeur, ein Possenreißer, ein hübscher Mann, vor allem aber ein Schacherer.«

»Nachdem ich dem Haus meines Vaters entflohen war, nahm mich sein ältester Bruder, Onkel Matvej, unter seine Fittiche«, erzählt Nikolaj weiter. »Mein Vater kehrte 1905 aus dem Krieg gegen Japan zurück. Er war mutlos, erschöpft und besiegt, fühlte sich vom Zar ausgenutzt. Es war ein zweischneidiges Schwert: Die Donkosaken bezahlten an Russland kaum Steuern, waren unter diesem Regime frei. Im Tausch dafür mussten sie bei Gefechten vorneweg reiten. Sie wurden für ihre Unerschrockenheit gepriesen. So sah ihr Leben aus. Als mein Vater aus Japan zurückkam, war alle Kraft aus seinem Körper gewichen. Er fing zu trinken an, schlug uns noch häufiger. Meine Mutter floh jeden Morgen zu ihren Eltern, bis sie nicht mehr wiederkam, mein älterer Bruder war schon vor Jahren fortgegangen. Weglaufen war meine einzige Chance.

Damit ich mir mein Brot verdienen konnte, brachte Matvej mir das Nähen bei. Ich war keine Minute bei ihm, schon saß ich an der Tretnähmaschine. Erst wollte mir nichts gelingen: Ich schnitt Muster falsch zu, bekam keine gerade Linie zustande, immer wieder brachen die Nadeln auf den dicken Textilschichten entzwei. Matvej beobachtete mich jeden Tag, die Hände in die Seiten gestemmt, den kugelrunden Bauch weit vorgestreckt, als hätte er alle Zeit der Welt und müsste selbst nicht nähen. Sah er mir zu, arbeitete ich präziser. In einer kalten Nacht im Dezember, noch bevor ich Anna kennenlernte, schlief ich auf Matvejs Veranda nackt in meinem ersten selbstgemachten Wintermantel. Vorm Haus lag der Schnee vier Treppenstufen hoch. Es war keine dunkle Nacht. Die Eiskristalle, die am Rand des Schilfdachs hingen, schienen alles Sonnenlicht verschlungen zu haben, um dann nachts zu glimmen. Das Haus funkelte. Vom Donez kam eine sanfte Brise, die im Eis festgefrorenen Halme wogten leise hin und her. Es klang wie Stoff, der reißt. Ich versuchte ein-zuschlafen, war aber zu erfüllt von dem Gedanken, ob ich in meinem neuen Mantel frieren würde. Zwei Schichten Futter-stoff hatte ich ins Kuhleder genäht. Erst Schafwolle, dann eine Lage Leder und danach noch einmal ein ganzes Schaffell. Und einen Wollkragen, eckig und dick am Hals, falls der Wind über die Steppe fegen und mir in die Haut schneiden würde. Der Kragen hatte mich Wochen gekostet.«

Nikolaj kreuzt die Arme, klemmt die Hände unter die Achseln, als suche er die Wärme, die er damals in seinem Mantel gespürt hat.

»Baba Mari sagte, dass es in Ordnung wäre. Komm in unser Dorf, sagte sie. Ich kaufte mir eine eigene Nähmaschine, sagte meinem Onkel Lebewohl und überredete Oleg, mit mir zu kommen. Der alte Holzfäller in Annas Dorf war dem Tode nahe, er sah selbst aus wie ein Baum, und er suchte einen Nachfolger. Oleg ging bei ihm in die Lehre und ich an die Arbeit bei den Popovs. Wir bauten ein Haus am Waldrand. Morgens ging die Sonne über der stillen Steppe auf. Über die goldenen Felder fielen die Sonnenstrahlen durch die Fens-ter in unser Haus. Oleg schlief in einem Holzbett und ich auf dem Boden. Abends nähte ich Kleider für Bekannte von Anna und jeden Morgen, in aller Frühe, spazierte ich mit der Sonne im Rücken zum Bauernhof. Das Land sah immer an-ders aus: die Farben changierten, die Getreidehalme wuch-sen, die Sonnenblumen erblühten.«

Ich lehne mich auf der Bank im Palast zurück und denke an die Holzmühle, über die Aleksandra immer spricht. Der schmale Pfad zum Fluss, der Brunnen, die Pferde, die Kühe und das Getreide. Die Holzeimer voll blutroter Tomaten, Baba

Maris fest verschlossene Einmachgläser mit dem Gemüse für den Winter. Der Donez, der alle Felder aneinanderreiht, die kleinen Flüsse, die die Landkarte zusammenhalten, Russland gegen die Ukraine pressen, Nikolaj, der mit Nadel und Faden seine Mäntel näht und Lederschichten zwischen Pelzlagen, Ärmel und Bruststücke einfügt. Nikolaj nimmt den Fuß von der Nähmaschine und geht hinaus zum Getreidefeld. Er hält die Ähren in den Händen, zieht einen Halm aus der Erde, puhlt ein paar trockene Körner heraus und steckt sie in den Mund. Er kaut und kostet den Geschmack des Landes: süß und bitter. Er kaut, lauscht, die Tiere, das Rascheln des Getreides im Wind. Er betrachtet die schwarze Erde unter seinen Füßen, so fruchtbar, dass darum immer gekämpft werden wird.

»Es machte mir Spaß auf dem Land, aber es war auch hart. Anders als beim Nähen, wofür ich nur meine Hände, die Füße und den Rücken brauchte, musste ich hier meinen ganzen Körper einsetzen. Von früh bis spät wühlte ich in der schwarzen Erde, zwischen Maisstängeln, Kartoffeln, Getreide und Rüben. Ich war zwar jung, doch ausgepumpt, jeden Tag. Manchmal konnte ich kein Gemüse mehr sehen, aber darüber verlor ich kein Wort. Anna sollte sehen, dass ich härter arbeitete als alle anderen: Wenn sie schon zu Hause waren, brachte ich noch die Schuppen in Ordnung und verstaute die Werkzeuge. Ich aß die Suppe, die Baba Mari gekocht hatte, bis zum letzten Löffel und bedankte mich immer ausgiebig für das Fleisch, das sie an besonderen Tagen zubereitete. Dann ging ich nach Hause, zu meiner Strohmatratze. Manchmal, hinter der Scheune, küsste ich Anna heimlich. Eines Abends bat mich Baba Mari, bei ihr am Tisch Platz zu nehmen. Sie brachte mir bei, mit dem schwarzen und roten Zwirn ein weißes Leinentuch zu besticken, oder Kragen und Ärmelbündchen. Sie zeigte mir, welches Garn zu unserer Erde passte, zum Land meines Donkosaken-Vaters und ihren Vorfahren, den russischen Bauern: schwarz für die Erde, rot für die Liebe, blau für die Blumen, die nach den eisigen Wintern aus dem Boden sprießen. Nachdem ich mit Anna verheiratet war, überredeten Oleg und ich unseren guten Freund Sergej, ebenfalls in unser Dorf zu ziehen. Auch er war Bauer, am Stadtrand von Lugansk und lebte allein. Lena, eine Freundin von Anna, war noch frei. Lena war stiller und schweigsamer als alle anderen, geheimnisvoller noch als Anna, die mir gern die Ohren abkaute und immer Lust auf einen Tanzabend oder ein Essen hatte. Als Sergej zum ersten Mal auf den Bauernhof kam und Lena begegnete, schmolz sie dahin wie Butter in der Sonne. Sie verliebten sich auf den ersten Blick. Bevor er 1931 deportiert wurde, bekamen die beiden zwei Töchter, die Mädchen waren etwas jünger als Aleksandra. Ich weiß nicht, was aus ihnen geworden ist, nachdem wir das Dorf verlassen hatten, im tiefsten Winter, in den letzten Tagen des Jahres 1931.«

Vom verschneiten Hof aus blickt Aleksandra Anfang Dezember 1931 durch die offene Tür. Zwei junge Männer gehen schon eine Viertelstunde mit Notizbüchern in der Hand durchs Haus. Sie bewegen sich plump, stoßen mit den Spitzen ihrer Schneestiefel gegen Stuhlbeine und Kommoden. Auf dem Hof herrscht eisige Stille. Es geht kein Windhauch, nichts. Der Boden ist auf der Hut und belauscht alles, was im Dorf passiert. Aleksandra spitzt die Ohren. Konzentriert verfolgt sie jeden Schritt der beiden Männer. Sie kennt die Geräusche der Türen und Schubladen, das Gewicht der Töpfe, den Platz der Einmachgläser auf den Regalbrettern. Sie weiß, wie die Zinnteller aufgestapelt werden müssen und wie schrill das klingt, wie ordentlich die Decke auf dem Tisch liegt, wohin die Löffel und Messer gehören, in welcher Holzkiste die Kerzen liegen, wo die Öllampe steht. Jetzt trampeln die Männer, die sich »Brigadiere« nennen, ungehobelt durch das Haus. Ohne zu fragen, stellen sie Dinge um. Sie haben in den letzten Tagen schon die Ordnung im Dorf gestört, ohne sich um die Regeln zu kümmern. Aleksandra hat sie beobachtet, sie waren überall, in ihren langen Mänteln, den braunen Kappen und den glattrasierten Kinnpartien, auf denen nicht eine Bartstoppel wächst. Sie sprechen das russisch-ukrainische Sprachgemisch dieser Gegend nicht, sie ignorieren Aleksandra, als diese sie mit »Onkel« anspricht, wie sie es ihr Leben lang zu allen Männern im Dorf sagt. Den jungen Männern ist alles und jeder egal. Bei jedem Haus zeigen sie ihre Pistolen und treten dann mit viel Geschrei über die Türschwelle. Genauso wie eben auf ihrem Hof.

Alles fassen sie an, Schränke und Tische. Sie klopfen gegen die Fensterscheiben, drücken die Türklinken zwei, drei Mal herunter, laufen hinein in die Zimmer und wieder hinaus, schauen unter Nikolajs und Annas Bett, heben Bettdecken hoch, stöbern in den Kissen, zerwühlen die Decken. Aleksandra hört, wie sie einander zuflüstern:

»Was dürfen wir nicht vergessen?«

»Hast du da schon nachgesehen?«

Sie machen sich Notizen, die Bleistifte lösen sich kaum vom Papier. Nie zuvor hat Aleksandra jemanden so lange Dinge betrachten sehen, über die sie selbst nie nachgedacht hat: Suppenteller, den Samowar, die Tassen, die Figuren, die Oleg schnitzt und dann nichts mehr mit ihnen anzufangen weiß, Opa Stepans Stöcke, die seit seinem Tod in einem hübschen Zinnbehälter stehen, den Hohlraum unter dem Sitzpolster von Baba Maris Schaukelstuhl. Aleksandra erkennt eine schwarze Linie, eine Verbindung zwischen den Männerhänden, den Gegenständen, die sie anfassen, und den Wörtern, die sie in ihre Notizbücher schreiben. Bei jedem Möbelstück oder Gegenstand, den die Männer berühren, spürt sie, dass das Haus ihr und ihren Eltern immer weniger gehört, auch als einer der beiden den Arm bis zur Achselhöhle in den Ofen steckt.

»Nein, kein Hohlraum zwischen Ofenwand und Mauer«, sagt er zu seinem Kameraden und zieht seinen verrußten Ärmel wieder heraus.

»Gut, machen wir weiter«, sagt der andere und hebt die Brechstange auf, die er, als er ins Zimmer gekommen ist, in eine Ecke gestellt hat, wie einen Hund, der auf den nächsten Befehl wartet.

Aleksandra hat die Männer schon ein paar Tage zuvor beobachtet, als sie mit dieser Brechstange und einem Eisenstab in Sergejs Haus zugange waren, Sergej, ein guter Freund ihres Vaters. Nachdem sie die Brechstange abgestellt hatten, ging einer der beiden mit dem langen Stab über den verschneiten Hof. An willkürlichen Stellen stocherte er in der gefrorenen Erde: am Zaun, am Fuß des Apfelbaums, die Hauswände entlang. Er steckte den Stab auch in das Reetdach über dem Brunnen. Kurz verharrte er, einen Arm in die Seite gestemmt, und warf seinem Kamerad einen Blick zu.

»Alles«, sagte dieser, »das volle Programm.«

Also stocherte der Mann jeden Zentimeter des Hofs ab. Neben dem Pferdetrog verschwand der gesamte Stab im Boden. Der Mann verlor das Gleichgewicht und fiel in den Schnee. Auf der Seite liegend, stieß er einen triumphierenden Schrei aus, dann stand er wieder auf. In einem kleinen Kreis rund um den Trog stach er in die Erde. Jedes Mal verschwand der Stab. Er trat den Trog zur Seite.

»Hier haben wir wieder einen, der dachte, er könnte uns überlisten! Dummer Bauer. Dummer, dummer Bauer.«

Sergej wurde so weiß wie ein Laken und Lena, seine Frau, richtete die Augen zum Himmel. Nikolaj stand neben Sergej am Haus, er schloss die Augen und schlug schnell ein kleines Kreuz.

»Los, grab schon, Verräter«, rief der Mann mit dem Eisenstab.

Sergej stieß sich langsam mit beiden Händen von der Hauswand ab, wechselte mit Nikolaj einen kurzen Blick und ging zum umgetretenen Trog. Im Vergleich zu den hageren jungen Männern in ihren zu großen Mänteln war er stark. Er war einen Kopf größer als der Mann mit dem Stab und doppelt so breit wie der andere, aber als er nun auf sie zuging, wirkte er unsicher wie ein Kind, ängstlich und verschlagen, er blickte halb zu Boden, halb zu den anderen Bauern aus dem Dorf, die sich auf seinem Hof versammelt hatten. Der Mann mit dem Stab stellte sich triumphierend neben Sergej, ganz so, als wäre er der Chef des Dorfs. Die anderen Bauern spuckten schweigend auf den Boden und schauten zu, wie Sergej einen Spaten entgegennahm. Schweigend fing er zu graben an. Aleksandra hatte ihn noch nie so gesehen, Sergej hatte meist eine große Klappe, konnte tanzen wie ein Verrückter und erzählte auf den Erntefesten dreckige Witze. Sein Schweigen jagte ihr Angst ein. Lena drückte ihre Töchter Julija und Alja an sich, und Sergej schippte und schippte.

»Erst bewegte ich mich bei jedem Spatenstich meines Freundes mit«, sagt Nikolaj, »hörte aber bald damit auf. Dann konzentrierte ich mich nur noch auf die beiden jungen Männer, die mit ihren Pistolen wie Aasgeier um die immer tiefer werdende Grube kreisten. Sie mussten nicht lange warten: Der Boden war weich, im Gegensatz zum Boden auf dem restlichen Hof.«

Wie kann das denn sein, dachte Aleksandra, wieso ist die Erde gerade da locker? Im Winter ist sie doch so hart und kalt, dass man blaue Flecken bekommt, wenn man hinfällt.

Nach einer halben Stunde sah man bloß noch Sergejs Kopf.

»Gib uns alles, was da unten liegt«, schrien die Männer im Chor. Sergej hob mehrere Getreidesäcke aus der Grube. Die

Säcke, so groß wie Aleksandra, waren mit Erde bedeckt. Als der letzte Sack geborgen war, nahm einer der Brigadiere Sergej den Spaten ab. Er atmete tief ein und holte aus. Ein dumpfer Hieb. Der Schlag auf Sergejs Kopf kam unerwartet, alle Bauern zuckten zusammen. Sergej sackte wortlos zusammen.

»Morgen holen wir dich, Mistkerl, du kommst mit auf den Transport«, schrie der Mann in die Grube hinunter. »Und zerbrich dir bloß nicht deinen übermütigen Bauernschädel über eine Flucht. Unsere Leute sind überall, wir werden dich finden.«

Er holte noch einmal aus, dann drehte er sich zu seinem Kameraden und den Bauern um.

»Die Vorstellung ist beendet, geht nach Hause. Aber erst helft ihr uns, das Getreide auf den Wagen zu laden.«

Er richtete seine Pistole in die Luft und drückte ab. Aleksandra hielt sich verschreckt die Ohren zu, nie zuvor hatte sie so einen lauten Knall gehört. Der Mann mit dem Eisenstab schrie drei Bauern an, die Säcke unverzüglich auf den Karren zu laden. Schweigend gingen sie ans Werk, ohne jemanden anzuschauen. Als alle Säcke auf dem Karren lagen, machten sich die Brigadiere davon. Sergej ließen sie in der Grube liegen.

»Oleg«, rief Nikolaj. Sein Freund war angerannt gekommen, als er den Schuss gehört hatte und verstand nicht, was los war.

»Es ist Sergej«, rief Nikolaj.

»Verdammt. Ist er tot?«

»Ich glaube nicht.«

Die beiden Freunde rannten zur Grube. Lena weinte leise und wandte sich ab, Julija und Alja drückten die Köpfe an ihren Bauch. Die Mädchen wimmerten, fragten, ob ihr Vater noch lebte.

»Ja«, sagte Lena, »er muss sich nur ein wenig ausruhen.«

Der Rest des Dorfes ging nach Hause. Aleksandra rannte über den Hof.

»Bleib am Brunnen stehen, Sascha«, schrie Nikolaj.

Vorsichtig ließ er sich vom Rand in die Grube gleiten. Oleg folgte ihm. Aleksandra bewunderte ihn. Alles, was Oleg tat, war groß und lieb zugleich. Er hatte einen streng gestutzten Bart und raue Hände. Wenn er zu Besuch war, berührte sie diese Hände immer kurz. Sie fühlten sich wie der Sand an, der im Sommer am Ufer des Donez lag, grob, aber samtweich. Nun zerrten diese Hände Sergeijs schlaffen Körper unter dessen Achseln langsam nach oben.

»Die Beine, Bruder«, rief er Nikolaj schnaufend zu, »die Beine.«

Nikolaj ging in die Knie und legte sich die Beine des Freundes auf die Schultern. Oleg hob Sergejs Rücken mit seinen beiden Armen in die Höhe und wartete, dass Nikolaj das Gleiche mit den Oberschenkeln tat. Dann legten sie Sergej in den matschigen Schnee auf die Seite. Sein weißes Hemd war voller Blut. Es lief ihm in einer krakeligen Linie vom Kopf über den Rücken. Sein Haar war dunkelrot, verklebt und schlängelte sich über sein Gesicht, als hätte jemand ein frisches Ei auf seinem Kopf aufgeschlagen. Er röchelte, hoch und kurz. Oleg kroch aus der Grube und zog dann Nikolaj nach oben. Sergej lag wie ein angeschossenes Tier da, befühlte träge seinen Kopf und betrachtete das Blut an seinen Händen. Nikolaj und Oleg trugen ihn schweigend ins Haus. Lena ging ihnen ins Schlafzimmer voraus. Aleksandra folgte ihrem Vater und Oleg.

»Jetzt fangen sie an«, sagte Oleg, während sie Sergej vorsichtig aufs Bett legten.

»In anderen Dörfern hat das mit dem Getreide geklappt, in Solotariwka und Garasimiwka«, jammerte Lena, »sie haben hier doch schon alles mitgenommen. Achthundert Rubel müssen wir bezahlen. Wie? Soll ich unsere letzte Kuh verkaufen? Sergej, ohne dich kann ich nicht weitermachen. Was wird nur aus dir in Sibirien?«

Die Fragen kamen wie scharfe Schüsse aus ihrem Mund. Sie unterbrach sich, atmete unruhig, setzte sich auf einen Stuhl und blickte ins Nichts. Oleg fluchte leise.

»Dreckige Stadtratten, wir sollten sie auf dem verlassenen Feld hinter dem Dorf abstechen und ihre Leichen im Wald vergraben. Warum wollen sie die Bauernhöfe zusammenlegen? Was wird passieren, wenn sie alles haben, alles verwalten? Sie wissen doch nicht einmal, welche Samen sie in die Erde stecken müssen.«

Nikolaj goss Wasser in den Samowar und zündete das Feuer an. Einige Zeit lauschten sie nur dem Geräusch des brodelnden Kessels. Oleg verteilte die Schalen und nahm die Dose mit den Teeblättern vom Regal. Lena atmete wieder ruhiger.

Nach dem Tee gingen Oleg und Nikolaj nach draußen. Schweigend schippten sie die Grube zu. Aleksandra suchte den Blick ihres Vaters. Er sah sie nicht an, sondern starrte auf eine Stelle, die sie nicht sehen konnte, eine Stelle tief im Erdreich, tiefer noch als dort, wo Sergej gerade gelegen hatte. Ihr Vater schien Erde zu suchen, die noch dunkler war, als man sie mit bloßem Auge erkennen konnte. Er rammte den Spaten in die lockere Erde, trat ihn weiter hinein. Seine Bewegungen waren grobschlächtig, als wollte er aus seinem Körper ausbrechen. Nach einem letzten Spatenstich ging Oleg ins Haus, um nach Sergej zu sehen. Nikolaj starrte mit seinen dunklen Augen weiter die Stelle auf dem Boden an. Als er endlich aufblickte, bemerkte Aleksandra, dass das Schwarz der Erde in seine Augen eingedrungen war.

»Es stimmt, was Oleg sagt«, flüsterte er seiner Tochter ins Ohr. »Sie haben angefangen. Wir werden alles verlieren.«

»Gefahr ist etwas Seltsames«, sagt Nikolaj zu mir. »Du bemerkst sie lange Zeit nicht, bis sie direkt vor deiner Nase ist.« Das Getreide rieselt von seiner einen Hand in die andere, immer hin und her, die Hände sind wie ein Fangnetz, eine Wassermühle.

Mit starkem Rütteln zerrt der Brigadier eine Diele aus dem Fußboden. Das Holz knackt, das Haus jault, wie ein verwundetes Tier. Aleksandra hält sich die Ohren zu. Der Mann geht einen Schritt zurück und setzt geschickt die Brechstange an. Seine Bewegungen sind routiniert und ruhig. Als er genügend Bohlen ausgehebelt hat, stellt er sie, fünf an der Zahl, aufrecht an der Wand ordentlich nebeneinander. Aleksandra, Baba Mari und Nikolaj betrachten aus einiger Entfernung die Spalte, die wie ein Riss in der Erde durchs Wohnzimmer verläuft.

»Hunde«, flüstert Baba Mari.

Nikolaj schaut sie an und zieht die Augenbrauen hoch. Kurz wirft er einen Blick auf den jungen Mann, der gerade den Kopf unter den Fußboden steckt.

»Kein Getreide, hier ist nichts«, sagt er, seine Stimme klingt dumpf.

»Ach nee«, murmelt Baba Mari und schlägt sich auf die Schenkel, als hätte der Mann einen Witz gemacht.

»Schade um den Fußboden.« Der andere Mann grinst.

»Wir haben nichts versteckt«, sagt Nikolaj noch einmal.

»Jaja. Nicht unter dem Fußboden. Warten wir's ab, Bauer.«

Der Mann steht auf und hebt einige Gegenstände hoch. Krüge und Vasen, einen Stuhl, einen Schemel, einen Topf. Er schaut überall ein zweites Mal hin, klopft die Wände ab, verschiebt den Tisch und lugt hinter die Wandteppiche. Dann steigt er die Holzleiter zum Dachboden hinauf.

»Sicher, dass du hier oben alles abgesucht hast?«, ruft er nach unten.

»Ja, alles.«

»Warte, ich sehe mich noch mal kurz um.«

Aleksandra hört ihn herumstöbern, Gegenstände verschieben, umstellen. Als er wieder unten ist, geht er in die Ecke, wo Baba Mari auf ihrem Hocker sitzt. Ein paar Zentimeter neben ihr reißt er noch ein paar Dielen aus dem Fußboden.

»Wieder nichts«, brüllt er ihr ins Ohr. Baba Mari blinzelt nur, rührt sich nicht. Er verschränkt die Arme vor der Brust und nickt seinem Kameraden zu. Der geht zur letzten Zimmerecke, schräg gegenüber der Haustür, die sie bislang noch nicht durchsucht haben. Auf einem kleinen Regalbrett fast an der Decke steht die Ikone, die nach der Hochzeit von Opa Stepan und Baba Mari angefertigt wurde. Sie steht auf einem länglichen bestickten Tuch, dessen Ränder über das Brett hängen. Aleksandra starrt die heilige Maria mit ihrem Kind an. Maria blickt die beiden Männer an. Je länger Aleksandra die Ikone anstarrt, desto strenger beäugt Maria die Brigadiere. Ihr besudelt das Haus, scheint sie zu sagen. Ihr Heiligenschein aus Blattgold wird immer größer. Einen Moment blickt der Mann seinerseits Maria an. Baba Mari durchbohrt mit ihrem Blick den Rücken des Mannes. In seinem langen Mantel erscheint er erwachsener, als er ist. Sie sieht Nikolaj an, danach die Porträts von Lenin und Stalin mit ihren Schnurrbärten, die beide zufrieden in die Ferne blicken, über die jungen Männer hinweg. Sie starren aus dem Fenster, wie in einem Tagtraum, weit weg, auf einen völlig anderen Ort, nicht wie dieses Haus, wo die Brigadiers in ihrem Namen, in ihrem Sinne, alles auf den Kopf stellen. Die beiden jungen Männer sehen immer vergnügter aus.

»Ich?«, flüstert der eine.

»Ja, wer sonst?«

»Komm, ich hab's das letzte Mal schon gemacht.«

»Na und?«

»Jetzt darfst du mal die Hiebe einstecken.«

Der kleinere der beiden seufzt und zieht einen Hocker unter dem Tisch hervor. Unbeholfen stellt er sich darauf und nimmt die Ikone vom Brett. Das Sticktuch fällt zu Boden. Ein schlechtes Zeichen.

»Muss das sein?«, fragt Nikolaj mit monotoner Stimme. Aleksandra bemerkt, dass er wieder diese schwarzen Augen hat, wie in dem Moment, als er Sergejs Getreidegrube zuschaufelte.

»Die darf hier doch gar nicht mehr stehen.«

Der Brigadier nimmt die Ikone, wischt Maria mit dem Handrücken über die Wangen, mit seinem schmutzigen Ärmel über den goldenen Rahmen und pustet etwas Staub fort.

»Möchtest du dich noch verabschieden?«, fragt er Baba Mari, die den Blick abwendet und den Kopf schüttelt.

»Dann halt nicht. Na dann, heilige Mutter.« Er schlägt ein Kreuz, richtet die Augen theatralisch zum Himmel, legt die Ikone auf den Boden und rüttelt mühsam den Goldrahmen mit dem Brecheisen ab. Ein Riss entsteht quer durch den Körper des Jesuskinds und durch Marias Gesicht.

»Jetzt reicht's«, ruft Nikolaj, geht zu dem Mann hinüber und nimmt ihn in den Schwitzkasten. Der rammt ihm den Ellenbogen ins Gesicht, Nikolaj lässt von ihm ab. Der Mann holt mit dem Brecheisen aus, trifft erst Nikolajs Schulter, dann sein Knie. Die Hände schützend über dem Kopf, aus Angst, wie Sergej auf den Kopf geschlagen zu werden, tritt Nikolaj ein paar Schritte zurück und fällt rückwärts in das Loch im Fußboden.

»Strohkopf«, ruft er und versucht sich aufzurichten. »Wir halten uns an alle Regeln, bezahlen Steuern, gehen nicht in die Kirche, sehen den Priester nicht mehr. Wir feiern alle Revolutionstage! Schau hier, hier hängen verdammt noch mal Lenin und Stalin an der Wand – sie hängen auch in unserem Büro. Was wollt ihr eigentlich?«

Die Männer beugen sich über Nikolaj, sein Bein steckt in einem seltsamen Winkel in der Spalte fest.

»Was wollt ihr denn? Habt ihr die Plakate nicht gesehen? Kannst du nicht lesen, Verräter? Euer Gold bringt noch was ein, das kann man zu Brot machen, kapiert?«

»Und bringt ihr uns dieses Brot dann vorbei?«, zischt Baba Mari, »oder habe ich da etwas falsch verstanden?«

»Mama, lass gut sein«, beschwichtigt Nikolaj, der jetzt auf einem Stuhl sitzt und sich das Knie reibt. Der dunkelrote Fleck im Stoff wird größer.

»Das Brot brauchst du doch gar nicht«, sagt der kleinere Mann. Mit einem Ruck holt er alle Töpfe aus dem Schrank und hält mit einem Mal ein Stück Schwarzbrot in der Hand. »Also jammere nicht, sonst lassen wir dich abholen.«

»Wegen eines Stücks Brot?«

»Keine Sorge, uns fällt schon etwas ein.«

Baba Mari schweigt.

»Willst du das?«

Sie schüttelt den Kopf und flüstert: »Nein.«

»Dachte ich's mir doch.«

Die Männer setzen sich an den Tisch und schenken sich frische Milch ein. Sie zupfen Fäden aus der Häkeldecke, auf die Baba Mari schwarz-rote Karos und blaue Blumen gestickt hat.

»Bauernschnörkelei.« Die Männer lachen.

Sie schlürfen die Milch, stehen auf und ziehen Nikolaj am Kragen vom Stuhl.

»Zeig uns mal dein Land, Krasnov, hoffen wir mal, dass wir etwas Brauchbares finden.«

Für einen Moment sieht Nikolaj wie ein junges Kätzchen aus, das man am Nackenfell packt, um es zu beruhigen, dann aber spannt er die Muskeln an. Er steht auf, nimmt seine Jacke von der Garderobe und hinkt ihnen voraus, raus ins verschneite Land.

»Warte mal«, sage ich zu Nikolaj und stehe von der Bank auf. Meine Stimme hallt durch die Halle. »Jeder wusste doch, dass das stimmte, oder? Ihr wart doch keine Konterrevolutionäre.«

»Natürlich war das Unsinn, aber was hätten wir tun sollen? Wir standen auf ›der Liste‹. Sie haben ganze Dörfer auf die Liste gesetzt. Gab es keine *Kulaken* im Dorf, sondern höchstens Bauern mit einer Kuh, einem Huhn, einer Ziege und einem kleinen Stückchen Land, von dem sie nie reich werden würden, beschlagnahmten sie eben das. Es ging nicht um die Menschen, es ging um die Quote.«

»Und da haben alle mitgemacht? Das sagte Onkel Andriy, dass alle mitmachten.«

»Mitmachen oder Sterben, wenn man sich widersetzte«, sagt Nikolaj, steht auf und stellt sich vor eines der Mosaike.

»Diese Menschen wurden zu den Dorfrändern gefahren, mussten sich vor eine Grube stellen und warteten auf ihre ganz persönliche Kugel. Stell dir mal vor, Lisa, dass du die letzte in der Reihe bist. Ich lag nachts im Bett und dachte an all die Gruben vor den Dörfern in unserer Gegend, an mich und Anna, in so einer Reihe, mit den Händen auf dem Rücken. Oder ich sah mich in einem Zugwaggon, eingesperrt, zusammengepfercht mit Dutzenden anderen, kaum Platz zum Atmen, auf dem Weg in den eiskalten Norden. Andriy hat nicht völlig recht, nicht alle haben mitgemacht. Und für sie waren die Gruben bestimmt. Es gab Widerstand, Mädchen, aber ich habe nicht daran teilgenommen. Ich blieb für Nastja und Aleksandra, für Anna und Baba Mari. Deshalb ging ich langsam vor den Brigadieren her, zu den Feldern unserer Familie. Ich zeigte ihnen den Mais und das Getreide, die Rüben, die Zwiebeln, den Knoblauch. Ich erzählte, wofür das Land gebraucht wurde. Ich öffnete die Scheunen und Ställe, zeigte ihnen das Büro, die Mitarbeiterlisten, die Bücher, in denen die Ernten festgehalten wurden, bis aufs Gramm genau. Anna und ich hatten das vorher einstudiert. Ich wollte nichts auslassen, keinen Argwohn wecken – sonst würden sie womöglich alles kaputtschlagen. Die Männer beäugten unsere fünf Kühe und die zwei Pferde, die in der Scheune ihr Heu fraßen, liefen wieder nach draußen und stocherten mit den Stiefelspitzen in der verschneiten Erde herum. Sie stellten einander dummlustige Fragen:

›Rüben wachsen doch an Bäumen, oder?‹

›Mann, mach keine Witze, die wachsen unter der Erde.‹

›Und Getreide, wer macht Mehl daraus? Wer bedient die Mühle?‹

›Ein Pferd, Dummkopf.‹

Während die beiden Männer feixend hinter mir herliefen, sah ich deine Oma ins Haus gehen. Ein kleiner Fratz war sie, sie schwebte beinahe über den Hof, wie ein Gespenst, so leicht sah sie aus. Dann erschien ihr Gesicht an unserem Schlafzimmerfenster.«

»Ich habe etwas im Schlafzimmer meiner Eltern gesucht«, sagte meine Oma an ihrem Esstisch. Noch immer stand der dunkelgrüne Brotkasten zwischen uns. »Die Tretnähmaschine. So oft hatte ich auf dem Holzhocker meines Vaters gesessen und zu nähen versucht, die Nadel beobachtet, wie sie schnurgerade in den Stoff stach. Einmal hatte ich mich an ihr gestochen. Das Blut tropfte auf mein neues Kleid. Auf das weiße Leinen, den Fußboden, den Arbeitstisch, meine Hände, überall. Ein winziges Loch in meiner Haut, das nicht zu bluten aufhören wollte. Ich habe mich fürchterlich erschrocken, mein Vater auch, wie wütend er war! Es war das einzige Mal, dass er mich übers Knie gelegt und mir eine Tracht Prügel verpasst hat. Danach saß ich nur an der Maschine, wenn er dabei war. ›So habe ich es von Onkel Matvej gelernt‹, sagte er dann, ›der hat mir auch immer auf die Finger geschaut.‹ Mein Vater brachte mir bei, wie ich den Fuß auf das Pedal setzen, den Stoff von mir schieben und ein gleichmäßiges Tempo beibehalten musste, damit die Nähte hübsche gerade Linien wurden. Genau so eine Nähmaschine wie in unserem Bauernhof stand auch in der Baracke in Deutschland. Sie war das einzig Vertraute in den finsteren Monaten in der Fabrik. Als ich mit der Hand über den hölzernen Anschiebetisch und die kalte metallene Stichplatte strich, wie ich es so oft als Kind getan hatte, strömte eine altbekannte Wärme durch meinen Körper. Hoffnung vielleicht, das Gefühl, dass nicht alles verloren war: Ich wusste genau, wie ich an der Maschine zu sitzen hatte, wie alles funktionierte. Als mein Fuß das Pedal berührte, war ich wieder zu Hause. Ich blickte durchs Fenster der Holzbaracke und sah meinen Vater über die Felder laufen, die beiden Brigadiere hinter ihm her. Ich betrachtete meine Füße und stand plötzlich im Schlafzimmer meiner Eltern und starrte auf die leere Stelle. Die Nähmaschine war weg.«

»Sie konnte aus den kleinsten Dingen noch etwas machen«, sage ich zu Nikolaj. »Von meinem Vater gelernt, sagte sie immer. Weil sie Kleidung für andere Sowjetmädchen nähte, gewann sie Freundinnen, Selbstvertrauen. So wie du einst Baba Mari für dich gewonnen hattest.«

»Wir hatten die Nähmaschine versteckt«, sagt Nikolaj. »Oleg hat mir zum zweiten Mal innerhalb von zwei Jahren geholfen. Kurz vor der Inspektion dieser Brigadiere schaufelten wir Schnee in eine Badewanne und Oleg entzündete darunter ein Feuer. Das heiße Wasser gossen wir Eimer für Eimer auf ein kleines Stück Waldboden. Wir hofften, dass die gefrorene Erde ein wenig auftauen würde, damit wir graben konnten. Und es hat geklappt. Anna und ich fuhren die Nähmaschine mit dem Pferdekarren an den Waldrand. Der Mond stand hell am Himmel, unsere Körper warfen lange Schatten. Wir hoben sie so leise wie möglich vom Karren, trugen sie dann über den holprigen verschneiten Waldboden. Oleg stand bereits neben der Grube, in die die Maschine geradeso passte. Ich warf einen Blick hinein und dachte an Sergej, daran, wie er das Loch für die Getreidesäcke präzise ausgehoben hatte. Man erkannte, wie genau er war, wie sein gesamtes Leben an diesem Getreide hing. Ich sah es auch immer daran, wie er den Brunnen sauber hielt, an der Liebe, mit der er Lena bei unseren Dorffesten im Arm hielt, an der Sanftmut, mit der er seine Tiere streichelte. Ich blickte lange in die Grube und plötzlich sah ich ihn dort liegen, in dem Loch im Wald. Nackt. Erfroren. Mit einem sehr langen Bart, dünnen Armen und Beinen. Die Augen weit aufgerissen, sie blickten in den pechschwarzen Himmel über uns. Drei weiße Hirsche tauchten auf, mit goldenen Geweihen und einem goldenen Pfeil im Rücken. Sie schauten mich an. ›Unruhe ist nirgends lange willkommen‹, flüsterten sie. Ich erschrak mich fast zu Tode. Ich hatte die Hirsche lange nicht gesehen, das letzte Mal, als ich ein kleiner Junge war.

Anna und Oleg beobachteten mich. Ich starrte wohl ziemlich lange die Tiere und das Loch an. Oleg gab mir einen Schubs und drückte mir ein paar Seile in die Hand. Gemeinsam mit Anna band ich sie um die Nähmaschine. Vorsichtig ließen wir sie in die Grube sinken, wie einen Sarg bei einem Begräbnis: langsam, ohne an die Ränder zu stoßen. Danach standen wir eine Weile schweigend zusammen, vielleicht war es das letzte Mal, dass wir die Nähmaschine sahen. Ich hatte eine große, dicke Decke und einen großen Lederlappen mitgenommen. Anna legte beides oben auf die Maschine.«

Die goldfunkelnde Decke der Empfangshalle wird mit jeder Geschichte Nikolajs trüber. Wenn meine Familie im Wald unter Lebensgefahr Dinge vergrub, die ihr lieb und teuer waren, was bedeutet alles Blattgold des Volkspalasts dann noch? Ist das der Grund, weshalb die lächelnden Freskenmenschen über meinem Kopf immerzu vorwärts stürmen, weil sie nicht wissen, wohin?

»Die Nähmaschine ist die einzige Lüge in meinem Leben, das Einzige, was ich je verheimlicht habe. Elf Jahre, nachdem Anna und ich sie vergraben hatten, standen wir auf dem Bahnsteig voller weinender Mädchen. Die deutschen Soldaten schrien und trieben Aleksandra, Nusja, Dusja und hundert andere Mädchen mit Maschinengewehren in die Waggons. Wie Vieh, wie Tiere. An jenem Tag bereute ich es, dass ich nur dieses eine Mal gelogen hatte. Die Schäferhunde zerrissen beinahe ihre Lederleinen, als sie nach den Waden unserer Töchter schnappten. Ich sah ihre scharfen Zähne, hörte das wilde Gekläffe, das einfach nicht aufhören wollte. Mit einem Mal kam es mir absurd vor, dass wir 1931 die Nähmaschine vergraben hatten. Was wiegt schon das Verstecken von Getreide oder von anderen Dingen, wenn man sein Kind hergeben muss? Wir hätten das alles wieder kaufen können, wir hätten dafür Geld beiseitelegen können. Hätten wir doch unsere Mädchen gegen unsere liebsten Gegenstände eintauschen können, ich hätte nicht gezögert, all diese Dinge in den Viehwaggon zu stopfen! Ich wollte Aleksandra in dieser Grube im Wald verstecken, dort, wo sie kein Deutscher je finden würde – obwohl sie fast jeden fanden, überall. Trotzdem. Oleg hatte etwas in der Art sogar vorgeschlagen, wusstest du das? Er hätte sie irgendwohin gebracht, wir hätten nicht gewusst, wo, damit wir ihr Versteck nicht den Deutschen oder der ukrainischen Hilfspolizei verraten konnten. Ich hatte davon gehört, dass einige Eltern das so machten. Manchmal mit Erfolg, manchmal nicht, dann wurden die Mädchen aufgespürt, wurde die ganze Familie zur Strafe abgeknallt oder abtransportiert.«

»Nikolaj bat einen Arzt, mir ein Attest auszustellen«, sagte meine Oma an ihrem Esstisch. Sie lachte schallend und kniff sich in die roten Wangen. »Ein sinnloser Versuch natürlich. Jeder vernünftige Mensch konnte aus hundert Metern Entfernung sehen, wie kerngesund ich war. Schau dir das Mädchen auf dem Foto an. Der runde Kopf, die dicken Backen. Ich konnte unmöglich unter dem Vorwand einer schwachen Gesundheit bei meinen Eltern bleiben. Die Deutschen wollten mich nur allzu gern mitnehmen. Ach, Lisa, es war eiskalt in dem Winter meiner Reise nach Deutschland, mein Vater sagte zu mir, dass es noch kälter war als in dem Jahr, in dem Anna und er die Nähmaschine vergraben hatten.«

»Diese beiden Winter waren tatsächlich in vieler Hinsicht gleich«, sagt Nikolaj, »nur das Ergebnis war unterschiedlich: Die Nähmaschine bekam ich zurück, Aleksandra sah ich nie wieder.«

Als Aleksandra das Schlafzimmer verlässt, in dem sie nur eine leere Stelle vorgefunden hat, wo sonst die Nähmaschine steht, kehren die Brigadiere mit Nikolaj im Schlepptau gerade zum Haus zurück. Der eine setzt sich draußen auf das Mäuerchen, der andere geht hinein.

»Gib mir eine Scheibe Brot«, befiehlt er, »es ist harte Arbeit bei dieser Kälte.«

Er hält Baba Mari die Hand vors Gesicht und schnippt mit den Fingern.

»Mach schon, Mütterchen, ich hab Hunger.«

Mit strengem Gesicht gibt Baba Mari ihm eine Scheibe Schwarzbrot. Der Mann beäugt die Scheibe von allen Seiten, dann beißt er hinein. Kauend geht er wieder nach draußen. Dort starrt er unablässig Aleksandra an, die mittlerweile in ihrem Wintermantel bei ihrem Lieblingsplatz unter dem Apfelbaum steht. Sie sieht ihn an, versucht dabei, möglichst nicht zu blinzeln. So macht sie es auch mit den Pferden im Stall, damit die Tiere merken, dass sie keine Angst hat. Der Mann hat eine Narbe, die auf seiner Wange beginnt und im Kragen verschwindet, eine lose Schnur, die sich bei jedem Bissen strafft.

»Nächste Woche holen wir den ganzen Krempel ab«, sagt er mit vollem Mund zu Nikolaj. »Ein paar Kleider dürft ihr behalten und ihr dürft die Wandbehänge, zwei Stühle und einen Hocker mitnehmen. Matratzen? Ja. Ein Bett, ja. Eine Kuh, ein Pferd. Nehmt ihr mehr mit, sagen wir mal, einen Tisch oder Stuhl, dann jagen wir dir eine Kugel in den Kopf.«

Er lacht, entblößt seine bräunlichen Zähne. Aleksandra wirft ihrem Vater einen Blick zu. Er schüttelt den Kopf.

»Und das willst du doch nicht, alter Kulak. Wenn du zum Volksverräter wirst, werden deine Kinder leiden.«

Kalt klingen diese Worte in Aleksandras Ohren.

»Ich höre sie noch immer, diese harten, holprigen Worte«, erzählte meine Oma verbissen. Sie ahmt die Klänge nach, spricht die russischen Worte aus, als würde sie zuschnappen. Brot, Brett, Heilige.

Der Brigadier fügt keine Wörter aneinander und bildet auch keine langen, melodiösen Sätze wie Baba Mari. Alles, was er sagt, kommt kalt heraus, als wäre er eine Maschine. Einen Moment sieht er Aleksandra an, sie ihn aber nicht. Sie konzentriert sich auf seine Narbe.

»Wenn dein Vater brav ist, geschieht ihm nichts. Dann verlässt er das Dorf, hilft unserem Staat und baut unser neues

Land mit auf. Und Väterchen Stalin wird sich über euren Beitrag freuen.«

Er dreht sich lässig zu Nikolaj um, der mit den Händen in den Manteltaschen dasteht und auf den Boden schaut. Er duckt sich tief in seinen Kragen, der dicke Wintermantel verbirgt seine schmalen Schultern, seinen dünnen Körper.

»In diesem Winter kam mir mein Vater größer und breiter vor«, sagte meine Oma. »Im Sommer aber, als er über das Feld lief, sah ich seinen schmalen Körper durch seine Hose und das Leinenhemd.«

Der Brigadier wirft den letzten Bissen, die Brotkruste achtlos in den Schnee.

»Wir lassen alles, wie es ist«, murmelt Nikolaj.

»Das ist gescheit«, lacht der Mann, »sehr gescheit.« Die Narbe bewegt sich im Takt seines Gelächters. Irgendwie ist er wie ein Hampelmann, bei dem Arme und Beine an Schnüren baumeln: Bei manchen Bewegungen zieht sich bei ihm alles straff.

»Entspann dich mal.« Der andere Mann sitzt immer noch vorm Haus. »Die Leute hier stellen sich nicht quer.«

Er lächelt Aleksandra an, nur einen Augenblick. Draußen sieht er jünger aus als drinnen, wo er mit grober Gewalt den Fußboden auseinandergenommen hat. Ausgelassen streckt er die Zunge heraus. Als Aleksandra nicht darüber lacht, springt er auf und zuckt mit den Achseln. Er legt Nikolaj die Hand auf die Schulter. Der betrachtet die Hand, als würde er nicht verstehen, wie sie plötzlich auf seine Schulter kommt, etwa so wie im Sommer, wenn er sich wundert, warum ein Käfer auf seinem Arm landet. Dann scheint der Mann sich selbst auch zu wundern. Unbeholfen zieht er die Hand weg und geht.

Die Männer steigen in ihren Lastwagen und fahren davon, raus aus dem Dorf, in Richtung Lugansk. Als sie außer Sichtweite sind, kommt Baba Mari aus dem Haus und klaubt die

Brotrinde aus dem Schnee. Dann geht sie wieder hinein, setzt sich an den Tisch und pfriemelt am Tischtuch herum.

»Mein ganzes Leben hat sich hier abgespielt«, sagt sie. »Anna ist hier im Zimmer geboren. Stepan bat mich hier um meine Hand. Wir haben ihn hier aufgebahrt, mit dem Gesicht zur Ikone, die die beiden Hunde eben zerschmettert haben.«

Nikolaj tätschelt ihre Hand. Er schaut aus dem Fenster auf den verschneiten Acker, lässt den Blick durch das Zimmer gleiten, die Schränke entlang, Tisch, Töpfe und Pfannen, Ofen, Wandbehänge. Er reibt sich die Stirn. Dann zieht er den Mantel aus und holt einen Hammer aus dem Schrank, kramt ein paar Nägel aus der Schublade. Er kniet sich hin und streckt Aleksandra die Hand entgegen.

»Das ist gleich erledigt, dann haben wir es wieder schön«, sagt er. Sie holt eine der herausgerissenen Dielen und legt sie über den Querbalken. Schweigend beobachtet sie ihren Vater, wie er die Nägel in die Ecken der Dielen schlägt. Eine Diele nach der anderen legen sie wieder zurück.

»Als alles wieder an seinem Platz war, schien mir die ganze Geschichte mit den beiden Männern, die unser Haus auseinandergenommen hatten, nichts weiter als ein schlimmer Traum gewesen zu sein«, sagte meine Oma. »Ich setzte mich zu Baba Mari an den Tisch und schaute zu, wie ihre Finger über das schwarze und rote Muster des Tischtuchs glitten, dieselben roten und schwarzen Muster wie auf dem Sticktuch in diesem Kasten, Lisa. Sie fing leise zu singen an: *Als Kind ging ich im Frühjahr fort, auf unbekannten Wegen, in die Welt hinaus. Meine Mutter bestickte mein Hemd rot und schwarz, mit roten und schwarzen Fäden. Zwei Farben, oh, meine zwei Farben, beide in den Stoff, beide in meiner Seele. Zwei Farben, oh, meine zwei Farben, Rot für die Liebe und Schwarz für den Verdruss.*«

»Kennst du das Lied?«, fragt Nikolaj. Ich nicke und denke an die Melodie, die Aleksandra anstimmte, als sie das Tuch mit den Familienlinien aus dem Brotkasten nahm.

»Es ist ein Gedicht«, sagte meine Oma, »Baba Mari hat es mir oft vorgesungen.«

Während sie die Zeilen wiederholte, breitete sie das längliche Tuch auf dem Tisch aus. Ihre Stimme war hell und klar, sanft und rund, als würde ihr Gesang uns beide zu ihrem Elternhaus tragen. *Rot für die Liebe und Schwarz für den Verdruss.*

»Wenn Baba Mari mir dieses Lied vorsang«, sagte Aleksandra, »betrachtete ich immer ihre Hände. Sie hatte von der Arbeit im Garten und auf dem Feld immer Erde unter den Fingernägeln. Ein kleiner Rand schwarzer Erde, der nie verschwand. Baba Mari war dem Land verbunden, sagte sie immer, sie war ein in die Erde gesteckter Samen gewesen und eines Tages, so, hoppla! Zwischen den Pflanzen wuchs wie ein Maiskolben ein goldenes Kind aus dem Boden. Im Winter bezeichnete sie unsere Steppen als eine wogende Decke aus Schnee und im Sommer ein goldglänzendes Meer voll roter Blumen. All das war unser Zuhause. Auch in Kriegszeiten, auch in Krisenjahren. Im Garten war es im Sommer unter den großen weißen Tüchern, die Baba Mari und meine Mutter Anna immer aufhängten, angenehm warm. Es gab Katzen und Hunde, mit denen ich spielte. Im Herbst presste Baba Mari gemeinsam mit den Nachbarn in der Mühle aus den Sonnenblumenkernen Öl. Wenn es heiß war, aß sie eiskalte Tomaten, die sie zuvor in der Waschküche ins Wasser gelegt hatte. Das Landleben war aber nicht nur schön, brachte sie mir bei, das Landleben war manchmal auch grausam. Das Land öffnet sich nicht jedem, sagte sie. Ich sollte begreifen, was das Land von mir wollte, wie ich es behandeln und ehren musste. Irgendwann hatte ein Stier Baba Maris Oma, unsere Baba Vitalya, auf seine Hörner gespießt.

Er hatte sich ganz plötzlich in ein wildes Tier verwandelt, in ein größeres Wesen seiner selbst. Keiner wusste warum. Vitalya starb an Ort und Stelle, ihr Leichnam steckte noch auf den Hörnern des Stiers.

Das Land ist immer schwarz und rot, brachte Baba Mari mir bei. Schwarz steht dabei nicht nur für unsere Erde, es steht auch für den Tod. Unser Landstrich mag zwar launisch sein, aber er ist immerhin unser Land, sagte sie häufig. All unsere Geschichten liegen hier begraben und alle Geschichten sind hier letztendlich zu Hause, auf diesen Feldern. Die Linien auf diesem Tuch sind schöne und schaurige Geschichten, und es kommen immer mehr hinzu. Weißt du, was meine Baba Mari zu mir gesagt hat, Lisa? Dieses Stück Land kriegt man nicht aus uns heraus, es steckt in unserem Blut.«

Ich streifte umher, ohne eine Spur zu hinterlassen. Ich kehrte zu meinem Land zurück. Dieser Boden ist genauso gemustert wie die Stickarbeiten meiner Mutter: fröhliche Wege und traurige. Meine Wege sind fröhlich und traurig. Nun wachsen mir graue Haare auf dem Kopf und ich habe nichts, was ich zu meinem lieben Haus bringen könnte, nur das alte Tuch in meiner Hand. Mein ganzes Leben ist gestickt, singe ich, während ich Nikolaj durch die riesige Eingangshalle folge. Wir passieren Säulen, so hoch wie zwei Häuser übereinander. Jede Säule trägt den Namen eines Sowjethelden, gemeißelt in einen Gedenkstein, und in der Mitte prunkt das Porträt. Über jedem Gedenkstein hängt eine rote Fahne. Ich lese die Namen vor: »Sigismund, Jakow Nikolaj, Wladimir, Michail, Zoja.« Je mehr Namen ich vorlese, desto mehr Säulen tauchen vor mir auf. Bald betrachte ich keine Galerie mehr, sondern aufgestellte Särge auf einem Friedhof.

»Komm, Kind«, sagt Nikolaj, »die Säulen sind reizend, aber ich kenne noch etwas Besseres. Bevor wir zu Kolja gehen, muss ich dir unbedingt noch etwas zeigen.«

Er öffnet eine große Tür. Vor uns erstreckt sich ein gigantischer Kuppelsaal. Nikolaj macht eine graziöse Verbeugung und bedeutet mir, ich möge eintreten. In dem Saal sind vor einer Bühne Zehntausende rote Stühle aufgestellt. Die Rednerbühne erinnert an Lenins Mausoleum: ein Baukasten mit einer Treppe im ersten Geschoss, über die ein großer Sowjetführer durch eine Tür ans Pult treten kann. Über der Tür steht ein Denkmal, das dem Denkmal gleicht, das ich draußen gesehen habe: fünf vorwärtseilende Sowjetbürger. Sie tragen Fahnen, Hämmer, Sicheln und Getreidebündel. Die Fahnen sind so gut in den Stein gearbeitet, dass sie beinahe flattern. Durch ein rundes Loch in der Kuppel, die mit goldenen und weißen Sternen übersät ist, fällt Licht. Wie im Pantheon in Rom, nur größer, noch bombastischer. Breite Lichtstrahlen fallen direkt auf die Treppe.

»So«, sagt Nikolaj, »beeindruckend, oder? Was sagst du?«

In der Nacht nach dem Besuch der beiden Brigadiere lodern überall am Horizont die Hügel. Flammen wachsen an den Feldrändern in die Höhe und sacken wieder zusammen. Aleksandra kniet vor dem Fenster und sieht hinaus. Nach einer Weile sticht ihr der Brandgeruch in die Nase. Der Geruch erinnert sie an den Abend ihres Geburtstags Ende des vergangenen Sommers. Es riecht nach verbranntem Fleisch vom Spieß und glimmendem Holzfeuer. Wegen des Rauchs kneift sie die Augen zu. Im Haus wird eine Tür geöffnet.

»Brennt es?«

»Was? Hier im Dorf?«

»Ich höre niemanden schreien. Es klingt weit entfernt.«

Leise schlüpft Aleksandra im Nachthemd in das große Zimmer, in dessen Mitte ihr Vater schläfrig in einem Leinenhemd steht. Mit den schwarzen Filzpantoffeln und ihrer Jacke steht Baba Mari mürrisch im Türrahmen. Anna sitzt erschöpft am Esstisch. Nastja ist draußen im Hof, sie trägt ihre Winterstiefel und einen langen dicken Mantel, unter dem der Saum ihres Nachthemds hervorlugt. Es stürmt. Schneeflocken wirbeln auf. Aleksandra holt ihren Mantel vom Garderobenständer und geht an Baba Mari vorbei nach draußen zu ihrer Schwester.

Eine Familie mit einem Pferdekarren kommt vorbei. Alle eingepackt in ihre dicksten Wintermäntel und Stiefel. Alle tragen eine Laterne, sogar der kleinste Junge. Der Karren ist vollbeladen: Schränke, Tische, Wandteppiche und Stühle. Einmachgläser klirren in Holzkisten. Neben dem Pferdewagen laufen zwei Kühe her. Ein junges Mädchen, das vorn auf dem Karren sitzt, hat eine Ziege auf dem Schoß. Zwei Kinder werden von den Eltern auf dem Arm getragen. Sie gehen langsam, sie sehen im Schein ihrer Laternen müde aus, senken die Köpfe gegen den eisigen Wind. Hinten auf dem Karren sitzt eine alte Frau wie ein unbeholfenes Möbelstück, das nirgends mehr dazu passt, aber auch nicht zurückgelassen werden kann. Die Familie verströmt den Geruch nach verbranntem Holz. Am nächsten Morgen riecht die gesamte Umgebung so.

Lugansk

Für uns ist das nichts Neues: Grund und Boden bleiben, nur der Name ändert sich. Am anderen Ufer des Don poltert es leiser als hier in Lugansk, aber auch dort stellt man den Namen in Frage. Dort, in Charkow, Odessa und Dnipropetrowsk, entstehen Bataillone wie das Dnipro-1 Regiment der Patrouillenpolizei. Wir sehen einen Panzer und einen Panzerwagen, der komplett gelb und blau gestrichen ist. Auf dem grau-schwarzen Abzeichen ist mittig der Dreizack, seit 1992 das offizielle Wappen der Ukraine.

»Was für ein jämmerliches Bild gibt es doch ab, dieses Wappen«, sagen wir zueinander. »Warum nicht die alte Armbrust, der Bogen oder wenigstens der Kosak mit seiner Muskete?«

Einer von uns scharrt mit den Hufen. Nachdem er gesagt hat, dass auch ein Kosak scheitern kann, geht er fort. Die Diskussion versandet, wir ertappen uns dabei, dass wir dasselbe tun wie die Menschen in Onkel Koljas Umfeld.

»Ja, ja, ja«, schnauzen wir uns an. »Genug jetzt. Wir können nicht auf alle aufpassen, geschweige denn den ganzen Haufen retten, das sollten wir inzwischen doch gelernt haben.«

Wir sind still und werfen einen Blick in Larissas und Koljas Schlafzimmer. Larissa tippt Kolja mit der Fernbedienung auf die Schulter. Kolja liegt bis zum Kinn unter seiner Decke. Larissa klopft ihm noch einmal auf die Schulter, sie ist nervös.

»Kolja.«

»Hm?«

»Kolja, steh auf.«

Kolja stöhnt, dreht sich um. Aber Larissa rüttelt ihn. Als Kolja sich ihr zuwendet, stellt sie den Fernsehapparat lauter.

»Verdammt, muss das sein, dieser Lärm. Wie spät ist es?«

»Hör auf zu nörgeln«, sagt sie, »Schau lieber hin.«

»Larissa, warum, in Gottes Namen, läuft der Fernseher?«

Willkommen in der Volksrepublik Lugansk!, erscheint in Goldbuchstaben auf der Mattscheibe. Dann eine computeranimierte Fahne. Ein goldener Doppeladler gleitet vor den hellblauen, blauen und roten Streifen auf der Fahne hin und her. In der einen Klaue hält der Adler ein Zepter, in der anderen einen Reichsapfel. Seinen Bauch schmücken zwei Hämmer und ein Brennofen.

Ein Orchester setzt ein, ein Männerchor singt ein Lied:

Mein bescheidenes Land ist das Herz des Donbass. Mein freundliches Elternhaus. Der Donbass hat alles, was ich brauche: Flüsse, Steppen und hart arbeitende Menschen. Die Vögel singen für mich aus dem strahlenden Himmel, und der Sonnenaufgang färbt sich für mich rot.

Langsam verschwindet die Fahne aus dem Bild und macht Platz für Bilder von der Steppenlandschaft, den Fabriken und den Feldern rund um Lugansk. Unser Land. Wir sehen es, wie wir es lieben, ruhig, gemächlich, schön. Endloses Gold unter blauem Himmel. Larissa legt sich wieder hin und verbirgt den Kopf schweigend in ihren Händen. Kolja legt ihr die Hand auf die Schulter, lässt sie dort, bis sie den Kopf schüttelt und zu weinen beginnt. Kolja steht auf und geht ins Badezimmer. Als er den Hahn aufdreht, kommt kein Wasser.

Palast des verlorenen Donkosaken

Nikolaj streicht über das Granitgeländer der Freitreppe. Er räuspert sich und tippt gegen das Mikrofon. Ein dumpfer, leiser Ton. Ich sitze mitten im Saal und schaue zu, wie er sich aufrichtet und über seinen Backenbart fährt, den Schnurbart glättet.

»Er hatte einen Knopf«, flüstert er ins Mikrofon, »er, der Führer, der Mann, von dem ich dachte, er hätte all die Anti-Kulaken-Plakate ersonnen, jämmerlich naiver Bauer, der ich war. Er hatte während seiner Vorträge und Kongresse einen Knopf. Wenn er den drückte, durften endlich alle aufhören zu klatschen.«

Nikolaj verschwindet hinter der Balustrade.

»Warte mal«, sagt er. Sein Kopf bewegt sich hinter dem Geländer hin und her.

»Ah!«

Er taucht wieder auf, streckt den Zeigefinger sakral in die Luft, berührt den breiten Lichtstrahl, der durch das Loch in der Kuppel auf die Bühne fällt. Er verbeugt sich feierlich und drückt.

»BZZZ!«, schallt es durch den Saal. Es klingt, als würden die Sicherungen durchbrennen. Ich stehe auf, gehe seitwärts durch die Stuhlreihen und vor zur Bühne. Auf der Treppe stoße ich meinen Urgroßvater übermütig zur Seite, ich will wissen, was für einen Knopf er gerade gedrückt hat. Schräg unterm Mikrofon befindet sich, eingebettet in eine Granitplatte, ein roter Knopf, nicht größer als eine Türklingel. Ich bewege meinen Finger vorsichtig darauf zu und drücke. Wieder erklingt das laute Surren. »Es war eine seltsame Art von Freiheit in dieser Zeit«, sagt Nikolaj. »Kurz bevor wir fortgingen, bevor Sergej in seine selbst ausgehobene Grube fiel, war es, als hätten sie allen Sauerstoff aus unserer blauen Luft gesogen. Als wäre es verboten zu atmen. Die Dorfbewohner gehorchten jeden Tag ein bisschen mehr, als hätte es bei uns so einen roten Knopf gegeben. Immer öfter mussten wir klatschen, bis jemand sagte, dass wir aufhören durften. Auch deine Oma hatte das verstanden. So klug, wie sie war.«

»Ich war noch so jung«, sagte Aleksandra und betrachtete das Sticktuch zwischen uns. »Meine Eltern flüsterten im Schlafzimmer miteinander. Hatte Baba Mari etwas zu besprechen, ging sie mit meinem Vater frühmorgens spazieren. Weit weg vom Dorf, hinunter an den Fluss. Begegnete ihnen ein Bauer oder einer der Brigadiere, schwiegen sie. Dann beobachtete ich sie vom Hof aus, wie sie plötzlich auf etwas am Himmel zeigten, einen Vogel oder etwas anderes. Sie wurden langsam zu Sklaven auf ihrem eigenen Land, aber das begriff ich erst Jahrzehnte später, als ich zurückkehrte und mein Vater schon nicht mehr lebte. Das Ganze widersprach allem, was er gelernt hatte. Ein Donkosak muss in Freiheit sterben, man darf ihn nicht unterwerfen.«

Der eisige Wind peitscht über die Felder, zwängt sich durch die Ritzen. Der Stall ist kalt, die Luft trocken. Nikolaj streut Aleksandra ein Häuflein Zucker in die Hand.

»Schau dich hier noch einmal gut um, Sascha, und merke dir alles«, sagt er. »Heute gehört das hier zum letzten Mal uns, dir.«

Aleksandra schließt die Augen und holt tief Luft: der säuerliche, leicht modrige Geruch von Heu, das alte Holz des Stalls, der Mist. Sie geht zu den beiden Pferden, Dima und Rebus, öffnet die Hand und hält sie erst Dima unter die Nase, dann Rebus.

»Esst«, sagt sie. Sie fragt sich, ob die beiden Olesja vermissen.

Die weichen Lippen kitzeln ihre kleine Handfläche und hinterlassen ein wenig Speichel. Nikolaj ist in seinem Büro und holt einen letzten Stapel Papiere. Als er zurückkommt, steigen aus seinen Nasenlöchern weiße Wölkchen auf, genau wie bei den Pferden. Die fressen etwas Heu und stehen dicht beieinander, um sich zu wärmen.

»Heute Nachmittag bringe ich ein Pferd zur großen Kolchose«, sagt Nikolaj. »Das andere kommt mit nach Lugansk. Unser neues Haus dort hat einen Garten. Nastja hat die Kuh ausgesucht. Du wählst das Pferd.«

»Was macht das andere Pferd in der Kolchose?«

»Arbeiten, wie bei uns.«

Aleksandra betrachtet die beiden Pferde, die ruhig zusammenstehen. Sie sind dünner geworden, Dimas Rippen sind unter seinem glänzenden dunkelbraunen Fell gut zu erkennen.

»Kriegen sie dort auch genügend Futter?«

»Ich hoffe es, Mädchen.«

»Wie gut, dass Pferde Menschen nicht verstehen können, oder?«

»Das stimmt«, sagt Nikolaj, »sie wären sehr traurig.«

Aleksandra legt ihre Hand erst an Rebus' Hals, dann auf Dimas. Die Tiere schnauben leise. Nikolaj schiebt sich die Papiere unter die Achsel und legt Aleksandra eine Hand auf den Kopf.

»Also, welches Pferd geben wir ab?«

»Ich weiß es nicht.« Sie denkt wieder an Olesja, daran, dass ihre Eltern und auch Baba Mari keinen Ton über das Verschwinden des Tieres verloren haben.

»Manchmal muss so etwas geschehen, Sascha. Die Menschen brauchen die Pferde, sie werden sie dort anständig behandeln.«

Aleksandra stellt sich vor, wie auf dem neuen Staatsbauernhof volle Futtertröge stehen, damit das Pferd, das sie weggibt, stark genug bleibt, um die Pflüge zu ziehen und zum Helden des Bauernhofs werden kann. Dann wird es auf dem Dorfplatz gefeiert und bekommt eine große rote Schärpe. Dem Pferd zu Ehren wird ein Denkmal errichtet und überall wird sein Konterfei an die Mauern plakatiert. In manchen Häusern werden die Leute sein Porträt neben die der großen Führer hängen. Niemand wird das Pferd jemals vergessen.

»Dima«, sagt sie schließlich. Sie blickt in Dimas große braune Augen und sofort lastet ihre Wahl wie ein mächtiges Schwarzbrot auf ihrer Seele. Sie möchte schreien, treten, in die Hände klatschen, die Tiere erschrecken, damit sie aus dem Stall galoppieren. Sie will so lange klatschen, bis Dima und Rebus an der Mühle vorbeigaloppieren, bis sie außer Sichtweite sind.

»Gut«, unterbricht Nikolaj ihre Gedanken mit ruhiger Stimme. »Gut, Mädchen. Verabschiede dich von Dima, dann bringe ich ihn zur Kolchose.«

Aleksandra legt ein letztes Mal die Hand auf den weißen Fleck an Dimas Stirn. Er weiß es, denkt sie, er weiß, dass ich mich gegen ihn entschieden habe.

Baba Mari wartet im Garten auf Aleksandra, der ihre Entscheidung noch immer nachgeht. Mari umarmt sie kurz und flüstert: »Gut gemacht, mein kleines Kaninchen.«

Sie schickt Aleksandra nach drinnen ins Kinderzimmer. Dort sitzt Anna auf dem schmalen Bett neben einem Kleiderstapel. Dort liegen auch Kleider, die sie im Winter nicht tragen darf, weil sie nicht warm genug sind. Anna klopft neben sich auf die Bettdecke.

»Wir sollten hier nichts zurücklassen. Du musst so viel wie möglich übereinander ziehen. Baba Mari kann nicht alles zu Olegs Haus tragen, wo ihr bis zum Sommer bleibt. Zieh deine Jacke aus und alles andere auch. Wir beginnen mit der untersten Kleiderschicht.«

Während Aleksandra sich bis auf die Unterwäsche auszieht, hört sie den Überlegungen von Baba Mari und Anna zu.

»Lange Unterhosen, zwei Hosen.«

»Die Hemdchen, Kleider, Blusen.«

»Pullover, Strickjacken.«

»Der Mantel, der lange Mantel.«

Sie legen die Kleidungsstücke in der besprochenen Reihenfolge auf das Bett.

»Heb die Arme.«

Als Aleksandra alles angezogen hat, fühlt sie sich wie eine Vogelscheuche. Ihre Arme stehen seitlich ab, nur mit Mühe kann sie sie herunterdrücken.

»Geh mal ein Stück«, sagt Anna.

Aleksandra versucht, das Gleichgewicht zu halten, ihr Oberkörper ist viel schwerer als sonst. Sie fällt vornüber, Baba Mari stellt sie wieder auf die Füße. Jetzt fühlt sie sich wie ihre Holzpuppe mit den Glöckchen im Bauch, die keine Beine hat, sondern nur eine runde Unterseite. Stupst man sie an, schaukelt sie hin und her.

»Was machen wir mit dem Rest?«, fragt Aleksandra und zeigt aufs Bett.

»Die müssen auch noch mit«, murmelt Baba Mari. »Wie auch immer. Du musst gut durch den Winter kommen, zieh mehr Hosen übereinander.«

»Welches Kleid möchtest du tragen, wenn wir uns wiedersehen, meine liebe Sascha?«

»Als würde ich wieder im Stall bei den beiden Pferden stehen. Nichts war mehr selbstverständlich, die Tiere nicht, der Bauernhof nicht, mein Vater nicht und meine Mutter nicht. Nicht einmal Baba Maris alte Hände. Was, wenn sie sich auch sie holen, wie unser Land, unsere Tiere, unseren Bauernhof, dachte ich. Was, wenn nur ich allein in meinem Kleid übrig bleibe? Was, wenn ich bis in alle Ewigkeit meine Familie suchen müsste, für den Rest meines Lebens? Ich warf einen Blick auf mein rotes Kleid, das ich zum letzten Mal an meinem Geburtstag getragen hatte, als abends alles nach verbranntem Holz roch. Dieser Geruch hing in diesem Winter tagelang in unserem Dorf, schlich durch die Straßen wie ein Eindringling auf einem Fest, wie der eine Mann vom Geheimdienst, der mich, deinen Opa und deine Tante 1978 überall hin verfolgt hat, als wir in Woroschilowgrad zu Besuch waren. Dieser Kerl saß mir fast in der Manteltasche, so nah kam er uns, er war überall, selbst als wir zu einer Hochzeit gingen, war er dabei, da kam er sogar auf die Idee, mich um einen Tanz zu bitten. Ich lehnte freundlich ab. Dieser Geruch saß irgendwann überall: in unseren Kleidern, in den Mauern, in unseren Haaren, auf unserer Haut. Ich entschied mich für das weiße Kleid mit den blauen Blumen und die roten Schuhe. Meine Oma und meine Mutter waren einverstanden.

In Schneestiefeln und eingepackt in all meine Kleider aß ich missmutig die Wurst, die Baba Mari extra für diesen Abend gekauft hatte. Abschiedswurst, sagte sie. Immer, wenn meine Schwestern mich besuchen, muss ich an das Wort denken. Ich freue mich sehr, wenn sie da sind, hier in den Niederlanden, aber am Abend vor ihrer Abreise esse ich lieber nicht mit. Bei solchen Abschiedsessen denke ich immer daran, wie

Baba Mari in unserem halb ausgeräumten Haus die Wurst in gleich große Stücke schnitt. Dann sehe ich die Kuh wieder vor mir, die Nastja ausgewählt hatte, neben Rebus auf dem Hof unter einer großen Decke im Dunklen. Die beiden Tiere blickten alle paar Minuten zum Haus, vielleicht waren sie genauso nervös wie meine Eltern und meine Schwester. Wir schlangen schweigend die Abschiedswurstscheiben und das übrige Essen hinunter. Ich schmeckte fast nichts, obwohl ich mich sonst immer auf Wurst gefreut habe. Bei jedem Bissen, den wir nahmen, klirrten unsere Löffel an den Zinntellern. Körperlich spüre ich dieses Geräusch noch immer, als würden die Löffel über meine Haut schaben.«

Nach dem Essen spült Baba Mari in der Waschküche die Teller. Nastja holt die Wandbehänge von den Wänden. Anna hilft ihr beim Zusammenrollen. Nastja, die sonst endlos redet und Witze reißt, trägt die Wandbehänge schweigend, einen nach dem anderen, nach draußen und lädt sie auf den Karren. Danach geht sie in ihr Zimmer und zieht, genau wie Aleksandra, all ihre Kleider übereinander an. Nicht alles passt auf den Karren und was zurückbleibt, wird beschlagnahmt. Eine halbe Stunde später betritt Nastja rund wie eine Kugel das Esszimmer. Ihre Augen sind rot, sie hat geweint.

»Die Seele unseres Hauses ist weg«, sagt sie.

Nikolaj und Anna sehen mittlerweile auch wie ihre eigenen aufgeplusterten Doppelgänger aus. Als die letzten Kissen und Decken auf dem Karren liegen, weiß Aleksandra, dass sich in diesem Haus nie wieder Menschen aus dem Dorf versammeln werden. Nicht zu einem Fest. Nicht zu einer Hochzeit. Nicht zur Ernte.

»Mach's gut, kleine Schwester«, sagt Nastja, »wir sehen uns im Sommer wieder. Oleg und Baba Mari werden gut auf dich aufpassen.«

Ihre hellblauen Augen blicken Aleksandra lange an, bevor sie sie umarmt. Durch die vielen Kleiderschichten spürt Aleksandra den Körper ihrer zehn Jahre älteren Schwester kaum. Sie streckt die Arme ganz weit aus, um die Hände hinter Nastjas Rücken ineinander zu falten.

»Es wird bestimmt schön in der Stadt«, flüstert Nastja. »Wirklich. Ich habe das neue Haus schon gesehen, es liegt am Stadtrand von Lugansk. Wir können die Felder vom Fenster aus sehen, genau wie hier. Und es leben jede Menge Kinder dort, Sascha, also wenn du im Sommer kommst, wirst du viele neue Freunde finden. Und es gibt einen sehr schönen Park.«

Es beginnt zu schneien. Die Flocken fallen sanft auf Nastjas rote Wangen. Sie lässt Aleksandra los und lächelt. Ein letztes Mal umarmt meine Oma ihre Eltern. Nikolaj schlägt den Mantel um Aleksandra, und Anna tut dasselbe mit ihrem Mantel. Meine Oma umschlingt die Beine der Eltern.

»Wir sind ein Wald!«, ruft Nikolaj in die dunkle Nacht. »Wir sind ein Wald und irgendwo in uns streift ein Donkosakenmädchen umher.«

»Ist das nicht zu gefährlich, so allein?« Anna spielt das Spiel mit.

»Aber nein! Das Mädchen hat ein kleines Beil bei sich und ist schnell wie der Wind. Nichts kann ihr in dem großen Wald Schmerzen zufügen. Nichts. Sie wird alle überlisten.«

Unter den Mänteln ruft Aleksandra: »Hack, Hack, Hack! Der Wolf. Weg ist er!«

»Sein Kopf soll rollen«, ruft Nikolaj.

»Sein Kopf soll rollen!« Anna lacht.

Dann öffnen sie die Mäntel wieder.

»Bis ganz bald, Mädchen«, sagt Nikolaj.

Die beiden spannen Rebus an und klettern auf den Karren. Das Pferd trabt los. Die Räder rutschen im Schnee weg, der Karren kommt kurz ins Stocken, findet wieder Halt, die Reise beginnt. Erst langsam und ruckend, dann in stetigem Tempo. Im Schnee hinterlässt er eine schwungvolle Spur. Die Kuh trottet hinterher, scheint diesen Aufbruch hinauszögern zu wollen. Langsam wird der Karren zu einem schwarzen Punkt in der weißen Landschaft. Ein kleiner schwarzer Fleck, nur beleuchtet von der Laterne in Nastjas Hand. Dann verschwinden sie im Schneegestöber. Immer größere Flocken fallen vom Himmel.

»Nur dieser Winter und Frühling«, sagt Baba Mari, »danach brauchst du nie wieder Abschied nehmen.«

Volksrepublik Lugansk

Am Tag des Sieges über den Nationalsozialismus versammeln sich auf dem Taras-Schewtschenko-Platz nicht so viele Menschen wie in den Jahren zuvor. Viele sind fortgezogen. Wir haben sie in vollbeladenen Autos wegfahren sehen. Wir sind erstaunt, dass Kolja noch da ist. Riecht er denn nicht die große Gefahr, so wie wir? Wir neigen die Köpfe, rezitieren ein paar Gedichtzeilen von Schewtschenko aus Angst, dass kein anderer es heute tun wird, dass es vergessen werden sollte.

»Das vergilbte Gras«, sagen wir, »es will die Wahrheit nicht aussprechen, aber es gibt sonst niemanden, den man fragen kann.«

Auf dem Platz stehen vor allem ältere Menschen, viele junge sind fort. Sie halten Blumen in der Hand, manche tragen ihre schönste Armeeuniform, übersät mit Medaillen und Abzeichen. Genau wie wir haben sie alles aus der Nähe gesehen, als Kinder oder Jugendliche: die Soldaten der Roten Armee, die nach den grässlichen Niederlagen endlich zurückschlugen. Im Februar 1943, es war eiskalt, auf den Feldern lag über einen Meter Schnee. Ganz in Weiß stürmten die Soldaten durch Schnee und Schützengräben auf unsere Städte und Dörfer zu. Sie fanden kaputte Fabriken vor, leerstehende und ausgebrannte Häuser, verwüstetes Erdreich, verstörte Menschen in schmalen Waldstücken und in den Sümpfen. Wir waren eigentlich frei, aber eigentlich waren wir niemand mehr und hatten auch beinahe niemanden mehr. Nach ihrer Ankunft zogen die erschöpften Italiener und Deutschen durch unsere Straßen, wir bespuckten sie, schlugen sie mit Besen und Stöcken, beschimpften sie, weil sie unsere Häuser in Brand gesteckt hatten, unsere Söhne und Töchter verschleppt, unsere Väter ermordet und unsere Mädchen und Mütter vergewaltigt.

Gemeinsam mit Kolja schauen wir uns um und wiederholen die Zeilen über die Steppen und das Land, über den Kummer, der hier in der Erde begraben liegt. Die meisten halten rote und weiße Nelken in den Händen. Als die Siegesparade beginnt, stellen sie sich ordentlich auf. Jede Menge Panzer fahren vorbei. Junge uniformierte Männer laufen im Stechschritt die Straße entlang. Die Militärorden der Alten glitzern im Sonnenlicht. Kolja hält Ausschau nach Witja, der sich der Armee der Volksrepublik angeschlossen hat, will wissen, ob Witja mitmarschiert, auf einem Panzer sitzt oder eine Fahne schwenkt. Er kann ihn nicht so leicht finden. Sie haben sich nur noch selten gesprochen. Witja ruft manchmal an, erkundigt sich nach dem Geschäft oder ob Kolja etwas aus Russland bestellen möchte: Autozubehör, bestimmte Flüssigkeiten. Alles Dinge, die Kolja gar nicht verkauft: Er handelt in Weißwaren und Haushaltsgeräten. Das hat er Witja auch gesagt.

»Bruder, ich bin kein Schalter, an dem man alles Mögliche bestellen kann.«

»Noch bin ich es, der dich anruft«, hat sein Cousin gebrummt. »Bald stehen andere mit solchen Fragen vor deiner Tür, dann kann ich nichts mehr für dich tun. Ich bin der Freundliche in der Truppe, verstehst du?«

Vielleicht wird die Volksrepublik anerkannt, vielleicht fallen wir bald genau wie die Krim Russland zu, ganz vielleicht kommt uns die Ukraine dann holen, als wären wir ein verlorenes Schaf aus der Herde, das eine Weile auf dem falschen Hügel gegrast hat. Wer weg will, geht, ansonsten wird sich nicht viel ändern. Aber die Schüsse werden lauter, immer mehr Gebäude werden besetzt.

Während der Parade bemerkt Kolja einen Mann, der weiße Zettel verteilt. *11. Mai* steht darauf, *Referendum über die Selbstverwaltung der Lugansker Republik.* Kolja nimmt den Zettel nicht entgegen, doch mit einem Mal hängen sie überall: an Laternenpfählen, an den Scheiben der Bushaltestellen und den Türen der Supermärkte und Geschäfte. Auf dem Nachhauseweg fährt Kolja an einem großen Billboard vorbei: TRIFF DEINE ENTSCHEIDUNG. *11. Mai, von 09:00 bis 22:00 Uhr.* Sein Magen dreht sich um, beinahe stößt er mit einem anderen Auto zusammen, weil er versucht, die Abbildungen zu erkennen. Genau wie mit der Krim, denkt er: Rebellen annektieren das Gebiet, das dann ganz allmählich russisch wird. Er fragt sich, ob er umkehren sollte, fährt aber weiter, nach Hause, wo er noch zwei dieser Pamphlete im Briefkasten findet. Wir aber bleiben noch bei dem Billboard. Es ist zweigeteilt: Links ein Mann mit einem blutigem Beil und einem Molotowcocktail in der Hand. Über seinem Kopf ist ein Kästchen mit einem roten Kreuz, darunter der Umriss der Westukraine. Rechts steht ein Bergarbeiter mit einem roten Blumenstrauß in der Hand. Er salutiert, grüßt. In dem Kästchen über seinem Kopf ist ein grünes Häkchen. Darunter ist die Provinz Lugansk abgebildet. Wir denken an die Brigadiere, die vor langer Zeit in unsere Dörfer gekommen sind und uns entzweiten: »Ihr rottet die anderen aus. Ihr müsst gegen sie kämpfen. Ihr seid die Guten. Ihr seid böse. Ihr seid die Terroristen. Ihr seid die Helden.«

Kolja setzt sich an den Küchentisch und schaut aus dem Fenster. Auf der anderen Straßenseite steht auch so ein Billboard. Er greift zum Telefon und ruft Witja an.

»Ich habe es mir überlegt«, sagt er, noch bevor Witja etwas sagen kann. »Sag, was braucht ihr?«

»Ahaaa, mein Cousin wittert in finsteren Zeiten Geld!« Er lacht laut, seine Stimme schallt in Koljas Ohr, er muss das

Telefon weit von sich halten. »Ich muss doch auch weiterhin für Larissa, Nina und Julija sorgen.«

»Jaja«, lacht Witja wieder, »keine Politik für unseren Kolja. Nur Geld und Sicherheit.«

Palast des verlorenen
Donkosaken

Ich betrachte die Spitzen des roten Sowjetsterns, der rund um das Loch in der Kuppel prangt. Das Loch ist so groß, dass ich mich mit jeder Sekunde kleiner fühle.

»Das Tempo des Lebens war in Lugansk anders, mechanischer, schneller«, sagt Nikolaj. »Anna und mir wurde immer deutlicher, wohin sich das Land bewegen würde. Immer mehr Plakate mit Traktoren und Fabriken hingen in der Stadt. Aus den Lautsprechern auf dem zentralen Platz und in den Fabriken dröhnten die Stimmen der Führer, die uns erzählten, wie gut es unserem Land ging. In Moskau schossen Dutzende neue Gebäude gleichzeitig empor, lasen wir in der *Prawda*, die in der ganzen Stadt auf Mitteilungstafeln aushing. In unserem Dorf hatten wir auch manchmal etwas über große Veränderungen gehört, aber hier geschah das jeden Tag. Immer wurde von einem Ort erzählt, an dem alles schön sein würde. Ich fing an, von solchen Orten, in denen alles funkelte und blinkte, zu träumen. Meine Arbeitstage als Schneider in der Fabrik waren lang. Abends war ich übersät mit Pelzflusen. Die Verarbeitung der Felle war neu für mich und schwer. Ich atmete die losen Härchen ein. In den ersten Monaten in der Fabrik habe ich in einem fort gehustet. Anna hatte als Kranführerin im Bergwerk nahezu keine Pausen, jeden Abend kam sie erschöpfter nach Hause. Manchmal dachte ich, dass wir an etwas bauten, das wir nie entstehen sahen. Der Traum, um den es die ganze Zeit ging, worüber sie ständig durch die Lautsprecher sprachen, war größer als das, was um uns herum geschah, als griffen wir immerzu nach etwas, an das wir nicht heranreichen konnten. Eines Abends im Bett, kurz nach Frühlingsanfang, überlegten wir, wie sie wohl aussehen würde, die neue Welt. Wenn alles fertig wäre, wenn der Traum aus Moskau auch unsere Stadt Lugansk erreicht hätte. Wir waren im Kino gewesen. Zum ersten Mal. Ein schönes großes Gebäude mit genau solch roten Stühlen wie hier, goldverzierter Stuck, überall Sowjetsterne, an den Türen, an den Türgriffen, an den Decken. In den Gängen zum Kinosaal gab es auch solche Mosaike lächelnder Männer mit breiten Schultern und gesunden Gesichtern. Sie standen neben wohlgenährten Frauen mit breiten Hüften, die ihre strahlenden Söhne und Töchter an der Hand hielten. Bevor ich den Saal betrat, betrachtete ich die Mosaike. Anna und Nastja taten dasselbe. Ich erinnere mich noch, dass Nastja die Hände an ihre Hüfte legte, als wollte sie abschätzen, wie viel schmaler sie war als die Frauen an der Wand. Das waren nicht wir. Eigentlich waren wir nichts von dem, was uns in Lugansk versprochen und vorgezeigt wurde. Diese roten Stühle im Saal beispielsweise oder die Kleidung der Mosaikmenschen, alles war so ordentlich und so neu, hübsch. Wir trugen noch immer unsere alten Kleider aus dem Dorf. Wir hatten kaum Geld, und das ging für Essen drauf, obwohl wir Probleme hatten, überhaupt etwas in der Stadt aufzutreiben. Nun gut, Anna und ich lagen also im Bett und besprachen flüsternd den Reklameblock, der vor dem Film gezeigt wurde. Vielleicht sollte ich es nicht als Reklame bezeichnen, es war Propaganda. Ein fröhliches Mädchen, etwa in Nastjas Alter, kündigte an, dass eine neue Zeit anbrach, es würde gebaut und gebaut. ›Bei der Ausführung von Stalins Generalplan für die Rekonstruktion Moskaus verrichten die Moskauer Bolschewiken eine kolossale Leistung‹, rief sie von einem hölzernen Rednerpult in den Kinosaal. Sie trug ein schickes Kleid und stützte sich mit den Händen ab. Der Kameramann lachte ihr zu, während er die Filmspule kurbelte. Der Kinosaal verschwand, also der Kinosaal in diesem Reklamefilm, kommst du noch mit? Staub wirbelte vor einem alten Gebäude auf.

Als der Staub sich legte, erschienen saubere breite Straßen, ganz aus Stein, gesäumt von hohen symmetrischen Gebäuden. Häuserblöcke wurden gesprengt, man schaffte Platz für große Boulevards, ein dreckiger Platz verwandelte sich in eine strahlende Fläche. Ich wusste nicht, wie mir geschah. Ich kannte nur schludrige Straßen voller Schlaglöcher, Wege mit schiefen Klinkern, und Sandpfade. ›Hier sehen Sie Moskau als enorme Baustelle‹, schnatterte das Mädchen, ›doch innerhalb weniger Stunden werden sich neue Gebäude erheben, wie im Märchen. Die Gorkistraße, die Kirowstraße, die Dserschinskistraße, die Puschkinstraße, die Michailowskistraße.‹ Die Leute in dem Propagandafilm saßen auf ihrer Stuhlkante, genau wie Anna und ich. Sie reckten wie wir den Hals der Leinwand entgegen, auf der Bilder einer Großstadt gezeigt wurden. Der ganze Saal bewegte sich auf die Leinwand zu, ich wollte den Film anhalten und in Moskau herumspazieren. Ich glaubte nicht, was ich da sah. Anna kniff mir in die Hand, die ganze Zeit. Immer wenn eine neue Straße oder ein neues Gebäude ins Bild kam, kniff sie stärker zu. ›Allein 1938 wurden über den Fluss Moskwa fünf neue Brücken angelegt‹, sagte das Mädchen. Eine große Brücke spannte sich über einen breiten Fluss, weiß und schnurgerade, die Treppen und die Balustraden waren fein säuberlich lackiert, alles war makellos. ›Dort, wo die Chimka fließt, auf dem Gelände der alten Steinfabrik, ragt nun der Chimkinskiturm in die Höhe!‹, rief sie unbändig. Das Publikum im Film applaudierte, ein Orchester setzte ein – rasante, heitere Musik. Der Lärmpegel war enorm, der Ton fegte über uns hinweg, ich bekam einen Mordsschrecken. Moskau klang grauenhaft, schrill und gigantisch. Von einem Boot auf dem Fluss blickten wir auf die Ufer der neuen Stadt. Ein riesiges Stalindenkmal glitt an uns vorbei. Da stand er, imposant, freundlich auch. Stolz und fröhlich. ›Schaut, Kameraden, was die Bolschewiken mit dem einstigen Moskau anstellen!‹ Auch ich empfand Stolz, setzte mich auf, reckte das Kinn etwas und schaute mich in dem schummrigen Saal um. Ich erblickte ausschließlich stolze Gesichter in dem Halbdunkel, seltsam, wie das funktionierte, wie ansteckend das Mädchen war, wie sehr auch ich wollte, was ich da sah. Denn, Lisa, weißt du, warum?«

»Nein.«

»In diesem Film saßen ein Mann und eine Frau, etwa so alt wie Anna und ich, auf einer großen Veranda und tranken Kaffee. Die Frau genoss die Aussicht auf die Stadt, der Mann las Zeitung. Überall schöne Gebäude um sie herum. Eine Vorstellung, die mich glücklich machte, die breiten Straßen und langen Promenaden, die Menschen in hübschen Kleidern, mit teuren Autos. Das wird auch unsere Zukunft sein, dachte ich, dafür haben wir unser altes Leben aufgegeben. Anna sah mich im Kino kurz an. Wir werden das erleben, sagte ihr Blick. Ihre Augen waren groß, sie lächelte. Dies ist auch für uns, flüsterte sie, auch wenn Moskau Tausende Kilometer von hier entfernt ist, so wird es kommen, Liebling. Sie küsste mich. Die schrille Stimme des Mädchens unterbrach unseren Kuss mit etwas, das so unglaublich war, dass unsere Hoffnung mit einem Schlag dahinschwand. Sie sagte: ›An den Ufern der Moskwa entstehen die schönsten architektonischen Schmuckbauten unserer Hauptstadt.‹ Alte Häuser, die aussahen wie unser Bauernhof, verschwanden langsam aus dem Bild und machten Platz für hohe Wohnanlagen. Ich dachte an Baba Mari und Aleksandra, an unser Haus, das ausgeräumt worden war und in dem nun die neuen Bauern des neuen kollektiven Landwirtschaftsbetriebs wohnten. Ich dachte an die Felder, die Mühlen, die Tomaten, an Dima, die wir hatten abgeben müssen und an Olesja. Ich schaute auf die Leinwand: Am großen Fluss standen reihenweise Mietshäuser, die alle gleich aussahen. ›Sehen Sie nur, der Lenin-Prospekt! Und an dessen Ende: der Volkspalast. Der Palast als Symbol der Verbundenheit, der Macht und Stärke unseres Mutterlands.‹

In Formation schritten jede Menge Menschen über den breiten Boulevard, fast wie bei einer Militärparade. Sie liefen auf ein gespenstisch großes Gebäude zu, das aus fünf übereinandergestapelten Zylindern bestand. Ein auf den Kopf gestelltes Molekularfernrohr. Oben auf der Spitze thronte eine riesige Leninstatue. Die Leute gingen die breiten Treppen hinauf und verschwanden hinter einer Reihe hoher Säulen. Wir stiegen mit ihnen, weg vom Boden und hoch bis zur Spitze, geradewegs auf Lenins Zeigefinger zu. Er deutete direkt in den Kinosaal, direkt auf Nastja, Anna und mich. Seine Jacke flatterte im Wind. Er streckte den Arm über Moskau aus, zeigte auf einen Punkt in der Ferne. Um seinen Kopf flogen Dutzende Flugzeuge. Sie waren im Vergleich zu Lenin winzig. Das Orchester war außer Rand und Band, Becken prallten mit schrillen Schlägen aneinander und der Applaus der Zuschauer im Film war ohrenbetäubend. Dann wurde es plötzlich still und dunkel im Saal. Niemand klatschte. Na gut, eine Frau schon, die Kartenabreißerin am Eingang, aber vielleicht war sie dazu verpflichtet worden, weil sie dort arbeitete.«

Ich stelle mir vor, dass alle einundzwanzigtausend Stühle hier im Saal besetzt wären und jeder Nikolajs Worten lauschen würde. Am Ende seiner Rede wird er den Arm ausstrecken und etwas rufen, irgendetwas, das mit dem Wort »Mutterland!« endet. Der ganze Saal schießt aus den Sitzen und applaudiert. Ohrenbetäubend. Und wir müssten den roten Knopf drücken, um die Menge zur Stille zu mahnen.

»Alles Lüge, oder?«, frage ich.

»Eine Lüge, die uns jeden Tag eingebläut wurde. In der Kleiderfabrik lief manchmal Musik. Ein Lied konnten wir alle mitsingen, die gesamte Arbeiterschaft: *Vse! Vyshe! Höher! Immer höher!*, sangen wir. Als der Kinosaal plötzlich dunkel war, musste ich an dieses Lied und an Lenins Zeigefinger denken. An den großen Boulevard und die Menschen, die dort herumparadierten. Wir waren nur kleine Geschöpfe, Mädchen, wie sollten wir so etwas zustande bringen? Letztendlich ist es uns ja auch nicht gelungen. Der Zweite Weltkrieg brach aus. Sie haben ihn nicht vollendet, diesen Palast. Jahrelang lag ein einziger Schlammtümpel mitten in Moskau, mehr nicht. Ich weiß noch, als ich davon hörte, dachte ich: Irgendwie gut, so ein monströser Palast wäre wirklich übertrieben gewesen.«

»Warte mal, was sagst du da eigentlich? Ist das hier …?«

Ich zwänge mich an Nikolaj vorbei, laufe über die Bühne und zu einem der Seiteneingänge.

»Wohin gehst du?«, fragt Nikolaj.

»Nur kurz was gucken«, sage ich möglichst lässig. Als ich mitkriege, dass Nikolaj mir folgt, beschleunige ich meine Schritte, aber drehe mich nicht um.

»Bin gleich wieder da, kannst ruhig hier warten.«

Ich öffne eine große Holztür und betrete die Halle mit der Gewölbedecke und dem Glasdach. Die Mosaikmenschen an den Wänden füllen Eisen in große Gussformen, tragen Getreidebündel in den Armen, bauen an einem Damm, fahren auf Kriegsschiffen. Es gibt so viel zu sehen. Gleichzeitig suche ich nach einer weiteren Tür. Über mir, durch das Glasdach, sehe ich nur den endlos blauen Himmel. Durch die schmalen Fenster sehe ich nichts: keine Straßen, keine Menschen. Die Scheiben spiegeln nur mich. Wo sind die Boulevards? Wo die Paraden? Ich eile durch einen Gang, suche nach einem Ausgang und wende mich nach links. Zwischen den vor Farben explodierenden Mosaiken entdecke ich eine kleine Tür. Da möchte ich schnell hin, doch wegen des vielen Getreides kann ich kaum die Füße heben. Ich lege die Hand auf den kupfernen Türknauf, der die Größe einer Pampelmuse hat, und drehe ihn mit aller Kraft nach rechts. Die Tür öffnet sich, aber es liegt so viel Getreide in der Halle, dass ich nur durch einen Spalt spähen kann.

»Ljesinka«, zischt Nikolaj mir in den Nacken, »was um Himmels willen treibst du da?«

Ich presse mein Gesicht in die schmale Öffnung, meine Wangen werden langsam zusammengedrückt, ich kann so gut wie nichts erkennen.

»Dieser Ort, dieses Ding hier, das du Palast des verlorenen Donkosaken nennst«, sage ich mit Mühe, »das ist doch der Palast aus dem Film? Bedeutet das dann nicht, dass der Krieg gar nicht ausgebrochen ist? Dass der Bau vollendet wurde? Dann können wir doch raus und mit dem Zug nach Woroschilowgrad fahren. Und Aleksandra wird zu Hause sein und auf dich warten.«

Wind weht mir durch den Spalt entgegen. Getreide wirbelt auf, direkt in Nikolajs Gesicht. Er hält sich die Hand vor die Augen. Ich presse die Schulter und eine Pobacke zwischen die Tür und versuche, einen Blick zu erhaschen. Es gibt nichts zu sehen, außer breite schwarz-rote Absperrbänder rund um den Palast. Keine Moskwa in der Ferne, keine hohen Miethäuser am gegenüberliegenden Ufer, keine langen Boulevards, keine marschierende Menschenhorde.

»Wenn das so wäre, meinst du, ich wäre dann noch hier?« Nikolaj zieht mich weg, stößt mich unsanft ins Getreide und drückt seine Schulter gegen die Tür. Nach vier harten Schlägen auf das Holz ist der Palast wieder fest verschlossen.

»Das hier ist nichts weiter als ein Loch in der Zeit für die Träume, die nie Wirklichkeit geworden sind.«

Er kommt wütend auf mich zu, aber streckt die Hand aus. Ich lasse mich von ihm aus dem Getreide ziehen. An der Stelle, an der ihm eine Träne über die Wange läuft, wird seine Haut zu einem weißen Fell. Bei der zweiten Träne wächst ihm ein goldenes Geweih aus dem Schädel. Plötzlich steht ein Hirsch vor mir. Das Fell meines Urgroßvaters ist weiß und glänzt. Das Tier vergießt noch eine Träne und verwandelt sich dann wieder in Nikolaj.

»Komm«, sagt er, als er den Schrecken in meinen Augen bemerkt, »vielleicht solltest du einfach etwas essen, ich habe dir noch gar nichts angeboten. Das alles hier ist ziemlich verwirrend. Dieser Palast, die Zeit, alles. Daran habe ich gar nicht gedacht. Komm, lass uns Schokoladenkuchen essen. Dann erzähle ich dir von meinen ersten Jahren hier.«

»Und Kolja?«

»Der kann warten.«

Der erste Morgen ohne Nikolaj, Anna und Nastja bläst grauschwarze Asche über die verschneiten Felder. Die Flocken tanzen im Wind vor den Fenstern von Olegs Haus.

»Das also bleibt von Zorn übrig«, sagt Baba Mari, während sie etwas Zucker über Aleksandras dampfenden Grützbrei streut. »Eine Frau hat eine brennende Zeitung auf das Dach geworfen, ihr Haus stand in Windeseile in Flammen. Wenn sie ihr Haus nicht behalten darf«, sagt Baba Mari finster, »soll es auch niemand anders bekommen. Oleg ist vorbeigefahren, das ganze Land ist versengt. Alles. Keine Pflanzen, keine Mauern, keine Tiere. Die Brigadiere, die das Haus ausräumen wollten, fanden nur einen ausgebrannten Ort vor, nur ein kleines Stückchen einer Holzwand.«

Aleksandra sagt nichts, isst langsam die warme Grütze. Sie ist müde. In der Nacht musste sie immerzu an Dima denken, der jetzt, genau wie sie, irgendwo anders schläft und sich an all die neuen Geräusche gewöhnen muss: die knarrenden Wände, die Bäume, die sich auf andere Weise im Wind wiegen, das Gebell eines einzelnen Hunds, der Wind, der anders ums Haus fegt. »Hör mir gut zu«, sagt Baba Mari und legt ihre runzlige Hand auf Aleksandras glatten Unterarm, »eine Handvoll Erde ist nur dann gut, wenn es deine eigene Erde ist.«

Auf dem Nachhauseweg von der Schule bleibt Aleksandra eine Weile vor ihrem alten Haus stehen. Die Asche liegt auch hier auf dem Hof, zarte graue Flocken wie kleine Sprenkel auf dem weißen Dach. Der Brigadier, der vor ein paar Tagen noch auf dem Mäuerchen gesessen hat, kommt mit einem leeren Karren angefahren. Er steigt ab und geht zum Haus. Die Tür, die Baba Mari gestern Abend noch nach längerem Zögern abgesperrt hat, hebelt er mit der Brechstange auf. Er tritt ein. Die Hände in die Seiten gestemmt geht er durchs Haus, als wüsste er nicht, wo er anfangen sollte. Er trägt den ersten Schemel nach draußen. Dann die Stühle, die Tische, Teile von Aleksandras Bettgestell, Baba Maris alten kupfernen Samowar, Aleksandras Filzbären, der nicht mehr in ihre Schultasche gepasst hat, die zurückgelassenen Kleider von Nastja, Opa Stepans Spazierstöcke. Mit jedem neuen Gegenstand wird der Berg auf dem Karren größer. Die letzten Dinge muss er mit ganzem Körpereinsatz dazwischen stopfen. Als er ein letztes Mal hineingeht, hört Aleksandra, wie hohl seine Schritte im leeren Haus klingen, in dem sie gestern Abend noch die Abschiedswurst gegessen haben. Der Mann blickt sich noch einmal um und zieht dann die Tür hinter sich zu. Die Brechstange wirft er zu den anderen Dingen auf den Karren. An den hellblauen Gartenzaun nagelt er zwei Plakate: »Auf unserer Kolchose ist kein Platz für Priester und Kulaken« und »Morgen Versteigerung auf dem Dorfplatz«. Erst jetzt entdeckt er Aleksandra. Er steckt den Hammer in die Manteltasche und winkt ihr zu. Automatisch winkt sie zurück, lässt es aber vor Schreck schnell bleiben. Einen Revolutionär zu grüßen würde Baba Mari bestimmt nicht gefallen. Er lacht über Aleksandras abrupte Bewegung und winkt noch einmal.

»Ich sah auf den Karren mit den ganzen Sachen aus unserem alten Haus«, erzählte mir meine Oma. »Ich spürte die Stuhlkissen noch unter meinem Po, die Lehnen an meinem Rücken, das glatte Holz des Tischs unter meinen Händen. Fast unser ganzes Leben passte in diesen einen Karren. Seltsamer Anblick. Der Brigadier kletterte auf den Karren und wühlte. Zwischen dem Tisch und einem Stuhl stöberte er meinen Filzbären auf, den ich im Sommer 1931 von Nastja zu meinem Geburtstag bekommen hatte. Mein Vater hatte ihn gemacht. Der Kopf des Bären baumelte auf seinen Bauch hinunter, als wäre er traurig. Der Mann pustete ein paar Mal und klopfte den Bauch und die Pfoten sauber.«

»Ist das deiner?«, fragt er.

Der Bärenkopf senkt sich noch tiefer. Die schwarzen Perlenaugen glitzern in der Sonne. Sie scheinen Aleksandra zu bedeuten, dass es in Ordnung ist, mit dem Mann zu sprechen.

»Ja, den hat mir meine Schwester geschenkt.«

»Hier«, sagt der Mann und springt zu Boden, »den kauft sowieso niemand. Außerdem würde es dem Bären auch gar nicht gefallen, bei jemand anderem zu wohnen.«

»Stimmt, unser Pferd wohnt schon irgendwo anders und meine Eltern und meine Schwester auch.«

»Allen stehen große Veränderungen bevor«, sagt er.

Er verbeugt sich tief, wie ein Zarewitsch aus einem von Aleksandras Bilderbüchern. Dann reicht er ihr den Bären. Als sie das Kuscheltier nimmt, verbeugt er sich noch einmal, geht rückwärts zum Karren und fährt zum Dorfplatz davon. Mit all ihren Sachen. Aleksandra blickt ihm nach, bis er um die Ecke biegt. Sie liest noch einmal die Texte auf den beiden

Plakaten und schaut zum Haus. Die Tür, durch die sie sieben Jahre lang ins Haus gelangt ist, wurde mit einem roten Band und Bienenwachs versiegelt. Aleksandra schlendert zur Eingangsstufe. Mit der Bärenpranke drückt sie sanft gegen das Siegel, untersucht, ob es schon fest ist. Sie drückt etwas kräftiger, und als kein Abdruck erscheint, zieht sie den Handschuh aus, um den Stempel mit der Fingerspitze zu berühren: Das Wachs fühlt sich glatt an. Sie versucht, den Fingernagel unter den Rand zu bekommen, aber das Siegel haftet fest am Holz. Als sie es mit zwei Händen versuchen will, hört sie, wie jemand auf den Hof kommt. Hoffentlich nicht der Brigadier, denkt sie. Sie kneift die Augen zusammen und lässt die Hände sinken.

»Kommst du mit nach Hause?« Olegs Stimme. Sein mit Holzscheiten vollgeladener Schlitten steht auf der Straße. Er klemmt sich den Bären unter den Arm und tut so, als hätte er nicht bemerkt, was Aleksandra gerade versucht hat. So ist er. Bei den Dorffesten tut er auch immer so, als bemerke er nicht, dass sie sich noch ein Stück Kuchen nimmt.

»Ich war schon auf dem Weg«, lügt sie, »ich wollte nur noch einmal schauen.«

In dieser Nacht strahlt Baba Mari so eine Wärme aus, dass die langsam schwindende Hitze der Ofenbank nicht nötig ist, um Aleksandra warm zu halten. Nachdem sie eine Weile den schweren Atemzügen von Baba Mari und Oleg gelauscht hat und alle neuen Geräusche dieses kleinen Hauses besser als vergangene Nacht einzuordnen versteht, wickelt sie sich aus der Pferdedecke und gleitet von der Ofenbank. Am Fenster sucht sie nach neuen lodernden Hügeln, aber da ist nur Finsternis. Vielleicht ist hier schon alles abgebrannt, denkt sie. Sie bleibt noch eine Weile dort stehen, dann zwängt sie sich neben Baba Mari. Mit dem Gesicht zur Wand stellt sie sich vor, dass sie zusammen auf ihrem Hof stehen. Sie betrachten das Feuer, das im Haus aufflammt. Sie haben es selbst gezündet und alles haargenau vorbereitet: Das Feuer wird bei den aufgestapelten Stühlen und Schemeln beginnen, zwischen die sie Aleksandras Schulbücher und Hefte gesteckt haben. Den Tisch haben sie auf die Seite gelegt, wie ein totes Pferd, das im Gras liegt. Zwischen den Tischbeinen liegen Kleider und die Wandbehänge, von denen einer teils zusammengerollt ist, teils hängt er wie ein Vorzelt über dem Stapel. An Baba Maris Hand steht Aleksandra auf dem Hof und schaut zum brennenden Haus. Die immer größer werdenden Flammen lecken an den aufgestapelten Gegenständen, am Dach und an den Mauern. Sie und Baba Mari bleiben stehen, bis nur noch Asche übrig ist, ein paar verkohlte Balken und verrußte Steine. Die verbrannten Reste offenbaren den Grundriss des Hauses. Die Überreste des alten Schlafzimmers ihrer Eltern, in dem Aleksandra nur noch die vagen Konturen der Tretnähmaschine ausmachen kann.

Volksrepublik Lugansk

11. MAI 2014

Vor der Schule Nummer 11 steht eine lange Schlange. Kolja stellt sich an, hinter Damen mit Einkaufstrolleys, Jungs in Trainingsanzügen und Kaugummi kauenden Mädchen in knappen Glitzershirts. Es ist warm, Koljas Hemd hat Schweißflecken.

»Ist er wirklich dorthin gegangen?«, fragen wir uns. »Was denkt er, passiert, wenn er die wählt?«

Einige von uns debattieren ernsthaft seine Beweggründe.

»Vielleicht ist es Selbstschutz, vielleicht ist das die einzige Möglichkeit.«

»Die einzige Möglichkeit? Seid ihr denn immer noch so blind, so naiv? Erinnert ihr euch denn nicht mehr an die Schauprozesse in der Fabrik, bei denen der Vorgesetzte die Hälfte seiner Arbeiter deportieren ließ und danach selbst deportiert wurde? Habt ihr euer Gedächtnis verloren?«

In der Schlange geht es nur langsam voran. Nach zwanzig Minuten ist Kolja an der Reihe. Hinter einem langen Tisch sitzen drei Frauen. Neben ihnen steht eine große rechteckige Säule aus durchsichtigem Plastik. Die Wahlzettel, die darin liegen, sind nicht zusammengefaltet. Wir sehen sie uns an, während Kolja den Frauen seinen Ausweis aushändigt. Auf allen Wahlzetteln, die mit der bedruckten Seite nach oben liegen, ist das Kästchen *da/tak* angekreuzt. Nirgends ist ein Kreuz im Kästchen *net/ni* zu sehen.

»Na also, verdammt«, schimpfen wir. »Geht das schon wieder los. Immer dieselbe Leier.«

»Vielleicht sind die Menschen einfach sentimental?«

»Absurd. Ein neues Land gründen, auf das niemand gewartet hat? Nein.«

Wir gehen auseinander, traben durch die Felder, suchen nach Antworten. Wir finden nur Schützengräben, die vorher noch nicht da waren. Die Zeichen des Bodens verstehen wir immer weniger.

Kolja nimmt den Stimmzettel und seinen Ausweis. Er geht in die Wahlkabine, schließt den violetten Vorhang und studiert den Stimmzettel. Schweiß rinnt ihm von seinen Nackenhaaren in den Kragen. Lange Zeit rührt er sich nicht. Der Stift schwebt über den beiden Kästchen.

»Macht es einen Unterschied?«, fragen wir uns.

»Und wenn er Nein stimmt und jemand kommt dahinter?«

»Also besser Ja stimmen? Zur Sicherheit?«

»Verdammt«, murmelt Kolja. Er legt den Stift zurück auf das Brettchen. Den nicht ausgefüllten Stimmzettel faltet er zwei Mal. Ohne die Frauen hinter dem Tisch anzusehen, steckt er ihn durch den Schlitz in die Wahlurne.

Palast des verlorenen Donkosaken

Langsam auf einem Stück Schokoladenkuchen kauend, sehe ich mich in dem riesigen Restaurant um, das noch stärker glänzt als die Eingangshalle. Nikolaj lächelt milde. Dann streicht er sich über seinen Schnurrbart.

»Gut, bist du ein bisschen satt geworden?«

»Fürs Erste schon«, sage ich.

»Schön. Dann erzähle ich dir nun, wie ich hier gelandet bin. Beim letzten Mal, als ich in einen Spiegel geschaut habe, einen Tag vor meinem Tod, war kein einziges schwarzes Haar mehr in meinem Schnauzer zu entdecken. Und ich trug damals einen Backenbart so weiß wie Schnee. All meine Haare und mein Gesicht waren weiß und grau, ich sah eigentlich aus wie vertrocknetes Stroh. Ich ähnelte dem verirrten Zauberer aus dem Donkosaken-Märchen, das mir Onkel Matvej immer erzählt hatte, als ich klein war. Es handelte von einem Mann auf der Suche nach Ruhe und Wahrheit, dem sich aber immer wieder grässliche Zarenkinder und gewitzte Wölfe in den Weg stellten. Sie machten ihm die Reise unmöglich. Als ich im Spiegel die tiefen Furchen auf meiner Stirn betrachtete, meinen grauen Schnurrbart und die weißen Augenbrauen, den weißen Bart sah, wusste ich genau, wann sich die Falten in mein Gesicht gegraben und meine Haare ihre Farbe verloren hatten: in dem Moment, als der Zug abfuhr. Jetzt war es 1953, und ich war schon seit Jahren sterbenskrank und müde. Seit diesen elf Jahren war ich um knapp dreißig Jahre gealtert. Ich starb ohne das Wissen, ob Aleksandra nach Hause zurückkehren würde. Das war einer meiner letzten Gedanken. Würde sie je zurück nach Hause kommen? Als ich aufwachte, war ich mit einem Mal hier. Ich lag auf dem Sofa in der Eingangshalle.«

Ich betrachte meinen leeren Kuchenteller. Nikolaj betrachtet ihn auch.

»Ach Gott, Mädchen«, sagt er, »du brauchst nicht so bescheiden zu sein.«

Er steht auf, geht über den schwarzen Granitgang, der sich durch die schicken roten Tische und Stühle schlängelt, zum Tresen hinüber, nimmt einen Teller und lässt den Blick wählerisch über das Angebot gleiten: Kuchen, frischer Fisch, Gläser gefüllt mit Kaviar, unzählige weiche Brötchen in geflochtenen Schilfkörben, Essiggurken, geraspelter Käse mit Knoblauch und Mayonnaise, Wein in Fässern, Bier, frischer Saft, frische Milch. Er zapft ein Glas Bier, nimmt ein paar Scheiben Brot, vier Gürkchen, Senf und ein großes Stück Speck – ich kenne solche Speckstücke, meine Tante Klawa hat in Odessa jeden Abend dünne weiße Scheiben davon abgeschnitten und mir vor die Nase geschoben.

»Die ersten Monate, die ich hier verbrachte, fühlte ich mich wie ein Zar in seinem eigenen Winterpalast«, erzählt Nikolaj weiter. »Ich wusste nicht, was ich hier hinter diesem Tresen sah, es gab Essen, das ich nie zuvor gesehen hatte. Schöne große Torten, Apfelsinen, Bananen, Fische aus allerlei Flüssen, lebende Krebse, mir fremde Weinsorten aus allen Teilen der Sowjetunion, Gefriertruhen voller Fleisch. Ich überfraß mich in den ersten paar Wochen völlig. Nach dem Krieg hatten wir nichts, Lisa, nichts. Nur Hunger. Schon wieder. Anna und ich schickten Klawa, Nina und Kolja von Tür zu Tür, um wenigstens Brotreste zu erbitten. Sie hatten keine Schuhe, trugen nichts als Lumpen. Sehr viele Männer waren nicht nach Hause zurückgekommen, die Frauen, die auf den Krankenstationen gearbeitet hatten, sahen aus wie Gespenster, sie sprachen kaum noch. Unsere Fabriken waren marode, die Dörfer in der Umgebung abgebrannt, die Bauern mussten ganz von vorn anfangen. Alles, was wir für Stalins Fünfjahresplan aufgebaut hatten, war dahin. Als ich hier ankam und all das Essen sah, aß und aß ich wie ein Tier. Ich schlief und aß, machte Erkundungsgänge durch die anderen Stockwerke, die ich noch nicht kannte, dann ging ich wieder nach unten, zurück in dieses Restaurant. Mit jedem Bissen, den ich zu mir nahm, verringerten sich die Falten in meinem Gesicht, meine Haut wurde wieder glatt, mein Backenbart verschwand. Irgendwo fand ich eine Schere und schnitt mir die Haare, die auch nicht mehr weiß waren, sondern wieder ihre alte Farbe angenommen hatten, wie du siehst. Nach zwei Jahren des Umherstreifens, des Essens und einigen missglückten Versuchen, nach draußen zu gelangen, diesem Gebäude zu entkommen, um zu Anna und den Kindern zurückzukehren, blickte ich zur Decke und erinnerte mich an den Film, den wir uns angesehen hatten, in unserem ersten Winter in Lugansk. Ich sah dieses Monstrum vor mir und hörte die dramatische Orchestermusik, kniff die Augen zusammen und dachte an den Applaus all der Menschen in dem Propagandafilm. Mir wurde so schlecht, dass ich das ganze Essen – und ich hatte wirklich viel zu viel gegessen: ein großes Stück Fleisch, sehr leckere Kartoffeln, Rüben und fein geschnittene Frühlingszwiebeln, Eis und richtig guten Kaffee, nicht diesen löslichen Kaffee – in eine der glänzenden Toiletten erbrach. Dorthin rannte ich, um gerade noch rechtzeitig meinen Kopf über die Schüssel zu hängen. Das war übrigens auch eine Überraschung, denn ich hatte noch nie eine Toilettenschüssel gesehen, wir hatten zu Hause einfach ein Loch im Boden, im Garten, mit einem Holzkasten drum herum. Dort hinten, die Tür, siehst du sie?«

Während er auf eine schwarz glänzende Tür zeigt, schiebt er mir den vollen Teller zu. Er legt die Hand auf das Stück Speck und schneidet mit einem scharfen Messer hinein. Knoblauchduft schwebt durch das Restaurant. Die abgeschnittene Scheibe, den Salo, gibt er mir in die Hand, meine Haut glänzt vor Fett. Dann legt er mir eine Scheibe Schwarzbrot auf den Teller, holt zwei Knoblauchzehen, nimmt einen Löffel Mayonnaise aus dem Glas und einen Löffel Senf aus einem kleinen Behälter. Diese Mischung schmiert er auf mein Brot, verteilt Knoblauchscheiben und legt die Scheibe Speck darauf.

»Iss«, sagt er, genau wie es meine Großtanten und Onkel Andriy in Odessa zu mir sagen. »Iss! Zum Wodka«, rufen sie, »oder besser danach, sonst hältst du es nicht durch.«

Sie legen gegrillte Paprikaschoten auf den Teller, gefüllt mit Graupen und jungem Käse, dazu gebratene Lachswürfel, eingewickelt in Hering und zusammengehalten durch ein Cocktailspießchen, und bestreuen alles mit Dill. Ich sage: »Euer Land duftet nach Dill. Wirklich alles hier.« Ich breite die Arme aus, stoße beinahe eine Flasche Kwass um. »Bahnhöfe, Markthallen, Restaurants und Cafés, Museen, Häuser. Der Duft ist in die Mauern gedrungen, sogar in die der Amtsgebäude.«

»Findest du es eklig?«, fragt Tante Natasja besorgt.

»Zu Hause essen wir Dill einfach nicht. Aleksandra auch nicht.«

»Nie?«

»Fast nie.«

Auf Klawas Wohnzimmertisch stehen Schüsseln mit Rotkohl und Dill. Bratkartoffeln mit Pfeffer, Salz und fein gehacktem Dill. Geschnittener Hering, mit massig Zwiebelwürfelchen und Dill. »Siehst du?«, fragt sie aufgeregt. »Siehst du die Zwiebelchen?« Genau wie dein Opa es uns am Strand von Scheveningen beigebracht hat. Mit Zwiebeln.«

»Miiiiit Zwiebeln!«, ruft Nina. Sie streckt theatralisch den Arm in die Luft und tut so, als würde sie hier, in Klawas bescheidener Sowjetwohnung, einen Hering am Schwanz halten, hebt das Kinn und reißt den Mund auf. Andriy brüllt vor Lachen, bis ihn meine Tante Klawa mit strenger Miene zur Ruhe bringt. Sie streichelt meine Wange.

»Ach, dein niederländischer Opa.« Nina schlägt ein Kreuz, »Gott hab ihn selig.«

Sie schiebt mir eine Schüssel mit gefüllten Champignons zu. In ihren Hüten steckt Käse mit Sauerrahm. Als ich mir etwas davon nehme, reicht sie mir eine Schüssel mit geraspelten Möhren, Mayonnaise und Knoblauch – das Lieblingsgericht meiner Jugend. Dann bekomme ich ein Stück Tomate und ein Stück Gurke. Zum Schluss kommt ein ganzer Fisch auf den Tisch, zubereitet im Ofen.

»Das Heiligste an einem Fisch ist sein Kopf, wirklich! Hier, als Geschenk für dich und deine Mutter, weil wir euch so selten sehen.« Andriy bricht den Kopf ab. »Wie ich es bei Igor und Witja in Lugansk gemacht habe, weißt du noch, Marie, das erste Mal, als du zu Besuch warst?« Er reicht ihn mir. Ich sehe meine Mutter an und denke an die Geschichten, die sie mir über ihre erste Reise in das Land ihrer Mutter erzählt hat: Es war Sommer und knallheiß. Jeden Abend stand im Garten irgendeiner Tante, eines Onkels, eines Großonkels oder eines Bekannten ein langer gedeckter Tisch. Sie war so jung, sprach kaum ein Wort Russisch. Sie trank Wodka wie ein Loch und aß jeden Tag eine halbe Wassermelone. An dem Tag, an dem sie zum ersten Mal einen Fischkopf angeboten bekam, ging unsere Großtante Nadja in den Garten, um ein Huhn zu holen. Sie rannte umher, suchte ein Huhn aus, packte es bei den Schwanzfedern und am Hals, wiegte es in den Armen, sang ein kurzes Lied über einen Fuchs und einen Hasen und legte es dann – hopp! – auf einen Holzblock. Der Unterleib rannte noch ein ganzes Stück herum.

»Nach den Augen musst du auch noch das Hirn aus dem Fischkopf saugen«, kreischt Klawa jetzt. »Das bringt Glück, viel Glück! Schau, so.« Sie tut, als hielte sie den Fischkopf zwischen Daumen und Zeigefinger und führt ihn an die Lippen. Ich merke, dass mir der Kopf gleich aus der Hand glitscht und zögere.

»Lisa, Regel Nummer eins bei einem Familienessen«, sagt meine Mutter streng auf Niederländisch, »du darfst nichts ablehnen. Wenn du das tust, geraten sie in Panik und es gibt noch mehr Essen, dann öffnen sie alle Küchenschränke auf der Suche nach noch mehr Leckereien, eine vergessene Kaviardose hinten im Kühlschrank, die Tomaten der netten Nachbarin, die Flasche Krimsekt, eigentlich für Silvester aufgehoben, aber was macht das schon!«

Langsam bringe ich meinen Mund an den Fischkopf, alle am Tisch jubeln. Dann lege ich meine Lippen um ein Auge, spüre die salzigen rauchigen Schuppen und sauge. Meine Familie springt von den Stühlen und klopft mir auf die Schulter. Beim letzten Schulterklopfen schlucke ich das Auge herunter. Wie eine glitschige Murmel rutscht es meine Speiseröhre entlang, bis es in meinem Bauch auf ein Stückchen Schwarzbrot trifft.

»Ich war in dem Palast, Lisa, in dem Volkspalast«, sagt Nikolaj, ein Stück Salo im Mund. »In dem Palast aus dem Film. Ich wusste, wer ihn hatte bauen lassen wollen, also ging ich auf die Suche nach ihm, nach unserem großen Führer. Ich hatte so ein Gefühl, er könnte hier sein, er war kurz vor mir gestorben. Den Zeitungen zufolge standen tagelang weinende Menschen auf dem Roten Platz. Ich konnte es nicht glauben. Vielleicht hat er ja doch noch etwas gutzumachen, dachte ich, vielleicht saß auch er in der Klemme. Er war nirgends zu finden, nicht auf der Bühne im Festsaal, nicht in der Eingangshalle, nicht in einem der Verhörräume ein paar Stockwerke über uns, nicht in der Requisitenkammer im Theater. Dreizehn Rolltreppen höher in diesem Ungetüm, das nicht endet, fand ich ein Zimmer, das sein Büro hatte werden sollen. Ein würdiges Zimmer mit einem sehr teuren Teppich und mittendrin ein riesiger Schreibtisch, hochglanzpoliert. Auf dem Schreibtisch stand ein Briefbeschwerer in Form von Lenins Kopf, darunter ein Bogen Papier, vergilbt, ansonsten aber tadellos, kein Riss, kein Knick, keine Eselsohren. Auf dem Papier standen Namen, durchnummeriert von 1 bis 24, säuberlich geordnet, die Abfolge von Exekutionen. Über den Namen stand etwas gekritzelt, so etwas wie ›Genehmigt, ausführen‹. Ich setzte mich auf den Stuhl und drehte mich. Dann stöberte ich in den Schubladen: eine Pistole, Stifte, Medaillen und überall Zettel mit Vermerken für die Architekten, die den Entwurf für dieses Ungetüm ausführen sollten: ›Verpflichten Sie den und denjenigen, um dies und jenes noch höher zu bauen, merken Sie sich zudem, dass ich mehr zylinderförmige Säulen wünsche und sorgen Sie dafür, dass ein großer Sowjetstern oben auf den Palast kommt, der von innen leuchtet.‹ Ich nahm den Hörer vom schwarzen Bakelittelefon und hoffte, ich könnte Anna erreichen, um sie zu fragen, ob alles in Ordnung war, und ihr sagen, dass ich versuchen würde, nach Hause zu kommen. Doch ich hörte nur die Nationalhymne der Sowjetunion in Dauerschleife. Der Satz, den ich seit dem Krieg entsetzlich fand: *Es lebe, vereinigt durch den Willen der Völker ...*, dröhnte es endlos aus dem kleinen Lautsprecher. Ich warf den Hörer auf die Gabel, kriegte das Lied nicht mehr aus dem Kopf, tigerte umher, fand in einem Kleiderschrank Maßanzüge, fand einen, für den ich viel zu schmal war, und zog ihn an. Mit angelegtem rechten Arm und den linken ein wenig angewinkelt, marschierte ich in geraden Linien durch den Raum. Bei jedem Schritt streckte ich mein Bein hoch in die Luft, wie ein Soldat bei einer Parade. Ich versuchte, das Gesicht unseres großen Führers auf dem Poster nachzuahmen, auf dem er im langen Mantel wie ein Riese auf dem Roten Platz steht. Zu seinen Füßen fahren kleine Panzer und marschieren noch kleinere Soldaten zur Moskwa. Über seinem Kopf kreisen Kampfflugzeuge. Ich steckte also die linke Hand in die Tasche und blickte in die Ferne, Richtung Süden. Dort hing ein Gemälde, auf dem er selbst abgebildet war: Koba, der Schreckliche, Stalin, sitzt neben seiner gottesfürchtigen Mutter. Sie ist sittsam in Schwarz gekleidet und trägt eine schwarze Nickelbrille. Er trägt einen weißen Anzug mit Brusttaschen auf beiden Seiten. Sie sitzen auf einem Berg in seiner Geburtsstadt Gori und blicken über sein Imperium. Das georgische Gebirge in der Ferne ist grün mit verschneiten Gipfeln, die Sonne bescheint ihre Gesichter und sie lächeln, schauen sich nicht an, sondern auf irgendetwas in der Ferne. Ich öffnete die beiden Balkontüren. Hier war ich nicht umgeben von schwarz-roten Bändern, ich hatte Sicht auf ganz Moskau. Die Stadt lag vor mir wie in dem Film. Sie gefiel mir nicht. Zu groß, zu bombastisch. Ich schloss die Türen und blickte mich noch etwas um. Dann wählte ich eine schöne Ecke aus und pinkelte auf den roten Teppich. Das war das letzte Mal, dass ich in diesem Stockwerk war. Jetzt sitzt Kolja dort, schon seit drei Jahren. Ich frage mich, wie es da riecht.«

Ninas Hand liegt auf meinem Bein, sie hat versucht, mich zu beruhigen, nachdem das Fischauge in meinem Bauch gelandet ist.

»Larissa sucht ihn überall«, flüstert sie mir zu. »Sie ist sogar nach Rostow gereist, in Russland, um sich nach Kolja zu erkundigen. Manchmal hat er dort Geschäfte gemacht, mit Männern, die früher mit ihm Jeanshosen aus der Türkei holten.«

Ihre Hand liegt haargenau so auf meinem Bein wie letztes Jahr im Sommer. Wir saßen auf dem Sofa, im Wohnzimmer meiner Mutter. Vor uns, auf der alten Schiffstruhe meines

Opas Jilles, lag eine Polizeiakte aus der gerade ausgerufenen Volksrepublik Lugansk. Nina hatte die Papiere in eine Plastikmappe gesteckt und mit in die Niederlande gebracht. Meine Mutter saß auf ihrem Lesesessel und betrachtete die drei Blatt Papier, die vor uns lagen.

»Vielleicht kannst du etwas tun?«, sagte Nina.

Meine Mutter nahm die Seiten nacheinander in die Hand. Sie las sie vor, in ihrem vorsichtigen Russisch. Den Namen Igor, seine Adresse, das Geburtsdatum.

»Tot«, las sie, »Gürtel, befestigt am Knauf der Badezimmertür.«

»Sie gaben uns keine Zeit, den Leichnam in der Leichenhalle anzusehen«, sagte Nina. »Innerhalb von zwei Tagen lag Igor unter der Erde. Sarg zu, begraben. Er darf nicht exhumiert werden, das hat seine Ex-Frau Anastasija so bestimmt. Wir haben sie noch darum gebeten, aber sie bestand darauf. Die Polizei war auch keine Hilfe. Sie hatten keine Antworten. In der Nacht, bevor man ihn gefunden hat, rief Igor mich an. ›Sie stehen vor meiner Tür, Tante, sie stehen vor meiner Tür. Was soll ich tun?‹ Ich konnte ihn nicht gut verstehen. Ich presste das Handy an mein Ohr und sagte, er solle lauter sprechen, er sprach so leise, ich verstand ihn kaum. ›Tjotja, sie stehen vor meiner Tür‹, sagte er noch einmal. Ich fragte ihn, wer ›sie‹ waren, und ob ich bei ihm vorbeikommen sollte, oder Kolja, oder Witja. Er sagte ›nein‹, fragte mich, wohin er gehen könnte. Er meinte, er könne nirgends hin und dass sie noch mehr Geld wollten. Ich sagte, er solle die Tür abschließen und sich auf der Toilette verstecken.«

Ich sah auf die drei dünnen Blätter hinunter, die fast leer waren, auf denen beinahe nichts stand.

»Einen Abend vorher hatte er mich auch schon angerufen«, sagte Nina und breitete die Papiere vorsichtig auf der Holztruhe aus. »Seine Ex-Frau Anastasija stand vor seiner Tür, zusammen mit einem Mann, den er nicht kannte. Sie wollten

Rubel, sagte Anastasija, aber Igor hatte keine Rubel. Die Kämpfe in unserer Stadt hatten gerade erst begonnen, er hatte wie alle anderen nur ukrainische Hryvna. Igor gab ihr manchmal etwas Geld, weißt du, auch nach der Scheidung, er nahm sogar noch eine Stelle an, um alles bezahlen zu können: seine neue Wohnung und auch ihre. Er kam nur schwer von Anastasija los. Er war schon immer zu nett. Sie verlangte immer mehr. Igor verstand nicht, warum sie plötzlich Rubel brauchte.«

»Die Leute vom Supermarkt wollen Rubel«, sagte sie, »der Mann, der Kartoffeln aus seinem Auto verkauft, auch. In dieser Republik nützt uns dieses ukrainische Scheißgeld nichts mehr. Spielgeld ist es.«

Sie holte das pinkfarbene Portemonnaie aus ihrer Leopardenmusterhandtasche und schüttete den Inhalt auf Igors Türmatte. Ein paar Geldscheine und Kassenzettel. Ihre Brüste wippten auf und ab in dem etwas knapp sitzenden Top. Sie hob die Scheine auf und drückte sie Igor in die Hand.

»Du musst sie umtauschen«, sagte sie.

»Und wo? Kannst du das nicht selbst tun?«

»Du hörst doch, was sie sagt«, mischte sich der Mann ein, »du musst sie eintauschen.«

»Aber wo denn?«

»Das wissen wir verdammt noch mal auch nicht«, zischte Anastasija. »Also finde es heraus.«

Sie klang, als hätte sie einen Knoten in der Zunge, es drangen nur doppelte Laute aus ihrem Mund.

»Morgen«, sagte Igor und steckte die Geldscheine in die Hosentasche. »Ich versuche das morgen zu regeln.«

»Gut, dann sehen wir uns morgen wieder«, sagte der Mann. »Wir brauchen diese Rubel dringend, sieh zu, dass du das hinkriegst.«

»Du kannst dir auch Arbeit suchen«, murmelte Igor, ohne den Mann anzusehen.

»Arbeit? Arbeit! Es ist Krieg, da gibt's keine Arbeit!«, keifte Anastasija. »Ich würde ja arbeiten, aber es geht nicht. Alle Stellen sind besetzt, und niemand wartet auf mich, eine Frau um die vierzig, die fast nichts kann. Sieh mich an, was kann ich denn schon? Ich ging noch zur Schule, als die Sowjetunion zusammenbrach, als die Bergwerke dichtgemacht wurden und sich alle mit schmutzigen Geschäften zu retten versuchten. Wie soll ich denn für mich selbst sorgen, nachdem du mich verlassen hast?«

»Wir haben uns getrennt, weil du alles versoffen hast.«

»Halt deine dumme Schnauze! Ich bin nicht hier, um euer Gejammer mit anzuhören«, brüllte der Mann Igor ins Gesicht. »Wenn du das Geld nicht umtauschst, kenne ich jemanden, der gern mal vorbeikommen wird. Dann ist hier richtig Halligalli.« Er drosch auf den Türpfosten ein. In dem glänzend weißen Lack, den Igor vor zwei Wochen frisch aufgetragen hatte, entstand ein kleiner Riss.

»Also gut«, sagte Igor, »morgen.«

»Na geht doch«, sagte der Mann triumphierend und schlug Igor auf die Schulter.

»Rubel, nicht vergessen«, lallte Anastasija. »Oder wenn es geht, gleich Dollar!«

Sie drehte sich um und schwankte davon. Der Mann steckte seine Hand in ihre Gesäßtasche und küsste ihren Hals. Igor senkte den Kopf und warf die Tür ins Schloss.

»Warte mal«, sagte meine Mutter. Sie hielt ein Blatt Papier hoch und zeigte auf ein Wort. »Tante Nina, das verstehe ich nicht.«

Nina las und bewegte die Hände, als würde sie an einem Seil ziehen. Wir nickten. Dann tat sie, als würde sie sich das Seil um den Hals legen.

»Selbstmord?«

»Nein«, sagte Nina.

Sie bewegte eine Hand in rechter Linie vor ihrem Hals, als würde ein Messer die Schlagader durchtrennen. Meine Mutter lief in ihr Arbeitszimmer und holte das Russisch-Niederländisch-Wörterbuch aus dem Schrank. »Ja«, sagte meine Mutter. »Hier.« Sie hielt mir das Blatt Papier vor die Nase und deutete auf die Stelle.

»Also doch«, sagte ich, »Selbstmord.«

Nina sah auf den Finger meiner Mutter hinunter, der immer noch den Eintrag im Wörterbuch markierte. Sie schüttelte den Kopf und zuckte die Schultern. »Ich weiß nicht, wie ich diese Lügen darstellen kann.« Sie schaute wieder auf das Wort, genau wie ich, als würde sich dahinter die Wahrheit verbergen, die wir alle sahen.

Ich habe einen bitteren Geschmack im Mund. Ich denke an Igor, an die spärlichen Nachmittage, wenn er früher Aleksandra in den Niederlanden besucht hat. Sein Schnurrbart hatte dieselbe Form wie der von Nikolaj, ordentlich gestutzt, stramm. Blond, nicht schwarz. Einmal nahm er die alte Schwarzweißfotografie meines Urgroßvaters von der Wand und hielt sie neben sein Gesicht. »Was meinst du, Tante Sascha, sehe ich ihm ähnlich?«

»Nina fragte meine Mutter, ob Igor sich vielleicht für die falsche Seite entschieden hat«, sage ich zu Nikolaj, »ob er sich den Separatisten nicht sofort hätte anschließen sollen, der neuen herrschenden Ordnung im Donbass. So wie Witja. Dann wäre da wenigstens jemand gewesen, der ihn beschützt, dachte sie.«

Nikolaj sieht mich fragend an. »Denkst du, das hätte etwas gebracht? Wäre es dann nicht genauso düster zu Ende gegangen? Vielleicht nicht, weil jemand Geld von ihm verlangte und ihn umbrachte, weil er es ihm nicht gab. Aber er wäre durch eine Kugel durch den Kopf getötet worden, von einer Granate, einer Mine, was weiß ich.«

Ich nicke. Er hat recht.

»Hör zu, ich hatte einen entfernten Cousin, Petr. Sein Sohn Tolja wollte unbedingt Revolutionär werden. Er war hellauf begeistert vom Ende des Zarenreichs und dem Beginn der neuen Zeit. Ich gebe zu, ich konnte ihn verstehen, neue Zeiten sind immer spannend, aber Petr und ich, wir nahmen uns höllisch in Acht vor einem neuen Kampf. Wir hatten erlebt, wie unsere Väter nach dem Krieg mit Japan nach Hause kamen. Das war 1905. Diese Männer waren nur noch ein Häufchen Elend. Eines Abends bei uns zu Hause, kurz vor Toljas Aufbruch, versuchten wir, die Geschichte unserer Väter in seinen Dickschädel zu bekommen. Ich erzählte von dem Gebrüll in der Nacht, den leeren Augen, die ins Nirgendwo starrten, der Wut, die unsere Väter im Leib hatten. Doch Tolja war besessen von den spannenden Geschichten, die in unserer Gegend die Runde machten und von den Plakaten, die in den größeren Dörfern hingen. »Mehr für's Volk! Weg mit der Bourgeoisie!« Tolja war so starrköpfig wie ein betagter Donkosak, nichts konnte ihn umstimmen. Der Vorteil, jung zu sein, sagte Petr, ist, dass man weniger Angst hat. Der Vorteil, älter zu sein, dass man begreift, wie gefährlich Übermut ist. Ich konnte nichts weiter tun, als eine dicke Schicht Wolle in seinen Armeemantel zu nähen. Er sollte mit der Roten Armee nach Westen ziehen. Als Symbol der Stärke stickte ich noch einen weißen Donkosakenhirsch auf die Innentasche des Mantels. Mit einem seltenen goldenen Faden nähte ich einen Pfeil in den Rücken des Hirschs, dicht am Schwanz. Eine Fummelarbeit, die bestimmt fünf Minuten gedauert hat. Das war alles, was ich für ihn tun konnte, ich hatte immer einen schwachen Körper und habe deshalb nie kämpfen müssen.

›Für die gute Sache‹, sagte Tolja, als er den Mantel anprobierte und den Hirsch entdeckte. Petr und ich nickten.

Tolja bewegte die Arme auf und ab, als wollte er den Nutzen des Mantels abwägen und herausfinden, wie viel Sicherheit er ihm geben könnte.

›Du weißt, dieser Mantel schützt dich nur vor der Kälte, vor nichts anderem‹, sagte ich.

›Das weiß ich, Onkel, das weiß ich.‹

Er blickte durch das Fenster auf den Hof. Die Wachhunde schliefen, die Nacht hing wie ein schwerer Flickenteppich über unseren Feldern. In der Ferne lief Oleg nach Hause.

›Ich kann hier nicht nur herumsitzen und warten, bis alles erledigt ist. Ich muss es mit eigenen Augen sehen, Onkel Nikolaj.‹

Baba Mari kam ins Zimmer. Sie beäugte Tolja und den Mantel. Extra für sie drehte er sich noch einmal im Kreis.

›Du gehst also wirklich‹, sagte sie schnippisch.

›Ja.‹

›Ich warne dich, Junge, geh nur, wenn du all das Elend von Nahem sehen willst, aber pass auf dich auf. Wenn du weit entfernt von hier stirbst, wird es schwierig, deinen Leichnam nach Hause zu holen. Denke an deinen Vater, der dir hier zusieht, wie du dich auf einen Krieg freust. Für jeden Hieb, den sein Vater in Japan einstecken musste, bekam er zu Hause drei. Du kannst froh sein, dass er nie die Hand gegen dich erhoben hat.‹

Tolja zuckte zusammen.

›Kommt es zu einem großen Kampf, Tolja, werden sie mich einziehen‹, sagte Petr. ›Ich will Ruhe und Frieden, aber bevor es soweit kommt, werde ich ein letztes Mal für die alte Armee kämpfen müssen.‹

›Ich werde Ihnen vergeben, Vater‹, sagte Tolja feierlich, ›wir sind beide Donkosaken. Das schweißt uns zusammen.‹

›Im Krieg vergibt man nicht. Man steht einander gegenüber und das war's: Wer als Erster zusticht, überlebt. Das ist kein Spiel, wie früher am Fluss, du und ich. Wenn dein Kopf unter Wasser war, habe ich dich wieder herausgezogen. In einem Krieg presst dir jemand sein Knie in den Nacken, bis du dich nicht mehr bewegst.‹

Ich schob einen Stuhl heran und bemerkte, wie Tolja in seinem Mantel immer kleiner wurde.

›Petr möchte Brot backen‹, sagte ich, ›und ich möchte Jacken nähen. Kämpfen muss man nicht immer. Noch hast du die Wahl.‹

Tolja entschied sich zu gehen. In dem Mantel mit dem Hirsch auf der Innentasche. Er glaubte damals heilig daran, dass er dem Land dabei helfen würde, sich zu verändern, genau wie die Brigadiere, die 1931 die Dielen aus unserem Wohnzimmerboden herausgerissen hatten. Einen Monat, nachdem Tolja sich der taufrischen Roten Armee angeschlossen hatte, wurde Petr eingezogen. Er musste, wie er vorausgesagt hatte, ein letztes Mal der Weißen Armee dienen.

›Was, wenn ich ihm begegne?‹, fragte mich Petr, kurz bevor er fortging.

Entscheidungen haben unsere Familie schon immer auf seltsame Wege geführt. Lange Zeit hörten wir nichts von Petr und Tolja. Erst Jahre später, nach den letzten Gefechten im Osten Polens, kam ein Brief. Es war 1925, Frühlingsanfang, Aleksandra war sieben Monate alt. Der Brief kam aus einem polnischen Dorf, Sadvirija. Die Absender waren zwei Krasnovs. Petr und Tolja.

›Es ist hier nicht viel anders als bei euch zu Hause‹, schrieben sie. ›Das Dorf ist etwas größer. Es gibt Bauern, Tiere, und das Land wird bestellt. Wir sprechen jetzt Polnisch und Ukrainisch, wir haben viel dazulernen müssen.‹

Es war ein bullenheißer, regnerischer Sommertag im August, als Toljas Kommandeur Budjonny beschloss, einen letzten Versuch zu wagen, den Kommunismus weiter in den Westen zu bringen. Tolja war unter seinem Befehl schon einige Male nach Lwiw gezogen, doch den Truppen gelang es einfach nicht, den Norden der Stadt einzunehmen, obwohl sie den Polen und Ukrainern deutlich überlegen waren. Na ja, eigentlich erreichten sie die Stadt einfach nicht. Sie kreisten sie ständig ein und das war's. Überall stieß Tolja, mittlerweile nicht mehr ganz so hungrig auf die Revolution, auf Polen und Ukrainer, die ihr Land nicht an die Kommunisten verlieren wollten. Budjonny, der übrigens einen schrecklich großen Schnurrbart hatte, konnte jeden Moment den Befehl erteilen, nach Süden zu marschieren, Richtung Odessa und die Krim. Tolja fühlte sich wie eine Schachfigur auf einem Spielbrett. Im Süden müsste er sich auf die Weißen stürzen, die sich noch immer nicht vollkommen geschlagen gaben. Die Weißen, vor denen hatte er die größte Angst. Polen zu töten fand er nicht schön, aber das musste nun mal sein, das war seine Pflicht. Vor einem Gefecht gegen die Weißen hatte er sich seit Beginn der Kämpfe gefürchtet. In jedem Weißen, auf den er während des Kriegs getroffen war, hatte er seinen Vater gesehen. Lieber blieb er im Osten Polens, wo er nun die Felder und die Wege ein wenig kannte. Er hatte immer weniger Lust, sein Gewehr anzulegen oder seinen Säbel zu ziehen. Nach der Ankündigung, bald nach Süden aufzubrechen, wollte er an die Haustüren in den polnischen Dörfern hämmern und rufen, dass die Kommunisten abziehen. Das tat er natürlich nicht. Seinen Kameraden sagte er nichts davon, wiederholte seinen Wunsch, in Polen zu bleiben, nur in seinem Kopf, wie eine sich endlos drehende Garnspule. Und die Spule wickelte immer mehr Garn auf.

An dem Tag, an dem Toljas Truppe Lwiw ein letztes Mal angreifen sollte, bog er in Sadvirija um eine Ecke und lief zur alten Holzkirche Heilige Mutter Gottes. Er marschierte mit seinen Kameraden zu der x-ten Schlacht in dieser Gegend. Hinter der Kirche trat ein Mann aus einer kleinen Tür. Der Mann überquerte hastig die Straße. Tolja griff zum Gewehr, doch dann bemerkte er, dass der Mann seine Schultern genauso hochzog wie sein Vater bei Regen. Tolja blieb stehen, das Gewehr in den Himmel gerichtet. Der Mann lief weiter, zog sich die Jacke über den Kopf und verschwand hinter einer Heuscheune. Seine Schritte verklangen rasch im Regen. Tolja schloss die Augen und versuchte, sich die Bewegungen des Mannes vor Augen zu holen: den Kopf zwischen die Schultern geklemmt, der stramme Schritt, die schmächtige Statur. Irgendwo hinter ihm hörte er die Stimme eines Kameraden. Die Stimme waberte in Richtung Fluss. Tolja konnte nicht ausmachen, wohin genau der Rotarmist gegangen war. Zum ersten Mal seit Monaten war er allein. Er drehte sich um, der Weg hinter ihm, die Felder rechts, er suchte den Mann, den er eben beobachtet hatte, und ging zurück zur Kirche. Die schlanken Bäume auf dem Friedhof ragten hoch über den Gräbern auf. Die Äste wogten unter dem grauen Himmel hin und her. So ganz allein spürte Tolja zum ersten Mal, wie heiß, klamm und durchnässt sein Körper war, wie schwer seine Gliedmaßen sich anfühlten, wie sich sein Kiefer verkrampfte, wenn er lief und sein Blutdruck bei jedem unbekannten Geräusch in die Höhe schoss. Jetzt erst dachte er an sein altes stilles Leben zurück, mit seinem Vater Petr und seiner Mutter Martha. Die Männer, mit denen er nach Ostpolen gezogen war, skandierten jeden Tag Parolen und Schlachtrufe. Es waren die Männer, die bei den polnischen Bauernhöfen und Häusern mit dem Bajonett im Anschlag anklopften und brüllten, dass sie junge Mädchen suchten. Sie gingen hinein und zerrten die Mädchen an ihren Kleidern und Haaren auf den Heuboden. Dort musste der junge Tolja, der von den Soldaten manchmal scherzend »Kaninchen Krasnov« genannt wurde, Schmiere stehen. Mit geschlossenen Augen stand er dann mit seinem Gewehr vor dem Bauernhof, während seine Kameraden vor Zorn und Vergnügen keuchten. Komische Laute waren das, fast wie schreiende Esel. Dazwischen die Rufe der Mädchen, *nie*, bis es wieder still wurde.

Dann dachte Tolja an die Worte seines Vaters, an das Knie des unbekannten Feindes, das ihn unter Wasser tauchte und die beiden Hände, die auf seine Schultern drückten, bis er nicht mehr atmete. An das Wasser des Donez und wie er als Kind bis zu den Nasenlöchern, wie ein Krokodil, darin versunken war. Er dachte an seine Eltern am Ufer, die ihn im Auge behielten, während sie sich unterhielten. Als seine Kameraden die Holztreppe wieder hinunterstiegen, die Mädchen im Heu zurücklassend, riefen sie oft: »Wann machst du endlich mit, Kaninchen?« Er ignorierte ihre Scherze, bis sie ihn in dem Dorf, wo er dachte, seinen Vater gesehen zu haben, in ein Haus stießen. In ein großes niedriges Haus mit vielen Zimmern. In der Ecke des Esszimmers saß ein Mann, etwa in Petrs Alter, und rauchte eine Pfeife. Wie Nikolaj saß er an einer Nähmaschine, der Treibriemen drehte langsam seine Kreise. Die Maschine war nicht so schön wie die von Nikolaj. Das Holz war nicht so gut gepflegt, und sie hatte auch nicht ganz so viele Eisenbeschläge. Der Mann blickte kaum auf, als Tolja unter Gejohle ins Haus gestoßen wurde. Er grüßte nur und deutete mit dem Kopf auf das Nachbarzimmer. Dort saß ein Mädchen auf der Bettkante. Sie hatte dunkles Haar, braune Augen und ein blasses Gesicht. Tolja schloss die Tür und setzte sich in seinem dicken Mantel auf einen Hocker. Das Mädchen betrachtete ihn, als wäre er ein verirrtes wildes Tier. So saßen sie sich schweigend gegenüber. Kurz überlegte Tolja, ob er den Mantel ausziehen sollte, tat es aber nicht. Nach einer Stunde ging er.

»Kannst öfter kommen«, sagte der Mann in holprigem Russisch, als Tolja leise zur Haustür ging. »Dann tut wenigstens einer von euch etwas Gutes.«

In den kommenden Wochen, in denen noch rund um das Haus gekämpft wurde, schlich sich Tolja ab und zu aus dem Truppenlager. Manchmal sprach er mit dem Mädchen, Gizela hieß sie, in gebrochenem Polnisch, und sie antwortete ihm auf Russisch. Nach dem Sommer, wenn der Krieg vorbei wäre, wollte sie auf die Universität gehen. Nach ein paar Wochen ließ er den Mantel mit dem Hirsch bei ihr auf dem Bettrand liegen. Die Nacht zuvor hatte sie ihm den Mantel von den Schultern geschoben, ganz vorsichtig, als wäre er ein heiliges Deckchen unter einer Ikone und dürfte nicht einfach fortgerissen werden. Sie hatte das Haar gelöst, Tolja die Uniform ausgezogen und seine schmutzigen Hände auf ihre Brüste gelegt. Als sie auf ihm saß und sich unbeholfen auf und ab bewegte, als säße sie das erste Mal auf einem Schaukelpferd, verrenkte sie sich fast den Hals, um manchmal einen Blick auf den Mantel zu werfen. Er faszinierte sie, sie hatte ihn schon wochenlang angestarrt. Tolja sagte, sie könne alles von ihm haben, nur den Mantel nicht.

»Er ist das Einzige, was mich an mein Zuhause erinnert«, sagte er.

»Wo ist das, dein Zuhause?«

»Ein Dorf an einem Nebenfluss des Donez, mit einer Mühle und sieben Bauernhöfen.«

Er legte ihr die Hände an die Hüften und schob die Finger die Rippen entlang nach oben, weiter zu den Brüsten, den Schultern. Er zog sie an sich.

»Ich wurde an einem Ort geboren, der so weit weg von allem gelegen ist, dass dort nie etwas passiert. Also beschloss ich, fortzugehen. Mein Onkel Nikolaj stickte einen Donkosakenhirsch auf die Innentasche meines Mantels, bevor ich aufbrach.«

»Dein Onkel ist Schneider? Ich dachte, nur Wüstlinge zu Pferde wohnen am Don«, flüsterte ihm Gizela ins Ohr. Ihre Brüste drückten gegen sein Kinn. Bei jeder Bewegung, die sie gemeinsam ausführten, kitzelten ihre Haare seine Wangen.

»Nikolaj benutzt seine Hände ausschließlich, um Kleider zu nähen. Mein Vater kämpft, obwohl er lieber Brot backt, aber so ist es eben.«

Er setzte sich auf, Gizela presste ihren Hintern an seinen Oberschenkel. Eine Bewegung, mit der sie endlich einen Rhythmus fanden. Toljas Gedanken schweiften ab, er dachte an Nikolajs Hände, daran, wie vorsichtig er das Garn in die Singer-Tretnähmaschine einfädelte. Er sah Nikolajs Fuß vor sich, der die Maschine in gleichmäßigem Tempo antrieb, eine einzige fließende Bewegung. Gizela schlug die Arme um ihn, ihren Hintern bewegte sie immer schneller auf und ab. Tolja hob sie hoch und drehte sie auf den Rücken. Er hielt sich am Kopfende fest und klemmte sie unter sich ein. Kraftvoll zog er sich hoch, spannte sich an, den Rhythmus der Nähmaschine im Ohr. Er sah jede Menge Leder in der Sonne trocknen, sah Nikolaj, der die Schafe auf dem Hof schor, Anna im Gemüsegarten, Anna in der Scheune, um die Arbeiter zu instruieren. Das Getreide wogte leicht im Wind. Er sah Petr durch die Felder galoppieren. Die Hufe klapperten, die schwarze Erde wirbelte auf, das Pferd hinterließ eine Staubwolke. Im nächsten Augenblick war sein Vater verschwunden. Gizela küsste ihm den Hals, sagte, er solle aufhören. Er zog ihre Hüfte zu sich und stieß ein letztes Mal zu. Die Mühle. Der Weg zum Fluss. Die Pferde. Das Getreide. Die Tomatenkisten. Die Rüben. Die Einweckgläser. Der frische Tee aus dem Samowar. Das Brot. Nikolajs Schnurrbart, der nach oben zeigte, wenn er lachte. Der Vater, der ihm die Wange streichelte, am Tag seines Aufbruchs. Die Mutter, die ihn an sich drückte. Gizela schob sich unter Toljas Körper weg und steckte die Haare zu einem Knoten.

»Du bist wirklich nicht bei der Sache, kleiner Soldat.« Sie wischte sich den Schweiß mit dem geblümten Laken vom Körper.

»Du bist in Gedanken zu Hause, in den Armen deiner Mutter oder Oma.« Sie stand auf und zog sich seinen schweren Mantel über. Sie beschnupperte das Innenfutter, faltete den Mantel dann wie ein Zelt um sich. Nur ihr Haarknoten schaute noch heraus.

»Jetzt kann ich ihn dir stehlen, ohne dass du mich dabei siehst.« Ihre Stimme klang dumpf unter dem Pelz.

Der Mantel blieb bei Gizela, wie ein Versprechen.

An dem Morgen, bevor Tolja den Mann aus der Kirche kommen sah, hatte er Gizela gebeten, den Mantel zu behalten und in den Norden zu fliehen. Die letzte große Schlacht stand am nächsten Tag bevor. Die Rote Armee würde noch einmal auf Lwiw vorrücken. Er hatte Gizela den Mantel in die Hände gedrückt. »Unsere Vorfahren werden dich beschützen«, hatte er geflüstert. Das Gold des Pfeils im Rücken des Hirschs hatte beinahe geleuchtet, während sie ihn betrachteten. »Nimm deinen Vater mit. Wenn alles vorbei ist, hole ich euch. Sprich Polnisch mit mir, wenn wir uns wiedersehen. Auch wenn ich dich nicht verstehe. Wir dürfen nie wieder Russisch reden, du und ich.«

Im Dorf herrschte Chaos. Überall rannten die polnischen Einwohner mit Koffern umher, sie sprangen auf Karren und fuhren in Richtung Osten, zu einem Dorf, das die Russen schon geplündert hatten. Soldaten der Roten Armee ritten in entgegengesetzter Richtung zum Bahnhof, hinter dem sich ein großes Feld erstreckte. Sie versuchten, möglichst viel Schaden anzurichten. Der Lebensmittelladen wurde verwüstet, Bauernhöfe zerstört, Scheunen in Brand gesteckt. Tolja folgte seinen Kameraden und erschien beim Appell. Dann ging es hinüber zum Schlachtfeld, das Gewehr schussbereit in den Händen. Ihm drehte sich ständig der Magen um, er dachte an Gizelas rote Wangen, an ihre warmen Hände, die eben noch auf seinem Bauch gelegen hatten, und daran, wie lange es wohl dauern würde, bis sie sich wiedersahen. Er fragte sich, ob das überhaupt geschehen würde und ob er den Mantel nicht doch besser hätte mitnehmen sollen – er stolperte fast über seine eigenen Gedanken, bis sie plötzlich unterbrochen wurden, weil sich die Hintertür der Kirche öffnete. Ein Scharnier quietschte. Ein Mann kam heraus. Die Soldaten, hinter denen er hergerannt war, verschwanden links hinter einem Bauernhof, die Tür fiel krachend ins Schloss. Der Mann zog die Schultern hoch, damit der Regen nicht in seinen Halsausschnitt tropfte. Tolja legte das Gewehr an, ließ es aber sofort wieder sinken, als er die Haltung des Mannes erkannte. Auf dem verschlammten Sandweg flüsterte er den Namen seines Vaters. Er dachte an die Worte, die Nikolaj manchmal gesagt hatte: »Entscheide dich, wenn dir die Welt zwei Wege zeigt. Bleiben oder gehen. Manchmal muss man etwas zurücklassen, sei dir dann gewiss, was das ist.« Tolja überquerte den Weg und ging hinüber zum Friedhof. Er zog eine Eisenpforte auf. Eine Truppe Kosaken von der Roten Armee galoppierte vorbei. Tolja versteckte sich hinter einem Sarg und wartete, bis das Klappern der Pferdehufe verklungen war. So gut es ging schloss er die Pforte. Er blickte sich um, hier standen vielleicht zweihundert Särge, mehr nicht. Am Eingang gab es große Grabstätten, vielleicht waren sie wichtiger als der Rest. Eine steinerne Frau lag ausgestreckt auf einem Marmorsarg. Sie weinte, hielt theatralisch eine Hand an die Stirn und blickte in den Himmel auf, als könnte ihr da oben jemand helfen. Neben der Grabstätte stand eine kleine Kapelle mit einer Goldkuppel, ein weiteres Familiengrab. Das Gatter um die Kapelle war verschlossen. Drinnen brannten Kerzen. Eine weiße Marienstatue war von einem Meer aus Rosen umgeben. Tolja legte seine Hände auf das Gatter und presste sein Gesicht gegen das Eisen. Er versuchte, den Namen des zuletzt Verstorbenen zu entziffern, aber die lateinische Schrift bereitete ihm Schwierigkeiten. Er dachte an die eingefriedeten Gräber zu Hause, die Holzkreuze, die simplen mit der Hand bemalten Steine, die Holzbänke, auf denen er und sein Vater Jahr für Jahr gesessen hatten, um sich von den Toten zu verabschieden, um ihnen zu essen und zu trinken zu bringen. Jetzt regnete es stark, bald war er nass bis auf die Knochen. Auf der Suche nach einem schützenden

Baum entdeckte er einen überdachten Lagerplatz. Zwischen Holzstapeln und einigen noch nicht mit Namen versehenen Särgen lagen tote polnische Soldaten, alle noch in Uniform. Sie waren wie zusammengerollte Wandteppiche auf den trockenen Boden abgelegt worden. Die Jungen und Männer glichen frisch erlegten Rebhühnern. Seit Beginn des Kriegs hatte Tolja so viele Männer so daliegen sehen. Man sah keine Körper mehr, nur Uniformen, mit Haut und Haar. Soll ich es tun, überlegte er kurz. Dann zog er ohne noch zu zweifeln seine nassen Sachen aus, bis er nackt zwischen den Holzstapeln, Särgen und Leichen stand. Seine Bolschewikenuniform versteckte er hinter den namenlosen Särgen. Körper nach Körper zog er aus dem Leichenberg, suchte nach einer einigermaßen trockenen polnischen Armeejacke, einer Hose, die ihm passte und nach richtigen Socken. Die Leichen, die keine geeigneten Uniformen trugen, schob er beiseite, auf den durchweichten Boden, wie Getreidehalme, die noch zusammengebunden werden mussten. Ein sehr junger Mann, weiter unten im Stapel, schien nahezu unversehrt, wie in Stein gemeißelt. Sein Gesicht war nicht verdreckt, keine Quetschungen, kein Blut an den Händen oder in den Haaren. Er sah aus, als könnte er jeden Moment aufstehen und wegrennen. Tolja tätschelte ihm die Wange. Der Mund des Jungen öffnete sich nicht. Tolja versuchte es noch einmal, diesmal mit der anderen Wange, danach drückte er die Faust auf den Brustkorb. Dann nahm er sich die Jacke, das Armeehemd und die Stiefel. Der Bauch des Jungen war so weiß wie die Marienstatue in der kleinen Kapelle. Tolja zog einen Gürtel aus einer Hose und schnallte ihn sich um, überlegte, ob der Gürtel noch ein Loch enger musste. Er schlüpfte in die Stiefel und betrachtete die Leichen, die wie ein halber Trauerkranz um ihn verstreut lagen.

»Er kann es nicht sein«, sagte er zu ihnen, »warum sollte mein Vater hier sein?«

»Er versteckte sich in der Kirche«, sagt Nikolaj. »In dieser zusammengeklaubten polnischen Uniform. Die Kirche war fast leergeplündert, alles war weg, die Marienstatuen, die Heiligenbilder. Nur ein Fresko im Dachstuhl gab es noch. Dort sind sie nicht herangekommen, hätte wohl zu viel Mühe gemacht. Weil alles zertrümmert war, versteckte er sich, bis die Dunkelheit hereinbrach, in der Beichtkammer. In der Nacht suchte er in den verlassenen Bauernhöfen nach Brot, dann versteckte er sich wieder in der Kirche. Nach vier Tagen dachte er, dass alle Bolschewiken nun weg sein müssten. Also brach er nach Norden auf, zu Gizela. Sie heirateten und bekamen Kinder. Tolja sprach nie wieder Russisch. Ein paar Jahre später begegnete ihm tatsächlich sein Vater, Petr, in Lwiw, der genau wie er sein Bataillon verlassen hatte. Bis alles vorbei war, hatte er sich in den Karpaten versteckt, in einem alten Schützengraben. In einem Café erkannte jemand seinen Nachnamen. ›Hier läuft noch so einer rum‹, sagte der zu Tolja, ›ein etwas älterer Mann.‹

Wir erzählten allen im Dorf, dass sie tot waren. Den Brief bewahrten wir in dem doppelten Boden meines Nähkastens auf. Wir würden uns wegen dem, was Petr und Tolja getan hatten, mitschuldig machen. Sie waren Deserteure. Wenn sie mir in den Sinn kamen, dachte ich immer an unsere Vorväter, die sagten, wir müssen in Freiheit sterben.«

»Nur, was bedeutet das, in Freiheit sterben?«

»Keine Ahnung. Unsere Familie hat seit eh und je kleine Paläste verteidigt und sie dann an Revolutionen und Kriege verloren. Der Putz bröckelte ständig, Menschen verschwanden, doch auf welcher Seite das alles genau geschah, wusste eigentlich niemand. Die Seite, auf der wir standen, verschob sich dauernd. Es war selten unsere Entscheidung.«

»Es gab auch gute Deutsche«, sagte Aleksandra mir schon als Kind. Mein Opa Jilles wollte davon nichts wissen, aber sie hielt stur daran fest. Als sie einmal einen Blick in ihr *Arbeitsbuch* warf, mit einer traurigen Porträtfotografie von ihr und lauter Hakenkreuzstempeln, sagte sie: »Zum Beispiel ein deutscher Professor, Herr Gustav. Jeden Tag kam er ins Labor, um unsere Arbeit zu kontrollieren. Nie war er unfreundlich. Er war ruhig, nett. Volles, graumeliertes Haar. An Heiligabend 1942, wir waren gerade in Griesheim angekommen, lud er mich, Nusja und Dusja zum Abendessen zu sich nach Hause ein. Mein blau-weißes Ost-Emblem, das ich immer auf der Brust tragen musste, durfte ich sogar abnehmen. Es war dunkel, es schneite wie zu Hause. In der Ferne hörte ich leise den Main dahinfließen. In den Häusern brannten die Kerzen am Baum. Familien saßen beim Weihnachtsessen. Viele Mütter mit Kindern. Keine Väter. Wir hatten unsere schönsten Kleider angezogen. In meinen guten Schuhen ging ich äußerst vorsichtig auf dem Bürgersteig wie eine vornehme Dame. Griesheim war an diesem Abend friedlich und still. Alles fühlte sich so an wie ein Heiligabend in Woroschilowgrad. Es roch nach Braten und Kartoffeln, nach Suppe und Brot. Hinter einer der Gardinen glaubte Nusja, ihren Vater Klim zu entdecken. Er sah gesund aus, wie in den Jahren, bevor der Krieg ausbrach, als wir noch genügend zu essen hatten und manchmal ein Fest gaben. Herr Gustav ging voraus und erzählte uns von den Menschen in Griesheim. Er zeigte auf das Haus von Doktor Jonas, der mir später helfen sollte, als ich mit deinem Onkel Peter schwanger war. Ein Stück weiter zeigte er uns die alte Bäckerei. In den letzten Kriegsmonaten habe ich Salz dorthin geschmuggelt. Im Kinderwagen. Herr Gustav wohnte in einem Haus mit einem schönen großen Garten. Es lag fast ein Meter Schnee, der Weg zum Haus war ordentlich freigeschaufelt. Im Garten stand ein Christbaum ohne Lichter, dafür aber mit einem Stern auf der Spitze. Er sah fast aus wie ein Sowjetstern, aber das sagte ich Herrn Gustav nicht. Ich habe den Baum eine ganze Weile angestarrt. Drinnen hieß uns seine Frau herzlich willkommen. Sie hatte dunkelbraunes Haar mit kräftigen Locken und trug wunderschöne Stöckelschuhe aus rotem Leder. Der dunkelblaue Faltenrock reichte ihr bis zu den Waden. Darüber trug sie eine Bluse in derselben Farbe, mit einer schmalen Schleife am Kragen. Das Deutsch meiner Cousinen und mir war natürlich schlecht, also wurde viel genickt und gestikuliert. Der Tisch war gedeckt. Die Teller schimmerten im Kerzenschein. Als Vorspeise gab es Kartoffelsuppe. Rechts neben dem Teller lag dafür extra ein Löffel bereit. Das Messer daneben war frisch poliert. Ich hatte noch nie so glänzendes Besteck gesehen. Nicht einmal die goldene Ikone von Baba Mari und Opa Stepan glänzte so, selbst wenn wir sie vor dem Erntefest poliert hatten. Nusja, Dusja und ich warteten, bis Herr Gustav zu essen begann. Er legte sich eine weiße Serviette auf den Schoß und nahm den ersten Löffel, dann nickte er uns freundlich zu. In der Zimmerecke stand ein Christbaum voll silbernem Lametta. Die Kerzen spiegelten sich in dem gebohnerten Fischgrätenparkett. Nach der Suppe stellte Herr Gustav das Radio an. Nur kurz. Ich verstand nicht viel, doch irgendwann fiel der Name Stalingrad. Ich dachte: Sind die deutschen Soldaten schon so weit vorgerückt? Jedes Mal, wenn die Stadt genannt wurde und der Rundfunksprecher erregt klang, erschraken Nusja, Dusja und ich. Vor allem Dusja mit ihrem dunklen Haar wurde kreidebleich. Herr Gustav legte ihr kurz die Hand auf die Schulter, stand auf und stellte das Radio ab. ›Entschuldigung‹, sagte er, ›das machen wir jeden Abend, eine Angewohnheit‹. Danach aßen wir Brot, Fleisch und Kartoffeln, ohne noch viel zu reden. Seine Frau lächelte uns die ganze Zeit an und tat uns immer wieder auf. Der Nachtisch war ein großes rechteckiges Stück Schokoladenkuchen, der wie das Parkett glänzte, eigentlich wie alles im Haus. Auf den Kuchen hatte die Bäckersfrau mit

Zuckerguss *Frohe Weihnachten* geschrieben. Jede von uns bekam zwei Stücke.«

»Gute Menschen nehmen allerlei Formen an«, sagt Nikolaj. »In gefährlichen Situationen aber versucht jeder, vor allem sich selbst zu retten. Dabei wählt jeder seinen eigenen Weg. Alle glauben an eine andere Wahrheit.«

Er steht vom Tisch auf, winkt mich heran, öffnet die Tür des Restaurants und führt mich in eine weitere Halle. Zwischen sieben großen Palmen stehen mittig fünf in weißen Stein gemeißelte futuristische Männer. Sie spannen die Muskeln an, blicken vorwärts, der Zukunft entgegen, wie all die anderen Allegorien in diesem Palast. Ihre Haare liegen steif nach hinten, wie nach einem Sturm und einem darauffolgenden Frost. Einige recken die Faust in die Luft, halten Hämmer und andere Werkzeuge in den Händen. Andere tragen Stiefel und ein Gewehr. Sie setzen einen Fuß vor den anderen und stürmen vorwärts, wie Schlittschuhläufer auf dem Weg ins Ziel. Ihre weißen, schimmernden Körper haben derart scharfe Kanten, dass ich mich an der Wand entlang bewege. Ich möchte die Männer mit größtmöglichem Abstand passieren und fühle mich genauso unbehaglich wie damals in Sankt Petersburg, als ich zum ersten Mal einen gigantischen Lenin sah. Ich fuhr seit einer halben Stunde durch die Stadt. Der Weg vom Flughafen in die Innenstadt war weit. Alles war pompös und imposant. Die Gebäude waren groß, schön und hatten unzählige Fenster. An vielen Mauern sah ich noch Sowjetsterne. Eiszapfen hingen von den Dächern. Manche waren einen Meter lang. Frauen in dicken Winterjacken schlitterten vorsichtig über die vereisten und verschneiten Straßen und Bürgersteige. Ziemlich lange fuhren wir an leeren Plätzen vorbei, bis ich auf einem Platz einen stolz auf seinem Sockel stehenden Lenin entdeckte. Ich drückte die Nase gegen das Fenster.

»Sehe ich recht«, fragte ich den Taxifahrer, »ist das nicht sozialistischer Realismus vom Feinsten?«

»Was meinst du?«, murrte der Mann. Ich hatte ihm schon mindestens zehn Fragen gestellt.

»Ist der echt?«, flüsterte ich gegen die Scheibe, die sofort beschlug.

Kurz verlor ich Wladimir aus den Augen. Ich wischte die Scheibe mit meiner Jacke trocken. Da war er wieder. Ich hörte ihn sagen: ›Das Land ist bei der Elite ins Stocken geraten, die sich am hart arbeitenden und leidenden Volk gütlich tun. Die Elite lässt sich vollsaufen, schwelgt in Opium, vögelt sich in Ballsälen kaputt, im Sommer, im Winter, im Landhaus und auf den Promenaden. Das gemeine Volk hat nichts zu fressen. Es wird verschleppt, wenn es sich gegen das herrschende System auflehnt, wenn es ruft, dass eine Duma eingesetzt werden soll. Gefangene auf Sachalin arbeiten sich in der Eiseskälte ihre Hände blutig. Friede dem Volk! Land den Bauern! Power to the Soviets!‹ Ich sah, wie Lenin das rechte Bein vom Sockel löste, auf dem er jahrzehntelang gestanden hatte. Das Taxi hielt an einer roten Ampel, ich hatte gute Sicht auf den Platz. Lenin kam mit großen, ungelenken Schritten auf uns zu.

»Allmächtiger, was ist denn jetzt los?«, rief der Taxifahrer.

»Sag ich doch«, schnauzte ich, doch bevor ich richtig loslegen konnte, klopfte Lenin schon ans Fenster, bedeutete mir, dass ich es öffnen sollte.

»Hallo«, sagte ich.

»Hallo«, sagte Lenin.

Die Ampel sprang auf grün. Der Taxifahrer meinte, dass er nicht den ganzen Tag Zeit für Gespräche hätte, er müsste Geld verdienen.

»Gibt es etwas Wichtiges, das Sie mir sagen möchten?«, fragte ich.

»Na ja, eine Sache«, sagte Lenin, »sobald es irgendwann gut mit der Sowjetunion läuft, will natürlich jeder ein Stück vom Kuchen abhaben, und dann läuft es in die verkehrte Richtung. Ich habe es gleich gesagt. Aber alle scheinen es vergessen zu haben.«

»Oh, Wladimir«, seufzte der Taxifahrer, »du kommst zu spät. Mit meiner Oma oder meinem Mütterchen, Gott hab sie selig, hättest du reden sollen, die hätten etwas davon gehabt, die beiden dummen Gänse. Aber heute, hier, macht das keinen Unterschied mehr. Wir haben einen neuen Wladimir. Gleicher Name, anderes System. Und noch immer recht unangenehm. Jedenfalls bist du zu spät dran.«

Lenin warf einen Blick ins Auto, sah die russische Fahne und die heilige Jungfrau Maria am Rückspiegel baumeln.

»Ui, ja«, sagte ich, »Entschuldigung.« Ich steckte die Hand aus dem Fenster und tätschelte kurz Lenins Unterarm. Fast wäre er vor Schreck umgefallen. Die Autofahrer hinter uns hupten schon. Lenin schaute sich um und wedelte mit seiner Faust, sofort kehrte Stille ein.

»Warum stehe ich dann noch hier?«, fragte er.

»An einigen Orten warst du schon weg und wurdest dann doch wieder aufgestellt«, sagte der Taxifahrer.

»In der Stadt, in der meine Oma Aleksandra aufgewachsen ist, im Osten der Ukraine, haben sie dir ein Stahlseil um den Hals gebunden und dich mit einem Kran vom Sockel gezerrt. Dein Kopf brach ab. Dramatisch das Ganze, aber jetzt stehst du auch dort wieder. Oder war das Stalin, den sie wieder aufgestellt haben? Eher Stalin.«

»Ich nicht, aber der schon? Und weiter? Die Sowjetunion ist verschwunden? Oder wird die jetzt auch wieder neu aufgebaut? Wie sieht's aus?«

»Nein«, keifte der Taxifahrer, »aber wahrscheinlich werden sie sich bei jeder passenden und unpassenden Gelegenheit auf dich berufen.«

Lenin verzog das Gesicht.

»Ich bin zur Marionette meines eigenen Systems geworden?«

»Machen Sie sich keine Sorgen«, antwortete der Taxifahrer, »noch sind keine anderen Ihrer Sorte wieder aufgetaucht.« Lenin ging in die Knie, stützte sich ungelenk auf seinen Arm und setzte sich neben dem Taxi auf die Straße. Autos fuhren vorbei. Ich sah die roten Ziffern auf dem Taxameter in die Höhe schießen und fragte mich, ob ich genügend Rubel aus dem Bankautomaten am Flughafen gezogen hatte.

»Andere?«

»Revolutionäre«, sagte der Taxifahrer. »Heute gibt es nur Leute, die Besserung versprechen, Diktatoren, Rebellen, Kriegstreiber. Aber nie das, was die Menschen wollen.« Das Schneetreiben wurde immer heftiger, die Flocken verfingen sich in Lenins Haar, in seinem Schnurrbart, in den Augenbrauen. Ich fischte aus meinem Rucksack einen Handschuh und versuchte, so gut es eben ging, sein Gesicht abzuwischen, ihn in Ordnung zu bringen.

»Meine Oma Aleksandra hat immer ein Taschentuch in ihrer Handtasche. Ein Taschentuch und einen Kamm.«

»Hatte meine Mutter auch«, murmelte Lenin. Er kniff die Augen zu, als ich über seine Augenbrauen rieb. Sobald ich damit fertig war, landeten neue Schneeflocken auf ihnen.

»Da gibt es wohl kein Halten mehr«, sagte ich.

»Nein, das sagte meine Mutter auch immer. Im Sommer, wenn es heiß war und sie sich immerzu mit dem Taschentuch die Stirn abtupfte. Manchmal hat es keinen Sinn, dann gibt es eben kein Halten mehr, manches kann man eben nicht verhindern.«

Flink streckte er Daumen und Zeigefinger durch das Fenster und rupfte die russische Fahne und das Marienbild vom Rückspiegel.

»Geht's noch?«, rief der Taxifahrer.

»Darf ich die haben? Meine Mutter trug beides immer bei sich. Haargenau solche. Sie starb ein Jahr vor der Revolution. Auf ihrem Sterbebett sagte sie, dass sie sich über so viele Dinge Gedanken gemacht hat, wenn sie sich mit dem Taschentuch die Stirn abtupfte. Sie dachte dann an meinen Bruder Aleksandr, den sie hingerichtet haben, an mich und meine Geschwister in den Zeiten, als wir verhaftet und verbannt wurden, an den Tod unserer Olga. Sie faltete das Taschentuch auseinander, damals auf ihrem Sterbebett, und zum Vorschein kam: Maria.«

Lenin legte sich das Bildchen auf die Handfläche und faltete die Hände.

»Vielen Dank«, sagte er. Er stand auf und ging über den Boulevard davon, Richtung Finnländischer Bahnhof, wo noch eine Kopie seiner selbst stand, ebenfalls auf einem menschenleeren Platz.

Im Frühling wird Olegs Haus wärmer, Baba Mari sanfter und das Land lieblicher. Die ersten Krokusse sprießen aus der Erde. Zarte Ähren wiegen sich im Wind. Das goldene Land, wie es Aleksandras Eltern immer nennen, kommt wieder zum Vorschein: Die Felder grüßen sie. Stolz heben sie sich immer schärfer gegen den Himmel ab, der, je weiter die Tage voranschreiten, ein tieferes Blau annimmt. Im dunklen Winter, in dem alles Woche für Woche nur hässlicher geworden ist, hat Aleksandra der Anblick des Getreides gefehlt. Seit ihre Eltern mit Nastja in die Stadt gezogen sind, fühlte sich das Land anders an: Alles schien noch verlassener und weniger beschwingt. Selbst der Schnee konnte sie nicht aufheitern, vielleicht auch, weil Baba Mari neun von zehn Mal keine Lust hatte, auch nur einen Schneeball zu werfen. Auch das Dorf lag immer verlassener da, als hätten ihre Eltern den Startschuss gegeben und alle danach beschlossen, ebenfalls zu gehen. Die beiden jungen Brigadiere, die im tiefsten Winter ihr Haus ausgeräumt hatten, kamen immer wieder, um andere Häuser auseinanderzunehmen. In ihren langen Mänteln kamen sie manchmal nur zu zweit, ein anderes Mal mit einer ganzen Truppe. Sie zerrten Väter und Mütter auf den Hof und schlugen sie zusammen, brüllten sie an, spuckten ihnen ins Gesicht. Durchs ganze Dorf hörte Aleksandra die Worte »dreckige Kulaken« schallen. Es war, als würden diese Worte überall kleben bleiben. Das Dorf verlor allmählich seine Schönheit, es war, als würde man Baba Mari und sie die ganze Zeit belauern, als hätten die Brigaden überall ihre Augen. Nachdem wirklich fast alle fortgegangen oder verschwunden waren und alle Häuser leer standen, brachten die Brigadiere neue Menschen ins Dorf: ausgelaugte Bauern aus anderen Dörfern und junge Leute, die keine Ahnung von dem Land hatten.

Die Erde unter dem geschmolzenen Schnee ist schwärzer als in früheren Jahren. Manchmal hat Aleksandra das Gefühl, dass sie die Schönheit des Landes noch erkennt, aber gleichzeitig auch in einen See schwarzer Tinte blickt, in den sie einfach hineinspringen und ertrinken könnte. Die Sonnenblumen, das Getreide, der Mais scheinen im Laufe der Monate, während der Frühling in den Sommer übergeht, ebenfalls zu spüren, dass irgendetwas nicht stimmt. Irgendwie wachsen sie mit weniger Vergnügen auf ihren Feldern. Eigentlich machen sie genau das, was Aleksandra von ihnen kennt, aber doch weniger rege, die Stängel bewegen sich anders, strecken sich weniger stolz dem Himmel entgegen. Die neuen Arbeiter und ärmeren Bauern, die sich im Winter den Staatsbetrieben angeschlossen haben, führen ihre Arbeit schweigend aus, als trauten sie sich nicht, die Erde aufzuwecken, als wüssten sie ganz genau, dass das Land eigentlich jemand anderem gehört und sie keine Freundschaft schließen werden.

Seit die neuen Bauern auf den Feldern arbeiten, holt Baba Mari Aleksandra von der Schule ab. Aleksandra mag das nicht, durfte sie doch schon im letzten Sommer allein nach Hause laufen. Aber die Regeln haben sich geändert.

»Es passieren komische Dinge mit so gesunden Kindern wie dir«, sagt Baba Mari. Abends verschließt Oleg Türen und Fensterläden. »Geistere nachts nicht draußen rum. Und geh auf keinen Fall mit einem Fremden mit, auch nicht mit fremden Kindern.«

Jeden Mittag nach der Schule kommen sie auf dem Nachhauseweg an den erntenden Frauen und Männern vorbei, die jedes Mal dünner und blasser aussehen. Sie können mit dem Tempo der Natur kaum Schritt halten. Sie bücken sich schlapp und dreschen träge. Trotz des Traktors, den die Brigade extra ins Dorf gebracht hat, geht es nicht recht voran. Eines Morgens auf dem Schulweg klammert sich ein Mädchen an Baba Mari.

»Ich habe Krämpfe in den Händen und meine Beine tun mir weh«, sagt es.

Das Mädchen ist mager, Aleksandra sieht seine hervorstechenden Wangenknochen, sie könnte sie bestimmt wie Hühnerknochen unter der gebratenen Haut greifen und herauspflücken. Und die Augen, die tief in den Höhlen liegen, könnte sie auch einfach herauslöffeln, hätte sie denn einen Löffel bei sich. Das Mädchen schaut Baba an und zieht den Rock hoch. Seine Beine sind geschwollen wie dicke Auberginen.

»Herrgott noch mal«, murmelt Baba Mari und legt sich die Hand auf den Brustkorb. »Wenn wir dir mit einer Nadel ins Bein stechen, läufst du ja aus«, flüstert sie. »Bekommt ihr denn nicht genug zu essen?«

Das Mädchen schüttelt nur den Kopf. Bloß nicht so heftig, denkt Aleksandra, sonst fallen dir noch die Augen aus, und was machen wir dann? Die dünnen Ärmchen sehen aus wie die Zweige eines jungen Baums. Hatte es letzten Winter denn nichts Eingewecktes zu essen gehabt, wie Aleksandra, Oleg und Baba Mari? Oleg hat sogar Pfannkuchen aus Stärkemehl gemacht. Kartoffelstärke – er hatte sie vergangenen Sommer auf dem Hof versteckt, in einer Grube unter dem Pfad, der vom Gartenzaun zur Haustür führt. Die Grube war sehr tief, er hatte die Kartoffeln hineingeworfen und sie mit Erde bedeckt. Dann hatte er Aleksandra und Nastja dazu gebracht, den ganzen Nachmittag über den Pfad zu trampeln, hin und her. Bis der Pfad wieder so aussah wie vorher. Aleksandra hatte nicht wirklich begriffen, was sie und Nastja da eigentlich getan hatten.

»Ich muss wieder arbeiten«, sagt das Mädchen, ohne Baba zu antworten. Es starrt kurz die drei jungen Brigadiere an, die mit ihren Gewehren am Feldrand patrouillieren, lässt den Rock los und rennt aufs Feld.

»Habe ich dir schon von den Hirschen erzählt, die dein Vater mitgebracht hat, als er bei uns eingezogen ist?«, fragt Baba Mari.

»Nein.«

»Ein Geschenk seines Onkels Matvej. Dein Vater hat ein paar von ihnen hiergelassen, als er, Nastja und deine Mutter in die Stadt gezogen sind. Siehst du sie?« Mit dem Arm macht sie eine ausladende Bewegung. Vor Aleksandra erscheint ein weißer Hirsch mit goldenem Geweih, goldenen Hufen und einem goldenen Pfeil im Rücken. Baba Mari schnalzt mit der Zunge. Der Hirsch läuft zum Feldrand und trabt eine Runde um den trägsten Brigadier, und noch eine, bis der Mann das Gleichgewicht verliert und in den Matsch fällt.

»Sonderbare Wesen«, flüstert Baba Mari. Aleksandra betrachtet das Tier, das zu ihnen herüberkommt, nachdem ihre Oma erneut mit der Zunge geschnalzt hat.

»Sie zeigen sich nicht immer, nur in Notfällen. Nach manchen Ereignissen brauchen sie Jahre, um wieder zu Kräften zu kommen. Hat mir dein Vater erzählt. Manchmal können auch sie nichts ausrichten, wie bei dem Bauernhof. Diese Sache war zu groß.«

Der Hirsch läuft vor Baba Mari her und macht einen Sprung. Im nächsten Augenblick ist er verschwunden. Als sie die Scheune ihres alten Hofs erreichen, steht auch dort ein junger Mann mit Gewehr. Neben ihm, vor den großen Scheunentoren, trottet ein kleiner weißer Hirsch auf und ab, als würde er ebenfalls Wache halten. Als Aleksandra zum Scheunentor schaut, um zu entziffern, was dort mit Kreide geschrieben steht, geht der Hirsch rückwärts und beugt den Kopf.

»Getreidescheune Nummer drei«, liest sie vor. »Früher hatten Scheunen doch keine Nummern?«

»Sie nummerieren alles. Scheunen, Schulen, Menschen. Das ist der Anfang vom Ende, mein Mädchen.«

Der Brigadier winkt Aleksandra fröhlich zu, die aus Höflichkeit zurückwinkt. Baba Mari lächelt kurz und dreht sich dann zu Aleksandra um, die vor ihren dunklen Augen zurückschreckt. Dasselbe Schwarz wie in Nikolajs Augen an dem Tag, als er die Grube auf Sergejs Hof zuschaufelte.

»Was steht der da rum mit einem Gewehr? Meint er vielleicht, das Korn führt irgendwas im Schilde? Dass es türmt?«

Nachts steht nicht nur ein Mann mit Gewehr Wache, die Scheune wird auch zugesperrt, wie Aleksandra seit ein paar Tagen weiß. Das ist Oleg herausgerutscht, als er einen Nachmittag auf sie aufpassen musste, weil Baba Mari auf dem Markt Eier kaufen wollte.

»Die Scheune wird zugesperrt, weil die Leute nicht genug zu essen haben. Alle haben Hunger, Mädchen. Das Getreide löst sich einfach in Luft auf, niemand weiß, wohin. Selbst das Saatgut nehmen sie mit.«

Baba Mari zerrt Aleksandra über die Dorfstraße zu Olegs Haus. Als sie an dem Plakat vorbeikommen, das vor ein paar Tagen an die Scheune genagelt wurde, spuckt sie auf den Boden.

»Menschen, die einander vor lauter Hunger auffressen, sind keine Kannibalen. Kannibalen sind diejenigen, die das Gold der Kirche nicht in einen gefüllten Stall für die Hungrigen verwandeln wollen«, steht da in schwarzer Blockschrift.

Nikolaj drückt auf den dunkelroten Lichtknopf Nummer drei und presst sich an mich. Wir haben genug Platz im Fahrstuhl, aber ich lasse ihn gewähren, er hat lange niemanden gesehen. Der Aufzug macht Plong und setzt sich etwas wacklig in Bewegung. Gemächlich geht es nach oben, der Zeiger zwischen den Stockwerken zuckt zur nächsten Zahl.

»Mitten im Winter kamen immer mehr erschöpfte Bauern in die Stadt«, sagt Nikolaj und lässt den Zeiger nicht aus den Augen. »Vor allem Frauen und Kinder, aber auch ein paar Männer. Völlig ausgemergelt. Sie kamen in überfüllten Zügen an, sie lagen in der Stadt verteilt auf den Bürgersteigen und vor den Türen der Läden, in denen es immer weniger Nahrungsmittel zu kaufen gab. Manchmal lagerten sie dort tagelang, die Augen fielen ihnen immer wieder zu. Sie setzten sich vor ein beliebiges Gebäude und streckten die Hand aus, in der Hoffnung, jemand würde ihnen etwas zu essen geben. Oft blieben sie bis zum späten Abend dort, am nächsten Morgen waren sie verschwunden. Sie wurden mit Dutzenden Wagen abgeholt, Lisa. Einmal saß eine Frau mit ihren zwei Kindern auf einem Grünstreifen bei uns an der Straßenecke. Die Kinder waren klein, fünf oder sechs Jahre alt. Die Körper waren verformt. Sie sahen aus wie Kartoffeln, in die ein Kopf und vier Stöckchen gesteckt worden waren. Mit jedem Bauern, der hier auftauchte, gab es in unserer Stadt weniger zu essen. Frühmorgens, noch vor Sonnenaufgang, ging Anna zum Bäcker. Dort drängten sich meist schon Hunderte Menschen. Alle wollten dasselbe: ein Schwarzbrot. Weil wir vom Land kamen, wussten wir, dass es jede Menge Getreide gab, wir wussten, wie viele Menschen man damit ernähren könnte, aber die Ernte war scheinbar verschwunden. Jedenfalls kam fast kein Getreide bei den Bäckern an. Die Bauern, die abgemagert durch die Straßen streunten, fragten, ob es hier denn nicht angekommen sei: Immerhin waren doch fuhrenweise Getreide Richtung Stadt abtransportiert worden. Hier muss es sein, sagten sie.«

»Dritter Stock«, sagt der Aufzug freundlich, »willkommen im dritten Stock.« Wir steigen aus und spazieren einen langen Gang entlang. Überall an den Wänden halten Frauen in traditionellen ukrainischen Kleidern ihre Kinder in die Luft oder tragen Getreide unter dem Arm. Stolz blicken sie mich an. Hinter ihnen liegen goldglühende Felder. Traktoren fahren vorbei. Vorn auf den Kühlerhauben stecken manchmal rote Fahnen mit dem Konterfei des großen Führers. Sein Schnauzbart streng getrimmt oder schlaff herunterhängend, je nach Windstärke. Die Kleider der Frauen ähneln dem meiner Tante Natasja, als wir in ihrer Datscha am See zu Abend aßen. Auf dem Tisch stand eine kleine ukrainische Fahne in einem Holzständer. Das Fleisch der Tomaten aus dem Garten war genauso rot wie die Stickerei auf ihren Ärmeln. Alles war süß und warm. Sie gab mir eine Scheibe Schwarzbrot.

»Das ist Roggenbrot«, erklärt sie mir, während ich hineinbeiße. »Der Roggen färbt das Brot dunkel. Deine Tante Klawa meint, es gibt Energie, ohne dass man ein Völlegefühl hat.«

»Wir aßen nie ein ganzes Brot, denn manchmal kam Anna mit leeren Händen vom Bäcker wieder«, sagt Nikolaj. »Dann zerteilten wir den Rest, den wir extra aufgehoben hatten, in kleinere Rationen. Nastja ging mit einer halben

Scheibe Brot im Magen zur Schule, sie bekam das größte Stück. Sie ist nie sehr kräftig gewesen. In der Schule lernte sie, dass in der Sowjetunion alles gut lief, dass die Arbeiter der Welt sich vereinigten und der Fünfjahresplan, den sich unsere Führer ausgedacht hatten, ein Riesenerfolg wäre. Sie kam immer verstörter nach Hause. Fragen durften nicht gestellt werden. Eine ihrer Klassenkameradinnen hat es gewagt. Sie hat sich gemeldet und gefragt, wo der versprochene Reichtum für die einfachen Menschen blieb. Dann sagte sie noch, ihr Vater meinte, dass es selbst während der Revolution mehr zu essen gegeben hätte, dass die Hungersnot in den Zwanzigerjahren nicht so schlimm gewesen sei wie der Schlamassel heute. Eine Woche später hatte das Mädchen keinen Vater mehr, verschwunden. Weg. Nastja sprach zwei Wochen kein Wort. Wir stellten keine Fragen mehr. Wir wurden zu Tieren, verängstigt vor den Schlägen, die wir bei einer falschen Bewegung einstecken würden. Wir wurden zu Gejagten, mürrisch. Meine Anna, die immer liebenswert und herzlich war, die wusste, wie man füreinander sorgt, kämpfte sich jeden Morgen durch eine Schlange Verrückter, um an ein einziges Brot zu kommen. Die Leute zerrten und rauften sich. Wenn man endlich ein Brot erwischt hatte, wurde es dir ein Stück die Straße runter wieder aus der Hand gerissen. Was passiert, wenn es bald für niemanden mehr etwas gibt, fragte sie mich manchmal. Werden wir dann so wie all die Bettler, werden wir wie die Frauen, die am Straßenrand ihre Töpfe und Pfannen und ihre letzten Rüben verkaufen? Die Geschäfte waren leer und in Moskau wurde an einem gigantischen Palast gebaut, dort trugen sie all die Trümmer der alten Zeit ab, während Anna und ich Arm in Arm über den Schwarzmarkt liefen und uns immerzu verschreckt umschauten. Nastja brauchte etwas zu essen. Wir schritten wie ein verblühtes Zarenpaar an Kindern vorbei, die mit geheimnisvollen Gesten Tücher hochzogen, unter denen fünf Stücke Obst lagen. Aus den

Lautsprechern, die an Strommasten befestigt waren, hallte der nationale Radiosender, fröhliche Musik. Als das Lied *Höher! Immer höher!* erklang, wollte ich die Kabel aus den Lautsprechern reißen, besonders nachdem ich am Bahnhof gesehen hatte, dass es tatsächlich Getreide gab, nur war es nicht für uns bestimmt. Tag und Nacht hielten dort Züge. Wir spürten die donnernden Räder durch die Wände unseres Hauses. Eines Morgens, ich hatte die ganze Nacht vor Hunger und meiner Sorge um die immer dünner werdende Nastja nicht schlafen können, ging ich angelockt vom Lärm der abfahrenden Züge nach draußen. Ich zog meine Arbeitsjacke an, überquerte die Straße und folgte den Gleisen, bis ich am Bahnhof stand. Dort wimmelte es vor Brigadieren. Sie luden säckeweise Getreide von Pferdekarren und Lastwagen. Diszipliniert, ordentlich, wie eine mechanische Menschenkette. Sie reichten die Säcke weiter, bis der letzte Mann oder die letzte Frau in der Reihe den Sack in einen Viehwaggon warf. Die Züge aber brachen nicht tiefer in die Sowjetunion auf, sie fuhren Richtung Westen, weg von uns.«

Am letzten Schultag vor dem Sommer sieht Aleksandra das Mädchen wieder. Es liegt auf der Seite, nicht weit von Olegs Haus, mit einem Fuß auf dem Sandweg.

»Die Sache läuft schlecht«, schnaubt Baba Mari.

Aleksandra lässt die Hand ihrer Großmutter los und geht auf das Mädchen zu. Einen Meter vor ihm bleibt sie stehen.

»Aleksandra Nikolajevna«, sagt Baba Mari leise, »rühr sie nicht an.«

»Mädchen«, flüstert Aleksandra, »bist du müde?«

Sand wirbelt auf, die Körner fallen auf die Wange des Mädchens, das nichts zu spüren scheint. Sein Gesicht liegt halb im Gras. Das blonde Haar bildet einen Kreis um seinen Kopf wie bei Maria auf der Ikone, die die Brigadiere im Winter kaputt gemacht haben. Während sie das Mädchen betrachtet, bemerkt Aleksandra, dass sich sein Bauch nicht bewegt. Der Brustkorb auch nicht. Sie denkt an die Kätzchen, die auf dem Heuboden geboren wurden. Ihre kleinen Bäuche gingen heftig auf und ab, während sich der Rest der Körper kaum bewegte, und die Augen waren geschlossen. Sie stampft neben dem Kopf des Mädchens auf den Boden.

»Hallo! Aufwachen! Du kannst hier nicht einfach liegen bleiben.«

Baba Mari kommt nun näher.

»Lass mich mal was ausprobieren.«

Sie beugt sich langsam vor und hält dem Mädchen die Hand vor die Nasenlöcher. Still steht sie so da, mit geschlossenen Augen, konzentriert. Dann schüttelt sie den Kopf. Die Sonne steht hoch am Himmel und leuchtet grell, Aleksandras Haut glüht. Irgendetwas stimmt mit dem Mädchen nicht. Es hat ein Bein bis zum Bauch angezogen.

»Komm«, sagt Baba Mari.

In Olegs Haus holt Baba Mari hektisch ein weißes Laken aus dem Schrank. Es scheint, als hätte sie all ihre Energie für diesen Moment aufgehoben. Sie geht nicht zu dem Mädchen zurück, sondern schlägt den Weg in Richtung Wald ein. Ihre Schritte werden immer schneller.

»Nur gut, dass wir morgen aufbrechen.« Sie atmet tief ein und aus. »In einem halben Jahr ist das ganze verfluchte Dorf leer, dann sind die Neuen auch tot oder abtransportiert.«

Im Wald hackt Oleg Holz.

»Was haben wir heute für einen Tag? Habe ich mich etwa vertan?«

»Nein, nein. Wir brauchen deinen Karren. Für eine andere Sache.«

Die beiden blicken sich an. Aleksandra hat solche Blicke schon oft bei Erwachsenen beobachtet, wenn etwas im Argen lag. Baba Mari nickt Oleg zu, der verzieht den Mund und nickt ebenfalls. Schweigend läuft er aus dem Wald zur Rückseite seines Hauses.

»Wohin?« fragt er, als er mit dem Karren zurückkommt.

Baba Mari sieht Aleksandra an.

»Wohin, Mädchen«, wiederholt er.

»Zum Feld vorm Haus.«

Das Mädchen liegt noch genauso da. Oleg breitet das Laken zur Hälfte auf dem Karren aus. Umständlich fasst er das Mädchen unter den Achseln und schleppt es über den Weg. Er kreuzt die Arme vor dem Brustkorb und hievt es auf den Karren. Als das Mädchen oben liegt, richtet er Bluse und Rock und deckt es vorsichtig mit der anderen Hälfte des Lakens zu. Die Füße, die in verschlissenen Stoffschuhen stecken, schauen aus dem Laken hervor.

»Welche Stelle könnte ihr Ehre bringen?«, fragt er Baba Mari.

»Hinter der alten Kirche«, murmelt sie, »aus der sie im Frühling eine Rübenscheune gemacht haben.«

Die wenigen Gräber sind mit blau-gelben Zaunstreben abgegrenzt. Während Oleg ein Kreuz zimmert, sucht Aleksandra nach Onkel Matvejs Grab, nach dem Mann, der ihrem Vater das Nähen beigebracht hat und hier begraben liegt. Aleksandra schlängelt sich durch die eingefriedeten Grabstätten und sucht nach dem weißen Hirschen, der auf den Grabstein gemalt wurde. Als sie das Grab findet, bemerkt sie einen goldenen Pfeil, der sich in den Rücken des Tieres bohrt. Dieser Pfeil war ihr vorher nie aufgefallen.

»Ein Donkosak stirbt in Freiheit. Vergiss das nicht«, sagt Nikolaj immer.

Sie legt ihre Hand auf den Hirschen und streichelt ihm den Rücken. Das Tier rührt sich nicht. Es verharrt still, das linke Vorderbein in der Luft, als wäre es auf der Hut vor dem, was kommen mochte. Wie lange hält der verwundete Hirsch das wohl durch, denkt sie. Verblutet er irgendwann oder schüttelt er den Pfeil von sich, und dann bleibt nur eine Narbe übrig?

Volksrepublik Lugansk

25. AUGUST 2014

Jetzt ist es offiziell, vernehmen wir. Eine neue Grenze wurde gezogen. Es gibt sie für Kolja, für Larissa, Witja, Julija und Nina. Nicht aber für den Rest der Welt. Die Volksrepublik existiert, und sie existiert nicht. Sie ist ein Schemen auf der Weltkarte, ein Schattengebiet, schraffiert von einer kleinen Gruppe Menschen, die sich gegenseitig versichern, dass es echt ist. Es geht wieder los, das Theater, der soundsovielte Akt des Dramas vom Donbass. Aus dem Land entweicht Luft, wir fühlen uns beklommen. Die Erde ist nicht mehr so frei wie früher. Wir denken an Dinge aus der alten Zeit: Stalins Konterfei auf einem Plakat, Lenindenkmäler, die auf Plätzen errichtet werden. Männer mit Gewehren bewachen Gebäude. Was genau bewacht wird, wissen wir nicht, vielleicht ist es bloß Schau, um die Angst zu schüren. Wir hören immer seltener öffentlich geführte Gespräche, wir hören vermehrt Geflüster. Wir spüren die neue Grenze wie einen Strick um den Hals der Menschen, und der wird immer enger gezogen. Eine Linie zwischen West und Ost. Wir belauschen die Gespräche, wenn Kolja von Andriy aus Odessa angerufen wird.

»Komm doch einfach zu uns und bleib, bis alles vorbei ist. Du kannst mit deiner Familie in die Datscha. Bring auch Nina mit.«

»Was sollen wir denn da?«, sagt Kolja jedes Mal. »Ich habe mir hier etwas aufgebaut, das kann ich nicht einfach mitnehmen.«

»Aber natürlich, Kolja. Ich kenne Leute, ich habe genügend Kontakte. Manchmal fliege ich auch noch geschäftlich nach Moskau. Aber erzähl das nicht Nina, die wird deshalb immer gleich sauer.«

Wir wissen nicht, ob wir ihm ein Zeichen geben sollen: Die goldenen Pfeile in unseren Rücken zum Singen bringen und Kolja somit nachts wachhalten, gerade lange genug, bis er doch aufbricht. Wir wissen nicht, ob das klug wäre.

»Vielleicht schaffen wir damit nur böses Blut«, sagt einer von uns. »Ihr wisst doch, was mit Tolja und Petr passiert ist, die lebten zwar noch, doch das haben Anna und Nikolaj verschwiegen. Die konnten nie wieder zurückkehren.«

»Dort zu sein, wo Witja auch ist, das könnte Kolja doch gelegen kommen, oder? Wenn Witja, sein Cousin, sein Blut, auf der Seite der neuen Ordnung steht, kann ihm doch wenig passieren. Witja wird ihn schon beschützen.«

Wir beschließen, nichts zu unternehmen. Statt unsere goldenen Pfeile anzuspitzen, starren wir über die staubige Straße zur Grenze des neuen Landes. Wir schauen hinüber zum Checkpoint der Volksrepublik Lugansk, dem letzten Punkt vor der Brücke, die nach Westen in die Ukraine führt. Die Kommandanten und Soldaten der neuen Republik patrouillieren über den Asphalt, lungern auf den Betonblöcken herum, spielen mit Kätzchen, die sie in die Taschen ihrer Tarnfarben-Bodywarmer gesteckt haben. Heute fliegt Nina zu ihrer Schwester Aleksandra in die Niederlande. Aleksandra landete zufällig im Westen, sie wurde von der Zugkraft des Großen Vaterländisches Kriegs mitgerissen, der über Millionen Kinder hinwegfegte und sie von diesem Grund und Boden fortnahm. Sie blieb im Westen. Gewiss nicht völlig freiwillig, aber zurückkehren ging nicht, genau wie bei Tolja und Petr. Im Westen war es besser. Ihr Vater sagte das zu ihr, als sie in den nach Pisse und Heu stinkenden Viehwaggon einstieg. »Bleib dort, wenn es besser ist«, sagte er. Heute blicken wir über unser Land und hören seine Worte über die Landschaft schweben. Wie eine Warnung. Wir beobachten Kolja, der seine Mutter Nina zum Checkpoint bringt. Weiter traut er sich nicht, er fürchtet, nicht mehr zurückkehren zu dürfen. Ein paar hundert Meter vor dem Grenzposten stellt er das Auto am Straßenrand ab und hilft seiner Mutter aus dem Wagen. Dann nimmt er ihren Koffer und die Handtasche aus dem Kofferraum. Die vier Separatisten, die vor den Betonblöcken ruhig auf und ab gehen, grüßen Nina freundlich. Sie benutzen ihre Maschinengewehre als Spazierstöcke, stützen sich auf sie. Alle tragen Sonnenbrillen und Bandanas, als wären sie Motorradbiker. Kolja steht eine halbe Stunde nervös neben Nina in der Schlange. Die Sonne brennt. Manchmal trinkt seine Mutter einen Schluck Wasser aus einer kleinen knittrigen Plastikflasche. Ihre Hände zittern, als sie den Verschluss zudreht. Kolja legt die Hand auf ihre Schulter und drückt sie an sich. Als sie an der Reihe ist, zeigt Nina ihren ukrainischen Pass und den Zahlungsbeleg ihres Flugtickets. Sie hat ihn zusammengefaltet: der Länge und der Breite nach, präzise, gerade Linien. Während ein Soldat der Republik Lugansk ihre Papiere kontrolliert, prüft ein anderer ihren Koffer. Er öffnet ihn und wühlt in den Kleidungsstücken.

»Könnten Sie bitte etwas vorsichtiger sein?«, fragt Kolja höflich. »Meine Mutter hat eine weite Reise vor sich und gleich passen ihre Habseligkeiten nicht mehr hinein.«

»Verlassen Sie uns etwa, gute Frau?«, scherzt der Mann. Er fischt einen violetten BH aus dem Koffer und inspiziert ihn von allen Seiten.

»Ich besuche meine Schwester«, sagt Nina leise. »Sie hat am 1. September Geburtstag, sie wird neunzig. Ich nehme den Bus nach Charkow und dann den Zug nach Odessa. Da steige ich ins Flugzeug.«

»Wo wohnt Ihre Schwester denn?«

»In Holland.«

»Holland! Sie fahren in den Westen! Was für eine lange Reise auf Ihre alten Tage.«

Der Soldat schiebt die Ärmel seiner Armeejacke hoch und stopft Ninas Kleider zurück in den Koffer. »Wie ist Ihre Schwester denn da gelandet? Hatte sie etwa genug von unserem Mutterland?«

»Sie wurde im Großen Vaterländischen Krieg deportiert.«

»Ah, von den Faschisten! Hunde waren das, die *Njemzy*. Wir können stolz darauf sein, dass unser Land damals gewonnen hat. Die sollen mir gestohlen bleiben, diese Nazis.«

Ein Mann mit einer leeren Einkaufstasche räuspert sich und fragt, ob der Soldat sich nicht etwas beeilen könnte, weil er sonst nicht mehr rechtzeitig zur Bank kommt, um seine Rente abzuholen.

»Ach was!«, schnauzt ihm der Soldat ins Ohr, während er Ninas Koffer mit ein paar Rucks am Reißverschluss zumacht.

»Noch ein Mucks und keiner hier kommt heute noch irgendwo hin, verstanden?«

Er nimmt das Gewehr von seinem Rücken und schiebt den Lauf unter das Kinn des Mannes, der die Augen schließt. Nina steckt sich ihren Ausweis unter den Arm und nimmt mit zitternden Händen den Koffer. Sie sieht nach, ob ihre Hüfttasche aus Baumwolle noch da ist. Kolja kontrolliert noch einmal die Stelle unter dem Rockbund, wo die Tasche mit 240 Dollar versteckt ist. Es hat ihn Tage gekostet, das Geld herbeizuzaubern. Nina blickt ihn kurz an. Sie klopft sich auf den Unterleib und zwinkert. Dann ist es Zeit, um sich von Kolja zu verabschieden.

»Guten Flug, Mama.«

»Wird schon werden, mein Junge. Zünde eine Kerze für mich an. Wir sehen uns in einem Monat wieder.«

Nina küsst Kolja vier Mal auf die rechte Wange und dreht sich zu dem Soldaten um, der gerade den Mann filzt.

»Darf ich jetzt gehen?«, fragt sie.

Der Soldat grinst sie an.

»Aber natürlich. Hauptsache, wir sehen Sie in ein paar Wochen in unserer schönen Republik wieder.«

»Vielen Dank«, sagt Kolja.

Hinter den Betonsperren schaut er noch eine Weile seiner Mutter nach. Sie läuft über die holprige Straße auf die Fußgängerbrücke zu. Er fragt sich, ob sie es wohl alleine schafft, auf die Holzkonstruktion zu steigen, die an die kaputte Brücke gebaut ist. Zwei junge Männer sprechen sie an und nehmen ihr den Koffer ab. Der Asphalt dampft in der Mittagshitze. Als Nina oben auf der Brücke steht, dreht sie sich um. Sie sagt etwas zu den jungen Männern, zeigt auf Kolja und winkt. Die Jungen strecken den Daumen hoch: alles in Ordnung. Kolja winkt, streckt auch den Daumen in die Höhe und geht zu seinem Auto. Auf der anderen Straßenseite steht jetzt ein junger Soldat zwischen zur Schau gestellten Raketen und Granaten. Die kleineren Exemplare hat er auf einen wackligen Plastiktisch gelegt. Die großen stehen am Straßenrand. Sie überragen den Soldaten.

»Soll ich ein Foto von dir machen?«, ruft er Kolja zu. »All das werfen die Ukrainer auf unser Land.«

»Nein, danke«, sagt Kolja. »Hoffen wir mal, dass schnell Frieden einkehrt.«

»Das kann noch dauern. Diese Faschisten in Kiew werden von Amerika finanziert.«

Im Auto sitzt Kolja eine Weile, ohne den Motor zu starten. Durch den Rückspiegel betrachtet er den Checkpoint. Menschen mit Einkaufstrolleys und großen Taschen passieren, ein Junge zieht seine Oma auf einem selbstgebauten Karren hinter sich her. Durch das geöffnete Autofenster hört Kolja, wie der junge Soldat mit seiner Waffenschau ein Mädchen anspricht. Sie kommt geradewegs von der Brücke, aus der Ukraine. Der Junge winkt ihr zu und stellt dieselbe Frage: »Soll ich ein Foto von dir machen?« Das Mädchen lacht freundlich, gibt ihm ihr Handy und posiert zwischen den Kriegsgeräten.

»Wieviel kostet das?«

»Nichts, wenn du das Foto teilst und meinen Namen nennst. Hast du Instagram?«

»Ja.«

»Super. Mein Account ist Jewgen_97_X.«

Das Mädchen stützt sich auf den Tisch mit den Granatsplittern. Der Soldat macht ungefähr vier Fotos, dann steckt er sich ihr Telefon in die Hosentasche und drückt ihr ein Maschinengewehr in die Hand. Den Ledergurt legt er ihr vorsichtig um die Schulter. Das Mädchen betrachtet das Gewehr. Der Soldat hat den Kolben mit roten und schwarzen Blumen bemalt. Ihre Schultern wirken schmal unter dem Gurt.

»Hier«, sagt er. Er legt ihre Hand auf den Lauf und die andere auf den Abzug. »Nicht zu stark ziehen, sonst knallst du aus Versehen noch jemanden ab.«

Das Mädchen drückt sich den Kolben an die Schulter, bewegt die Hüfte zur Seite, stellt das linke Bein schief und richtet das Gewehr auf die Linse.

»Schön«, ruft der Junge überschwänglich. »Wirklich, umwerfend!«

Palast des verlorenen Donkosaken

Wir stehen in einem langen verzweigten Gang mit Räumen voller Baumodellen. Nikolaj öffnet die x-te Tür und führt mich in ein Zimmer mit Dutzenden Miniaturbauten kollektiver Bauernhöfe, den Kolchosen, wie die, auf denen Aleksandra in den Jahren, bevor der Krieg ausbrach, in den Sommerferien gearbeitet hat.

»Ich hatte Rückenschmerzen, so wie jetzt«, erzählte sie mir, »aber damals war ich gerade mal vierzehn. Nusja, Dusja und ich schliefen in Ställen, die eigentlich für die Tiere gedacht waren. Jeden Sommer arbeiteten wir auf der Kolchose, damit wir zu Hause etwas mehr zu essen hatten. In unserem alten Dorf wohlgemerkt, aus dem meine Eltern verjagt worden waren, wo man uns das Haus weggenommen hatte. Ein seltsames Gefühl, dort auf dem Land zu arbeiten, das früher meinen Eltern gehört hatte. Alle anderen Arbeiter, die auf diesen Äckern arbeiteten, betrachtete ich als Gäste auf unserem alten Boden, vielleicht sogar als Eindringlinge.«

Ich beuge mich über eine kleine Kolchose. Winzige Menschen in Arbeitskleidung, nicht größer als eine Fingerkuppe, tragen klitzekleine Getreidegarben. Sie tragen sie über Holzleitern und werfen sie in eine Dreschmaschine. Aus einem breiten Schacht strömt auf der anderen Seite der Maschine das Korn in Jutesäcke. Die Säcke werden auf Wagen geladen.

»Wie viele Stockwerke noch?«, frage ich Nikolaj, nachdem ich mir einen kleinen roten Traktor in die Tasche gesteckt habe.

»Elf. Vielleicht sollten wir uns etwas sputen. Manchmal verändert hier alles seine Gestalt, dann fällt man noch tiefer in die Zeit hinein. Kürzlich befand ich mich in einem großen

Schwimmbad, aber nach einer halben Stunde Schwimmen stand ich mit einem Mal in einer alten Kathedrale.«

Er schließt hinter mir die Tür und schiebt mich durch den Gang, bis wir in einer Halle mit hohen Fenstern und vier Rolltreppen stehen bleiben. Ich schaue nach draußen. Unter uns flattern noch immer die schwarz-roten Bänder. In der Ferne prunken sieben gigantische Gebäude. In einem weiten Halbkreis nebeneinander markieren sie den Innenstadtring Moskaus.

»Hörst du mich?«, fragt Nikolaj.

Ich presse die Stirn an die Fensterscheibe und kneife die Augen zusammen, um die Details besser erkennen zu können. Jede Fassade hat wenigstens tausend Fenster.

»Lisa?«

»Jaja.«

Nikolaj zieht mich am Arm. Ich reiße mich los.

»Nur einen Augenblick, es ist so schön.«

»Lass dich davon nicht verführen.«

»Findest du es denn gar nicht imposant?«

Hinter mir huscht etwas. Ich höre ein eigenartiges Geräusch, ein Nuckeln und Knacken. Nikolaj knurrt, so tief, als hätte er eine Grotte im Bauch. Ich drehe Moskau den Rücken zu, der Aussicht, von der Stalin zu Lebzeiten träumte. Nikolaj rammt meine Schulter und sticht mir sein Geweih ins Gesicht. Er krümmt sich und schwillt an, verändert seine Gestalt. Ich mache mich los und sehe zu, wie mein Urgroßvater ein weißes Fell bekommt und sich in einen Hirschen verwandelt.

»Da hast du die Bescherung«, schnarrt er mit seinen hellrosa Hirschlippen. Er stößt mir mit seinem Geweih gegen die Brust, drängt mich vom Fenster weg. »Jeden Tag auf diese Stadt zu blicken, ist ein Grauen. Was soll ein Sterblicher wie ich mit so etwas lächerlich Pompösen anfangen?«

Ich versuche, Nikolaj wegzustoßen. Als mir das gelingt, sehe ich etwas glitzern. In seinem Rücken steckt ein goldener Pfeil. Ich strecke den Arm aus, möchte ihn anfassen. Nikolaj springt fort.

»Was tust du da?«, ruft er und legt die Ohren an.

Ich laufe um ihn herum und versuche noch einmal, den Pfeil zu erwischen.

»Bleib stehen«, sage ich. »Lass mich das Ding rausziehen.«

Nikolaj dreht sich in entgegengesetzter Richtung mit all meinen Bewegungen mit, wir spiegeln einander, vollführen einen wilden Tanz.

»Das ist genau wie in Aleksandras Traum«, sage ich und behalte seine Bewegungen im Auge. Ich warte auf den Moment, wenn er einen Fehler macht. »Dieser Traum, in dem sie ihre Mutter zum letzten Mal gesehen hat.«

»Anna?«

»Ich stand in einer großen Höhle«, erzählte Aleksandra. »In der Höhle hingen grelle Lichter und sie war wie ein Museum eingerichtet. Ich war nicht allein, ich war dort mit deiner Mutter, deinen beiden Tanten und Onkeln. Sie waren noch Kinder, jung. Meine Mutter war auch da. Sie sah alt aus. Müde. Aber sie lachte. Sie spielte mit deiner Mutter, deinen Onkeln und Tanten, führte die Kinder an der Nase herum, klopfte ihnen auf die Schultern und duckte sich dann. Zu acht schlenderten wir an den Gemälden entlang. Wir gingen immer tiefer hinein. Mit einem Mal fiel das Licht aus. Die Höhle war still und dunkel. Die anderen waren plötzlich verschwunden. Im Dunkeln tastend, suchte ich meine Mutter. ›Seit dem Krieg habe ich dich erst vier Mal gesehen‹, rief ich. Ich hoffte, sie würde mir antworten, hörte aber nichts. Deine Mutter und ihre Geschwister aber hörte ich in weiter Ferne. Aber ihre Stimmen waren wie Echos, ich konnte nicht ausmachen, woher sie kamen. Ich ging immer tiefer in die Höhle. Meine Hände folgten der Felswand. Es wurde kälter, feuchter. Meine Kleider wurden klamm und die Steine unter meinen Schuhen glitschiger. Ich ging weiter, immer weiter, dann rutschte ich aus. Ich wusste nicht mehr, wo ich war. Ich blieb sitzen, schlang mir die Arme um die Knie, genau wie in dem Viehwaggon nach Deutschland. Ich wartete, bis ich ein bekanntes Geräusch hören würde. Als ich beinahe jegliches Zeitgefühl verloren hatte, vernahm ich irgendwo hinter mir die Stimmen meiner Kinder. Ich zog die Schuhe aus, stand auf und folgte ihnen. Deine Mutter stand mit ihren Geschwistern bei einem Lichtschimmer. Ein kleiner Lichtstrahl nur, der Ausgang. Als ich das Licht erreichte, entdeckte ich auch die Silhouette meiner Mutter. Ihr alter krummer Körper wurde breiter und größer. Sie bekam einen Schweif, vier Läufe und einen weißen Hirschkopf samt Geweih. Sie beugte sich ein letztes Mal zu mir und meinen Kindern, machte einen kleinen Sprung und verschwand. Am nächsten Morgen rief Nina aus der Ukraine deine Mutter in Rotterdam an. Meine Mutter, Anna, war gestorben.«

Nikolaj schnaubt. Er dreht den Kopf, schaut den goldenen Pfeil an und dann wieder mich.

»Ich wusste nicht, dass sie es auch konnte«, sagt er stolz. »Baba Mari prahlte immer ein wenig damit, dass sie die Tiere sehen konnte, wusstest du das? Sie fand es großartig, dass ich ein paar unserer Donkosakenhirsche von Matvej bekommen hatte. Sie stellte allen möglichen Unfug mit den Tieren an.«

»Tut das nicht weh?«, frage ich.

»Manchmal glüht es, manchmal brennt es. Manchmal muss etwas geschehen, jemand muss gewarnt werden.«

»Wer?«

»Unser Boden, Lisa. Die Familie.«

Ich versuche ein Täuschungsmanöver, Nikolaj macht einen Tritt in die falsche Richtung. Mit einem Riesensatz, wie ein fliegendes Eichhörnchen, springe ich auf seinen Rücken. Nikolaj dreht sich um die eigene Achse und versucht, mich abzuwerfen. Ich klammere mich an seinen Hals, sein Fell, und fühle mich wie ein Donkosakenkind auf dem Rücken eines viel zu großen Pferds. Ich lehne mich zurück, will den Pfeil ergreifen und ihn festhalten, in meiner Hand das Brennen fühlen. Nur eine kleine Brandwunde für den Morgen, an dem mich meine Mutter anrief, um mir zu sagen, dass man Kolja gefunden hat, nicht weit von seinem Haus, gefoltert und totgeschlagen. Nur eine dünne Narbe in meiner Handfläche für jeden Tag, an dem Igor unter einer Lüge begraben liegt. Für meine Oma, die Anna und Nikolaj nicht hat begraben können. Ich lehne mich immer weiter zurück und suche den Pfeil. Als ich ihn endlich berühre, falle ich mit einem Schlag zwei Meter nach unten auf den Boden. Ich liege auf dem Rücken meines Urgroßvaters, spüre sein Leinenhemd, suche die Stelle, an der sich der Pfeil im Fell befunden hat. Ich schiebe das Hemd hoch, vielleicht sehe ich ein Loch, eine Markierung, einen Abdruck.

»So, jetzt reicht's«, raunzt Nikolaj und schiebt mich von sich.

»Wirst du zu einem Hirsch, weil du ein Donkosak bist?«

»Mein Vater wurde das, mein Bruder, meine Mutter und ihre Brüder. Als Kind sah ich, wie sie sich verwandelten. Meine Mutter nahm mich auf ihrem Pferd mit und zeigte mir, dass die Felder voller Donkosaken-Vorfahren waren. In der Gestalt von Hirschen liefen sie um uns herum. Sie schliefen neben meinem Kinderbett. Wenn etwas Schlimmes bevorstand, kündigten sie es an und wachten über uns. Baba Mari und Anna brachte ich bei, wie man sie rief. Nachdem ich schon eine Weile hier gewesen war, wenn ich wütend war oder heulte, merkte ich, dass es auch bei mir anfing. Das Gefühl hat etwas von Delirium, als ob man in Ohnmacht fällt. Zunächst war es ein Schock. Hier gibt es kaum Spiegel, manchmal aber sah ich meine neue Gestalt flüchtig in einer Fensterscheibe. Als mein erster Enkel Aleksandr hier ankam, passierte es mir noch öfter.«

»Der ist doch 1987 gestorben?«

»Die Monate, in denen er hier war, steckte er unter einer dicken Eisschicht fest, irgendwo in einem See in Afghanistan. Ein Unfall, behauptete er, während einer Geheimmission. Zu Hause in Stanzja Luganska wusste niemand, wo er war. Seine Kameraden, zwei arglose Russen, quälten sich vor ihm über den zugefrorenen See. Sie hatten kleine Skier angeschnallt, glitten Meter um Meter durch die Kälte. Alle paar Kilometer riss einer der beiden Russen einen Witz über Ukrainer. Du weißt doch, dass Baba Mari Russin und Stepan Ukrainer war? Dass unser Donezbecken, der Donbass, bei der Entstehung der Sowjetunion fast Russland zugesprochen worden wäre und nicht der Ukraine? Und dass, als unser Tolja sich im Westen auf einem Friedhof eine polnische Uniform anzog, bei uns im Dorf Propagandaplakate hingen, auf denen das Donezbecken das Herz von Russland genannt wurde?«

Ich nicke.

»Gut, schön. Also, über solche Details dachten Aleksandrs Kameraden keine Sekunde nach, sie wollten auch nicht zuhören, wenn er über die Sprachvielfalt, die Gebräuche des Gebiets erzählte, wo ein Pferd jedermanns Freund war und sich alle ein schwarz-rotes Muster auf die Kleidung stickten. Die beiden Russen mussten immer laut lachen. Alles fanden sie lustig, nichts drang zu ihnen durch. Sie rissen weiter ihre Witze über Ukrainer. Also. Die beiden auf dem zugefrorenen See auf ihren Miniskiern. Sagt der eine … »

»Warte, ein russischer Witz?«

»Ja, ich weiß ihn wieder. Hör zu. Du musst wissen, dass ›Moskali‹ ein Schimpfwort für ›Russe‹ ist.«

»Was?«

»Ein Mos-ka-li. Schau, die beiden nannten unseren Aleksandr die ganze Zeit einen »Chochol«. Das ist auch ein Schimpfwort.«

»Kachol?«

»Chochol. Sag es: ›Chochol‹. Das ist der Haarschopf eines ukrainischen Kosaken, ein kahl geschorener Kopf mit einem Zopf. Uralt. Traditionell, ein Klischee. Aleksandr hatte eine ganz normale Frisur: Dunkles Haar, Scheitel, kurzgeschnitten. Er fand es furchtbar, ständig beschimpft zu werden, deshalb nannte er sie Moskali. Ein Moskaliki ist übrigens ein Fisch. Ein kleiner Fisch, mit dem man größere fängt. Die kann man auch zwischendurch essen, wenn man nichts anderes hat.«

Durch die großen Fenster betrachtet Nikolaj die stille Stadt.

»Verstanden?«

»So ungefähr.«

»Also, hör gut zu: Die Sowjetunion hat den ersten Menschen ins All geschossen. Ein alter ukrainischer Hirte, der auf einem Hügel sitzt, ruft einem anderen ukrainischen Hirten, der auf dem nächsten Hügel sitzt, diese Neuigkeit zu.

›Danja!‹, ruft der eine Hirte.

›Ja?‹, antwortet der andere.

›Die Moskalis sind ins Weltall geflogen!‹

›Alle auf einmal?‹

›Nein, nur einer.‹

›Und warum störst du mich dann?‹«

Nikolaj lacht schallend und klopft sich auf die Schenkel. Ich wiederhole den Witz in meinem Kopf und suche die Pointe.

»Na ja, Aleksandrs Kameraden brüllten natürlich vor Lachen. Aber hinter sich hörten sie nichts. Aleksandr lag all die Zeit unter dem Eis. Schwupps, weg. Das fand ich irgendwie noch lustiger als den Witz: Der beste Kommentar, den er

189

dazu überhaupt hätte geben können. Gar nicht lustig natürlich. Aleksandr war einfach eingebrochen. Unter dem Eis fand er keinen Weg nach oben. Er schwamm hin und her, suchte dunkle Flecken im Eis, hämmerte mit den Fäusten gegen schwarze Stellen, in der Hoffnung, es doch noch zu schaffen. Seine Kameraden blickten sich nach einigen verärgerten Rufen um. Sie gingen ein Stück zurück, krochen auf den Bäuchen zum Eisloch, fanden ihn aber nicht. Sie stapften über den zugefrorenen See, bohrten ein weiteres Loch in die Eisdecke, nichts. Überrascht von seinem plötzlichen Verschwinden blieben sie noch eine Weile so liegen. Dann sprachen sie ein Gebet, murmelten, dass er nicht der schlechteste Chochol gewesen war und gingen. Keiner in unserer Familie wusste, wo Aleksandr war, es kam keine Post, nichts. Erst im Frühling, als das Eis schmolz, trieb seine Leiche an die Oberfläche. Er sah tadellos aus, wie für die Wissenschaft erhalten. Na gut, mausetot halt.«

Aleksandra holte fast alle Fotos und Briefe aus dem Brotkasten, bis darin nur noch ein großes Fotos lag. Schwarz-weiß. »Stanzja Luganska im Frühjahr 1988«, sagte sie. Draußen ist es noch kalt, die Menschen im Leichenzug tragen lange Wintermäntel. Um den linken Ärmel haben sie weiße Taschentücher geknotet, zur Hälfte zusammengerollt, eine Ecke lose, wie eine Fahne. Aleksandr liegt auf der Pritsche eines Lastwagens. Die Seitenbretter sind heruntergeklappt. Er ruht in einem offenen Sarg, unter einem weißen Tuch, das ihm bis zur Brust reicht. Auf seinen Beinen liegen verstreut Zweige und Blumen, auf der Stirn befindet sich ein weißes, besticktes Band. Unter dem Sarg ist ein Teppich ausgebreitet. Neben Aleksandr liegt sein Bruder Igor auf der Seite. Vor dem Wagen laufen zwölf Frauen. Paarweise. Jedes Paar trägt einen ovalen, mindestens einen Meter großen Trauerkranz. Ich kannte diese Kränze von dem alten Friedhof in Lwiw. Die Kränze lehnten dort an den Särgen junger ukrainischer Soldaten. Sie waren im Donbass gefallen. Ich las die Sterbedaten: November 2014, Januar 2015, Juli 2016. Vor den Gräberreihen stand eine Bank. Ich setzte mich und betrachtete die ukrainische Fahne, die am Rand dieses neuen Teils des Friedhofs sanft flatterte. Die Bank stand genau zwischen den beiden Kriegsepochen von Toten: Links von mir lag der Friedhof der Beschützer von Lwiw, die Kämpfer, die den Krieg zwischen den Sowjets und den Polen 1920 und 1921 nicht überlebt hatten. Rechts von mir lagen die frischen Toten von knapp einem Jahrhundert später, die Jungs, die das Donezbecken für die Ukraine sichern mussten. Lateinische Buchstaben, die nach und nach von kyrillischen ersetzt wurden, etwas, das mir bei meinen Spaziergängen über die Hügel des Friedhofs bereits aufgefallen war. Der Boden unter meinen Füßen war bis 1939 polnisch, das Jahr, als Baba Maris Sticktuch in den Baum flatterte und die Sowjetunion dieses Häppchen Land im Westen verschluckte.

Ich dachte an einen Fotografen, dem ich eine Woche zuvor in Kiew begegnet war. Er hatte mir erzählt, dass er, als alles zusammenbrach – ich meine, die Sowjetunion –, einen Anruf erhielt. Ob er zu einem Dorf in der Nähe von Lwiw kommen könnte. Die Menschen dort hatten etwas entdeckt, das er festhalten sollte. Er fuhr hin. Eine alte Dame holte ihn am Bahnhof ab und hastete mit ihm durch die Straßen. Am Stadtrand kamen sie zu einem imposanten Gebäude, es war rechteckig und hatte einen Innengarten. »Früher, vor 1939, war es ein Kloster«, sagte die Frau. »Als die Sowjets kamen, wurde es ein NKWD-Amt und später dann ein KGB-Büro.« Sie zog ihn durch das Tor hinein in den ehemaligen Klostergarten. »Nach dem Krieg hatte sich etwas verändert«, sagte sie, blickte um sich und streckte den Arm aus. Der Fotograf verstand nicht, was er sich anschauen sollte, also folgte sein Blick ihrer Hand, durch den Garten, der vollständig umgegraben war. Kein Erdklumpen lag mehr dort, wo er seit jeher gelegen hatte. »Menschen verschwanden plötzlich. Der Garten, um den sich vor dem Krieg die Mönche und Leute aus dem Ort gekümmert hatten, war mit einem Mal verbotenes Terrain. Niemand durfte dort mehr säen oder pflügen. Das durfte nur das neue Personal, die Offiziere, die mittlerweile in unserem Dorf lebten. Leute aus der Ostukraine oder Russland. Sie gruben den Garten um, wässerten die Pflanzen, säten neue Blumen. Gewissenhaft gingen sie vor, das muss man ihnen lassen, aber wir hatten dort nichts mehr zu suchen. Ich erinnere mich, wie ich als kleines Mädchen zum ersten Mal mit meiner Mutter in diesen Garten kam, um die schönen Rosensträucher und Birnbäume zu betrachten. Wir saßen auf der Bank, dort hinten, unter dem Fenster. Ich durfte unter keinen Umständen die Pflanzen anfassen, sagte meine Mutter damals. Mein Vater war da schon vier Jahre verschollen, seit 1947. Er war nicht der Einzige. Nach zwanzig Jahren kannte jeder im Dorf jemanden, der nicht mehr nach Hause gekommen war. Einen Freund, eine Freundin, Vater, Mutter oder Bruder. Ich wurde älter, der Garten blühte und blühte, die Bäume wurden größer, die Rosensträucher üppiger und farbenfroher. Und dann brach alles zusammen, ganz plötzlich. Unser altes Land, das Land, zu dem wir seit 1939 gehörten, verschwand. Die Sowjets sind jetzt seit ein paar Wochen weg, und sie haben alle Dokumente vernichtet. Alle Papiere und alles andere. Das Gebäude ist leer. Verlassen. Als wir erfuhren, dass man in Lwiw nach dem Niederreißen des Lenindenkmals jüdische Särge unter dem Sockel gefunden hatte, bekamen wir einen Riesenschreck. Einem meiner Nachbarn fiel nach dieser Geschichte mit einem Mal der Garten ein. Wir durften dort doch nicht mehr graben, sagte er, warum eigentlich nicht? Wieso haben wir uns überhaupt daran gehalten? Er rannte in seinen Schuppen und kam mit zwei Spaten wieder.

Einen reichte er mir. Er klopfte bei seinen Nachbarn und ich bei meinen. Ich rief meine Töchter an und meinen Sohn. Die telefonierten mit ihren Freunden, die hier noch lebten. Fast jeder, der eine Schaufel besaß, kam. Als wir dann im Garten standen, fingen wir in einer Ecke an, schau dahinten, links.« Die Frau führte ihn zu der Ecke. Der Fotograf sah ein paar Wurzeln. »Genau hier lag ein Glasgefäß mit Gehirnen. Das war unser erster Fund, nicht sehr tief vergraben. Dann gruben wir weiter und fanden Fingerglieder, Schulterblätter, Rippen, Knochen und Becken. Darunter die Schädel. Fast alle von Kugeln durchlöchert.«

Sie überquerte die umgegrabene Erde. Sie verließen den Garten durch ein anderes Tor. Dort standen Regalschränke, Hunderte, überladen mit Gebeinen. Weiter hinten standen Kisten mit zusammengewürfelten Skeletten. »Knapp dreihundert Menschen«, sagte die Frau. »Wir wissen natürlich nicht genau, was zu wem gehört, aber wir versuchen, möglichst viele Körper zusammenzusetzen.«

Der Fotograf hatte mich gefragt, ob ich die Schränke sehen wollte, und die Toten in den Särgen, die aus verschiedenen Körpern bestanden. Er hatte mir den Computerbildschirm zugedreht und ein erstes Foto geöffnet. Nach meinem Nicken waren weitere gefolgt. Gemeinsam hatten wir die Menschen betrachtet, die mit den Händen auf dem Rücken an den Regalschränken entlanggehen, wie in einem Museum. Ich hatte einen Knochen gesehen, der noch in der Erde steckte, einen alten Mann, der mitten im ehemaligen Klostergarten schippt. Ich hatte mich gefragt, wie es sich wohl anfühlt, wenn man weiß, dass einer der Schädel der deines Vaters oder deiner Schwester ist

»Sie führten sich als Befreier auf, die Sowjets, aber sie haben aus jedem Haus einen Balken mitgenommen, eine Mauer eingerissen und niemanden wissen lassen, warum. Sie haben alles erstickt, selbst die Freiheit, denken zu dürfen.

Warum haben sie sonst das Gehirn von jemanden, den man erschossen hat, in Formalin einlegt, um es dann niemandem zu zeigen, sondern zu begraben, wie ein gut gehütetes Geheimnis?«

Ich suchte Kolja auf dem Foto von Aleksandrs Begräbnis. Er war in der ersten Reihe direkt hinter dem Lastwagen. Er war noch jung, sein Gesicht noch schmal und kantig. Mit starrem Blick ging er hinter dem Wagen her, untergehakt bei Tante Nadja und Lena. Die beiden hielten Aleksandrs Frau und Tochter fest. All meine Großtanten weinten in ihre Taschentücher.

»In der ganzen Zeit, in der Aleksandr unter dem Eis lag, war er hier im Palast. Plötzlich tauchte er auf, ich hatte ihm nicht die Tür geöffnet, kein Klopfen gehört, er spazierte hier einfach herein. Zuerst habe ich ihn nicht zu Gesicht bekommen, ihn nur gehört, vor allem nachts in der Kantine. Da lag ich schon lange auf einem schicken Sofa in der Requisitenkammer des Theaters und schlief. Ich hatte Angst in diesen Nächten, ich dachte, irgendein Volkskommissar wäre gekommen, um mich zu bestrafen, weil ich in Kobas Büro auf den Teppich gepinkelt hatte. Doch eines Morgens begegnete ich ihm, er saß im Restaurant. Sturzbetrunken. Betrunken und zornig. Zusammengesunken auf einem Stuhl trank er Wodka und aß Essiggurken und Salo. ›Die beiden haben mich nicht rechtzeitig herausgezogen‹, sagte er. ›Sie waren so sehr mit ihren Ukrainerwitzen beschäftigt, dass sie gar nicht mitbekamen, wie ich ertrank.‹ Seine Stimme klang dumpf, als würde sein Kopf in einem Eimer stecken. Und klitschnass war er, auch noch, als ich ihm die durchweichte Uniform auszog und ihn in andere Kleider steckte. Wirklich, ich plünderte die gesamte Requisitenkammer: Offiziersuniformen, Kleider, Togas, Kosakenkostüme, Wandbehänge, Vorhänge, ich probierte wirklich alles. Kaum trug er sie eine Minute, schon wurden die Kleider nass, von seinen Schultern bis zu den Hosenbeinen, als würde das Wasser aus all seinen Poren rinnen. Nach ein paar Minuten tröpfelte er alles voll. Winzige Tropfen, gar nicht viel. Die ganze Zeit umgab ihn ein leises Prasseln. Er wurde einfach nicht trocken, egal, was wir ausprobierten. Unter den Stühlen im großen Prachtsaal gibt es Luftschächte, die die Räume belüften. Wir dorthin, das System angeschaltet, aber nein, wie stark die Luft auch blies, er tröpfelte weiter. Das war nicht schön, dazu vergaß er andauernd, wo er sich befand. Er dachte, er wäre auf dem Heimweg und dass seine Mutter draußen vor dem Palast auf ihn wartete, um ihn abzuholen. Er meinte, dass sie vor dem Eingang der Metrostation stand, in Moskau, wo er gewesen war, bevor man ihn auf Geheimmission geschickt hatte. Er wollte mit seiner Mutter zum Kiewer Bahnhof, um dann zurück nach Stanzja Luganska zu fahren, wo die Familie seit dem Ende des Großen Vaterländischen Kriegs lebte. Er sprach immerzu von dem Sowjetstern, den er verliehen bekommen würde, und vom Wiedersehen mit seiner Frau und Tochter. Als ich ihm klar machen wollte, dass er tot war, warf er mit Dingen um sich, wollte sich mit mir prügeln und jagte im Restaurant mit einem Stuhl hinter mir her. Er war stark, er war in Rage und er war natürlich jünger als ich, kräftiger. Ich bin nur ein knochiger, kraftloser Mann. Ich hätte stärker sein müssen als er. Zu diesem Zeitpunkt fing es an, dass ich mich in einen Hirschen verwandelte. Ich brauchte seine Kraft, um Aleksandr den Übergang zu ermöglich.«

»Kannst du Kolja so nicht auch helfen?«

»Nein. Schau, Aleksandr war verwirrt, verstehst du? Ich musste ihm ständig erklären, dass das hier kein verrückter Traum war. Dass er nicht fantasierte, nicht durcheinander war von dem ganzen Kämpfen und Morden. Als er das einmal kapiert hatte, war es auch, na ja, gut. Seine Kleider trockneten und seine normale Stimme kehrte zurück. Er umarmte mich, öffnete die Tür der Empfangshalle und schritt durch den rot-schwarzen Vorhang. Draußen war Frühling. Nachtigallen sangen. Bei Kolja aber ist es anders. Er weiß, dass er tot ist, weigert sich aber, so begraben zu werden. Aleksandr wurde zu Hause begraben. Wirklich zu Hause. Ohne Zweifel.«

»Hä?«

»Als Aleksandr nach Hause kam, nach Stanzja Luganska, standen alle auf einer Seite. Damals waren wir noch eine Familie. Jetzt fallen wir auseinander, und unser Grund und Boden ist verwirrt. Kolja weiß nicht, in welcher Erde er begraben liegt. Vielleicht hilft es ihm, wenn du ihm das Sticktuch zeigst, wenn er mit eigenen Augen sieht, wie oft wir schon den Boden gewechselt haben.«

Wir fahren eine Rolltreppe hinauf. Der Palast bereitet mir Schwindel, die Stockwerke sind pompös und maßlos, es nimmt kein Ende. Überall Gewölbedecken und hohe Fenster, Standbilder und deplatzierte tropische Pflanzen, rote Sterne an den Wänden, Plakate mit Helden, Gemälde von Führern und kämpfenden Soldaten, einträchtig singende Männer und Frauen aus allen Sowjetrepubliken. Die Rolltreppe ist lang, die Fahrt dauert bestimmt eine Minute, vielleicht sogar anderthalb. Nikolaj trommelt mit den Fingern auf den Gummihandlauf. Ich stehe zwei Stufen unter ihm und betrachte seinen Rücken, sein locker fallendes Hemd. Ich befühle meinen eigenen Rücken, die Stelle, wo der Pfeil vorhin in Nikolajs Fell steckte. Ich spüre nichts.

»Er hat sich verschanzt, habe ich das schon gesagt?«

»Was, wer?«

Die Mosaikmenschen tragen stets mehr Getreide und Brot in den Armen. Sie klammern sich daran fest, als wären sie Rettungsbojen. Links von mir erscheinen hinter den fröhlich marschierenden Menschen lange Gräben. Schützengräben, Schächte. Irgendwo hinter einer Gruppe hart arbeitender Männer liegen neben einem Rübenberg exekutierte Menschen. Übereinandergestapelt, wie gefällte Bäume, wie die polnischen Soldaten, die Tolja auf dem Friedhof Sadvirija entdeckt hat. Ich versuche, den Rübenberg nicht aus den Augen zu verlieren, hoffe, dass die Menschen aufstehen, anderen aufhelfen, sie wachrütteln.

»Manchmal schleicht er sich nach unten, dann gehen die Rolltreppen an, und ich höre seine Schritte in den Gängen. Er isst immer allein und räumt danach alles ordentlich auf.«

»Wie sieht er aus?« Ich denke an das Foto vom Leichenzug und an das Foto, das mir meine Mutter ein paar Monate vor Koljas Tod gemailt hat. Es ist der sechzehnte Geburtstag seiner Tochter. Das ganze Haus ist mit rosa Girlanden und Luftballons geschmückt. Stolz legt er ihr den Arm um die Schulter und drückt sie an sich.

»Ist er oft in den Niederlanden gewesen?«

»Ein paar Mal, ja. Ich war noch ein Kind.« Ich sehe ihn vor mir, auf dem alten Ledersofa meiner Eltern in Rotterdam. Morgens, eine Tasse Kaffee in der Hand, im Trainingsanzug, noch müde von der langen Nacht. Nächte, in denen ich vom Bett aus alles belauschte: das russische Stimmengewirr und das laute Lachen meiner Eltern, meiner Onkel und Tanten, meiner Großeltern. Und der Lauteste von allen: Kolja. Ich hörte das Klirren der Bierflaschen und der Wodkagläser, das Jauchzen, wenn jemand einen guten Witz gemacht oder beim Kartenspielen gewonnen hatte. Seine Trainingsanzüge

beeindruckten mich sehr. Fuhren wir mit dem Zug irgendwohin, ans Meer, zu einem Vergnügungspark, zu den niederländischen Blumenfeldern, beobachtete ich, wie er sich dort
bewegte. Mit vorgestreckter Brust ging er neben mir, manchmal nahm er mich wie ein großer Bruder an die Hand. Er
sprach russisch mit mir, hob mich hoch, trug mich auf den
Schultern, teilte sich mit mir am Ende des Tags eine Portion
Pommes. Dann fuhren wir wieder nach Hause.

»Aber das meine ich nicht«, sage ich, » Wie ist seine körper-
liche Verfassung?«

Wir erreichen den vierten Stock. Ich springe von der Rolltreppe und blicke in einen langen, nach links abbiegenden
Gang. Und wieder sehe ich nur Türen. Ich öffne die erstbeste
und stehe einem schlichten Holzschreibtisch und zwei ebenso
schlichten Stühlen gegenüber. Auf dem Schreibtisch steht nur
ein weißes Telefon ohne Wählscheibe, ein Telefon, das nur
dazu da ist, Gespräche in Empfang zu nehmen. Das Fenster direkt gegenüber der Tür gibt Sicht auf eine graue Mauer,
die Hunderte Meter in den Himmel ragt. Der Raum erinnert
mich an ein Verhörzimmer im Stasigefängnis in Berlin. Die
Tapete hat hier wie dort ein fröhliches Blumenmuster. »Das
haben sie gemacht, damit die Beschuldigten an zu Hause denken und so eine Tat schneller gestehen«, erklärte der Mann,
der mich dort herumführte. Ich durfte mich sogar einen kurzen Moment an den Schreibtisch setzen, er machte ein Foto,
während ich den Telefonhörer abhob.

»Meine Mutter hat mir die Nachricht überbracht, genau
wie damals bei Annas Tod, in der Nacht, nachdem Aleksandra von der Höhle geträumt hatte. Ich konnte meine Mutter kaum verstehen. Sie atmete so kratzig und heulte mit viel
Rotz, dass ich sie zwei Mal fragen musste, was denn los sei.
›Sie haben Kolja gefunden‹, schluchzte sie. ›In der Nähe seines Hauses. Im Wäldchen. Er lag neben einem anderen Geschäftsmann, auch tot. Er war nur noch an seinem Siegelring

zu identifizieren, den haben sie ihm nicht abgenommen, oder sie haben ihn nicht vom Finger gekriegt.‹«

Wir blicken beide aus dem Fenster, nach oben, die Mauer hinauf. Die Blumentapete hebt sich eigenartig gegen das Grau da draußen ab.

»Ich konnte mir das nicht vorstellen und begann, nach Kriegsbildern zu suchen. Ich fand Videos von Männern, die irgendwo in einem verlassenen Gebäude verprügelt werden, angeschrien, bespuckt, getreten. Ich sah, wie ein Kommandant dieser neuen Republik einen jungen Mann zu Brei schlägt, bis er im nächsten Videobild tot neben einem Panzer liegt, in einer Blutlache. Ich fand Fotos von ausgebrannten Mietshäusern, genau solche wie das, in dem Klawa in Odessa wohnt. Manche sind vollkommen eingestürzt. Auf dem Bürgersteig liegen drei Leichen um einen Kiosk verstreut, wo sonst Zeitungen, Zigaretten und Süßigkeiten verkauft werden. Um sie herum stehen völlig verstörte Einwohner von Stanzja Luganska, mit ihren Einkaufstüten in der Hand. Sie betrachten die Leichen, die genauso aussehen wie sie selbst: Alltagskleidung, keine Armeeuniformen, keine Fahnen für oder gegen die Republik auf den Ärmeln, nichts dergleichen. Einfach nur kurze Hosen, T-Shirts und Halbschuhe. Der Ellbogen einer Toten liegt bloß. Ich konnte die Muskeln und Knochen sehen und unter dem Arm das Blut. Die Umstehenden sahen sich vielleicht selbst so daliegen, ohne zu wissen, was dagegen zu tun wäre. Sie betrachteten die Leichen, als wäre jede Einmischung, selbst die Berührung der Körper gefährlich, als brächten sie sich dadurch in eine gefährliche Lage.«

Nikolaj weicht meinem Blick aus und dreht sich zur Blumentapete um, fährt mit der Hand über die Maserung. Als ich einen Schritt auf ihn zugehe, seufzt er.

»Was deine Mutter über den Siegelring sagte, fasst es wohl zusammen.«

»Warum redest du um den heißen Brei herum?«

»Gleich sind wir oben, dann siehst du es ja selbst«, sagt Nikolaj leise. »Wenn er uns denn die Tür öffnet. Würde mich nicht wundern.«

Ich gehe an ihm vorbei, zurück in den Gang, öffne die nächste Tür. Exakt dasselbe Zimmer, nur eine andersfarbige Tapete, ein anderes Telefon.

»Kannst du dir vorstellen, in einem Land geboren und aufgewachsen zu sein, in dem sie dir ständig ein Kunststück beibringen wollen? Darin sind sie streng, sie dreschen es dir ins Gehirn, tun alles, dass du es perfekt beherrschst. Und dann, genau in dem Moment, wenn du das Kunststück aus dem Effeff kannst, wirst du für seine Ausführung bestraft. Dann hämmern sie dir ein neues ein. Wir werden alle irre, Lisa. Müssen wir darüber reden, wie gebeutelt er aussieht? Er dürfte überhaupt nicht hier sein. Oleg brachte es mal auf den Punkt: Es wurde viel zu viel Blut auf unserem Grund und Boden vergeudet, darüber muss neue Erde kommen, saubere Erde. Doch man lässt dem Boden keine Zeit.«

Der Bahnhof von Lugansk ist viel größer als der im Dorf. Die beiden Gleise haben sogar einen richtigen Bahnsteig. Aleksandra hilft Baba Mari, das Gepäck aus dem Zug zu laden. Zum Schluss holt sie den Besen heraus. Komisch, so ein Ding mitzunehmen, findet sie, aber Baba Mari hat darauf bestanden. Das neue Haus ist nur fünf Minuten vom Bahnhof entfernt. Als Nikolaj die Tür öffnet, um Baba Mari und Aleksandra zum ersten Mal hereinzulassen, sieht er die beiden nicht an. Baba Mari gibt ihm einen Kuss auf die Wange und schiebt sich an ihm vorbei. Sie schaut sich um. Ein Tisch und zwei Stühle, ein Wandbehang. Das große Bett von Anna und Nikolaj, daneben ein kleineres. Nastja liegt auf der Ofenbank an der Wand. Sie hebt kurz die Hand. Ihr Gesicht ist so weiß wie ein Laken.

»Hallo Schwester, hallo Oma«, sagt sie leise. »Seid ihr endlich da.«

»Allmächtiger Gott«, ruft Baba Mari.

»Wir stellen noch ein paar Hocker dazu«, sagt Nikolaj und deutet auf den Tisch. »Ein Freund aus der Fabrik macht sie nach Feierabend. Ich habe fest versprochen, ihm im Gegenzug eine Jacke zu nähen.«

Er sieht müde aus. Sein Gesicht ist nicht so braun wie sonst im Sommer. Als Nikolaj bemerkt, wie Aleksandra seine Wangen betrachtet, reibt er sie sanft mit kreisenden Fäusten rot.

»In der Kleiderfabrik ist es dunkel«, sagt er lachend. »Es ist anders, aber man gewöhnt sich daran.«

»Das Nebenzimmer ist für dich, Mari«, sagt Anna. »Da schläfst du zwar zwischen den Einmachgläsern, aber hast wenigstens einen Platz für dich allein.«

Aleksandra schlüpft ins Nebenzimmer. Neben einem schmalen Bett stehen fünf Kisten, abgedeckt mit weißen Tüchern. Sie lüftet die Tücher und schaut, was in den Kisten ist. Nicht viel, ein paar Rüben, ein paar Kartoffeln.

»Wer wohnt jetzt in unserem Haus?«, hört sie ihre Mutter Baba Mari fragen.

»Neue Bauern. Sie können nichts, das Land ist ein einziges Durcheinander. Ich habe Dima schon nach einer Weile nicht mehr gesehen. Er magerte zusehends ab, dann war er weg. Wo ist Rebus?«

»Draußen, hinterm Haus. Vielleicht müssen wir ihn verkaufen, Mama«, sagt Anna noch leiser.

»Ist es hier auch so schlimm? Im Dorf kontrollieren die Brigadiere alles. Sie haben sogar die Mühlsteine kaputt gemacht, ist das zu glauben? Damit die Leute nicht für sich selbst mahlen können. Eine Schande. Erst liefen sie mit Gewehren über die Felder, jetzt sitzen sie auf Pferden und reiten überall umher. Selbst Kinder, die eine Kartoffel vom Acker auflesen, kriegen eine Tracht Prügel. Oleg bringt die Näh-

maschine vorbei, sobald es ruhiger ist. Jetzt ist es zu gefährlich, sie auszugraben.«

Nikolaj setzt sich an den Schreibtisch, mit dem Rücken zum
Fenster. Ich nehme ihm gegenüber Platz. Ich denke an Andriy,
wie er mich in der Datscha zur Seite nahm und mir eine Tomate gab. »Iss«, sagte er. Und ich biss hinein. Der Saft tropfte
auf mein Shirt, meine Hose. Wir betrachteten das Schwarze
Meer, ich bemühte mich, die Wellen am Strand schwappen
zu hören.

»Wir sind Henker und Opfer zugleich. Wir sind rot und
schwarz«, sagte Andriy. »Ich bin der Henker meiner Brüder
im Osten. Sie sind meiner. Sie sind meine Opfer und ich
bin ihres. Unser Blut fließt immer weiter auseinander, wie
der Donez, der uns immer stärker trennt, nicht nur auf der
Landkarte. Eine Grenze verläuft zwischen uns, mehr denn je.
Ich weiß nicht, ob wir uns am Ende wieder zusammenraufen
können. Ich weiß nicht, ob Witja weiß, dass Kolja vermisst
wird. Ich weiß nicht einmal, wo Witja ist. Kolja braucht seinen Schutz. Ich hoffe, er kann ihn retten, ihn von irgendwo
herzaubern. Wir müssen dann auch nicht darüber reden, wo
er ihn gefunden hat. Hauptsache, Kolja kommt zurück. Nur
so können wir wieder ein Ganzes daraus machen, Lisa. Wie
können wir sonst jemals wieder zurück zum Alten?«

Nikolaj und ich betrachten das Telefon.

»An diesem Abend herrschte Totenstille am Tisch. Mari
hatte die alte Tischdecke mitgebracht, das erinnerte uns ein
bisschen an früher, aber ich musste an die beiden Brigadiere
denken, dass ihnen das alles egal war. Wir aßen und schauten abwechselnd zur Ofenbank hinüber, auf der Nastja noch
immer lag. Ich hatte ihr extra am Morgen das hellblonde Haar
geflochten, traditionell, eine Krone auf ihrem Kopf, ein Vogel-
nest fast. Anna und ich hatten gehofft, dass es ihr besser gehen
würde. Draußen war es nun wärmer, wir hatten durch unse-

ren Garten etwas mehr zu essen. Aber irgendwie konnten wir den schweren Winter und den kalten Frühling in Lugansk mit Essen, Sonne und Wärme nicht mehr wettmachen. Nastjas Körper weigerte sich.«

»Sie hat sich etwas eingefangen, das wir nicht mehr aus ihr herausbekamen. Es ist ihr unter die Haut gekrochen. Kräutersäfte helfen nicht, Anna hat irgendwo eine Nonne aufgetrieben, die Kranken heimlich hilft – hat auch nichts gebracht«, sagt Nikolaj. »Unsere Arbeitstage sind lang, Essen bekommen wir nur mit Lebensmittelkarten. Wir verrichten nicht die Schwerstarbeit, sind nicht in den Bergwerken, nicht in der Metallfabrik. Die Arbeiter dort erhalten die größten Essensrationen.« Er schlägt die Augen nieder und ergreift Annas Hand. Anna streichelt seinen Arm. Aleksandra betrachtet die Hände ihres Vaters, die Haut am Handrücken sieht aus wie die Rinde eines alten Baumes. Jetzt erst, im Kerzenschein, fällt ihr auf, wie sehr sich sein Gesicht verändert hat in den Monaten, die sie ihn nicht gesehen hat: Er hat große, fast dunkelblaue Wülste unter den Augen, halbrund wie die Hängematte, die im Sommer immer zwischen den beiden Apfelbäumen auf ihrem Hof hing.

Als die ersten Schneeflocken fallen, hustet Nastja immer häufiger, sie atmet kurz und schnaufend. Und sie schläft, tagelang, unter der Pferdedecke, die Baba Mari extra auf dem Markt gekauft hat.

»Die Stunden, die mein Vater nicht in der Kleiderfabrik war, verbrachte er nähend zu Hause«, erzählte Aleksandra. »Dieses Haus war noch nicht das in Stanzja, nicht das, wo das Foto von Aleksandrs Begräbnis aufgenommen wurde. Das war nach dem Krieg, ich habe nur in diesem alten Haus gewohnt. Dort nähte er dickere Kleidungsstücke für Nastja und viele andere Menschen aus der Stadt, denn meine Mutter hatte sich wie immer mit jedem angefreundet. Er verarbeitete alle Stoffe, die ihm in die Hände fielen: schmale Streifen, breite Bahnen, unhandliche Lappen, die seltsame Einschnitte aufwiesen, Leder, das vom Transport völlig verdreckt war. In meinem ersten Winter in Lugansk saß er im großen Zimmer und nähte eine Jacke für Vasili, einen Klassenkameraden von Nastja. Er wohnte in der Innenstadt von Lugansk. Ein großer Junge, strohblondes Haar, genau wie Nastja, mit einer Boxernase. Jede Woche kam er ein paar Nachmittage vorbei, um mit Nastja zu reden, in den seltenen Stunden, in denen sie wach war. Baba Mari zeterte und murrte, wenn er mit seinem schlaksigen Körper hereinkam. ›Hier ist kein Platz für noch jemanden, auch nicht für so einen dünnen Hering wie dich‹, sagte sie immer. Danach ging sie in ihr Zimmerchen und schloss demonstrativ die Tür. Ach, meine kleine Oma. Sie konnte sehr streng sein.«

»Es strengt sie zu sehr an, er schwächt sie noch mehr«, sagt Baba Mari eines Abends, als Vasili gerade fort war. Aleksandra sitzt am Tisch neben ihrer Cousine Dusja, die ein Buch mit eigenartigen Zeichnungen liest.

»Was für eine verwirrende Geschichte«, flüstert Dusja aus Angst, sie könnte Baba Mari verärgern. »Hier: Ein Junge wird plötzlich zu einem Flugzeug, und eine Kuh versperrt ihm den Weg. Das hat doch überhaupt nichts miteinander zu tun, oder?«

Sie deutet auf eine Seite. »Hör zu: Michail rannte Vasko hinterher, auf dem Trottoir die Straße entlang. Er rief: ›Sososo! Ich bin nicht mehr Michail! Gib acht! Ich bin nicht mehr Michail! Ich bin ein Sowjetflugzeug!‹«

Aleksandra liest den Absatz selbst.

»Ich bin ein Sowjetflugzeug«, flüstert sie.

»Ich verstehe kein Wort«, murmelt Dusja, »dieser Michail sieht Dinge, die gar nicht da sind.«

Aleksandra denkt an Baba Maris Hirsche und schweigt. Sie schaut Dusja nicht an.

»Sascha, wie soll das gehen? Wie kann man sich denn in ein Flugzeug verwandeln? Und wenn er sich in ein Flugzeug verwandeln kann, dann kann Nastja das doch auch. Oder ich?«

Dusja zählt alle möglichen Dinge und Tiere auf: ein Flugzeug, ein Pferd, einen Eimer, einen Hammer, eine Rübe, eine Kartoffel, einen Zug, einen Palast. Nastja dreht sich um und blickt Dusja und Aleksandra an.

»Ein Palast«, sagt sie verträumt, »das wäre schön.«

»Ich arbeitete immerzu an dieser Jacke«, sagt Nikolaj. Er zieht die Schreibtischschubladen auf und holt zwei Passfotos heraus. Eine unbekannte Frau sieht uns an. In den Ecken des Fotos stehen mit schwarzem Stift geschriebene Nummern.

»Jeden Abend tat deine Oma, was Vasili auch tat, wenn er neben Nastja saß und von seinem Tag erzählte: Sie saß dann auf der Ofenbank, streichelte sie und erzählte ihr, wie es in der Stadt und in der Schule gewesen war. Nastja gab sich alle Mühe, aufmerksam zuzuhören, damit ihre Schwester nicht dachte, sie wäre zu müde. Als Vasilis Jacke fast fertig war, sprach Nastja kaum noch. Mit jedem Stich, den ich nähte, schien sie an Kraft zu verlieren. Die Warteliste für Medikamente wurde länger, Menschen mit Kontakten wurden bevorzugt. Vasili brachte immer häufiger etwas zu essen mit, neben seiner Fliegerausbildung arbeitete er ein paar Abende in der Woche als Kartenabreißer und Garderobenjunge im Theater. So bekam er zusätzliche Essensrationen. Selbst Baba Mari schätzte inzwischen seine guten Absichten. Sie sprach Vasili zwar noch immer mit ›Esel‹ an, aber wenn er darüber lachte, lachte sie mit. Am Tisch setzte sie sich neben ihn, schob ihn aber etwas beiseite, so dass er Platz für sie machen musste. Doch manchmal legte sie ihm die Hand aufs Knie oder kurz an die Wange. Dann erklärte sie ihm, wie man Gemüse einweckt und brachte ihm die Schwarz-Rot-Stickerei auf Leinen bei. Eines Abends stellte er sich in voller Größe auf. Er streckte die Brust in seinem dunkelblauen Hemd vor und blickte Baba Mari ernst an. Sie legte langsam Nadel und Faden beiseite und nickte ihm geduldig zu.

›Liebe ist keine Kartoffel, Baba Mari‹, sagte er, ›man kann sie nicht einfach aus dem Fenster werfen. Ich weiß, wie es steht. Nicht rosig jedenfalls.‹ Er schaute Anna und mich an. ›Aber ich möchte Nastja heiraten, solange noch Zeit ist.‹

Vasili stellte sich neben Nastja, flüsterte ihr etwas ins Ohr. Sie öffnete die Augen. Mühsam richtete sie sich auf. Nastja blickte sich im Zimmer um. Seit Monaten hatte ich ihre Augen nicht mehr so klar gesehen. Es erinnerte mich an den Tag, an dem Anna mir mit dem Maiskolben ins Gesicht geschlagen hatte. Wir hatten nichts dagegen, machten uns gemeinsam ans Werk. Vasilis Eltern schenkten Nastja einen schönen weißen Stoff, ich nähte das Kleid. Baba Mari bestickte die Ärmel mit den traditionellen schwarzen, roten und blauen Blumen. Bekannte steckten uns Kleinigkeiten zu: Weizen, ein paar Nüsse, Süßigkeiten, Hopfen, Dinge, die zu einer Donkosakenhochzeit gehören: all das, was man nach dem Brechen des Brots über das Brautpaar streut. Es überraschte mich, dass die Leute wussten, dass ich ein Donkosak bin und dass das in ihren Augen nicht schlimm war. In dieser finsteren Zeit, in der ich Menschen um etwas Brot habe kämpfen sehen, erstaunte mich ihre Großzügigkeit. Vielleicht war es gar keine Großzügigkeit, vielleicht war es etwas anderes, vielleicht wusste jeder, der uns etwas gab: Wenn das das Letzte im Leben des Mädchens ist, dann soll es wahrhaftig sein. Am Nachmittag der Hochzeit kamen ein Mädchen aus Nastjas Klasse und ein Mädchen vom Komsomol. Vasili hatte zwei Freunde von der

Militärakademie eingeladen. Und seine Eltern. Oh! Und seine Oma, Baba Tanja, die genauso launisch war wie Baba Mari. Tanja und Mari klagten beide den ganzen Morgen während der Vorbereitungen über Vasilis und Nastjas Schicksal. Bald ist der Junge Witwer, was ist er dann noch wert? Oleg kam mit einem alten *Ruschnik*, ein prachtvolles Brottuch, rot und schwarz bestickt und in der Mitte zwei blaue Nachtigallen, die die Köpfe aneinander drückten. Drinnen im Haus kniete Oleg vor Vasili und Nastja nieder, die bereits auf ihren Stühlen saßen. Sie hoben beide die Füße, und er schob das Tuch darunter. Kurz kniete sich auch Vasili hin, Nastja legte ihm die Hand in den Nacken. Danach erhoben sie sich. Vasili stützte sie bei jeder Bewegung. Er verzog keine Miene, den Kummer, den wir an diesem Tag fühlten, sog er in sich auf, als wäre er ein Schwamm. All unser Kummer schien in ihm zu verschwinden. Die Nonne, die schon einmal für Nastja gebetet hatte, sprach ein paar Worte. Sie war wie ein alter Baum, so krumm stand sie da. Langsam verneigte sie sich drei Mal vor Nastja und Vasili, in den Händen die einzige Ikone, die sie aus ihrer alten Kirche hatte retten können. Das Brautpaar verneigte sich seinerseits vor ihr. Nicht ein Gast rührte sich. Vasilis Eltern und auch Anna und ich warteten, bis die Nonne die Zeremonie beendet hatte, dann segneten wir unsere Kinder und deren Ehebund. Auf ein schönes, glückliches, fröhliches und gesundes Leben, riefen wir. Danach hielten wir zu viert das *Karavaj*, das heilige Brot, über die Köpfe des Brautpaars und brachen es.«

»Um das *Karavaj* backen zu können, haben wir überall Getreide zusammengekratzt«, erzählte meine Oma. Sie legte die Fotos und Briefe wieder in den Brotkasten, Alexandrs Leichenzug entfernte sich langsam, bis er nicht mehr zu sehen war. »Ich wurde deshalb losgeschickt, Nusja und Dusja gingen eine Runde durch ihre Straße, mein Vater hörte sich in der

Fabrik um, meine Mutter lief eine Stunde früher zum Bäcker und flehte um ein bisschen extra Getreide. Das Getreide füllten wir in eine große Schale auf dem Tisch. Jeden Tag etwas mehr. Mein Vater konnte es nicht ertragen, all die Getreidekörner im Haus.«

»Ich musste immerzu an den bewusstlosen Sergej in der Grube auf seinem Hof denken«, sagt Nikolaj.

»Als wir genügend Getreide zusammenhatten, mussten wir überlegen, was auf dem *Karavaj* dargestellt werden sollte. Hirsche, Blumen und Pferde, sagte meine Mutter. Ich riss eine Seite aus meinem Schulheft und zeichnete gemeinsam mit meiner Mutter. Ich war jung, ich konnte nicht gut zeichnen, die Hirsche sahen unmöglich aus, hatten sehr krumme Beine. Danach mahlten wir das Getreide. Mit der Hand. Mein Vater hatte auf dem Bauplatz bei der Lokomotivfabrik Ziegelsteine gesammelt. Jeder bekam zwei. Schweigend mahlten wir damit das Getreide zu Mehl, Mutter, Vater und ich. Nastja schlief. Sobald das Brot im Ofen war, rannte meine Mutter nach draußen in den Schnee. Ich lief ihr hinterher. Sie rannte zu einem brachliegenden Gelände und übergab sich. Als ich wieder hineinging, duftete es im ganzen Haus süßlich. Es roch wie früher, als wir auf dem Bauernhof die Ernte und Brote wie dieses segneten. Gut, sie waren nicht mit Hirschen oder Blumen verziert gewesen, aber mit unzähligen Sonnen. Nastja wachte von dem Duft auf, sie lächelte. Nach der Hochzeitszeremonie bekam jeder ein Stückchen. Ich aß nur die Hirsche, Vasili aß alle Blumen. Nastja nahm auch einen kleinen Bissen. Zwei Wochen später war sie tot.«

»Sie ist die Erste aus unserer Familie, die in Lugansk liegt. Ich hoffe, dass die Erde dieser Stadt ihrem Körper Ruhe bringt«, sagt Baba Mari am Abend vor dem Begräbnis. Fünf Tage hat sie neben Nastjas Leichnam gesessen, der mitten im Wohnzimmer in einem Holzsarg liegt, den Kopf in Richtung der Tür und an den Füßen eine Kerze. Die Nonne hat sie gebracht. Sie kam am ersten Abend nach Nastjas Tod. »Nicht stecken bleiben, Mädchen, geh in Ruhe hinüber«, sagte sie und schlug ein Kreuz. Baba Mari gegenüber sitzt Aleksandra neben der Kerze. Sie muss ins Bett, will aber noch kurz bleiben, ihre Schwester betrachten. Baba Mari streichelt Nastjas Stirn und Haare. Sie blickt Nikolaj und Anna an, die am Tisch sitzen, die Köpfe in den Händen. Vasili öffnet zaghaft die Haustür und schließt sie lautlos hinter sich, dann betritt er das Zimmer.

»Ich löse dich ab, Schwesterchen«, sagt er und bedeutet Aleksandra, in ihr Bett in der Zimmerecke zu gehen. »Ich bleibe bei ihr. Für den Übergang.«

In dieser Nacht steht Aleksandra im Traum auf einem Feld im alten Dorf. Das Feld ist genauso weiß wie in dem Winter, als Nastja zusammen mit den Eltern nach Lugansk aufbrach. In der Ferne, bei der alten Mühle, sieht sie Nastja im offenen Sarg liegen. Sie läuft zu ihr. Der Schnee peitscht ihr ins Gesicht, manchmal verliert sie den Sarg aus den Augen, aber jedes Mal taucht er wieder auf. Als sie ihre Schwester fast erreicht hat und etwas zu ihr sagen will, versperren ihr drei weiße Hirsche den Weg. In ihren Rücken stecken goldene Pfeile, die wie Laternen leuchten. Die Tiere sind so groß, dass Aleksandra durch ihre Beine schlüpfen könnte. Beim ersten Versuch, so zu Nastja zu gelangen, stoßen die Hirsche sie mit ihren Geweihen fort. Sie rennt um die Tiere herum, versucht sich einen Weg zu bahnen, doch die Hirsche halten sie zurück. Als sie aufgibt und sich auf den Boden setzt, knien die Hirsche sich im Kreis um Nastja. Ihre Pfeile strahlen eine goldene Glut aus. Sie lecken sich nicht die Wunde, nicht das bisschen Blut auf ihrem weißen Fell. Die Tiere spenden auf dem dunklen Feld

Licht. Ihre Körper dampfen in der Kälte. So sitzen sie eine Weile da, Aleksandra und die drei Hirsche, wie bei einer Besprechung, doch schweigend. Stumm blicken sie einander an. Dann setzt Nastja sich auf. Ihre Wangen sind rot und rund, sie sieht aus wie am letzten Abend auf dem Bauernhof. Ihr Blick ist ruhig und fröhlich. Sie lächelt Aleksandra kurz an, schnalzt mit der Zunge und bedeutet den Hirschen, sich zu erheben. Vorsichtig klettert sie aus dem Sarg, streichelt die Hälse der Tiere. Einem klettert sie auf den Rücken. Als sie sitzt, winkt sie. Aleksandra rennt über das Feld, ihrer Schwester hinterher, doch die Hirsche sind zu schnell. Sie haben zum Sprint angesetzt und verschwinden in der Nacht.

Als Aleksandra am Morgen nach dem Leichnam ihrer Schwester schaut, sitzen die drei Hirsche um den Sarg. Wenn die Tiere ausatmen, steigen kleine weiße Wolken im Wohnzimmer auf.

»Sascha«, sagt Nikolaj. »Zieh dich an.« Er bewegt die Lippen dabei kaum. Seinen Schnurrbart hat Anna gestutzt. Seine pechschwarzen Augenbrauen betonen das Blau seiner Augen.

»So«, sagt Baba Mari, als sie Aleksandras Mantel mit ihren alten Fingern zuknöpft. »Kümmerst du dich darum, dass die Hirsche uns begleiten?«

Das Gesicht dicht an Aleksandras bewegt sie kurz die Augen zu den Hirschen hinüber, die jetzt aufstehen.

»Dein Vater vergisst sie heute vor lauter Kummer, irgendwer muss das für ihn übernehmen.«

Gemeinsam mit zwei Nachbarn und Vasilis Vater heben Oleg, Vasili und Nikolaj Nastjas Sarg auf einen niedrigen Wagen. Aleksandra hält den Hirschen die Haustür auf. Die Tiere ziehen die Köpfe im Türrahmen ein und traben hinter dem Wagen her, der von Rebus gezogen wird.

»Wir sind vollzählig«, flüstert Baba Mari. Aleksandra schließt die Tür.

Volksrepublik Lugansk

1. SEPTEMBER 2014

Am Geburtstag unserer Aleksandra, von der wir einmal dachten, wir hätten sie im Großen Vaterländischen Krieg für immer verloren, fährt Kolja zusammen mit seiner Cousine Julija zu einem Hügel. Nirgendwo gibt es noch ein Telefonnetz. Post kommt nicht an, E-Mails verschicken funktioniert nicht. Der Mann, der neben Koljas Laden Gemüse verkauft, hat ihm erzählt, dass es auf einem Hügel außerhalb der Stadt noch Empfang gibt. Eine Zeit lang hat unser Neffe gezögert, genau wie wir, aber schließlich fragt er seinen Nachbarn, wo dieser Hügel liegt. Der Mann zeigt auf eine Stelle in der Nähe eines alten Bergwerks.

»Es ist so gut wie verlassen«, sagt er. »Sei unbesorgt, belauscht zu werden.«

Unser Kolja und Julija gehen auf dem abgetragenen Hügel etwa für vier Minuten hin und her, halten ihre Handys in die Luft und beobachten die Empfangsstriche.

»Ja!«, ruft Julija plötzlich. Triumphierend zeigt sie auf das Display.

Sie tippt bei ihren Kontakten auf *Tante Aleksandra* und wartet auf das Freizeichen. Dann stellt sie den Lautsprecher an. Kolja beugt sich neben ihr über das Telefon.

»Hallo, hier spricht Aleksandra«, dringt aus dem Speaker. Trotz des frühen Morgens klingt ihre Stimme hellwach.

»*Tjotja*«, rufen Kolja und Julija im Chor. »*S Dnem rozhdenija*!«

»*Ahhhh! Eto kto*?«

»*Julija i Kolja.*«

»Oh, Neffe und Nichte! Wie lieb, dass ihr an mich denkt, Wie geht es euch? Seid ihr in Sicherheit?«

»Alles in Ordnung hier, Tante, mach dir keine Sorgen. Wir sind gesund, alle sind gesund. Herzlichen Glückwunsch zum neunzigsten Geburtstag, wie geht's den drei Schwestern dort bei dir?«

»Na, ihr kennt Klawa, Lida und Nina ja. Sie sind furchtbar eigensinnig, ich darf nichts bezahlen, nicht einmal eine Kugel Eis! Sie würden gern länger bleiben, aber sie vermissen ihr Zuhause. Wir haben es schön hier zusammen. Nina vermisst euch, meint sie. Kümmert ihr euch dort denn auch gut um sie?«

»Wir tun, was wir können, Tantchen.«

»Sie ist dünn geworden. Muss sie denn wirklich immer über die Grenze für ihre Rente? Was ist mit dem Gemüse in ihrem Garten?«

»Wir gehen gleich dorthin und ernten. Und helfen ihrer Freundin Olja, die auf Ninas Haus aufpasst.«

»Ah, das ist gut.«

»Kommst du noch einmal hierher?«

»Ich würde schon gern, aber Nina meint, es wäre zu gefährlich. Stimmt das?«

»Nein, nein, halb so schlimm. Halb so schlimm.«

»Wenn ihr das sagt. Aber seid vorsichtig.«

»Ja, Tante, ja.«

»Gut. Ihr habt bestimmt noch mehr zu tun, ich lege auf. Bleibt vorsichtig, versprochen?«

»Versprochen. *Poka poka*.«

»*Poka poka*!«

Julija legt auf und sieht Kolja an, der noch kurz ins Telefon winkt, was Aleksandra natürlich nicht sehen kann.

»Wir müssen doch nicht lügen«, sagt sie, »sie schaut doch auch die Nachrichten, sie spricht mit Andriy und Nina. Sie weiß doch, dass Witja zu den schießwütigen Irren gehört?«

Kolja schüttelt den Kopf und geht den Hügel hinunter, zurück zum Auto.

»Wir brauchen ihr gar nichts zu sagen«, murrt er, »sie kommt von hier. Wir sprechen dieselbe Geheimsprache.«

Als Kolja das Auto fast erreicht hat, klingelt Julijas Telefon. Sie läuft noch einmal den Hügel hinauf und nimmt das Gespräch an. Wir wissen schon, wer es ist. Wir haben es gesehen. Wir haben oft Häuser bewachen müssen und viel Grauenvolles mitangesehen, brennende Häuser, eingestürzte Häuser, geplünderte Häuser. Manchmal konnten wir etwas tun, jemanden erschrecken, nicht ins Haus lassen, aber das hier war zu groß für uns. Es rauschte einfach durch unser Fell und zerbrach in Dutzende, vielleicht Hunderte Stücke. Wir waren machtlos, dort in Ninas Haus und Garten. Kein Goldpfeil konnte sie aufhalten, kein Geweih, nicht einmal eine ganze Herde unserer Donkosakenhirsche der Familie Popov-Krasnov. Wir blinzelten und alles war kaputt, umgefallen, entzwei. Der Boden schwelte, die Veranda war ein Trümmerhaufen. Im Tomatenbeet im Garten war ein Krater so tief, wie unsere Nina groß ist. Und sie war ja nicht da, sie war bei ihrer Schwester Aleksandra in den Niederlanden, zusammen mit ihren anderen Schwestern Lida und Klawa.

»Gott sei Dank«, flüsterten wir einander zu. Bis wir in die Küche schauten. Da, auf dem Boden, lag Olja, die auf Ninas Haus aufpasste. In der Hand hielt sie einen Kartoffelschäler. In ihrem Bauch steckte ein Eisenstab. Glühendheiß wie ein Brandeisen, mit dem man Pferde und Kühe markiert, wir konnten es nicht herausziehen. Wir konnten gar nichts. Olja atmete stoßweise, röchelte, tiefe Atemzüge, dann nichts mehr. Wir sanken neben sie, auf den Küchenboden voller Blut und kleiner Kartoffeln. Sie drehte sich auf die Seite, sie sah uns und grüßte freundlich.

»Willkommen Olja«, sagten wir, »willkommen im Becken der Verloren Donkosaken.«

»Mein Vater«, flüsterte sie, »und meine Mutter. Sie haben mir von euch erzählt, vor langer Zeit, vor dem Großen Vaterländischen Krieg. Ich war noch ein Kind. Es war nicht der Moment für Märchen, aber als wir uns im Wald vor den Bombenflugzeugen der Deutschen versteckt haben, sah ich euch laufen. Meine Mutter zeigte auf euch. ›Unter unserer Haut tragen wir ein weißes Fell, in unserem Rücken steckt ein goldener Pfeil‹, sagte sie, ›wir sind verwundet, aber wir leben noch.‹«

Wir beobachten, wie Julija auf dem Hügel in die Knie sinkt. Sie stützt sich mit einer Hand auf den Boden. Die Nachricht von der Granate auf Ninas Haus hat nun auch sie erreicht.

»Alles?«, fragt sie Zhenja, Oljas Sohn. »Der Garten und die Küche? Ja. Nein. Die ist in den Niederlanden, bei ihrer Schwester Aleksandra. Da funktioniert ihr Handy nicht. Was ist mit Olja?«

Lange Zeit hört sie Zhenja schweigend zu. Sie sinkt zu Boden, drückt das Handy fester ans Ohr, legt sich die Hand auf die Stirn. Sie weint. Unser Kolja läuft den Hügel hoch. Als Julija auflegt, sieht sie ihn lange an.

»Das Haus deiner Mutter. Das Dach ist kaputt, es ist ein Krater im Garten, alles liegt in Trümmern.«

Als Kolja in Ninas Straße einbiegt, ist es totenstill. Es fahren keine Autos, niemand überquert die Straße, niemand arbeitet im Garten. Selbst der Mann, der immer Kartoffeln aus dem Kofferraum verkauft, ist nicht da. Kolja parkt vor dem gelb-blauen Zaun und sieht durch die obersten Gitterstäbe, dass das Dach eingestürzt ist. In der Haustür sind Einschusslöcher, viele mehr als letzte Woche, als Kolja seine Mutter abgeholt hat, um sie zum Checkpoint zu fahren. Als er gegen die Tür drückt, lässt sie sich nicht öffnen. Auf der anderen Seite rasselt nur eine Kette. Die schmale Seitentür aber steht offen. Kolja wirft Julija noch einen Blick zu, die hinter ihm zum Nachbarhaus geht, wo Zhenja im Garten auf sie wartet. Unser Kolja blickt sich um. Wie eine Barrikade parkt auf der Straße ein Transporter, ein Stein und eine schwere Eisenplatte lehnen an ihm. Überall auf dem Boden liegen Dachziegel und Spanplatten, geborstenes Holz, Backsteine. Die Birnen sind vom Baum gefallen und überall und nirgends hingerollt. Der rechte Gebäudeteil, der schon vor der Gründung der Volksrepublik baufällig war, steht noch. Kolja geht zum Gemüsegarten hinüber. Zwischen dem Beet mit den Kartoffeln und dem mit dem Kohl, dort, wo die Tomaten wachsen, ist ein tiefer, zwei Meter breiter Krater. Die Erde ist grau, wie die Überbleibsel von einem Lagerfeuer. Sie riecht nach Silber, Blut und verbrannten Pflanzen. In der Grube, inmitten der grauen Asche, liegt ein Eisenklumpen und ein Teil einer Schraube, wie die eines kleinen Boots. Ein Stück weiter, zwischen den Bohnenstangen, liegt ein weiterer Eisenklumpen mit einer eingravierten Seriennummer. Kolja steckt ihn in die Tasche. Julija kommt in den Garten, gefolgt von Zhenja. Seine Augen sind rot vom Weinen.

»Ich habe ständig versucht, euch zu erreichen, aber ich habe euch nicht erwischt.«

»Wann, Zhenja?« Kolja deutet auf das Loch im Garten.

»Vorgestern. Meine Mutter sollte auf Ninas Haus aufpassen, bis sie wiederkommt. Aber das wisst ihr ja.«

Zhenja geht zur halbeingestürzten Veranda und stößt die Küchentür auf. Kolja und Julija folgen ihm. Wir wenden den Blick ab, wir wollen das nicht noch einmal mitansehen. Kolja stellt sich an die Küchenwand und schaut sich um. Im Dach ist ein Loch. Ein Holzbalken baumelt von der Decke, nur gestützt vom Kühlschrank. Überall liegen Kartoffeln: unter dem Tisch, an der Wand, unter den Schränken. Auf dem Linoleum sind Schlieren geronnenen Bluts.

»Sie hat gerade Kartoffeln geschält, meine Mutter, als ein Splitter ihren Bauch traf«, sagt Zhenja und schaut auf das Blut.

Julija wirft krachend die Tür hinter sich zu. Kolja schaut zu Boden, zur Wand, zu der weiß-rot-schwarzen Decke auf dem Küchentisch und spürt die aufsteigende Magensäure in der Kehle. Er schluckt sie hinunter.

»Meine Mutter war alt, Kolja, niemand hätte sie retten können«, sagt Zhenja matt. »Deine Mutter hätte dasselbe für meine Mutter getan, sie kümmern sich schon seit Monaten umeinander.«

Kolja legt Zhenja die Hand auf die Schulter, der wieder zu weinen anfängt. Durch das zersplitterte Küchenfenster beobachtet er Julija, die sich übergibt. Er nimmt sich einen Stuhl. Zhenja hält ihn auf, kneift ihm in die Hand, die die Lehne festhält.

»Nicht auf den«, ruft Zhenja, »nicht auf diesen Stuhl.«

Palast des verlorenen Donkosaken

»Der Schlüssel, um Sowjetarchitektur zu verstehen, liegt in der Politik«, sage ich und streiche über die Schreibtischplatte.

Nikolaj trocknet sich die Wangen und runzelt die Stirn. »Was für ein schweres Thema mit einem Mal.«

»Gar nicht«, murmele ich, »hör zu, nirgendwo anders, und nirgendwo für einen solch langen Zeitraum, wurde die Landschaft so unmittelbar von der Macht geformt. Nastja wäre nicht gestorben und ihr wärt nicht vertrieben worden, hätten sie für das Land nicht so eine utopische Idee verfolgt. Volkspaläste waren nicht fürs Volk, sondern dafür, dass ein Volkskommissar möglichst mächtig auf ein Podest stehen konnte, um euch von dort zuzuwinken. Ich bin durch Moskau spaziert. Was bin ich hier noch, dachte ich, ein Tüpfelchen? Ich war nur ein kleiner, leicht wegzuwischender Fleck in dieser Stadt. Ich fühlte mich wertlos und leer in den imposanten langen Straßen, auf den breiten Boulevards, zwischen den gigantischen Zuckerbäckerbauten. Ich dachte dort immerzu an euch, an die einfachen Menschen, die sich doch gar nicht gegen tonnenweise Stein und Eisen und Stahl behaupten konnten. Man hat euch einfach in alle Himmelsrichtungen übersiedelt, ihr wart in erster Linie nicht das Volk, ihr wart die Arbeitskräfte, die diese Architektur möglich machten.«

Ich nehme den Telefonhörer von der Gabel und drücke ihn mir ans Ohr. Auch hier erklingt die Sowjethymne. *Es lebe, vereinigt durch den Willen der Völker, die einige, mächtige Sowjetunion*, singt ein Chor aus knarrenden Stimmen.

»Menschenskind, was für ein Unsinn«, murmle ich.

Ich lege auf.

»Es fühlte sich so an, als würden wir etwas aufbauen, um uns selbst zu brechen«, sagt Nikolaj. »Je mehr aus dem Boden gestampft wurde, desto mehr Menschen verschwanden. Der Fünfjahresplan war eher ein Beseitigungsplan. Jede vermisste Person wurde durch einen Stein, einen Zug, ein Gleis oder einen Damm ersetzt. Sie starben nicht wirklich, nicht wie Nastja, die konnten wir noch begraben und besuchen. Vielleicht habe ich sie deshalb nie hier im Palast gefunden. Wir haben Abschied nehmen können, sie zur Ruhe in unsere Erde legen können, die Erde, auf der wir alles versucht hatten, um sie am Leben zu halten. Das war längst nicht allen vergönnt. Ich kam morgens zur Fabrik und da war der Mann, neben dem ich gestern noch gearbeitet hatte, weg. Nach zehn Minuten wusste ich: Der kommt nicht wieder. Jeder, der an seinem Arbeitsplatz vorbeiging, schaute kurz und zuckte die Schultern.«

»Und du hast nie nachgefragt?«

Nikolaj lacht abfällig, sieht mich aber nicht an.

»Das erste Mal schon, beim Aufseher. Der sagte damals in etwa so etwas: Der war ein Terrorist, ein Volksverräter, eine Gefahr für mich, für diese Stadt, für uns alle. Darauf entgegnete ich: Er war der loyalste Arbeiter hier, er wusste alles über unsere Führer, er war ein aufrechter Kommunist. Der Aufseher starrte mich entgeistert an. Sieh dich bloß vor, Nikolaj Alexandrewitsch!, dachte er wohl. Als ich nach Hause ging, stand gegenüber dem Fabriktor ein neuer Springbrunnen. Als der Nächste verschwand und ich nicht mehr nachfragte, bemerkte ich auf dem Heimweg ein Blumenbeet. Später dann ein Denkmal, ein Boulevard in der Innenstadt, eine Freilichtbühne. Ich glaube, ich war der Einzige, dem das auffiel, ich habe nie darüber geredet, nicht einmal mit Anna.«

»Etwas bauen, um euch zu brechen?«

Ich ziehe eine Schublade auf. Noch mehr Passfotos liegen darin, von jeder Person zwei: im Profil und von vorn. Unter jeder Aufnahme wieder eine Nummer, ein Name und das Geburtsjahr. Gulagfotos. Die Menschen haben starre Gesichter. Sie sehen müde aus, ihre leeren Augen blicken an der Kamera vorbei. Sobald ich eines in die Hand nehme, wächst der Stapel in der Schublade. Jedes Mal, wenn ich eines herausnehme, verdoppeln sich die Fotos. Irgendwann quellen die Fotos aus der Schublade. Ich sehe Hunderte Gesichter.

»Lisa, was machst du da?«, ruft Nikolaj. Ich versuche, die Fotos einzufangen, alle Gesichter zu sehen. Je mehr ich aus der Luft fange, desto schneller fliegen die Fotos durch den Raum. Sie schießen uns ins Gesicht, gegen die Arme, Wangen, sie hinterlassen Schnitte in unserer Haut.

Nikolaj zerrt mich aus dem Zimmer. Ich schnappe mir noch ein paar Fotos und stopfe sie mir in die Hosentasche. Sie brennen durch den Stoff an meiner Haut, verschmelzen mit meinem Oberschenkel. Während ich wie besessen versuche, sie aus meiner Tasche zu ziehen, will Nikolaj die Tür schließen. Das gelingt ihm aber nicht, Hunderte Fotos liegen im Türspalt. Ich nehme einen Stuhl und fege die Fotos mit der Rückenlehne zurück ins Zimmer. Die Gesichter starren mich anschuldigend an. Ich fege und fege, bis wir endlich die Tür zuziehen können. In dem Zimmer dahinter rumort es, es klopft an die Tür, das Holz beginnt zu knacken. Die Gesichter schieben sich unter der Tür hindurch.

»Nach oben«, schreit Nikolaj und schubst mich weiter den Gang hinein. »Dort, nach rechts. Durch die Tür da!«

Ich renne los und lande in einem weiteren Gang mit vielen Türen. Als ich eine davon öffnen will, springt Nikolaj zwischen mich und die Türklinke. Er schleift mich den Gang entlang, wir stolpern durch Trümmer von Lenin- und Stalindenkmälern. Weisende Hände, gerunzelte Stirnpartien, Torsi in langen Mänteln, schillernde Briefbeschwerer. Ich arbeite mich an ausgestreckten Fingern vorbei weiter vorwärts, an breiten Schnauzbärten, Jackenkrägen und den Spitzen von Sowjet-

sternen. Hinter mir klettert Nikolaj langsam über die Geröll-
berge. Am Ende des Ganges warte ich auf ihn. Ich weiß nicht,
was ich von dem, was sich hier abspielt, halten soll. Zwei riesige Sockel. Auf dem einen steht Lenin sogar noch, auf dem
anderen nicht. Von diesen beiden Sockeln wurden alle Sowjetsterne entfernt. Auch die Buchstaben seines Namens sind weg-
gemeißelt, doch den Namen kann man noch vage erkennen.

»Er zeigt nach Westen«, sage ich.

»Der stand mitten in Woroschilowgrad, genau dieser«, sagt
Nikolaj. Er schaut hinter sich, als würden wir verfolgt. »In
der Fabrik hatte gerade eine große Säuberungsaktion statt-
gefunden: Aufseher, von der Wiege der Sowjetunion an mit
dabei, waren mit einem Mal verschwunden. Alle taten überrascht, wussten aber: Diese Männer hatten zu viel gewusst.
Sie wussten von den Brigaden, die Donkosakenjungen exe-
kutiert hatten, welche Dörfer in Gänze in den Norden der
Sowjetunion abtransportiert worden waren, wo das Getreide
abgeblieben war. Ob du es glaubst oder nicht, Mädchen,
irgendwann beseitigten sie auch diejenigen, die zuvor andere
Menschen aus dem Weg geräumt hatten. Manchmal habe
ich mich gefragt, wer am Ende noch übrig bleiben würde,
wir waren im Prinzip doch alle Zeugen von irgendetwas gewesen. Stille Zeugen zwar, das schon, trotzdem Zeugen. Danach stand dieses Denkmal mit einem Mal in Woroschilowgrad. Es zeigte nach Westen, die Richtung der zukünftigen
Expansion.«

»Dafür hatte Tolja doch kurz nach der Revolution schon
gekämpft?«

»Genau. Den Westen zu erobern ist immer ein Traum
geblieben. Denn es kam anders: Der Westen rückte zu uns
vor, unser Boden wurde besetzt. An dem Tag, als die Deutschen und Italiener in unsere Stadt einmarschierten, stießen
sie Lenin sofort von seinem Sockel. Alles, was auch nur auf
Lenin oder Stalin hinwies, wurde entfernt und an den Stadt-

rand verfrachtet. Dort wurde es in den Gärten der Bezirks-
ämter auf einen Haufen geworfen wie Unrat.«

Am Tag nach Nastjas Begräbnis steht Aleksandra auf dem
Markt vor einem Stoffstand. Sie soll die Verkäuferin nach
einem länglichen weißen Leinentuch fragen. Sie kann sich
aber nicht entscheiden, ihre Gedanken sind noch bei den
Hirschen.

»Was will deine Oma damit anfangen?«, fragt die Verkäuferin.

»Weiß ich nicht genau«, sagt Aleksandra aufrichtig.

Die Verkäuferin stöbert in den Stoffballen, die vor ihr
liegen.

»Ohne Muster?«

»Ja, das sagte sie ausdrücklich.«

Die Frau drückt Aleksandra zwei zurechtgeschnittene
Stoffstücke in die Hand.

»Hier, Mädchen. Sag deiner Oma, sie soll sich eins aussuchen und mir dann das andere zurückbringen. Wenn das
aber nur ein Trick ist, will ich dich hier nie wiedersehen.«
Sie lacht.

Zu Hause steckt Baba Mari die beiden Tücher unter ihr Kissen. »Morgen werden wir wissen, welches Tuch ruhig an seinem Platz liegen geblieben ist«, sagt sie. Sie schiebt Aleksandra
ins Wohnzimmer und macht die Tür vor ihrer Nase zu. Aleksandra legt das Ohr an die Tür, in der Hoffnung, belauschen
zu können, was Baba Mari dem noch hinzuzufügen hat – sie
hat immer noch etwas hinzuzufügen oder zu murren.

»Wenn niemand unsere Geschichten ausspricht, dann sti-
cke ich sie eben hier drauf, wie eine Geheimschrift, eine Karte,

wer wir waren und wer wir gewesen sind. Nimm niemanden mehr von uns fort«, hört sie Baba Mari sagen.

»An Aleksandras fünfzehntem Geburtstag, am 1. September 1939, schreckte Baba Mari um zehn vor halb sieben aus dem Schlaf. Das Sticktuch war weg«, sagt Nikolaj. Er blickt noch einmal hinter sich, betrachtet die Statuen. Einen Augenblick ändert er seine Gestalt, trägt sein Geweih, sein weißes Fell. Ich möchte seine Nase berühren, doch bevor ich ihn streicheln kann, um ihn zu beruhigen, steckt Nikolaj schon wieder in seinem eigenen Körper, und so stehe ich wieder dem Mann mit dem Schnauzbart und den hellblauen Augen gegenüber.

»Es war eine warme Nacht, wir haben alle wie verrückt in unseren Betten geschwitzt. Baba Mari weckte uns. Sie stand mitten im Zimmer, in ihrem Nachthemd, das an ihrem Körper klebte. Sie schüttelte erst Anna, dann mich. Fast wie ein kleines Mädchen, das einen Albtraum gehabt hatte. Es dauerte einen Moment, bis wir begriffen, wer da in Gottes Namen vor uns stand. In Panik suchten wir dann alle nach dem Sticktuch, das wir eigentlich nie wirklich zu Gesicht bekommen hatten. Baba Mari stickte nur abends, wenn wir schon im Bett lagen, tagsüber verbarg sie es unter ihrem Kopfkissen – wir wagten es nicht, ihr Zimmer zu betreten. Sie hatte das Tuch auf dem Tisch vor dem Fenster liegen lassen. Der starke Wind hatte es morgens in den Garten geweht, wo es an einem Ast des Apfelbaums hängen geblieben war. Deine Oma entdeckte es als Erste, aber für sie war es unerreichbar. In unseren Schlafanzügen starrten wir den Apfelbaum an. Mit dem Schlaf noch in den Augen zankten wir uns: Warum muss das Sticktuch denn sofort gerettet werden? Dann rief Baba Mari: ›Das Tuch wird auf der Stelle heruntergeholt!‹ Ich wollte lieber erst eine Tasse Tee und ein Stück Brot, aber nein, Baba Maris Wangen wurden jede Sekunde röter, also musste ich die Holzleiter hinauf. Im frühen Morgenlicht betrachteten wir das weiße Leinentuch, die rot-schwarzen Linien. Sie fingen an der linken Seite an und verliefen mit der Zeit immer weiter nach rechts. Sie waren rot, an manchen Stellen auch schwarz, und sie endeten, wenn jemand gestorben war. Baba Mari breitete das Tuch aus. Wir betrachteten Nastjas Linie, die lange Zeit rot war und danach nur noch schwarz. Darüber die Linien von Anna und mir, darüber die von Baba Mari und Stepan, von meinem Vater und meinem Onkel, darunter stand der Name deiner Oma. Vasilis Linie, der manchmal noch vorbeischaute, wenn er nicht gerade bei einer Truppenübung der Roten Armee war, verlief sehr nah an Nastjas entlang, die Stiche berührten sich fast.«

An dem Nachmittag, an dem Aleksandra mir das Sticktuch in die Hand drückte und mich beauftragte, damit zu Koljas Grab zu reisen, tat sie dasselbe, was Baba Mari am 1. September 1939 frühmorgens unter dem Apfelbaum in Woroschilowgrad getan hatte: Sie ließ das Sonnenlicht durch den Stoff fallen, erzählte über die Linien und zeigte, wo sie begannen, wo sie endeten. Das Tuch war so lang, dass sie die Arme weit ausbreiten musste. Als ich bemerkte, dass Aleksandra müde wurde, nahm ich ihr das Tuch ab. Die Farben waren im Laufe der Jahre verblasst. Das tiefe Schwarz, mit dem Baba Mari damals angefangen hatte, war nun grauer, das rote Garn etwas orange. Während ich das Tuch hochhielt, deutete meine Oma auf den Anfang, die älteste Linie der Familie, der Punkt im alten Land, auf dem alten Grund und Boden, die Erde, in die Baba Mari mit ihren alten Händen ihre Schaufel hineinsticht. Meine Oma zeigte mir den Tag, an dem sie geboren wurde. 1. September 1924. Wir betrachteten die Namen, die rings um den Namen ihres Vaters gestickt waren: Tolja, Petr, Klim,

Matvej. Ich bemerkte, dass meine Oma in den letzten Jahren sparsamer mit der Länge der Linien umgegangen ist, mit der Länge der Jahre, der Zeit, damit noch genügend Platz für diejenigen war, die noch zur Welt kommen mussten, für alles, was noch kommen würde. Sie nahm mir das Tuch ab, faltete es zusammen und legte es sich auf den Schoß.

»Lisa«, sagte sie, »vor langer Zeit, als ich jung war, jünger noch als du, hat meine Baba Mari mich etwas gefragt. Da du das Tuch jetzt in mein altes Land zurückbringst, frage ich dich dasselbe: Was tun wir mit den Kräften da draußen, die unsere Lebenslinien in eine bestimmte Richtung drängen? Was tun wir, wenn die Linien irgendwohin verlaufen, wo sie nicht sein sollten? Wie können wir diese Kräfte, gegen die wir nichts ausrichten können, in diesem Sticktuch einfangen? Können Frauen wie meine Baba Mari, Gott habe sie selig, und ich dies mit Nadel und Faden verhindern?«

»Nachdem die Deutschen das Lenindenkmal abgerissen hatten, war der Krieg in unserem Gebiet natürlich erst richtig losgegangen.« Nikolaj setzt sich auf den Sockel, um sich auszuruhen. »Aber schon Monate vorher zogen Menschen scharenweise durch die Stadt. Sie liefen durch die Wälder, um den Luftangriffen zu entkommen. Sie machten sich auf in Richtung Rostow, nach Russland. Sie baten um Brot, um etwas zu essen. Ich sah uns wieder vor mir, vor zehn Jahren, mit unserem Karren, vollgeladen mit unseren liebsten Sachen, fortgejagt aus unserem Dorf, auf der Suche nach einem sicheren Ort. Manchmal gaben wir den vorbeiziehenden Leuten ein Stück Brot, wenn wir etwas erübrigen konnten. Manchmal sogar ein paar Tomaten oder ein paar Rüben. Eines Abends, als es eiskalt war, lud Anna eine Familie ein. Der

Gemüsegarten war uns im Sommer 1941 wohlgesinnt. Der Mann und die Frau sahen müde und schmutzig aus. Sie rochen nach Blumen, nach schweren Blumen, ein Geruch, der sich so sehr in meiner Nase festsetzte, dass ich ihn in meinem ganzen Inneren spürte, als würde ich anschwellen. Unsere Familie roch nicht so, wir rochen leicht, sanft, ein bisschen süß, vor allem aber herb, nach der Erde, die wir so lange bewirtschaftet hatten, auf der unsere Kinder aufgewachsen waren. Die Mutter der Familie trug ein langes Kleid voller Blumenstickereien in grellen Farben. Das Kleid war mit Blumen übersät, nirgends war ein ruhiger, leerer Fleck. Auch das Schultertuch war üppig mit Mustern bestickt. Ihr Haar war so schwarz wie die Federn einer Krähe, ihre Augen ebenso. Sie sprach leise mit Anna und mir, in gebrochenem Russisch, mit anderen Lauten. Weniger dick, weniger schwer. Polnisch, sagte sie. Ihr Mann, dessen Haut so sonnengebräunt war, dass er wie eine Kartoffel aussah, aß schweigend. Er ließ den Blick unstet zwischen seinem Teller Suppe und den drei Kindern wandern, die nur auf ihre Teller schauten. Sie waren noch klein, beim Essen fielen ihnen ständig die Augen zu. Träge tunkten sie ihr Brot in die Rübensuppe und lutschten daran. Aleksandra versuchte, zuzuhören, Dinge aufzuschnappen, aber ich konnte sehr leise sprechen, so dass deine Oma fast mit dem Kopf im Teller hing, um mitzubekommen, was ich mit der Frau besprach.«

»Wenn du nichts hörst, wird dich deine Unwissenheit beschützen«, sagte meine Oma zu mir, »das habe ich zu Hause gelernt. Mein Vater konnte mich an diesem Abend lange aus dem Gespräch halten. Aber eine Sache schnappte ich doch auf. Bevor mein Vater mit der Frau aus dem Zimmer ging, um noch etwas Brot für die Familie zu beschaffen, sagte sie etwas zu laut und in weniger holprigem Russisch: ›Alle, sie werden alle abgeholt. Sie kommen mit Motorrädern, Hunden,

Gewehren, Panzern und Zügen. Danach sind die Städte wie leergefegt.‹«

Nikolaj streicht über die weggemeißelten Buchstaben von Lenins Namen. Weil immer Sonnenlicht auf den Sockel gefallen ist, kann man den Namen trotzdem noch lesen.

»Aleksandras Augen. Ich zog die Frau so schnell wie möglich mit mir. Außer Hörweite fragte ich sie, was ich bereits wissen wollte, seit sie eingetreten war. Denn sie war keine gewöhnliche Frau, das war mir sofort klar, sie war eine Frau, die über das Jetzt hinaus sehen konnte. Meine Eltern hatten in meiner Jugendzeit mit solchen Frauen am Tisch gesessen und gefragt, was die kommenden Jahre bringen würden. Konnte sie mir das Los unserer Familie in dem immer näher rückenden Krieg voraussagen? Im Nachhinein war das vielleicht ein bisschen unheimlich.«

»Und wie«, sage ich und denke an die beiden Briefe im Brotkasten, gerichtet an Aleksandra, unterschrieben von Nikolaj.

»Ich warte auf dich, wie eine Nachtigall auf den Sommer wartet«, schrieb er. Kurz danach war er tot. Das Jahr: 1953. Meine Oma lebte mittlerweile in Den Haag. Ihr niederländischer Mann, den sie in der Fabrik in Deutschland kennengelernt hatte, hatte sie verlassen. Abends arbeitete sie nun in einem Jazzclub in Scheveningen, tagsüber kümmerte sie sich um ihre beiden Söhne, meine Onkel Peter und Nico. Ihre Zweizimmerwohnung teilte sie sich mit ihrer Cousine Dusja. Dusja sollte binnen einer Woche abreisen.

»Ich ließ ein Foto machen«, sagte sie. »Es kostete mich fast all meine Ersparnisse, aber es musste sein. Dusja sollte das Foto mit nach Hause nehmen und meinen Eltern erzählen,

dass es mir gut ging, dass ich vielleicht irgendwann zurückkehren würde. Einen Monat später stand dein Opa vor mir
im Jazzclub. Ob er mich einmal ausführen dürfte. Ich habe
mehrmals abgelehnt, ich hatte viel mit Peter und Nico um
die Ohren, tat mich mit der Sprache schwer. Ich hatte eine
kleine Wohnung, die ich kaum bezahlen konnte, doch er kam
immer wieder. Lieb war er, vorsichtig. Irgendwann stand er
nachmittags mit einem Arztkoffer vor meiner Tür, damit es
nicht auffiel, damit er mir keine Schande bereitete oder damit
die Nachbarn nicht dachten, dass ich eine Prostituierte wäre.
Er ging umsichtig vor. ›Das ist kein Ort für eine junge Frau
mit zwei Kindern‹, meinte er. Peter und Nico waren sofort
vernarrt in ihn. Keine Ahnung, warum. Vielleicht weil er
sanft und ruhig war. Wir zogen bei seiner Schwester ein, danach nach Dordrecht um, wo deine Mutter als Letztes von
den sechs Kindern geboren wurde. Da war es plötzlich 1957,
und ich konnte schon lange nicht mehr zurück. Mein Leben
war hier, mit deinem Opa, mit meinen russischen und ukrainischen Freundinnen, die wie ich nach der Deportation auf
der anderen Seite Europas geblieben waren.«

»Mein Vater glaubte an wenig«, sagt Nikolaj, »aber er glaubte
an Weissagungen. Ich erzählte der Frau, dass mein ganzes
Leben aus Weissagungen und Ritualen bestanden hätte. Sie
weigerte sich. Diese Zeit sei zu finster und zu unvorhersehbar,
meinte sie, zu launenhaft. Ich bohrte nach. ›Anna, Baba Mari
und ich, wir haben schon so viel gesehen und mitgemacht‹,
sagte ich, ›viel schlimmer kann es nicht kommen.‹ Ich erzählte
ihr von Sergej, von Olesja, von den Bauern, die auf dem Dorfplatz eine Schlägerei angezettelt hatten, wenn wieder eine Brigade da gewesen war, um über die Kollektivierung zu reden.

Ich sprach mit ihr über Nastja, über die Züge voller halbtoter Bauern, die mich um Essen anflehten, die auf meinem Weg zur Fabrik am Straßenrand Gras kauten. Sie schüttelte den Kopf. ›Alles ist routiniert und grausam. Sie sind organisiert und schnell. Sie kommen mit Listen, sie wissen genau, wohin sie müssen. Sie treiben die Menschen zusammen wie Tiere. Sie schlagen Babys an den Ladeklappen der Lastwagen tot, scheren den Leuten mitten auf der Straße die Schädel.‹ Ihre Aufzählung nahm kein Ende: Menschen, die ihre eigenen Gräber aushoben, um danach erschossen zu werden, wie sie Kinder aus Jux hetzten, Schäferhunde auf junge Frauen losließen, Scheunen voller Menschen in Brand steckten. Wir erreichten die Bäckerei und setzten uns auf eine Bank. Bitte versuche es, drängte ich sie. Sie fragte, ob ich das wirklich wollte. Ich nickte. Sie öffnete meine Hand wie ein Blatt, das von einem Baum trudelte und das sie sehr behutsam auffing. Sie fuhr mit dem Zeigefinger über meine Lebenslinien. Sie betrachtete lange die Furchen in meiner Hand, so lange, bis ich begriff, dass sie zögerte und sich fragte, ob sie sagen sollte, was sie sah. Ich beugte mich vor und versuchte, ihren Blick einzufangen. Da wandte sie sich von mir ab. ›Sag es mir.‹ Sie blickte auf. Ihre Augen waren noch schwärzer. Sie schloss meine Hände wie ein Buch.«

»Du wirst sie niemals wiedersehen«, sagte Aleksandra und gab mir den Brief. »Das hatte die Frau zu ihm gesagt.«

Volksrepublik Lugansk

Es ist der Tag der Stadt, ein Feiertag zur Gründung von Lugansk im Jahr 1795. Orangefarbene Leitkegel sperren die breite Hauptstraße ab. Wir sehen, wie Männer und Frauen in orangefarbenen Warnwesten den Verkehr regeln. Am Straßenrand warten kleine Gruppen auf die Paradewagen. Wir zählen weniger Zuschauer als sonst, die Stadt ist seit Beginn des Kriegs stiller, verlassener. Abends geht niemand mehr auf die Straße. Wir schauen, dass nachts alle in Sicherheit sind. Wir laufen zwischen unseren Nachfahren hin und her: Kolja in seiner Wohnung, Julija in ihrem Haus am Stadtrand, Witja, der im Schützengraben mit einem Maschinengewehr im Schoß schläft. Das Gebiet zu durchqueren wird immer schwieriger. Es liegen Minen herum, manchmal explodiert versehentlich irgendetwas. Vor den Toren Lugansks haben wir gestern einen Berg aus ausgebrannten Panzern entdeckt. Wir hören Menschen in der Stadt zueinander sagen, dass es bald vorbei sein wird, Kolja flüstert Larissa zu, dass er sich auf keine Seite stellen möchte, lieber möchte er abwarten, bis alles wieder sicher ist und sie sich wieder normal bewegen können. Aber es ändert sich wenig. Es wird, ehrlich gesagt, immer schlimmer. Und für uns wird es immer schwieriger, alle im Auge zu behalten. Wir bedauern noch immer Igor, seinen Tod, die Grausamkeit, die plötzlich in sein Leben gekommen ist.

Heute sehen wir uns, wie Kolja auch, die Parade an, die von einem Vorort zum Platz zieht. Hinter einer Absperrung steht er und schaut einer Gruppe Kindern zu, die einen Tanz aufführen. Abwechselnd gehen die Jungen und Mädchen in die Hocke oder klatschen in die Hände. Eine heitere Frau gibt durch ein Megafon Anweisungen. Neben Kolja und Larissa steht eine Dame in einem rosa Kostüm. Sie nickt entzückt im Takt der fröhlichen Musik. Auf ihrer linken Brust baumeln ihre Sowjetmedaillen. Sie trägt roten Lippenstift und Rouge. Als Kolja sie ansieht, lächelt sie breit. An einer Ecke des Platzes verkauft ein Mann wie in jedem Jahr Zuckerwatte an einem gelb-blauen Stand. Larissa liebt Zuckerwatte.

»Möchtest du eine?«, fragt Kolja. Sie drückt seinen Arm und nickt.

»Wie damals, als wir uns gerade kennengelernt haben«, sagt sie lächelnd.

Während Kolja sich anstellt, zieht eine Wagenkolonne vorüber. Wir erschrecken. Dies sind keine Autos und Lastwagen, dies sind Kriegsfahrzeuge. Ein großes schwarzes Auto ist so ausstaffiert, dass es wie ein Batmobil aussieht. Es führt die Kolonne an. An den Flanken hängen rote Fahnen mit einem blauen Kreuz. Nach dem Batmobil folgt ein altmodisches Motorrad mit Beiwagen. Dann ein Panzer, auf dem zwölf Männer mit Maschinengewehren sitzen. An dem Panzer flattern die Fahnen, die auch an der Regionalbehörde hängen. Stolz winken die Männer den Zuschauern zu. Manche tragen Kosakenmützen: schwarze zylinderförmige Kappen mit einem rot-weißen Emblem in der Mitte. Um die Oberarme tragen sie ein schwarz-orangenes Band. Dahinter fährt noch ein Panzer. Und noch einer. Auf dem Platz sind Raketen und Granaten ausgestellt. Auf der anderen Seite, schräg gegenüber der Bühne mit den tanzenden Kindern und den Raketen, stehen Menschen schon den ganzen Mittag für Medikamente, Brot, Wasser und Suppe an. Das Wasser für die Suppe kommt aus großen fahrbaren Wassertanks und wird mit Aggregaten erwärmt. Die Lastwagen mit Lebens- und Heilmitteln, wie Verbandszeug und Jod, sind weiß. An jedem Wagen hängt die russische Fahne. Kolja reicht Larissa ihre Zuckerwatte. Sie hält sie kurz neben die Kostümjacke der Dame und zwinkert. Die Dame applaudiert laut, als der letzte Panzer den Platz erreicht. Der Panzer ist mit Sowjetflaggen übersät.

Palast des verlorenen Donkosaken

Wir gehen durch eine Tür eine schmale Treppe hinauf, die sehr schlicht ist, einfach, kein Gold, kein Weiß.

»Dies war für die hohen Herren«, sagt Nikolaj, »sie kamen durch die Hintertür, um schneller die Verhörräume zu erreichen oder um ein dringendes Telefonat zu führen.«

»In einem Hinterzimmer.«

»Ach, Mädchen, alles trug sich in Hinterzimmern zu. Bis die Deutschen kamen. Die machten einfach Durchsagen. ›In Deutschland bekommen Sie Arbeit und Brot‹, riefen sie. Sie saßen auf dem Platz, gerade nachdem sie Lenin mit einem Seil um den Hals vom Sockel gezerrt hatten. Sie hielten Holztafeln mit Namenslisten in den Händen. Sie erinnerten mich an die Sowjetbrigadiere, die 1931 durch unser Haus gelaufen waren. An den jungen Mann mit der Narbe von der Wange bis zum Hals, an den Moment, als Sergej mit der Schaufel eins über die Rübe gekriegt hatte. ›Wenn Sie gewissenhaft und fleißig arbeiten und sich anständig benehmen, werden Sie menschlich und gut behandelt. Stalins Tod wird Russland retten. Die Deutschen werden euch willkommen heißen, euch ernähren und euch Arbeit geben. Wozu unnötig Blut vergießen? Folgen Sie dem Beispiel Ihrer Freunde: Kommen Sie in Frieden auf unsere Seite!‹ Es geht immer um Brot, Lisa, jedes Mal wieder geht es um Brot.«

»Der Krieg war grauenhaft«, sagte Nina zu mir, als wir in Odessa über den Boulevard spazierten. Es war warm, die Sonne stand tief über dem Schwarzen Meer. »Ich war noch ein Baby, ich weiß also nur wenig, kenne nur die Geschichten. Deine Oma arbeitete am Bahnhof, Nusja und Dusja auch. Das war noch vor dem Krieg. Sie riefen Züge aus und verkauften Fahrkarten. Irgendwann kamen die Soldaten der Roten Armee. Sie kontrollierten die Fracht, die tiefer ins Landesinnere geschickt wurde. Manchmal ließen sie etwas mitgehen, um es deiner Oma und ihren Cousinen zuzustecken. Kognak, Parfüm. Und dann, nach einem Tanzabend, waren sie plötzlich fort. Einer der Soldaten hatte noch geflüstert: ›Organisiert euch Salzsäcke. Und grabt größere Keller unter dem Haus. Sie werfen Bomben. Sie zerstören alles.‹ Danach passierte ein paar Tage lang nichts. Manchmal zogen Soldaten durch die Stadt, erschöpft und verwirrt. Dann kamen die Bomber und die Flugzeuge. Tagelang saßen meine Eltern mit uns in unserem ausgegrabenen Keller, wie ich es heutzutage zu Hause auch wieder mache, nachts in Stanzja Luganska, meine ich. Oleg, der beste Freund meines Vaters, suchte Schutz in einem Waldloch, das Loch, in dem er früher Vaters Nähmaschine versteckt hatte. Wir warteten, unsere ganze Familie wartete. Es dauerte. Die Roten hatten die Brücken im Osten gesprengt, die krachten alle ins Wasser. Wie die Brücken heute, komplett eingestürzt. Als die Deutschen dank ihrer Pontonbrücken die Stadt erreicht und sich eingerichtet hatten, fingen sie an, Listen zu erstellen. Schon bald wurden die Kinder nach Jahrgang aufgerufen. Deine Oma ist Jahrgang 1924. Mit achtzehn war sie an der Reihe, im November 1942. Unser Vater hatte noch versucht, sie krankschreiben zu lassen. Er ging zum Arzt und bat ihn, irgendetwas zu tun, damit Aleksandra nicht mitgenommen werden würde. Na ja, das hätte natürlich kein Mensch geglaubt. Im Winter, ich war fast anderthalb Jahre alt, wurde sie deportiert.«

Wir blickten auf das Schwarze Meer. Die Sonne war beinahe untergegangen. Nina trank einen Schluck Wasser aus ihrer zerknitterten Plastikflasche, die sie die ganze Zeit in ihrer Handtasche mitschleppte. Auf dem Betonpier vor uns posierten Mädchen in meinem Alter für Jungs mit Smartphones in den Händen. Die Mädchen machten einen Schmollmund, stellten ein Bein vor das andere, drehten die Hüften, zogen die Bäuche ein und lächelten übertrieben. Nina und ich beobachteten die Jungs, die wie hungrige Hunde um die Mädchen herumscharwenzelten. »Er hat immer gehofft, dass sie nach Hause kommt, Lisa. Das taten wir alle. Er hätte die Lektionen, die er gelernt hatte, nicht vergessen dürfen: In unserem Land, in unserer Familie verschwinden Menschen nun mal und kehren niemals wieder, sie bleiben für immer im Dazwischen.«

Nikolaj hält Aleksandras Hände fest und fädelt sein Stofftaschentuch zwischen ihre Finger. Sein Gesicht ist heute sanft. Lachfältchen ziehen sich von seinen Augenwinkeln zu den Schläfen. Inmitten des Stimmengewirrs stehen sie auf dem Bahnsteig. Überall sind Männer mit Maschinengewehren. Sie stehen an den Gleisen und vor der kleinen Bahnhofshalle. Es geht hektisch zu. Ein Mädchen mit einem Lederkoffer rempelt Aleksandra aus Versehen an. Sie macht einen kleinen Schritt, um mehr Platz zu haben, dreht sich verärgert um. Sie will sich jetzt nicht ablenken lassen, nicht jetzt. Von überall strömen Mädchen auf den Bahnsteig. Sie haben Koffer und Jutesäcke bei sich, mit den Kleidern, die sie gern tragen, und den Dingen, die ihnen lieb sind.

»Wie viele Mädchen passen in so einen Zug?«, fragt sie. »Wir sind doch viel zu viele.«

»Ich weiß es nicht«, murmelt Nikolaj, »ich war noch nicht hier, als sie Mädchen abtransportiert haben.«

Als ein Güterzug einfährt, herrscht Stille auf dem Bahnsteig.

»Ich habe gehofft, er würde sich verspäten«, sagt Anna leise. Sie richtet sich das traditionelle Blumenkopftuch und zieht ihr gutes Kleid zurecht. Sie hat für diesen Tag ihre hübschesten Sachen angezogen. Als würde gleich ein Staatskomitee eintreffen. Der Zug kommt quietschend zum Stehen. Junge Soldaten springen aus den Waggons. Sie salutieren vor ihren Gruppenführern, knallen die Hacken zusammen und zeigen den Hitlergruß. Bei *Heil* schüttelt Anna den Kopf. Nikolaj nimmt den Bahnhof voller junger Mädchen in sich auf, als wollte auch er im Kopf eine Liste erstellen. Er läuft rot an, vom Kiefer bis zur Stirn. Ab und zu zieht er den Mund straff. Ein Soldat macht Fotos. Er steht zwischen den aufgeschobenen Türen eines leeren Waggons und richtet die Kamera auf Mütter, die ihre Töchter umarmen.

»Wie kann er es wagen?«, sagt Nikolaj. »Was will er mit den Fotos anfangen? Sie aufhängen, zu Hause, im Wohnzimmer?«

Aleksandra hört ihm nicht zu. Sie blickt sich um, sucht nach Dusja und Nusja. Sie kann sie nirgends entdecken. In der Ferne sieht sie aber das Nachbarmädchen. Sie winkt, das Mädchen winkt zurück und danach einem Mädchen aus einer anderen Straße zu, das ihrerseits zwei Klassenkameradinnen zuwinkt. Wer bleibt denn hier noch übrig, denkt Aleksandra. Die Alten, die Väter, die in den Fabriken arbeiten, und die Mütter, die für die Deutschen Waffen produzieren?

»Sag mal, Sascha, stand auf dem Flugblatt etwas über Mäntel?«

»Ich habe meinen Mantel an.«

»Und ist er zu schick oder zu normal? Nach welchen Kriterien werden sie dich dort zum Arbeitsdienst aussuchen?«

»Keine Ahnung.«

»Stell den Koffer ab«, unterbricht Anna das Gespräch. Sie betrachtet gehetzt die Plakate, die überall auf dem Bahnhof hängen: Breit lächelnde Sowjetmädchen, die bei deutschen Familien im Haushalt arbeiten oder in einer Fabrik Maschinen bedienen. Es ist gut in Deutschland, heißt es schon seit Wochen, es ist gut bei den Deutschen. Klim ist mit denselben Worten einem deutschen Donkosakenbataillon beigetreten. »Sie sind unsere Rettung«, meinte er, »ihr werdet es sehen.«

Baba Mari erzählte gestern beim Abendessen, dass die Deutschen in einem Dorf ganz in der Nähe alle Häuser abgefackelt hatten. »Menschen, wie dein Onkel, jubeln im Stillen über Stalins Untergang, aber die Faschisten sind keinen Deut besser«, zischte sie, »das erleben wir doch gerade am eigenen Leib.« Sie murmelte ein kurzes Gebet. »Gott schütze uns.« Danach blieb es still am Tisch. Nikolaj zupfte seinen Schnurrbart und blickte Anna müde an. Anna starrte auf ihre Hände, mit denen sie Nina hielt. Nina schlief. Aleksandra wollte sie wecken, um ihre Stimme zu hören, um die Spannung zu brechen. Niemand konnte die Gemüter so aufheitern wie Nina: Gurren und Lachen mit zugekniffenen Augen, sie lachte wie Nastja. Baba Mari war noch grimmiger als damals, als sie den Bauernhof verloren hatten. »Das Land wird wieder einmal geplündert.« Ein Bauer aus dem alten Dorf hatte sich der *Hilfspolizei* angeschlossen. Baba Mari hatte ihn zufällig auf dem Markt getroffen.

»Die blaue Schleife gibt mir die Freiheit und ein bisschen Macht, mich gegen die Kommunisten aufzulehnen«, hatte er ihr zugeflüstert und danach einen vorbeischlendernden deutschen Soldaten mit breitem Grinsen und einem *Sieg haaaaail* gegrüßt.

»Und darauf ist er auch noch stolz«, sagte Baba Mari. »Die Leute meiden ihn. Wer weiß, was die kommenden Jahre bringen, ob er dann der Verräter ist, der Verlierer oder der Sieger. Hier ist es doch immer dasselbe Lied.«

Sie stand vom Tisch auf.

»Schau noch mal in deinen Koffer, hast du wirklich alles eingepackt?«, sagte sie zu Aleksandra, die schon den ganzen Abend wacklige Knie hatte. Baba Mari sagte es, als würde die ganze Familie irgendwohin fahren, wie im Sommer, wenn sie zum Donez gingen, um zu schwimmen. »Hier«, sagte sie und legte das Sticktuch oben auf die Kleider. »Auch wenn du deine Kleider zum Waschen abgeben musst, das Tuch muss immer bei dir bleiben. Nicht verlieren. Dies ist für dich, von mir. Du musst den Stammbaum fortsetzen. Und wieder mit nach Hause bringen.«

Baba Mari hatte eine Nadel in den Stoff gestochen und drei Garnrollen dazugelegt. Aleksandra nickte.

»Gut, schön«, sagte Baba Mari, »und jetzt schließe den Koffer ab.«

Aleksandra betrachtete ein letztes Mal ihre Kleider. Je länger sie aber in den Koffer schaute, desto tiefer wurde er. Gleich würde sie sich ein kleines Treppchen bauen, in der rechten Ecke des Koffers, und dann zusammen mit Baba Mari, Anna, Kolja, Nina und Nikolaj hineinhüpfen. Dann würde der Wind, der durchs Zimmer wehte, den Koffer zuklappen, und die Deutschen würden sie nicht mehr finden.

»Abfahrt in fünf Minuten!«, ruft ein deutscher Offizier.

Nikolaj ergreift Aleksandras Handgelenk. Tränen quellen ihm in den Augen. Dünne Wasserspritzer, die sich in den Wimpern verfangen. Sein Schnauzer wippt mit seiner Oberlippe mit.

»Nicht weinen, weine doch nicht«, flüstert Anna. »All diese Kinder kommen doch wieder nach Hause. Wenn alles vorbei ist, kommen sie zurück.«

Sie nimmt Aleksandra fest in den Arm und holt tief Luft. Ihr wogender Atem streift Aleksandras Rücken und Bauch.

»Anna, Anitschka«, sagt Nikolaj ruhig, »uns bleibt nicht mehr viel Zeit.«

Anna lässt Aleksandra los und die Arme sinken, wie bei einem betrübten Kind, das zum ersten Mal zusieht, wie ein Huhn geschlachtet wird.

»Meine kleine Sascha, mein Mädchen.«

»Mama, ich lebe noch, schau.« Aleksandra zieht an der Haut an ihrem Arm und knetet sie mit Daumen und Zeigefinger. Nikolaj lacht wegen des schelmischen Blicks seiner Tochter, das Mädchen, das im Sommer heimlich tanzen geht und manchmal etwas zu viel Bier trinkt, das die Regeln beugt, wo es nur geht.

»Versprich, uns zu schreiben.«

»Wenn es geht, schreibe ich.«

»Lass uns wissen, dass du gesund bist, wie es dir geht.«

»Ich bin zwar weit weg, Mama, aber nicht verschwunden.«

Ein Soldat schiebt eine Waggontür nach der anderen auf. Ein Mädchen schreit ihre Mutter an, dass sie lieber erschossen wird als einzusteigen, dass sie nicht von zu Hause fort will. Sie zerrt an der Bluse der Mutter, eine Bluse voller Blumen, Blumen vom Kragen bis zur Hüfte, Blumen auf den Ärmeln, als wäre die Frau als Kind mit der Landschaft verwachsen und nur mit Mühe wieder aus der Erde gekrochen, zurück in die Welt der Menschen. Die Mutter schließt ihre Tochter fest in ihre kräftigen Arme, versucht sie so zu beruhigen. Das Mädchen will sich aus dem Griff ihrer Mutter winden, die nun auch heult und schreit. Aleksandra, Nikolaj und Anna beobachten die Szene, die sie wie eine Flutwelle umspült, der sie sich nicht entziehen können. Das Mädchen sinkt zu Boden, presst sich an den Oberschenkel der Mutter, die erschöpft die Hände auf den Kopf ihrer Tochter legt. Nikolaj öffnet seine Hände und betrachtet seine Lebenslinien, die sich mit den Narben vom Nähen und von der Landarbeit vermischen. Die Linien erinnern Aleksandra an Baba Maris Sticktuch.

»Sascha«, sagt er leise. Er nimmt ihr Gesicht in seine Hände.

»Papa.«

»Bleib dort, wenn es besser ist.«

»Wie meinst du das, bleib dort? Baba Mari sagt, ich muss zurückkommen.«

»Und vergiss nicht, dass dein Vater ein Donkosak ist, trage das immer in dir, dass du ein Donkosakenkind bist.«

»In mir tragen?«

»Hör auf deinen Vater«, sagt Anna ernst, »das Volk deines Vaters kann niemand brechen, Donkosaken beugen sich und stehen wieder auf.«

Aleksandra hat das Gefühl, als würde ihre Lunge gegen ihren Brustkorb drücken. Es kommt kein bisschen Sauerstoff mehr in ihren Körper. Jedes Wort, das sie zu ihrem Vater sagen will, vertrocknet und schrumpft. Nikolaj lässt die Arme sinken und küsst Aleksandra auf die Stirn.

»Hack, Hack, Hack! Der Wolf. Weg ist er!«, sagt er.

»Sein Kopf soll rollen«, sagt Anna.

»Sein Kopf soll rollen«, flüstert Aleksandra. Sie stellt sich zwischen ihre Eltern, zieht sie eng an sich.

Der Soldat springt in einen Waggon und ruft, dass es Zeit wird. Aleksandra bleibt stehen und kneift die Augen zu.

»Alle einsteigen«, ruft er. Vorne am Zug knallt ein Gewehrschuss. Aleksandra, Anna und Nikolaj zucken zusammen, Eltern zerren an ihren Töchtern oder schieben sie hastig in die Waggons. Ein Mädchen entkommt dem Gewirr und rennt über die Gleise, Richtung Felder. Wieder knallen Schüsse, das Mädchen sinkt mit einem Schrei zu Boden und bleibt bewegungslos auf dem Gleis liegen.

»Geh, Kind.« Nikolaj schiebt Aleksandra vorsichtig zum Zug. »Wir beten für dich, wir schreiben dir, sobald wir wissen, wo du bist.«

Der Soldat tippt Aleksandra auf die Schulter und deutet mit dem Kopf auf den Waggon.

»Rein da, sofort«, sagt er.

Er nimmt Aleksandras Koffer, will ihn in den Waggon werfen, doch sie packt den Griff und zieht. Fast wäre der Soldat hingefallen.

»Ich geh!«, schreit sie ihm ins Gesicht. »Ich geh ja schon, dreckiger *Njemz*!«

Sie streckt die Hand aus und lässt sich von einem Mädchen nach oben ziehen. Als sie sich umdreht, sieht sie, wie Nusja und Dusja angerannt kommen.

»Hier!«, ruft Aleksandra. Sie winkt. Nusja und Dusja drängeln sich durch die Menge heulender Mütter und Töchter, zu Anna und Nikolaj, die die Hände ausstrecken. Kurz umarmen sie sich. Dann zieht Aleksandra ihre Cousinen in den Waggon. Es riecht muffig, wie im Stall von Dima und Rebus. Einen Moment sieht Aleksandra die mageren Pferde vor sich.

»Das war's«, ruft der Soldat den Menschen auf dem Bahnhof zu und ergreift den Hebel der Waggontür. »Geht jetzt nach Hause.«

Die Waggontür fällt scheppernd zu. Kurzes Rumoren, dann ein lautes Klicken. Aleksandra drückt gegen das Holz. Nichts passiert. Sie versucht es noch einmal, hämmert mit der Faust gegen die Tür. Nusja und Dusja tun es ihr gleich. Die Tür gibt keinen Zentimeter nach.

Aleksandra legt die Hände auf das klamme kalte Holz. Der Winter ist in die Bohlen gezogen. Auf dem Boden liegen Mädchenbeine und –füße übereinander, kreuz und quer. Aleksandra sucht die Hände ihrer Cousinen. Zu dritt sinken sie, mit dem Rücken an der Tür entlang, zu Boden. Sie wackelt ein bisschen auf dem mit Stroh bedeckten Boden hin und her, bis ihr Hintern ein bisschen Platz hat. Im Waggon ist es still. Der Zug setzt sich in Bewegung. Aleksandra stimmt ein russisches Lied an. Irgendwo in der Ecke beginnt ein Mädchen zu weinen.

»Wir müssen singen, dürfen nicht damit aufhören«, sagt Aleksandra.

Ihre Stimme zittert bei der ersten Strophe.

»Erinnerst du dich an das Lied, das Lida, Klawa, Nina und ich an meinem neunzigsten Geburtstag gesungen haben? Dieses Lied sang ich im Zug.« Ich nickte und ergriff Aleksandras Hand. Ich sah sie vor mir, meine Tanten neben meiner Oma, strahlend mit einem Stück Kuchen. Bei der zweiten Strophe standen die drei Schwestern auf. Sie hakten sich unter, zogen Aleksandra von ihrem Stuhl und bildeten einen Kreis auf der Tanzfläche im Partyzentrum in Dordrecht. Langsam und vorsichtig wagten sie zu viert ein Tänzchen, den linken Fuß vor dem rechten schlenkernd, die Fußspitzen zu Boden, die Fersen in die Luft. Ich klatschte im Takt und summte die Melodie mit. Der Rhythmus nahm Tempo auf und der Tanz der vier Schwestern ebenfalls. Sie konzentrierten sich auf ihre Beine, die Schritte und das Gleichgewicht. Ihre Körper wirkten an diesem Nachmittag jünger, sie tranken, als wären sie dreißig, tanzten, wie sie es in ihrer Jugend getan hatten. Als das Lied zu Ende war, umarmten sie einander. »Wir haben es doch immer gewusst. Nichts, was verschleppt wurde, kehrte je zurück. Nicht das Getreide, nicht Sergej. Ich nicht.«

Das Mädchen neben Dusja bewegt sich mit angezogenen Beinen vor und zurück. Die ganze Zeit. Sie summt monoton vor sich hin, sie singt nicht, spricht eher ein langes Gebet.

»Ich will nach Hause«, sagt sie, »zu meinen Eltern. Meine Schuhe sind verschlissen, ich bin den ganzen Weg von meinem Dorf zum Bahnhof gelaufen. Ich sehe für die Deutschen nicht fein genug aus.«

»Meine Cousine hat in ihrem Ausweis ihr Geburtsjahr ge-
fälscht«, sagt ein Mädchen in einer anderen Ecke, »der Jahrgang 1927 wird noch nicht deportiert. Das hätte ich auch
tun sollen.«

»Auch tun sollen? Bist du verrückt?«, sagt ein anderes
Mädchen. »Ein Mann aus meinem Dorf leistete den Deutschen Widerstand, wollte ihnen seine Tochter nicht mitgeben
und rief, dass seine Kinder nirgendwo hingehen würden und
dass sie niemanden zwingen könnten, nach Deutschland
zu gehen. Er wurde zusammengeschlagen und an den Fuß-
gelenken an ein Auto gebunden. Sie schleiften ihn durch
das ganze Dorf. Ich saß zu Hause am Fenster und sah das
Auto vorbeirasen, sein Körper holperte über die Straße wie
ein Fußball.«

Die Mädchen schweigen. Keines summt mehr. Aleksandra schlingt den Arm um den Koffer, der zwischen ihren Beinen steht, und drückt ihn sich an die Brust. Nach einer Weile
schläft sie mit der Melodie des Lieds im Kopf ein. Hin und
wieder wacht sie auf und schaut sich verschreckt um, bis ihr
klar wird, wo sie ist. Es wird Nacht. Die Räder rattern rhyth-
misch, das Tuscheln der Mädchen, die abwechselnd aufwachen,
legt sich leise darüber. Ab und an weint jemand. Draußen fallen Bomben. Die Einschläge klingen weit weg, aber gegen das
Holz des Waggons drücken sie wie ein Luftstrom, der gegen
einen Gegenstand klatscht. Der Atemrhythmus der Mädchen ringsum wird schneller, schleicht sich von den Bäuchen
in die Kehlen. Aleksandra hält sich die Ohren zu und lässt
den Kopf auf ihre Brust sinken, versucht, eine Kadenz in den
Bombeneinschlägen zu finden, ein vorhersagbares Element, erkennt aber kein Muster. Bei jeder Detonation verkrampft sich
ihr Magen. Die Bombenangriffe dauern Stunden und klingen erst ab, als ein wenig Licht durch die Lüftungsluke fällt.
Kurz schlummert sie wieder ein, bis der Zug rumpelnd hält.
Durch das Bremsen purzeln die Mädchen übereinander. Im

Waggon ist es klamm, die Holzwände werden immer feuchter. Während sie einander aufhelfen, mit vier, fünf herbeieilenden Händen gleichzeitig, schieben Soldaten die Tür auf und befehlen ihnen auszusteigen. Nasse Schneeflocken fallen Aleksandra ins Gesicht, reflexartig will sie wieder in den Zug. Dann eben nicht pinkeln, denkt sie.

»Raus! Marsch ins Feld«, schreit ein Soldat sie an. Er schießt in die Luft und deutet mit dem Kolben auf den Acker. Aleksandra hält sich die Ohren zu und springt. Als sie auf dem nassen Boden aufkommt, muss sie sich kurz mit den Händen abstützen, um nicht hinzufallen. Sie weiß nicht, wo sie sich die Hände abwischen soll. Sie will sie nicht am Mantel sauber machen, aber auch nicht an ihrem schwarzen Rock. »Wie dunkel die Erde auch sein mag, wenn sie getrocknet ist, sieht man sie immer«, hat Baba Mari häufig gesagt. Aus der Ferne, dem Westen, naht ein anderer Güterzug. Der fährt heimwärts. Die Mädchen, die schon aus dem Zug gesprungen sind, schauen dem Zug entgegen, der vorbeifährt und aus dem Blick verschwindet. Aleksandra beschließt, sich die Hände an den Strümpfen abzuwischen, an den Oberschenkeln.

»Schlüpfer und Röcke runter!«, ruft der Soldat. »Beeilung, na los!«

Aleksandra geht über das Feld und sucht wie die anderen Mädchen eine geeignete Stelle. Nicht zu nah und nicht zu weit von den anderen entfernt. Sie hockt sich hin, spürt die kalten feuchten Halme an den Waden, riecht die Erde, das Gras. Sie denkt daran, wie sie als kleines Mädchen manchmal am Feldrand pinkelte. »Ob in einem Holzverschlag oder im Gras, ist letztlich egal«, sagte Baba Mari, wenn sie zurückkam. Eigentlich wusste meine Baba alles, denkt Aleksandra, während sie sich nach einem Blatt umsieht, mit dem sie sich abputzen kann. Sie entdeckt ein dunkelbraunes Blatt, ein letztes Überbleibsel vom Herbst. Die Soldaten laufen durch das Feld, betrachten die Hintern der Mädchen und ihre Haare, die zu Kränzen geflochten oder zu einem hübschen Knoten gesteckt sind. Einige Soldaten geben ein paar Mädchen mit den Gewehrkolben einen Klaps auf den Po. Sie lachen laut und übermütig, manche grölen, als würden sie auf einem Sommerfest von einem Mädchen, in das sie verliebt sind, auf die Tanzfläche gezerrt werden. Als ein Soldat in Aleksandras Nähe kommt, zieht sie schnell den Rock herunter.

»Einsteigen«, sagt er gelangweilt und geht weiter.

Wie Tänzerinnen in einer Choreografie machen die Mädchen kehrt. Nusja und Dusja stehen bereits am Waggon, alle Jugendlichkeit scheint ihren Körpern abhandengekommen zu sein, als hätten sie sie zu Hause gelassen, aufbewahrt für ihre Rückkehr. Als die Tür zugeschoben wird, fühlt es sich noch schlimmer an als beim ersten Mal. Tastend sucht Aleksandra ihren Koffer und hält ihn fest. Vorsichtig schiebt sie andere Koffer und Kleidersäcke beiseite, um genug Platz auf dem Stroh zu haben. Ein Mädchen sagt, dass sie sich nicht getraut hat, zu pinkeln. Die Mädchen machen ihr in einer Ecke Platz. Uringeruch verbreitet sich im Waggon.

Nach zwei Tagen lassen Soldaten Aleksandra und die anderen Mädchen aus dem Zug. Drei Soldaten kümmern sich um jeden Waggon. Ein Mann in einer schönen Uniform, der von hohem Rang sein muss, lotst die Gruppen in einer langen Reihe durch ein paar Straßen, bis sie vor einem Krankenhaus anhalten.

»Willkommen in Polen!«, ruft er.

Er deutet auf die Treppe hinter sich, auf der sich einige Schwestern aufgestellt haben. Sie sehen unfreundlich und müde aus. Manche sprechen Ukrainisch, andere Deutsch. Sie winken immer ein paar Mädchen zu sich. Aleksandras Gruppe geht hinein und biegt rechts ab. Die Flure sind hübsch, mit Mosaikböden wie im Theater von Woroschilowgrad. In einer kleinen Kabine müssen sie sich ausziehen und zu den Duschen gehen.

»Kriege ich später meinen Koffer wieder?«, fragt Aleksandra die Schwester, als sie ausgezogen ist. Mit den Händen bedeckt sie Brüste und Scham und nickt zu ihrem Koffer hinüber.

»Den da?«

»Ja.«

»Keine Sorge. Geh duschen.«

Aleksandra stellt sich kurz unter die eiskalte Dusche. Das Wasser riecht nach verfaulten Eiern. Sie fährt sich durchs Haar und stellt sich dann in die Schlange zum nächsten Raum.

»Die Nächste, bitte!«

Auf einem Drehhocker sitzt ein alter Mann in weißer Jacke.

»Hallo«, sagt er.

»Hallo«, antwortet Aleksandra.

»Name?«

»Aleksandra.«

»Aleksandra und wie weiter?«

»Aleksandra Nikolajevna Krasnova.«

»Gut. Aleksandra Krasnova.«

»Ich heiße Nikolajevna Krasnova.«

»Der Vatername zählt hier nicht«, schnauzt er. »Viel zu viel Arbeit. Hier heißt du Krasnova.«

Er leuchtet ihr mit einer kleinen Lampe in die Augen, drückt ihr das Stethoskop auf die Brust, nimmt ihr Kinn zwischen Daumen und Zeigefinger.

»Mund auf«, befiehlt er.

Er dreht ihren Kopf und betrachtet zufrieden ihre Zähne.

»Gut«, sagt er und deutet auf die offene Tür, dann ruft er »Die Nächste, bitte.« Aleksandra zögert kurz, sie möchte den Arzt nach seinem Namen fragen, doch dann schreit die Schwester, sie solle zusehen, dass sie weiterkommt und zwar ein bisschen plötzlich.

In einem zweiten Duschraum muss sie sich noch einmal abbrausen. Das Mädchen neben ihr starrt die Kacheln an und tritt von einem Fuß auf den anderen.

»Was tust du da?«, fragt Aleksandra.

»Ich weiß nicht, was sie von uns wollen.«

»Das wissen wir alle nicht, also einfach mitmachen.«

Die nächste Schwester reibt ihren Körper grob mit einem Puder ein, das ihr auch in die Nase dringt. Sie muss niesen. Eine andere Frau schmiert sie mit gallertartigem Fett ein, das nach nichts riecht. Dann darf sie in den ersten Raum zurück. Der Koffer steht noch da. Sie zieht ihre Kleider wieder an. Sie wurden desinfiziert. Aleksandra läuft zum Platz vor dem Krankenhaus. Der Offizier, der sie dorthin geführt hat, grüßt sie mit einem kurzen Nicken. Aleksandra versucht, ihn mit genauso starrer Miene zu grüßen.

Ein kleiner Laster fährt vor. Der junge Fahrer öffnet die Heckklappe, holt Brote heraus und legt sie auf einen langen Tisch. Dazu stellt er drei Gläser Honig.

»Hier, Butterbrot. Wenn ihr gegessen habt, steigt ihr wieder in den Zug.«

»Allmählich passten sich unsere Körper den Zuständen im Waggon an«, erzählte Aleksandra. »Wir fanden Wege, um uns zusammen auszuruhen, uns zu bewegen und zu wärmen. Ein Puzzle aus Leibern. Die Mädchen, die in den ersten Tagen geweint hatten, waren jetzt still. Wir horchten nur noch auf die Gewehrschüsse, die Bomben. Manchmal weit entfernt, manchmal direkt hinter der Waggontür, wie es uns vorkam. Dann hielt der Zug an und blieb eine Weile stehen, bis er langsam wieder Fahrt aufnahm. Wenn nicht geschossen wurde und es nicht dunkel war, durften wir draußen unsere Notdurft verrichten. In Frankfurt, unserem Ziel, hagelte es. Mir fehlte der weiche Schnee zu Hause.«

Wieder wird sie desinfiziert, diesmal in einem Badehaus. Wieder gibt es dort einen Arzt. Ihn fragt Aleksandra nach seinem Namen.

»Ich bin Doktor Jonas«, sagt der Mann. Er notiert Aleksandras Vaternamen, aber anstelle ihres Nachnamens, und macht Krasnova somit zu ihrem Vaternamen. Als Aleksandra ihn darauf hinweist, kritzelt er flüchtig einen kleinen Pfeil zwischen die beiden Namensteile.

»Ich habe mein Möglichstes getan«, murmelt er.

Dann ergreift er ihr Kinn und bittet sie wie der andere Arzt, den Mund zu öffnen. Wieder angekleidet, muss sie in einen Raum, in dem eine uniformierte Frau hinter einem Schreibtisch sitzt. Aleksandra bekommt eine Schere und ein Stück Leinen. Der Stoff ist mit einem blauen Viereck bedruckt, mit einer weißen Linie und in der Mitte einem blauen Viereck. Darin steht in weißen Buchstaben: OST.

»Ausschneiden«, sagt die Frau.

Die Schere ist stumpf, wahrscheinlich keine Stoffschere, denkt Aleksandra und fragt sich, was ihr Vater von ihr halten würde. Er würde sie öffnen und schließen, ärgerlich die Stirn runzeln und sie mit einem Schleifstein schärfen. Während Aleksandra möglichst gerade an der blauen Linie entlangschneidet, schreibt die Frau mit Kreide eine Nummer auf ein schwarzes Schild. Als Aleksandra fertig ist, reicht die Frau ihr zwei Sicherheitsnadeln. Sie klopft sich auf die Brust, dann auf Aleksandras, die sich daraufhin den Stofflappen an die rechte Brust heftet, aber nicht auf ihr Herz. Aleksandra muss am Schreibtisch Platz nehmen und die Frau gibt ihr ein Blatt Papier mit vier Kästchen: zwei für Passfotos und zwei für Fingerabdrücke. Sie nimmt ihre rechte Hand und drückt Daumen und Zeigefinger in einen schwarzen Tintenschwamm. Nacheinander rollt sie die Daumen und Zeigefinger über das Papier. Dann überreicht sie Aleksandra das Schild und zeigt ihr den nächsten Raum, in dem ein junger Mann hinter einem Fotoapparat sitzt. Er hat glattes blondes Haar und ausrasierte Schläfen. Breitbeinig sitzt er auf einem Hocker, auf dem er sich in aller Ruhe hin und her dreht. Er steckt sich eine Zigarette an und tut so, als halte er ein Schild vor sich. Also hält Aleksandra sich das Schild vor den Bauch und blickt in die Kamera. Der junge Mann drückt den Auslöser.

»So«, sagt er, »ab jetzt brauchst du keinen Namen mehr.«

Auf einem großen Platz müssen sich alle Mädchen wie eine Herde Schafe versammeln. Ihnen gegenüber stehen einige Männer und Frauen. Sie sehen gut aus, tragen lange Pelzmäntel, schicke Hüte und Pelzschals. Von einem Mann in dunkelgrauer Uniform, der die ganze Zeit brüllt, er sei der Lagerführer, erhalten sie eine kurze Instruktion. Zunächst versteht Aleksandra immerzu nur »Führer«, ein Wort, das Baba Mari immer wie *Fjurer* ausgesprochen hat. Aleksandra fragt sich kurz, ob dies der *Fjurer* von den Karikaturen ist, der Mann mit dem kleinen Schnurrbart, der überall in der Stadt plakatiert war und der den Plakaten zufolge vernichtet werden muss. Er ist es nicht. Der Mann, der hier vor ihr steht, trägt einen breiten Schnauzer in seinem aufgedunsenen Gesicht. Als er seine Ansprache beendet hat, werden die Mädchen von dick zu dünn aufgestellt. Aleksandra, Nusja und Dusja landen nicht bei den mageren, aber auch nicht bei den dickeren.

»Bieten!«, ruft der *Fjurer*. Eine Frau hebt die Hand, ruft einen Betrag und deutet auf fünf Mädchen ganz rechts.

»Dienstmädchen«, ruft ein Soldat und die fünf Mädchen treten vor. Danach werden ungefähr vierzig Mädchen an Bauernhöfe, Fleischereien und Bäckereien verteilt. Aleksandra denkt an den Tag, an dem die Möbelstücke aus ihrem alten Haus an die neuen Bauern und die jungen Brigadiere versteigert wurden, die ins Dorf gezogen waren. Sie sieht wieder den Mann mit der Narbe auf dem Wagen sitzen, wie er Witze über Stühle und Tische reißt, wie er gleichgültig die Wandbehänge feilbietet, als wären sie nichts wert, als hätten sie nie jemandem etwas bedeutet. Die neuen Bewohner ihres kleinen Dorfs boten schamlos niedrige Summen. Dann trat der Mann mit der Narbe den Samowar vom Karren, nachdem irgendwer ein paar Rubel bezahlt hatte. Auf dem Platz stehen jetzt noch fünf Männer. Sie tragen Hüte, zwei von ihnen stützen sich auf Stöcke.

»Gut«, ruft der *Fjurer*, »wer von euch *Ostarbeiterinnen* kann ein bisschen Deutsch?«

Aleksandra stupst Dusja in die Seite. Sie treten vor, Nusja folgt.

»Wir sprechen Deutsch«, sagt Aleksandra.

»Aleksandra, Nusja und Dusja waren die ersten Sowjetmädchen auf dem Fabrikgelände in Griesheim«, erzähle ich Nikolaj. »Im Chemielabor im Hauptgebäude lernte sie, Gas aus Kohlen zu wiegen. Sie musste nicht in den Minen arbeiten, nicht wie Hunderte andere Mädchen, die ein paar Monate später ankamen, die jeden Abend niedergeschlagen und kohlrabenschwarz zurückkamen. Woche für Woche wurden sie dünner.«

»Gas wiegen?«

»Ich glaube, das ging in etwa so: Sie nahm ein Stück Kohle, nummerierte es, wog es und notierte das Gewicht. Dann schob sie es in einen Ofen und wog es danach noch einmal. Sie, Nusja und Dusja schliefen im Hauptgebäude auf dem

Dachboden, in der Nähe der Küche. Im November 1942 gab es noch keine Baracken, die wurden erst später gebaut, als immer mehr Sowjetmädchen kamen. Am Ende waren dort fast tausend Zwangsarbeiter aus vielen Ländern. Belgier, Niederländer, Franzosen, Marokkaner, Tschechen. Die Mädchen aus der Sowjetunion lebten auf einem abgeschirmten Gelände. Irgendwann mussten Aleksandra, Nusja und Dusja auch in die Baracken ziehen. Sie, Aleksandra und die anderen, waren *Untermenschen*, die Arbeiterinnen aus den anderen Baracken *Fremdarbeiterinnen*. Die bekamen größere Essensrationen, mehr Lohn, sie durften öfter nach draußen und manchmal sogar nach Hause. Die Baracken waren mit Stacheldraht voneinander getrennt. Oma durfte sonntags ein paar Stunden zum Spazieren raus.«

»Auf den Straßen sah man fast keine Mädchen mehr«, sagt Nikolaj. »Ich hoffte oft, Aleksandra würde auf magische Weise zurückkehren. Wie ein paar deportierte Bauern in den dreißiger Jahren, die von den Zügen nach Sibirien gesprungen waren. Aber sie kam nicht. Und wir hörten nichts. Keine Post, keine Nachricht auf irgendwelchen Umwegen. Die anderen Eltern in der Straße hörten auch nichts. Ich dachte oft an den Tag, als sie am Fenster in unserem Schlafzimmer stand, als die Nähmaschine schon weg war. Manchmal sah ich mich selbst dort stehen, dann suchte ich sie. Mich machte der Gedanke krank, dieses Bild, aber es kam stets wieder, nistete sich in meinem Körper ein, nachdem die Waggontür zugeschoben wurde und der Zug abfuhr. Ich konnte an nichts anderes denken: Hoffentlich überlebt sie das. Und was geschehen würde, wenn nicht, ob jemand Blumen auf ihr Grab legen würde, ob sie überhaupt ein Grab haben würde. Ich aß nicht mehr, hatte keinen Durst. Ich schlief schlecht, wurde zu einer Art Gespenst. Ich konnte nur noch wie ein Hohlkopf in der Fabrik am Fließband stehen. Zu Hause nähte ich. Nur weil ich nähte, wurde ich nicht vollkommen verrückt. Ich änderte

Hosen und stopfte für jeden Strümpfe, fütterte Mäntel, bestickte Hemdkragen, flickte Strickwesten, klebte Schuhsohlen.
Ich verdiente sogar daran, damals im Krieg.«

Volksrepublik Lugansk

Kurz nachdem Kolja den Laden geöffnet hat, kommt ein Mann in einer dicken Jacke mit einem schwarz-orangenem Band am Ärmel hinein. Er ist uns nicht geheuer. Breit ist er. Boxernase. Wir erkennen ihn wieder, er ist am *Tag der Stadt* bei der Parade dabei gewesen. Ihm fehlt ein Backenzahn.

»Sag mal, das hier, gehört das alles Ihnen?«, fragt er.

»Jaja, sicher«, antwortet Kolja, »Waschmaschinen, Ladegeräte, Fernseher, Mikrowellen, Toaster, Mixer, Fernbedienungen. Alles, was Sie hier sehen.«

»Ja, so sagte dein Cousin Witja mir das. Wie's scheint, bist du ein guter Geschäftsmann. Hast du auch Akkus?«

»Hinten. Zwei, drei Stück. Braucht ihr Akkus?«

»Ihr?«

Kolja blickt den Kommandanten überrascht an. Wir betreten den Laden, bemühen uns, nichts umzustoßen.

»Wie meinen Sie das?«, fragt Kolja.

»Wie meinen *Sie* das, Krasnov? So heißt doch Ihr liebes Mütterchen, nicht wahr? Wir sind doch alle ein Volk, hier in der Volksrepublik, oder etwa nicht?«

»Ja … äh, natürlich, Entschuldigung«, stammelt Kolja.

Was will der Mann, denken wir. Haben wir etwas verpasst? Steht Kolja bald doch auf Witjas Seite, schließt er den Laden und greift zum Gewehr? »Es wird da zu gefährlich«, hat Andriy gesagt, »es verschwinden zu viele Menschen. Wir hören eigenartige Geschichten. Pass auf dich auf. Zieh nach Russland oder Deutschland, du musst auf jeden Fall weg. Nimm Nina mit, wenn du kannst.« Kolja hat mit Nina darüber gesprochen, aber sie hat sich geweigert. Das ist mein Land, sagte sie. Da konnten wir nur zustimmen. Dies war ihr Land, das würde sie niemals verlassen.

»Also, wir brauchen Akkus. Es ist kein Kinderspiel, diese Republik aufzubauen, das verstehen Sie wohl.«

»Ich kann Ihnen zwei, drei Akkus geben.«

»Und was ist mit Rubeln?«

»Wo soll ich die hernehmen, Kommandant? Ich habe seit Monaten keine Waschmaschine verkauft. Das letzte größere Geschäft war eine Kombi-Mikrowelle mit einem Kratzer in der Scheibe. Da musste ich noch Rabatt geben.«

Kolja wirft einen Blick auf das Abzeichen auf der Brust des Kommandanten: ein doppelköpfiger Adler. Er schaukelt sanft bei jedem Atemzug des Kommandanten. Der schüttelt mit gespieltem Mitleid den Kopf.

»Ach, Nikolaj Aleksandrewitsch, so heißen Sie doch?«

Kolja nickt.

»Schön. Schöner Name. Passt zum Land. Und das Land verändert sich, Nikolaj. Das geht aber nicht einfach mir nichts, dir nichts. Veränderungen sind schwer, für jeden von uns. Ich nehme die drei Akkus gern mit. Das reicht für heute.«

Kolja geht nach hinten und holt sie. Der Kommandant nickt zufrieden und bringt sie zu seinem Jeep.

»Sollte ich mehr brauchen, komme ich wieder«, ruft er noch.

Wir beobachten Kolja. Er lehnt sich über den Ladentisch.

»Ich nehme an, ich habe keine Wahl, schließlich ist es für die Republik?«

»Guter Mann, Nikolaj Aleksandrewitsch, Sie sind ein guter Mann.«

Palast des verlorenen Donkosaken

»Es verging nur wenig Zeit zwischen ihrer Deportation und der Befreiung unserer Stadt. Drei Monate nur«, sagt Nikolaj. »Es dauerte noch ein Jahr, ehe Deutschland in Russland kapitulierte. Wir wohnten mittlerweile in einem anderen Haus, in der Bahnhofstraße, noch näher an den Gleisen. In der Siedlung Stanzja Luganska oberhalb von Woroschilowgrad. Fast täglich nach der Rückeroberung unseres Gebiets wurden italienische und deutsche Kriegsgefangene in Güterzügen abtransportiert. Wenn sie nach Hause durften, müssten unsere Mädchen doch auch bald zurückkommen, dachte ich. Jedes Mal, wenn ich einen Zug aus dem Westen ankommen hörte, lief ich zum Bahnhof. Wenn ich nachts auf dem Bauch lag, konnte ich die herannahenden Züge spüren. So schlief ich nur noch auf dem Bauch, um sofort aufspringen zu können. Anna hatte nichts dagegen. Sie half mir sogar in den Wintermantel, jedes Mal wieder. Ich wartete, bis der Zug hielt, presste mein Ohr an die Waggontüren, hoffte auf Mädchenstimmen. Den Maschinisten bat ich, ob er die Türen öffnen könnte. Nie stieg jemand aus. War ich nicht auf dem Bahnhof, schneiderte ich Kleider. Manchmal wurde ich zur Fabrik gerufen, um Reparaturarbeiten durchzuführen. Wenn ich dort eintraf, wusste ich nicht, wo ich anfangen sollte. Am Ende des Tages fühlte es sich an, als hätte ich gar nichts getan. Im Rathaus in der Innenstadt von Woroschilowgrad fragte ich manchmal, ob es Neuigkeiten von den deportierten Mädchen gab, ob sie irgendetwas gehört hatten. Niemand wusste etwas. Das Rathaus hing voller Zettel von Eltern, deren Kinder verschleppt worden waren, und von Kindern, deren Eltern oder ihre Brüder oder ihre

Schwestern verschwunden waren. Sie hatten unüberlegte Mitteilungen geschrieben, mit einem einzigen Foto versehen und sie mit Reißzwecken an ein großes Anschlagbrett befestigt. ›Tatjana, wenn du je nach Hause kommst, ich wohne jetzt eine Straße weiter, Haus sechs, Nummer fünf. Ich warte auf dich, deine Mutter Marija.‹ Ich brachte es nicht übers Herz, dort etwas aufzuhängen, es fühlte sich an wie ein Todesurteil. Anna tat es dennoch. Sie schrieb eine sachliche Nachricht, fast im Telegrammstil: ›Wir suchen unsere Tochter Aleksandra. Am 18. November 1942 wurde sie mit einem Zug nach Deutschland transportiert, um dort in einer Fabrik zu arbeiten. Ihre Cousinen Dusja und Nusja waren bei ihr. Wir wissen nicht, wohin man sie gebracht hat. Sollten Sie etwas hören, wir wohnen in der Voksalnaja Nummer 2 in Stanzja. Anna Krasnova und Nikolaj Krasnov.‹ Wir sahen zu, wie der Zettel in den Monaten an der Pinnwand allmählich verblasste. Manchmal verschwand er hinter einem anderen Zettel, den ich dann an eine andere Stelle hängte. Im Frühling 1949 verschwand das Brett, als wäre es vorbei und alles wieder gut. Ich wurde krank und immer kränker. Ich hatte immer schon eine schwache Lunge gehabt, Schuld war die Arbeit mit den Pelzen, und immer schon gehustet, jetzt aber wurde es ernster. Sie fanden einen Stoffknäuel in meinem Magen, den holten sie heraus, aber gegen den Husten und die Atemnot konnten sie nichts tun. Ihre Lunge ist nicht zu retten, sagten sie. Zwei Jahre später, als ich draußen nur noch kleinere Entfernungen zurücklegen konnte und viel im Bett lag, klopfte Dusja bei uns an. Anna öffnete die Tür und sank zu Boden. Wir dachten, Dusja wäre tot, genau wie Klim. Sie war schmal, die Augen lagen tief in den Höhlen. Alt sah sie aus. Sie setzte sich an mein Bett und legte ihre Hand auf meine. So verharrten wir eine Weile. Sie sagte, es täte ihr leid, dass sie es sei und nicht Aleksandra. Ich sagte, das sei nicht schlimm, doch gleichzeitig auch schrecklich. Wir mussten lachen. Dann gab sie mir ein Foto von Aleksandra. Sie sieht hübsch aus. Glücklich. Es sind auch zwei Jungen auf dem Foto. Der eine sitzt auf ihrem Schoß, der andere steht neben ihr. Beide tragen Matrosenanzüge und haben dunkles Haar, wie ich. Aleksandra hat erwachsene Augen. Sie sind nicht mehr so verspielt.«

»Auf die Rückseite hatte ich etwas geschrieben«, sagte Aleksandra. »Ich denke an euch, ihr fehlt mir. Papa, weißt du noch, was du gesagt hast, als ich in den Zug gestiegen bin? Sobald ich kann, besuche ich euch.«

Sie las den Brief, in dem Nikolaj sie fragte, wann sie kommen würde, der Brief, in dem stand, dass es den Leuten von der Nummer 12 nicht gut ging.

»Zwei Jahre später war mein Vater tot. Ich dachte immer, wir hätten noch Zeit. Eigentlich war das sein Abschiedsbrief.«

Nikolaj seufzt.

»Es war für sie nicht leicht, heimzukehren«, sage ich, »das weißt du doch, oder?«

»Jaja«, murmelt Nikolaj, »ich hatte nur gehofft, sie würde es probieren.«

»Sie hätten aus ihr eine Kollaborateurin machen können.«

»Dann hätte ich sie zu Oleg gebracht. Das hatten wir so vereinbart, gleich nach der Befreiung 1943.«

Wir gehen eine imposante Treppe hinauf. Ich denke an die Grube im Wald hinter Olegs Haus. An die Hirsche, wie sie den kalten nassen Unterschlupf meiner Oma umrunden, die sich dort über Jahre hätte verstecken müssen. Ich denke an meine Onkel, die beiden Jungs, die dann in Olegs Haus gelebt hätten, wie Eindringlinge in einer grausamen Geschichte. Die, wie meine Oma vorher auch, aus ihrem Land fortgeholt worden wären.

»Als sie zum zweiten Mal nach Hause fuhr, ich glaube, das war 1978, traf sie zufällig eine Frau aus ihrer Baracke«, sage ich und lasse meine Hand über das Marmorgeländer der Treppe gleiten.

»Aleksandra spazierte eines Nachmittags mit meiner Mutter und meiner Tante Anna an einem Nebenfluss des Donez entlang. Am anderen Ufer saß eine Frau. Allein auf einer Bank, eine Korbtasche vor den Füßen. Die Frau war sehr schmal, in der Sonne nahezu durchsichtig.«

Aleksandra watet mit Anna und Marie durchs Wasser. Der Fluss fließt träge dahin. Das Wasser ist lauwarm, der Schlamm bleibt zwischen den Zehen kleben.

»Der Fluss ist nicht mehr so tief wie früher«, sagt sie. »Es hat sich hier so viel verändert, früher rannte ich stundenlang über die Hügel, spielte Krieg. Ich war die Ärztin, die all meine Freunde verarztete. Das Pferd von Vaters bestem Freund Oleg ist einmal ausgebüxt und hat sich tagelang nicht blicken lassen. Irgendwann kam es wieder, war ganz ruhig, aber völlig verdreckt, kleine Zweige in der Mähne. Es hat sich von selbst wieder hinter den Gartenzaun gestellt. Jetzt sind die Hügel abgetragen, nichts ist mehr übrig.«

In der Ferne, entlang der geraden Linien der Landschaft, rauchen Schlote. Die Frau am gegenüberliegenden Ufer ruft etwas.

»Schura! Schura, bist du das?«

»Ma, die Frau ruft dich«, sagt Marie, die unbeholfen durch das flache Wasser stapft.

»Schura, komm mal rüber!«

Aleksandra hat diesen Kosenamen so lange nicht mehr gehört, dass sie beinahe nicht darauf reagiert.

»Ich komme«, ruft sie schließlich und geht eilig ans Ufer. Sie trocknet sich die Füße, zieht sich die Keilabsatzschuhe an und läuft über die schmale Brücke. Je näher sie der Frau kommt, je weniger glaubt sie, sich an sie erinnern zu können.

»Entschuldige, aber ich kenne dich nicht«, sagt sie und setzt sich auf den Rand der Bank, möglichst weit von der Frau entfernt.

»Ich bin Natasja«, sagt die Frau leise. »Natasja, wir waren in derselben Baracke. Ich kam später, mit einem anderen Zug, als es die Baracken schon gab, als du noch mit deinen Cousinen auf dem Dachboden geschlafen hast.«

Eine Weile sitzt Aleksandra schweigend neben der Frau. Sie blickt sich um, die abgetragenen Hügel, der träge fließende Fluss. Sie betrachtet Natasjas Hände und erkennt die Narben: Natasja hat sich an einem Tag an der beschädigten Ecke des Esstischs ihre linke Hand fürchterlich aufgerissen. Alle in der Baracke schürften sich an dieser Ecke auf. Bei der Einrichtung der Baracke, wenn man denn von einer Einrichtung sprechen kann, war der Tisch zu hastig hineingetragen und beschädigt worden. Natasja legt die rechte auf die linke Hand, verbirgt die Narben.

»Doch, ich kenne dich«, gibt Aleksandra zu. »Wie ist es dir ergangen?«

»Ich bin zurückgekehrt, du nicht?«, fragt sie.

»Nein, ich bin in die Niederlande gegangen. Mit meinem damaligen Mann, mit meinem Sohn Peter.«

Natasja rückt näher und klopft auf den Platz neben sich. Sie ist genauso lieb und bemutternd wie damals, als sie den kleinen Peter durch die Baracke trug, wenn sie an der Reihe war, auf die neugeborenen Kinder der *Ostarbeiterinnen* aufzupassen. Aleksandra erinnert sich an das Kinderlachen, das sie hören konnte, wenn sie das Fenster im Labor öffnete. Sie sieht Natasja vor sich, am Ende eines Arbeitstages, zwischen Babys und Kindern, die alle verrückt nach ihr waren.

»Schau da drüben, das sind zwei meiner drei Töchter«, sagt Aleksandra. »Anna habe ich nach meiner Mutter genannt. Sie ist zum ersten Mal hier.«

Natasja deutet auf ihren Sohn, ein dünner Junge in einer schwarzen Badehose, der auf einem Handtuch liegt und regungslos vor sich hinstarrt.

»Es ist schwierig, für ihn zu sorgen«, sagt sie, »als ich zurückkam, wurde ich fast sofort nach Sibirien geschickt. Ich hatte gerade entbunden, und schon mussten wir los. Mein Mann, mein kleiner Sohn und ich. Da saß ich wieder in einer Baracke. Wir arbeiteten wie die Tiere. Ich hackte ohne Handschuhe Holz, bog Eisen mit veralteten Maschinen, aß wenig. Wir bekamen in Sibirien noch weniger als in Deutschland. Ich schlief in allen Kleidern, die ich besaß. Es gab Etagenbetten, aber zu wenige Matratzen. Es war so kalt, Schura. Anfangs wärmte ich mich noch etwas an der Sonne auf, aber bald half das auch nicht mehr. Ich ließ es bleiben, Menschen in die Baracken zu tragen, ließ es, längere Tage zu machen, ließ es, Brot zu stehlen. Irgendwann, einfach so, durften wir gehen. 1954. Stalin war schon fast ein Jahr tot. Der Zug, der mich nach Hause brachte, war voll weinender und lachender Menschen. Ich musste sechs Mal umsteigen. Dann kam ich hier an, auf diesem verfluchten Bahnhof. Und ich hatte nichts. Kein Grundstück, kein Haus, keine Haustür, kein Bett. Und weißt du, was das Schlimmste ist, Schura? Du kommst zurück, und keiner fragt dich etwas. Alle wussten, wo ich gewesen bin, und niemand stellte eine Frage. Hier wurden Hunderte Mädchen deportiert, und alle wussten es. Aber niemand sprach darüber, ach was, spricht darüber. Ich wünschte, ich könnte dir meine Geschichte geben, all meine Worte, Gedanken, die Bilder, die mir nachts durch den Kopf geistern. Dass du sie mitnehmen könntest, fort von hier, raus aus der Sowjetunion.«

Je länger Aleksandra Natasja betrachtet, desto mehr fallen ihr die Löcher in ihrem Rock auf, und wie mager sie ist, wie eingefallen die Wangen, wie dumpf die Augen. Die untergehende Sonne zeichnet tiefe Furchen in ihr Gesicht, wie die Risse in der trockenen Schwarzerde im Sommer.

»Ich fuhr zum Fabrikgelände«, erzähle ich Nikolaj. »Bevor ich hierher kam, wollte ich sehen, wo sie gearbeitet hatte. Noch bevor die Amerikaner in Frankfurt ankamen, hatte man die Werkstore geöffnet und den Strom am Stacheldraht ausgeschaltet. Sie durften gehen. Aleksandra blieb noch eine Weile in Deutschland, auf dem Land bei einem Bauern und seiner Frau, schließlich fuhr sie per Schiff in die Niederlande. Ich finde das lustig, per Schiff! Als wäre sie schon damals mit den Traditionen unseres Lands vertraut gewesen, mit all dem Wasser. Und dann wohnte sie auch noch am Meer und irgendwann auf einer Insel.«

Schweigend sitzt Nikolaj neben mir auf der Treppe zum nächsten Stockwerk. Er nickt und nickt, während ich erzähle. Ich halte seine Hand.

»Ich machte Aleksandras Reise umgekehrt, fuhr per Schiff nach Deutschland. Und weiter, immer Richtung Osten, um irgendwann an Koljas Grab zu stehen und euer altes Dorf zu besuchen. Am ersten Abend, ein paar Stunden, nachdem ich mich von meiner Mutter im Hafen von Dordrecht verabschiedet hatte, saß ich auf dem Achterdeck und sah ein kleines Schiff vorbeifahren. Die Sonne ging langsam unter. Die Menschen waren altmodisch gekleidet. Zwischen ihnen stand Aleksandra, mit meinem Onkel Peter auf dem Arm, der kleine Peter, der während der Bombenangriffe geboren wurde. Sie sah dünner, erschöpfter und erwachsener aus als auf dem Foto aus dem Jahr 1939. Die kleinen Wellen, die unsere Schiffe machten, schwappten ineinander. Ich winkte, sie bemerkte mich nicht. Sie stand neben ihrem ersten Mann auf dem Achterdeck. Er hatte dunkelbraunes Haar, geschorene Schläfen. Ich schaute ihr hinterher und sah, wie sie Peter in ihren Armen wiegte.«

»Ich sprach mit Peter leise Russisch und Ukrainisch«, sagte meine Oma. Sie zeigte mir das erste Babyfoto meines Onkels, das drei deutsche Frauen aus dem Labor in Griesheim aufgenommen hatten. »Sie fanden ihn ein so hübsches Kerlchen. Er war schon als Baby ein Charmeur.« Dann drehte sie sich um und betrachtete das Foto auf der Anrichte, das letzte Foto von Peter. Er hatte denselben Ausdruck: erstaunt und lässig. »Wir entfernen uns immer weiter von meinem Mutterland, sagte ich damals auf dem Schiff zu Peter. Ich erzählte ihm alles über mein Land: von der Weite, wie groß es ist, schön. Dort wächst viel Getreide, es gibt Tiere, rote Tomaten im Sommer, Melonen. Manchmal wird abends musiziert, die Menschen tanzen. Es gibt Honig und Milch, man trägt an besonderen Tagen weiße Leinenkleider, mit schwarzen und roten Stickereien auf Kragen und Ärmeln, bei Festen haben die Mädchen Blumenkränze im Haar. Ich habe einen Vater und eine Mutter, Nikolaj und Anna. Meine Mutter ist russisch-ukrainisch, mein Vater ein Donkosak. Ich habe einen Bruder, Kolja, das ist die Abkürzung von Nikolaj, aber weil er der junge Nikolaj ist, nennen wir ihn Kolja. Er hat wie mein Vater dunkle Augenbrauen und ebenso schönes schwarzes Haar. Ein Jahr, bevor ich nach Deutschland musste, wurde Nina geboren. Sie hat dieselben blauen Augen wie du. Du hast schon viel Familie in dir.«

Ich drücke Nikolajs Hand, versuche, mir das Fabrikgelände vor Augen zu holen.

»Über einen Gehweg und an zwei Schlagbäumen vorbei ging ich zu einem Gebäude, in dem sich ein Informationsschalter befand. Hinter dem Schalter saß ein Mann mit runder Brille. Sein Bauch wabbelte ein bisschen über den Hosenbund. Der Mann beobachtete, wie ich die Broschüren im Wandregal studierte. Ich wollte ihm sagen, dass es sich nicht besonders toll anfühlte, hier auf diesem Gelände zu sein. Dass ich auch sehen konnte, dass nichts mehr so wie damals war, dass Griesheim ein entsetzlich langweiliges Dorf war, mit seinen geharkten Beeten und betagten Männern auf Bänken, die miteinander Schach spielten oder Tee aus einer Thermoskanne tranken und auf den Fluss schauten. Stattdessen sagte ich: ›Hallo. Ja, wie soll ich – meine Oma ist hier *Fremdarbeiterin* gewesen. Früher. Sie kam aus der Sowjetunion. Bei der Griesheim-Elektron, also irgendwie IG-Farben, ich weiß, so heißt das jetzt nicht mehr, und bestimmt steht auch kaum noch eine Mauer aus der Zeit, aber ich suche Dinge. Dinge von damals. Fotos, Papiere, irgendetwas. Dinge von ihr.‹ Der Mann lächelte. Er beugte sich unter seinen Schreibtisch und stöberte. ›Alles wurde dem Erdboden gleichgemacht‹, antwortete er, ›alle Papiere sind verbrannt.‹ Er fuhr mit seinem Schreibtischstuhl hinter dem Schalter hin und her. ›Warte, nee, hier ist es.‹ Er kam wieder nach oben und klickte auf seinem Computer herum. Ja, ein Computer, Nikolaj, eine Maschine, mit der man sehr vieles recherchieren und speichern kann, Listen, Fotos, Dokumente. Der Mann bückte sich wieder unter seinen Schreibtisch und kam mit einem Stadtplan wieder hervor. Den hatte er gerade ausgedruckt. Er legte das Stück Papier zwischen uns und kringelte mit grünem Stift leeres Brachland ein. ›Hier müssen die Baracken gestanden haben‹, sagte er. Zusammen studierten wir den Plan mit den Kreisen. Draußen sah ich enorme Rauchwolken, die aus den Schlo-

ten qualmten, vorbeifahrende Lastwagen, Männer in Arbeits-
anzügen und mit Klemmbrettern unterm Arm. ›Kannst du
mitnehmen‹, sagte er und klopfte mit der Unterkante seines
Stifts auf den Ausdruck. Ich verließ das Gelände, bog rechts
ab. Links von mir lag der Fluss. An den Stellen, die der Mann
eingekreist hatte, machte ich Fotos. Danach lief ich zurück
zum Fluss, in dem Aleksandra sonntagnachmittags mit anderen Mädchen gebadet hatte. Das Wasser war spiegelglatt.
Griesheim machte kaum Geräusche.«

Volksrepublik Lugansk

26. MÄRZ 2015

Der Kommandant ist wieder da. Wir haben keine Lust auf ihn. Wir haben ihn die vergangenen Wochen hier in der Gegend beobachtet. Er ist ein Barbar. Überall findet er Menschen, die er drangsalieren kann. Er bedroht sie, lässt ihnen von Soldaten auf den Zahn fühlen, erpresst sie. Der fehlt uns hier gerade noch. Er stößt schwungvoll die Ladentür auf und breitet die Arme aus, als würde er eine Kneipe betreten, wo all seine Freunde am Tresen sitzen.

»Kolja Aleksandrewitsch! Wir brauchen WLAN-Verstärker. Und Verlängerungskabel. Sehr lange. Für die Schützengräben«, sagt er, »jetzt wird es ernst. Ohne Internet sind wir nichts.«

»Ich habe fünf Stück«, sagt Kolja.

»Ich will sie alle zum Preis von dreien«, sagt der Kommandant.

»Dann mache ich keinen Gewinn«, murmelt Kolja. »Das geht nicht.«

Der Kommandant sieht ihn schweigend an, stopft Daumen und Zeigefinger in den Mund und pfeift wie ein Hooligan im Fußballstadion. Binnen fünf Sekunden steht ein Mann im Laden. Über die Mitte seines Kopfes verläuft ein langer Streifen blondes Haar, der hinten zu einem Knoten gebunden ist. Kolja kennt ihn. Er ist ein Jugendfreund von Witja und ihm.

»Vova, du auch hier?«

»Kolja, wir brauchen das Zeug. Kapiert?«

»Ja, das kapiere ich schon. Aber ich muss Gewinn machen. Ich muss essen und Benzin bezahlen.«

»Als ob du heutzutage überhaupt etwas verkaufst, außer an uns«, schnaubt Vova. »Keiner hat mehr Geld. Menschen tauschen Kartoffeln gegen Tomaten ein, verrückt. Sei froh, dass du etwas für uns tun kannst. Wir werden nämlich immer wiederkommen, auch wenn es vorbei ist.«

»Ach ja? Und wann ist das? Niemand erkennt diese Republik an. Nicht einmal euer Freund Russland. Obwohl selbst euer Geld von dort kommt. Vielleicht brauche ich eure Rubel ja gar nicht.«

Der Kommandant schüttelt den Kopf und bedeutet Vova, sich hinter die Ladentheke zu stellen. Vova schaut Kolja einen Moment an, dann tut er, was von ihm erwartet wird. Er zwängt sich an Kolja vorbei, sieht unter die Theke und zieht ein paar Schubladen auf. Uns erschreckt seine Grobheit. Anscheinend hat er vor gar nichts Respekt. Sind das die neuen Führer unseres Grund und Bodens?

»Witja wird es nicht so toll finden, dass sein Cousin uns nicht hilft. Du bist doch von hier, warum glaubst du nicht an unsere Republik?«

»Habe ich auf dem Maidan protestiert? Bin ich etwa geflohen? Jede Woche verkaufe ich euch irgendetwas mit Rabatt. Ich kämpfe nicht, aber dafür habt ihr Witja. Ich habe gehört, dass er unseren Bruder in Odessa angerufen und ihm gedroht hat, ihn abzuknallen, wenn er sich hier blicken lässt.«

»Recht hat er. Was für ein Verräter. Schick in den Westen ziehen und dort den modernen Mann raushängen lassen.«

»Unser Cousin Andriy hat uns immer geholfen, wenn wir etwas nötig hatten. Ich habe Witja übrigens schon seit Monaten nicht gesehen. Das letzte Mal war er sturzbetrunken, bei irgendeinem Protest in der Stadt, soll das die Zukunft sein?«

Der Kommandant seufzt und blickt mit seinen blauen Augen dramatisch zur Rasterdecke.

»Hör zu. Du bist ein guter Mann. Das ist mir schon beim letzten Mal aufgefallen. Ordentlich gekleidet. Aufgeräumt.

Du verstehst Dinge, pfeifst auf Regeln. Vor ein paar Monaten haben wir für Veränderungen gestimmt und die wollen wir jetzt umsetzen. Das weißt du. Du kommst aus dem Donbass. Der Donbass braucht uns jetzt alle.«

»Ach was, wofür konnte ich denn schon abstimmen?«, fragt Kolja erbost.

»Hm?«

»Du weißt, was ich meine. Es gab keine Wahl.«

Vova hämmert auf verschiedene Tasten der Kasse, aber nichts passiert. Der Kommandant legt jetzt die Hand auf den Gewehrkolben.

»Wo sind die Sachen?«, ruft Vova.

»Hinten.«

Vova schaltet die Taschenlampenfunktion seines Handys ein und tritt gegen die Schwingtür zum Hinterzimmer. »Hier hinten irgendwo, ja? Tipp schon mal ein: drei WLAN-Verstärker. Die anderen beiden kannst du ja als defekt verbuchen. Oder als geklaut, mir egal. Witja wird sich freuen.«

»Ich rechne lieber vier ab. Ich habe eine Frau und zwei Kinder.«

»Das wissen wir«, sagt der Kommandant, »Larissa, Marija und Anja. Deine Frau teilt hübsche Fotos im Internet. Vor allem an Ostern und am 1. Mai. Das Foto von euch an Igors Grab hat mir gut gefallen. Hatte der uns gegenüber nicht auch so eine große Klappe?«

»Er hat immer hart gearbeitet. Man hat ihn mit einem Gürtel um den Hals gefunden.«

»Aha, ja. Na, wir haben etwas anderes gehört. Nun gut, richtig oder falsch, wir werden es nie erfahren. Du kannst es jetzt für ihn gutmachen.«

Kolja tippt den Betrag für die drei WLAN-Verstärker ein und lässt den Bon aus der Kasse rollen. Hinter ihm hört er Vova Regale umreißen und zetern. Kolja schiebt den Bon über die Ladentheke. Der Kommandant faltet das rechteckige

Stück Papier vier Mal zusammen und steckt es in die Brusttasche. Und auf dieser Brusttasche entdecken wir das Abzeichen eines weißen Hirschen. Neben dem schwarz-orangenen Abzeichen mit dem Doppeladler. Der Hirsch hat einen goldenen Pfeil im Rücken.

»Der Hirsch schmückt das Grab meines Großvaters und meines Urgroßvaters«, sagt Kolja.

»Das ist schön«, sagt der Kommandant, »dann standen wenigstens sie auf der richtigen Seite.«

Mit einem Knall gegen die Tür kommt Vova mit den fünf WLAN-Verstärkern zurück. Er gibt Kolja einen Stoß in den Rücken und läuft dann schnell dem Kommandanten hinterher, der ihm die Ladentür aufhält.

»Für die Söhne der Ehre und Freiheit!«, ruft Vova, bevor er ins Auto steigt.

Das Gebäude wird schmaler, als wären wir Fische, die langsam in eine Reuse schwimmen. Wir scheinen langsamer voranzukommen. Nikolaj öffnet eine Tür zu einem engen Treppenhaus. Ich schaue durch das Geländer nach oben. Ich zähle bestimmt zwanzig Stockwerke.

»Du brauchst ihn übrigens nicht Onkel nennen. Mach es wie wir früher in unserem Dorf, sag einfach Bruder.«

Als Nikolaj das Wort »Bruder« ausspricht, dreht sich mir der Magen um. Mir wird schwindlig. Ich klammere mich an das Treppengeländer, kneife die Augen zu und stehe wieder in der Kathedrale von Odessa. Draußen im Klosterhof horte ich Passanten. Verglichen mit der drückenden Luft in der Stadt war es hier kühl. Bei einer Nonne kaufte ich eine lange, schmale Kerze. Fünf Hrywnja. Priester mit Plastiktüten kamen in die Kirche, sprachen kurz mit ein paar

Frauen auf den Sitzbänken und verschwanden dann hinter einem Holzverschlag. Ein sanfter Seewind wehte über das Gelände. Ich hörte die Wellen des Schwarzen Meers gegen die Klippen am Stadtrand klatschen. Schon vier Tage war ich in dieser brütend heißen Stadt. Sie war eine Art Labyrinth, ständig verlief ich mich. Ich war bei der Potjomkintreppe gewesen, bin gebückt durch die schmalen Gassen gegangen, habe das Denkmal von Puschkin gestreichelt, bin über einen zwielichtigen Containermarkt spaziert und habe vor allem jeden Tag viel gegessen und getrunken. Jeden Tag musste ich essen, als gäbe es kein Morgen. Nach den touristischen Orten haben Nina und Klawa mich zu diesem entlegenen Winkel mitgenommen. Die Wanderung in dieser Gluthitze dauerte fast drei Stunden. Die Außenbezirke waren chaotisch, anders als die Hochhaussiedlung, in der Klawa lebte. Ihre Wohnung lag direkt gegenüber einer Kaserne, wodurch es dort gepflegter war. Die Häuser hier waren nur einstöckig. Sie waren eingezäunt und hatten einen kleinen Gemüsegarten. Alte Leutchen werkelten mit Harken und Schaufeln in der Erde, streichelten ihre Katzen und tranken Tee und frischen Saft, während sie auf ihren Holzschemeln saßen.

In hohem Tempo gingen Nina und Klawa vor mir auf ihren Absatzschuhen her: kurvten über Straßen und Gehwege voller Schlaglöcher. Mit jedem Schritt, dem wir dem Kloster näher kamen, wurden sie stiller. Als wir die Einfahrt zum Kloster entlanggingen, fielen mir die vielen Eltern mit uniformierten Söhnen auf, die ebenfalls dorthin pilgerten. Sie hatten ihre Hände auf die Rücken ihrer Jungen gelegt, schoben sie durch das Klostertor. Nina schüttelte den Kopf, als sie die jungen Männer sah.

»Es sind so viele«, sagte sie, »bald marschieren sie wieder durch meine Straße.«

Klawa legte ihr die Hand auf die Schulter.

»Lass uns auch für sie eine Kerze anzünden«, sagte sie.

»Wofür, für eine gute Reise?«, schnaubte Nina.

»Nein, dafür, dass es bald aufhört.«

Ich lauschte ihrem Gespräch, dem Russisch von Klawa, dick und voll, und von Nina, die manchmal etwas auf Ukrainisch einwarf. Klawa, die Städterin, die moderne Sowjetfrau, eine Frau des neuen Landes, und daneben Nina, die Bäuerin geblieben war wie ihre Eltern und Vorfahren. Eine Frau der schwarz-roten Erde. Bevor wir durch das Tor voller Heiligenfresken gingen, knoteten mir meine Tanten ein Blumentuch um mein Haar, das sie morgens geflochten hatten. In Klawas kleiner Chruschtschow-Wohnung hatte ich mich mitten im Wohnzimmer auf einen Stuhl setzen müssen. Nina auf dem Sofa trank Tee und gab Tipps. Klawa kämmte meine Haare, ruhig und gründlich. Nach jedem Bürstenstrich streichelte sie mir über den Kopf. Sie sprach russisch mit mir, so leise, als spräche sie nicht zu mir. Vielmehr sang sie, als wäre es egal, ob ich das Lied verstand. Durch die geöffnete Balkontür drangen die Geräusche von der breiten Straße herein. Manchmal fuhr eine Straßenbahn vorbei, Autos hupten, der Gemüsemann an der Ecke rief, dass die Erdbeeren heute besonders süß wären. Ich betrachtete die rosafarbenen Pantoffeln an meinen Füßen. Meine Zehen ragten über den Sohlenrand. Über dem Sofa hing ein Gemälde mit einer ukrainischen Landschaft: goldenes Land, blauer Himmel. Daneben eine Fahne mit einer Windmühle, Wolken und das Wort »Holland«. Ich musterte mein Spiegelbild in den Glasscheiben der Schrankwand. Ich betrachtete mich in den klaren Glasscheiben, sah meine verschwommenen Konturen in dem glänzend lackierten Holz. Hinter meinem Spiegelbild im Schrank standen Klawas Schätze: Kristallkugeln von Swarovski, Fotos meiner ukrainischen Cousins und Cousinen, Geburtstagsfotos vom niederländischen Familienzweig, ein Porträt von Klawa und ihren Schwestern, aufgenommen in dem Sommer im alten

Woroschilowgrad. Sie schauten ein wenig mürrisch drein. Nur meine Großtante Lida lachte breit, wie sie es auch bei Aleksandras neunzigstem Geburtstag in den Niederlanden getan hatte. Sie hatte ununterbrochen gelächelt, mit ihrem leuchtend blauen Lidschatten und dem dicken roten Lippenstift. Selbst als ich sie gefragt hatte, wie es war, so weit von ihren Schwestern entfernt zu wohnen, in Kasachstan, hatte sie erst gelacht, bevor sie anfing zu weinen.

Als Klawa mit Flechten fertig war, brachen wir auf.

»Die ist für deinen Bruder«, sagte Nina und deutete auf die schmale, lange Kerze in meiner Hand.

»Bruder?«

»Kolja. Schau, er ist der Cousin deiner Mutter, aber sie nennt ihn ›Bruder‹. Marie ist heute nicht hier, also nimmst du ihren Platz ein, wenn du die Kerze anzündest. Heute ist Kolja dein Bruder.«

An ihrer Hand bemerkte ich, wie dünn sie geworden war, seit sie nach Stanzja Luganska zurückgekehrt war. Ich blickte von der Kerze zu ihr.

»Wo soll ich sie hinstellen?«

Wir sahen uns in der Kirche um. Unter den Säulen der Heiligen stand ein kleines Gestell mit Kerzen, die gerade angezündet, abgebrannt oder fast ausgegangen waren.

»Ich weiß es nicht. Es gibt keine Kerzen für Menschen im Dazwischen.«

Ich ging in der Kathedrale hin und her, drehte Runden zwischen den Heiligen und einem Priester, der hinter dem Chor verschwand, zwischen dem Tisch, wo Ikonen verkauft wurden und zwei Frauen auf einer Bank miteinander flüsterten. Dann ging ich nach draußen, mit der Kerze in der Hand, ich musste ans Meer. An einem kleinen Garten vorbei, in dem die Priester Bienen hielten, an einem Friedhof und der kleinen Kapelle mit dem Weihwasser, bis ich den Rand des Klostergartens erreichte. Ich betrat den Weg, der hinunter zum Meer führte. Ein

Stück entfernt standen die Soldaten in einer Reihe, mit dem Rücken zum Wasser. Ihre Eltern saßen auf Stühlen im Gras. Die Soldaten waren jünger als ich, ihre glatten Gesichter spendeten beinahe Licht. Der Priester rief sie einen nach dem anderen zu sich, gab ihnen mit einem Löffel aus einer silbernen Schale etwas zu essen. Die Jungen schlugen ein Kreuz. Sie blockierten das Meer, die Sicht auf den Horizont, der sich in der Mitte ein bisschen wölbte, etwas, worüber mein Onkel Andriy gesprochen hatte, als wir auf die Gesundheit unserer Familie angestoßen hatten, auf Frieden und Ruhe.

»Schau«, hatte er gesagt, »das Glas ist perfekt gefüllt, wenn sich der Wodka wölbt. Nimm es vorsichtig in die Hand, proste und trink es in einem Zug aus. Das bringt Glück.«

Die Wanderung in der Hitze und der Wodka gestern Abend strauchelten in meinem Magen. Ich rannte um die Ecke, suchte ein Waldstück. Vorgebeugt, zwischen den dünnen grünen Blättern, übergab ich mich, bis ich leer war, bis mir die Galle hochkam. Aus Versehen zerbrach ich die Kerze.

»Lisa, du bist ja kreidebleich. Komm her.«

Nina holte ein Stück Schwarzbrot aus der Tasche und drückte mir eine kleine Flasche Wasser in die Hand. Die zerbrochene Kerze steckte sie in ihre Tasche. Ich nahm einen Schluck und spürte, wie die Magensäure wieder aufstieg.

»Komm, Mädchen«, sagte sie, »wir gehen in die Stadt zurück. Diese Kerze findet ihren Platz nicht. Nicht heute. Bald wissen wir mehr. Dann zünde ich sie für dich an, zu Hause, in Lugansk.«

Nikolaj ergreift meine Hand und zieht mich die Treppe hoch.

»Lisa?«

»Jaja.«

Nach sechs Stockwerken blicke ich wieder durch das Geländer nach oben. Das Treppenhaus scheint sich nun wie ein Akkordeon auseinanderzuziehen. Der Abstand bis zum Obergeschoss wird nicht kleiner.

»Igor«, sage ich, »der war doch auch kurz hier, oder? Wegen Kolja.«

»Ja. Ein hagerer, großer Junge mit einem Riesenschnauzer und halblangem Haar.«

»Er hat mit meinen Eltern immer *Risiko* gespielt.«

»Was?«

»Ein Brettspiel, bei dem die Spieler verschiedene Kontinente erobern müssen. Igor und meine Mutter bastelten sogar Extrakärtchen: Erobere die Sowjetunion und Europa. Erobere die Welt. Unmögliche Missionen. Sie spielten die Nächte durch. Ich war noch ein Kind. Ich lag im Bett und hörte sie auf Russisch herumjohlen. Tagsüber nahmen sie Igor mit ans Meer. Sie brachten ihm bei, wie man Hering mit geschnippelten Zwiebeln isst. Anfangs stellte er sich noch sehr ungeschickt an, doch nach einer Weile hielt er den Fisch lässig am Schwanz. Er tunkte den Hering in die Zwiebeln, gekonnt, er war der Einzige, der immer alle Zwiebeln verputzte. Auch Omas Schwestern lieben Hering.«

»Ach, meine Mädchen, meine lieben Töchter.«

Wir gehen die nächste Treppe hoch.

»Witja hat sich abgesondert.«

»Abgesondert?«

»Na, der ist doch weg. Hat sich der anderen Seite angeschlossen, ziemlich bald nach Kriegsbeginn. Wir wissen nicht, wo er ist. Weißt du es?«

»Fragst du mich gerade, ob er hier gewesen ist?«

»Ja.«

Wir bleiben stehen, Nikolaj vier Stufen über mir. Er holt tief Luft.

»Ich habe keine Ahnung. Wer weiß, vielleicht ist er ja zufrieden gestorben, oder er lebt noch.«

Ich folge ihm, passe mich seinem Tempo an. Im Gleichschritt gehen wir vorwärts, bis wir oben ankommen. Wieder in einer Halle. Vor uns ist eine breite Tür, in die ein Sowjetstern geschnitzt ist. An der Decke hängt ein Kronleuchter, der sich im gebohnerten Fußboden spiegelt. Bedächtig geht Nikolaj die letzten Schritte zur Tür und legt seine Hand auf die Klinke. Er drückt sie ein paar Mal herunter und schüttelt den Kopf.

»Versuch du es.«

Ich mache dasselbe, rüttele an der Klinke, drücke gegen die Tür. Nichts.

»Kolja«, rufe ich und hämmere gegen das Holz. »Hallo? Bruder, bist du da? Ich bin's, Lisa. Marie lässt dich grüßen. Du fehlst ihr, sagt sie. Aleksandra schickt mich. Sie schickt mich mit einem Auftrag zu dir. Ich soll etwas auf dein Grab legen.«

Keine Antwort. Ich sehe Nikolaj an, der die Augen zum Himmel richtet.

»Willst du wissen, was es ist? Es ist ein Sticktuch. Baba Mari hat es ihr gegeben, als sie weg musste, im Krieg. Du stehst auch drauf.«

Ich setze den Rucksack ab, öffne eine Innentasche und hole das Tuch heraus. Nikolaj nimmt mir den Rucksack ab, drückt ihn sich an den Bauch und blickt mich besorgt an.

»Das ist alles, was wir noch probieren können«, sage ich.

Ich falte das Tuch möglichst flach zusammen, und schiebe es unter der Tür hindurch.

»Schau«, sage ich, »Kolja. Dein Name steht drauf. Sieh es dir wenigstens einmal an.«

Mit meinem kleinen Finger quetsche ich das letzte Stückchen unter der Tür hindurch. Wenn er es nicht nimmt, bin ich geliefert, denke ich. Hinter der Tür höre ich ein Rascheln.

Ich spüre einen kleinen Luftzug und sehe den letzten schwarz-roten Rand verschwinden.

»Nikolaj Aleksandrewitsch«, flüstere ich, »falte es auseinander.«

Volksrepublik Lugansk

30. MÄRZ 2015

Der schwarze Jeep steht schon den ganzen Morgen vor dem Laden. Wir stehen daneben, behalten alles im Auge. Die Männer im Auto sehen unangenehm aus. Sie kauen Kaugummi und nehmen ein paar Schluck aus einer Wodkaflasche. Sie starren pausenlos zum Laden hinüber. Warten sie auf Kolja? Das kann nicht sein, wissen wir, Kolja hat andere Pläne. Er steigt nämlich in sein Auto, um zu Julija zu fahren, kurbelt, bevor er losfährt, das Fenster herunter. Er hört, dass der Motor des Jeeps gestartet wird. Der Wagen folgt ihm. Wir traben hinterher. Der Jeep fährt langsam und nimmt jede Kurve, die Kolja auch nimmt. Als er bei Julija auf den Parkplatz fährt, bleibt der Jeep hundert Meter entfernt stehen. Kolja steigt aus, schließt das Auto ab und blickt sich um. Die beiden Männer mit der Wodkaflasche halten ihre Handys, tun so, als würden sie etwas nachschauen oder besprechen. Wir sehen, dass einer der beiden Vova ist. Sie warten geduldig, sehen wir. Auf Kolja.

Julija steht auf ihrem Balkon und ruft Kolja etwas zu.

»Fleisch und Milch! Wenn du das kriegst. Hallo! Kolja?«

Vom Parkplatz aus blickt er nach oben.

»Was sagst du?«

»Milch und Fleisch, auch wenn es nur wenig ist.«

»Mal sehen, was ich machen kann. Ich muss erst zu Larissa und dann in den Laden, kann also spät werden.«

»Spät?«

»Später, als du denkst.«

»Wie immer.«

Kolja lacht, winkt und geht zu seinem Auto. Den Jeep hat er für einen Moment vergessen. Wir nicht, wir beobachten den Wagen und sehen, dass die beiden Männer aussteigen. Sie knallen die Autotüren zu und gehen auf Kolja zu. Vova trägt sein Armeeoutfit, der andere einen Anzug, die Hosenbeine sind ein kleines Stückchen zu lang.

»Order«, sagen sie, als Kolja fragt, was los sei.

»Braucht ihr noch mehr WLAN-Verstärker?«

»Nein, etwas anderes. Können wir dir gerade nicht erklären. Das macht gleich der Kommandant.«

»Ich muss Einkäufe erledigen. Für meine Cousine.« Kolja dreht sich um und zeigt auf das Haus, den Balkon, auf dem Julija noch immer steht und die drei Männer beobachtet. Sie ruft Kolja an. Er hebt nicht ab. Wie Julija sehen wir, wie einer der Männer in Koljas Auto steigt. Julija ruft noch einmal an.

»Geh ran«, flüstern wir.

»Ja?«, sagt Kolja.

»Soll ich runterkommen?«

»Ah, danke, wird schon. Gut, dass du mich daran erinnerst. Fleisch und Milch! Ich seh mal, was ich tun kann.«

»Was sagst du? Soll ich Andriy anrufen?«

»Wird schon. Falls es länger dauert, gibst du Larissa Bescheid?«

Kolja beendet das Gespräch. Er fährt vom Parkplatz, biegt links ab, Richtung altes Rathaus, das im April 2014 gestürmt wurde. Die goldenen Pfeile brennen und zündeln in unseren Rücken. Von Julijas Balkon aus rufen wir über die Stadt, laut, immer lauter. Die Hirsche, die unsere Rufe gehört haben, kommen herbeigeilt, von den Feldern, dem Fluss, den Vorstädten. Wir beratschlagen uns auf dem Parkplatz, sehr leise, aus Angst, die doppelköpfigen Adler zu wecken, aus Angst, die schwarze Erde noch mehr in Panik zu versetzen. Wir erzählen die Geschichte unseres Kolja, unseres Andriy, der sich nicht traut, nach Lugansk zu kommen, angst und bange ist, sein Cousin Witja könnte ihn erschießen, unseres Igor, den wir schon verloren haben. Wir sagen, dass alles auseinanderbricht, schon wieder.

»Schon wieder«, sagen wir, »was sollen wir bloß tun?«

»Wir können nichts tun«, sagt einer unserer Ältesten. »Wir sind nur die Vorfahren. Wir spüren zwar die Erde unter unseren Hufen, können aber nicht mehr darüber laufen.«

Wir hoffen, die Antwort wäre dieses Mal eine andere. Auf diesem Boden ist schon zu viel verloren gegangen, für nichts und wieder nichts.

Palast des verlorenen Donkosaken

Nikolaj und ich rutschen mit unseren Rücken die Wand entlang zu Boden.

»Jetzt heißt es warten«, sagt Nikolaj. Er sagt es sehr laut. »Wir können hier lange sitzen, hörst du! Ich auf jeden Fall! Keine Angst, ich bewege mich kein Stück!« Er wummert gegen die Tür. »Bist du wirklich mein Enkel? Wenn ja, zeig dich. Mach die Tür auf. Hier hat jemand einen weiten Weg auf sich genommen, um zu dir zu kommen, hörst du das?«

Er blickt zur Decke, studiert die Ornamente und die Gemälde von berühmten Sowjets an der Wand. Ich betrachte den Kronleuchter, der leicht schaukelt.

Ich schließe kurz die Augen. Ich bin müde, mein Körper fühlt sich schwer und träge an, all die Treppenstufen, all die lächelnden Menschen, die Ausstaffierung, die Lügen in den Mosaiken. Ich lege meinen Kopf auf Nikolajs Schulter und nicke ein, lande in einem Traum, falle in ein tiefes pechschwarzes Loch. Durch die Kuppel im großen Saal falle ich in die Tiefe und kullere durch ein Treppenloch. Ich lande in einer verlassenen Metrostation, inmitten einer Säulenhalle. Die Decke ist gewölbt, wie in der Eingangshalle im Palast. Und überall glitzern Sowjetsterne. Auf dem Bahnsteig, ein Stück weiter, steht Nikolaj. Wütend rüttelt er an den Türgriffen in der Wand. Mit jeder Tür, die sich nicht öffnen lässt, wird er wütender. Sind wir dort gelandet, wo wir nie wieder herauskommen? Als ich über den rot-weiß gewürfelten Boden zu ihm hinüber schlittere, um ihm zu sagen, dass das hier nur ein Traum ist, hält eine leere Metro hinter uns.

»Station Kropotkinskaja, Palast der Sowjets«, sagt eine eisige Frauenstimme. Die Türen öffnen sich. Die Metro bleibt auffällig lange stehen, als würde sie auf uns warten. Kurz überlege ich, ob wir einsteigen sollen. Vielleicht kommen wir dann hier raus, zu dem Platz vor dem Palast, mitten in Moskau, oder würde ich nur wieder auf irgendeinem Acker landen? Als ich gerade einsteigen will, reißt Nikolaj eine Eisentür auf. Dahinter erscheint eine glänzende Treppe aus dunkelrotem Stein. In der Mitte jeder Stufe blinkt ein goldener Stern. Oben am Treppenabsatz hängt ein weißes Schild mit blauen Buchstaben und einem Pfeil nach rechts: Bassin Moskwa. Hinter mir schließen sich die Türen. Die Metro fährt ab.

Nikolaj spurtet die Treppe hoch, noch tiefer hinein in meinen Traum. Wir gehen nach rechts, wo uns die nächste Treppe nach oben führt. Die grelle Sonne spiegelt sich in den Marmormauern. Ich sehe nicht, wohin wir gehen. Während sich meine Augen allmählich an das Licht gewöhnen, rieche ich immer stärker, was ich schon unten auf dem Bahnsteig zu riechen glaubte: Chlor. Und dann begreife ich, woher der Geruch kommt. Ich stehe vor einem gigantischen runden Schwimmbad. Kann dies das Schwimmbad sein, das sieben Jahre nach Stalins Tod gebaut wurde, kurz nachdem Chruschtschow die Verherrlichung des brutalen Führers für beendet erklärte? Ich habe keine Zeit, länger darüber nachzudenken: Ein Stück weiter sehe ich Baba Maris Sticktuch, es treibt im Wasser. Ich springe ins Becken, schwimme los und rette es. Dann schwimme ich zur Mitte des Beckens, wo Nikolaj ausgepumpt am Rand eines Stegs sitzt. Hinter ihm steht der Sprungturm. Ich werfe Nikolaj das triefende zusammengeknüllte Tuch zu und hieve mich aus dem Wasser. Er schüttelt es aus und hängt es über ein Geländer in die Sonne.

Am gegenüberliegenden Beckenrand stakst Kolja durch das Wasser. Manchmal probiert er, seinen großen Körper am Beckenrand hochzuziehen, seine Arme sind übersät mit Wunden und blauen Flecken. Nach ein paar Versuchen gibt er auf. »Nikolaj«, ruft er, »was ist das hier?«

»Ich bin erst zwei Mal hier gewesen, ich weiß es nicht.«

Ich springe schnell wieder ins Wasser und schwimme zu Kolja. Ich winke meinem Urgroßvater, der auch ins Wasser hüpft. Er hält sich die Nase zu und taucht unter. Mit geschlossenen Augen kommt er wieder nach oben und dreht seinen Körper hin und her. Seine Schwimmzüge sind kräftig, er lässt seine Handflächen schräg ins Wasser gleiten. Er holt mich ein, noch bevor ich den Beckenrand erreiche.

»Komm, wir brausen dich ab«, sagt er zu Kolja.

Er hievt sich aus dem Wasser und streckt meinem Bruder und mir die Hände entgegen. Kolja lässt sich aus dem Wasser ziehen. Langsam und mit hängenden Schultern geht er zu den Außenduschen. Ich folge ihm in einiger Entfernung, betrachte sein hellblaues Hemd mit den vielen Blutflecken. Er stellt sich unter die Dusche. Nikolaj dreht den Hahn auf. Kolja dreht sich nicht um. Träge breitet er die Arme aus und legt den Kopf in den Nacken. Das Blut zieht sich nun durch den gesamten Stoff, bis er hellrot wird. Danach fließt es mit dem Wasser in den Abfluss, das Blut strömt und strömt und strömt.

»Wie lang wollt ihr mich noch anstarren?«, ruft er erbost, »was treibt ihr hier eigentlich, das hilft doch nicht!«

Als ich zu Kolja laufen will, um ihm das Hemd auszuziehen, stehe ich plötzlich in einem matschigen Tümpel. Meine Kleider sind trocken. Sie riechen nicht nach Chlor, als hätte es das Schwimmbad nie gegeben. Ich sehe mich um, die runde verlassene Baugrube ist so groß wie drei Fußballfelder. Ich bemerke Betonblöcke und Stahlteile. Meine Füße sind schmutzig, sind schlammbedeckt. Nikolaj hat einen Spaten gefunden. Er gräbt.

»Die Grube für meine Nähmaschine. Lisa, das musst du dir ansehen! Und Sergej liegt hier auch!«

Kolja schleicht zum Grubenrand, zu dem Viehwaggon, der auf dem Gleis bereitsteht. Ich sehe ein Mädchen, das die

Waggontür aufschiebt und einsteigt. Sie hat einen Koffer in der Hand.

»Oma!«, rufe ich und renne zum Zug. Als ich ihn erreiche und gegen die geschlossene Tür poche, fährt er los. Ich hämmere gegen das Holz, bis Splitter in meiner Haut stecken.

»Aleksandra«, ruft Nikolaj, »Aleksandra, komm raus! Hier ist eine Grube, da verstecken wir dich, du kannst bleiben. Du musst nicht weg.«

Kolja sprintet an mir vorbei und zieht sich am Griff hoch, wodurch die Tür aufkracht. Meine Oma reicht uns die Hand und zieht mich, Nikolaj und Kolja in den Waggon.

»So«, sagt sie, »jetzt habe ich euch endlich einmal beisammen.«

Sie schließt die Tür. Es wird pechschwarz.

Volksrepublik Lugansk

Der Kommandant knipst seine Schreibtischlampe an. Ich blinzle, um zu sehen, wo ich bin. Ich sitze in einem Zimmer der Lugansker Regionalbehörde. Überall im Zimmer stehen Hirsche. Sie beugen die Köpfe vor mir, ihre Goldpfeile machen ein grimmiges, bitzelndes Geräusch. Auf einem Tisch sitzt Nikolaj neben einem Computer, dessen Bildschirm zertrümmert ist. Er packt die Maus und betrachtet sie. Er klickt auf die Maustaste, scrollt mit dem Rädchen. Ich blicke zur Wand, an der fünf Fotos hängen. Stalin, Fidel Castro, Hugo Chávez, Che Guevara, Putin. Als der Kommandant bemerkt, dass Kolja, der Nikolaj und mir direkt gegenüber sitzt, die Fotos betrachtet, räuspert er sich.

»Weißt du, was ich lustig finde?«, sagt er. »Im Westen der Ukraine, unserem alten Land, in irgendeinem nichtssagenden Dorf in der Nähe von Lwiw, wollen sie ein Fresko von Putin malen. Auf die größte Kirchenwand. Ich habe die Skizzen gesehen, gestern in der *Russia Today*. Er sitzt im Fegefeuer auf einem Stuhl. Eine Schlange schlingt sich um seine Fußgelenke. Die Hände hält er über dem Kopf wie in Panik. Seine Krawatte sitzt etwas locker. Trägt er überhaupt Krawatten?«

Kolja denkt kurz nach, dann nickt er. »Ich glaube schon.«

»Krawatte oder nicht, hinter ihm steht der Teufel. Ein anderer, kleinerer Teufel sticht einen Dreizack in eine Nazifahne. Darunter ist ein Bronzeschild mit Hammer und Sichel. So ein Ding liegt auch im Feuer. Ganz links steht Jesus im Sonnenlicht und zeigt in den blauen Himmel. Was soll denn das bedeuten, dachte ich. Denken die Ukrainer so über die Situation in ihrer demokratischen Welt?«

Julija ruft wieder an.

»Deine Cousine?«, fragt der Kommandant mit gekünsteltem Lächeln. Er schaut auf das Telefon, das vier Mal klingelt. Kolja legt die Hände zwischen die Knie und schaut ebenfalls hin. Auf dem Display erscheinen Nachrichten.

Kolja, soll ich etwas unternehmen?
Kolja, wo bist du?
Soll ich Larissa anrufen?
Ich rufe Larissa an.

Auf dem Display stehen sechzehn verpasste Anrufe und fünfundzwanzig neue Nachrichten. Bei jeder neuen Nachricht leuchtet das Display auf, dadurch können wir erkennen, dass die Batterie rot umrandet ist und panisch blinkt. Es ist halb acht. Der Kommandant schiebt ein Formular über den Schreibtisch und gibt Kolja einen Stift.

»Wenn du all die Dollar für deine Mutter auftreiben konntest, kannst du uns bestimmt auch etwas überweisen.«

»Du kennst meinen Laden. So viel Umsatz mache ich in einem halben Jahr.«

»Es geht darum, der Republik einen Dienst zu erweisen. So wie viele das tagtäglich tun.«

»Ich habe noch nie so wenig verkauft. Du siehst es doch selbst: Seit Anfang Februar vergangenen Jahres ist das hier ein einziger Mist. Niemand braucht mehr einen Dampfgarer, einen Blender oder WLAN-Verstärker. Die Menschen wollen Wasser und Essen. Unsere Ersparnisse sind fast aufgebraucht. Das Geld für meine Mutter war unsere letzte größere Ausgabe. Sie hat beinahe nichts, eine kleine Rente und ihren Gemüsegarten. Wie soll ich meine Frau und Kinder durchbringen, wenn ich dir nun alles überweise?«

»Nikolaj Aleksandrewitsch, hör mal zu. Wenn jeder sagt, ›momentan kann ich dir nicht helfen‹, dann wird das hier nie etwas. Und was machen wir dann? Wie sollen wir dann die Republik aufbauen? Sollen wir etwa stehlen?«

»Das hier ist doch nichts anderes?«

»Stehen wir etwa mit unseren Gewehren in deinem Haus? Wir beide sitzen doch nett beisammen und unterzeichnen einen Vertrag.«

»Herr Kommandant. Das muss ich mit meiner Frau besprechen. Ist das gestattet?«

Der Kommandant seufzt und blickt auf das Papier, das zwischen ihm und Kolja liegt. Er bedeckt sein Gesicht mit den Händen und seufzt noch einmal. Sehr laut. Wir schnauben, die Hirsche, Nikolaj und ich. Was für ein Theater, denken wir, was hat er vor? Der Kommandant steht auf und zieht eine Schublade voller Ladegeräte auf.

»Was ist das für ein Handy?«

»Ein iPhone mit so einem neuen Kabel.«

»Ah ja.«

Der Kommandant holt verschiedene Körbchen heraus und wühlt mit seinen dicken Fingern darin herum.

»Was, meinst du, machen die Leute in dieser Kirche?«, fragt er, ohne Kolja anzusehen. »Werden sie vor dem Fresko sitzen und beten? Für einen brennenden Putin? Ist nicht einmal der Glaube mehr heilig? Idioten.«

Er fischt ein weißes Kabel und einen USB-Stecker aus einem Körbchen.

»Herrje, was ist das immer für ein Tamtam.«

Er sucht eine Steckdose. Wir gehen mit ihm durch den Raum.

»Gott, ja, die sind ja hinter den Schränken«, sagt er, »sehr unpraktisch, falsch geplant von diesen, wie heißen die noch, Office Managern? Man sollte doch annehmen, dass sie dazu ausgebildet sind, Steckdosen nicht hinter Schränken und Tischen zu verstecken. Du musst dein Handy irgendwo anders aufladen, wenn du mit deiner Frau sprechen willst.«

»Und wo?«

»Anderes Gebäude. Was für ein Zirkus. Ich werde jemanden rufen müssen, der dann wieder jemanden anrufen muss. Immer dasselbe. Wie spät ist es?«

Kolja schaut auf die Uhr über den Fotos.

»Gleich acht Uhr.«

»Hm«, sagt der Kommandant mit besorgtem Gesicht. »Ich weiß nicht recht, ob so spät noch jemand da ist.«

Kolja kneift die Augen zusammen und lauscht dem Stimmengewirr auf dem Flur. Männer laufen hin und her, rufen etwas, lachen. Der Kommandant nimmt wieder hinter dem Schreibtisch Platz und legt das weiße Ladekabel auf den Vertrag.

»Im Moment weiß ich leider nicht, was ich für dich tun kann. Schon schade, dass du nicht einfach unterschreibst. Dann könntest du nach Hause. Und ich auch. Ich meine, du hast doch auch noch nicht gegessen, oder?«

»Stimmt.«

»Ich meine ja nur.«

»Mein Cousin. Igor.«

»Ja?«

»Als er unterschrieben hat.«

»Ja?«

»Nein, ich meine, nachdem er unterschrieben hat.«

»Hm, jaja, nur weiter, Kamerad.«

»Da seid ihr doch immer wieder zu ihm gekommen.«

»Wie meinst du das?«

»Nach den ersten fünftausend. Und er war ein Anstreicher. Kein Geschäftsmann wie ich, Herr Kommandant.«

»Wenn du eine Antwort willst, solltest du vielleicht eine Frage stellen.«

»Werdet ihr immer weiter bei mir aufkreuzen?«

»Wieder dieses *ihr*. Zufällig kenne ich Vova, und der kennt wiederum Igor, von dem ich aber noch nie etwas gehört habe.

Wir sind eine große Truppe, wir von der Volksrepublik, ich kenne nicht jeden. Wir wachsen von Woche zu Woche.«

»Also kommt ihr wieder?«

»Wann?«

»Wenn ich heute ja sage? Jetzt. Bald, ich weiß es nicht. Wenn ich unterschreibe?«

»Also wirklich. Ich kann doch nicht in die Zukunft sehen, Kolja, keine Ahnung, ich bin kein Wahrsager.«

»Ich möchte meine Frau anrufen. Ruf einen deiner Männer.«

»Der wird das nicht lustig finden.«

»Meine Frau wird es auch nicht lustig finden, wenn ich ohne ihre Zustimmung unterschreibe.«

Das Handy auf dem Tisch vibriert noch ein Mal. Wir sehen es an. Der Kommandant steht auf und tippt auf den Knopf unter dem Display. Das Display bleibt schwarz.

»Also gut«, murmelt er, »bist du dir sicher, Nikolaj Aleksandrewitsch?«

Kolja nickt. Er steht auf. Ich will zu ihm hinübergehen. Die Hirsche und Nikolaj stellen sich mir in den Weg. Ich versuche, sie zur Seite zu drängen, aber sie stoßen mich zurück zum Schreibtisch, an dem ich gerade noch gesessen habe. Der Kommandant begleitet Kolja hinaus. Als sie im Flur stehen, schaltet der Kommandant das Licht aus. Er wirft noch einen Blick ins Zimmer, sieht uns nicht, nicht einmal die funkelnden Goldpfeile der Hirsche. Dann schließt er die Tür.

»Es tut mir leid, Kind«, flüstert Nikolaj und nimmt mich in den Arm. Im nächsten Moment sind die Hirsche verschwunden.

An der Tür von Stalins Arbeitszimmer, in dem sich Kolja eingeschlossen hat, klickt das Schloss. Ich lege meine Hand auf die Klinke und sehe Nikolaj ängstlich an. Angst vor den Worten meiner Mutter am Telefon, als er gefunden wurde,

Angst vor seinem blutverschmierten Körper unter der Dusche. Ich betrete das Zimmer. Kolja sitzt mit dem Rücken zu mir auf einem Stuhl. Auf seinem Schoß liegt das Sticktuch, auseinandergefaltet. Mit dem Finger streicht er über das Leinen. Die Balkontüren stehen sperrangelweit offen. Auf dem Balkon steht ein gedeckter Tisch. Teller, Brot und Salo, Gurkenscheiben, gefüllte Eier, Lachsröllchen, Tomatenstücke, Essiggürkchen, eine Flasche Wodka mit dünner Eisschicht.

»Hat deine Oma dies mit ihren alten Händen gestickt, mein letztes Stückchen Linie?«

»Ja«, flüstere ich.

»Holt sie denn immer dieses Tuch aus dem Schrank, wenn etwas passiert? Was hat unsere alte Baba Mari, Gott hab sie selig, ihr da für eine morbide Aufgabe übergeben?«

Die Gardinen flattern sanft im Wind. Das Tuch hebt kurz ab und landet wieder ruhig auf seinem Schoß. Kolja dreht den Kopf zur Seite, sieht meine Füße an und blickt dann flüchtig in meine Augen. Seine Schläfe, der Haaransatz sind blutverklebt, dunkelrot. Seine Wange ist dick, die Augen geschwollen. Er spuckt auf den Boden. Blut. Ein Stückchen Zahn. Dann dreht er sich wieder weg.

»Wir kannten diese Methoden schon seit dem Zusammenbruch der Sowjetunion. Als du zwei, drei Jahre alt warst, Lisa, ging es vielerorts so zu: Abchasien, Südossetien, Tschetschenien. Aber jetzt war es anders, damals, im Frühling 2014. Wir dachten: Unser Gebiet kommt schon durch, hier schreit jeder kurz irgendetwas über Politik und Souveränität und dass alles anders werden soll, und dann ist alles wieder normal und ruhig. In den ersten Wochen nach dem Maidan ging es nicht so grausam zu wie in den Gebieten, die in den neunziger Jahren an den Schattenkriegen zugrunde gingen. Aber dann fingen sie an, auf der Krim Menschen zu verjagen, zu bedrohen, sie vor die Wahl zu stellen: entweder ein neues Land oder abhauen. Oder totgeschlagen werden.«

Er lacht schelmisch, über sich selbst, über die Nuancen, über den Tod vielleicht. Ich gehe zu ihm, will ihm die Hand auf die Schulter legen. Als ich ihn beinahe berühren kann, streckt er den Arm abwehrend in die Luft.

»Noch nicht.«

Sein Handgelenk ist seltsam verbogen und mit blauen Flecken übersät. Der Siegelring, den sie ihm nicht abgenommen haben, glitzert im Licht. Ich tue, als falle mir das Blut auf dem Gold nicht auf.

Eine Weile bleibt es ganz still. Ich bewege mich nicht, Kolja rührt sich auch nicht, Nikolaj lehnt am Türrahmen. Der Wind fegt durchs Zimmer, das Tuch flattert.

»Also gut. Lasst uns essen, wie wir es immer tun.«

Kolja nimmt das Tuch, faltet es zusammen, steht auf und legt es auf die Sitzfläche. Er stützt sich auf sein linkes Bein. Unbeholfen geht er zum Balkon. Das rechte Bein zieht er nach. Als er fast auf dem Balkon ist, bleibt sein rechter Fuß an der kleinen Stufe hängen. Erst merkt er es nicht, blickt dann aber nach unten. Er dreht sich zur Seite, hüpft auf dem linken Bein, in der Hoffnung, dass der hängende Fuß es über die Stufe schafft. Mir fällt urplötzlich eine Anekdote meiner Eltern ein: Zwei Jahre vor meiner Geburt machten sie einen Krankenbesuch bei Tante Nadja in Lugansk. Es war Sommer. Die Familie hatte sie durch die ganze Stadt geschleppt, ihnen alle Denkmäler von allen Helden und Siegeszügen gezeigt, alle Lenins, alle Plätze, alle Brunnen, das Kino, in dem Nikolaj den Propagandafilm über den Palast der Sowjets gesehen hatte. Sie fuhren mit der Tram zum Krankenhaus. Auf einer mit Gras bewachsenen Verkehrsinsel direkt vor dem Eingang saß eine Frau mit Gipsbein auf einer Bank. Genau in der Mitte des Rasens. Sie beobachtete die Leute, die aus der Tram mit Blumen und Süßigkeiten stiegen. Sie blickte jedem nach, der durch die Krankenhaustüren verschwand. Drinnen gaben mein Vater und meine Mutter Tante Nadja einen Kuss, sprachen kurz mit ihr, überreichten ihr Stroopwafels und eine Karte. Nach einer halben Stunde verabschiedeten sie sich wieder. Als meine Mutter in die Tram stieg, war die Frau weg. Auf der Bank lag nur noch der Gips. Sie hat sich jahrelang gefragt, wo die Frau geblieben war, wie sie hatte verschwinden können, wenn auch nicht ganz?

Ich gehe zu Kolja und lege seinen Arm um meine Schulter, hebe ihn ein Stückchen hoch und gebe ihm einen kleinen Schubs, bis er auf dem Balkon steht. Ich stelle mich neben ihn an die Balustrade und lehne mich vor, um einen Blick auf den breiten Boulevard zu werfen, der noch immer menschenleer ist.

»Ich kann noch nicht hinübergehen, mich noch nicht in einen Hirschen verwandeln. Unser Land ist zu unruhig. Ich kann nicht darüber wachen, wie unsere Vorfahren es tun.«

Er packt mich fest am Arm und rüttelt mich kräftig.

»Vielleicht hat ja niemals etwas anderes existiert als das Dazwischen«, sagt er. Er lässt mich los und dreht langsam den Kopf. Die Gesichtshälfte, die er mir bislang vorenthalten hat, ist blutverschmiert und voller schwarzer Beulen. Sein rechtes Auge ist hinter dem geschwollenen Lid nicht zu sehen. Die Augenbraue hängt darüber und ist in der Mitte aufgeplatzt. Der Schnitt beginnt oben an der Stirn. Das linke Auge ist blutunterlaufen. Im Nacken hat Kolja Abdrücke von Schuhsohlen. Seine rechte Schläfe ist eingebeult. Würde er auf der Seite liegen, könnte ich ohne weiteres einen Golfball hineinlegen.

»Unser Landstrich ist eine Bruchlinie, und wir versinken allmählich immer tiefer in der Erde. Wir stecken mit beiden Füßen in dieser schwarzen Scheißerde fest. Wir können nicht zur Seite, nicht vorwärts, nicht rückwärts. Diesem Stück Land ist nichts vergönnt.«

Kolja dreht sich zu Nikolaj um, der mitten im Zimmer steht, das Sticktuch in der Hand. Er betrachtet die Linien, das schwarze und rote Garn. Als er das Tuch in die andere Hand legen will, hebt der Wind es an. Einen Moment erstarren wir alle drei. Das Tuch scheint durch eine unsichtbare Hand nach oben gezogen zu werden, schwebt zur Decke, vorbei an dem Gemälde von Stalin, der neben seiner Mutter auf einem Berg sitzt, verliert ein bisschen an Höhe und flattert aus dem Zimmer, hinaus auf den Balkon.

»Nein!«, rufe ich und mache einen Satz, in der Hoffnung, das Tuch zu erwischen. Kolja tut dasselbe, stützt sich dabei so gut es geht, auf sein linkes Bein. Nikolaj rennt nach draußen, verwandelt sich in einen weißen Hirschen, größer noch als je zuvor. Als das Tuch über die Balustrade weht, schnaubt er und setzt zum Sprung an. Reflexartig packe ich sein Hinterbein und springe hinterher. Ich wirbele durch die Luft. Kolja hält sich an meinem Knöchel fest. Nikolaj schnappt nach dem Tuch, das immer weiter weg schwebt. Er verfehlt es. Nach ein paar Flugmanövern spießt er das Tuch mit seinem Geweih auf. Kolja und ich schauen hoch, zum Sticktuch, das wie eine Fahne über unseren Köpfen flattert, und dann in die dreihundert Meter gähnende Leere unter uns.

Grenzübergang Volks-
republik Lugansk – Ukraine

AUGUST 2018

Mit einem dumpfen Schlag lande ich auf der Erde. Als ich die
Augen öffne, brennen meine Wangen, meine Haut fühlt sich
wie ein Stück Filz an. In meiner verkrampften Hand halte
ich das Sticktuch. Neben mir liegen zwei weiße Hirsche, mit
goldenen Hufen, Geweihen und Pfeilen im Rücken. Als sie
die Köpfe bewegen, funkeln sie in der Sonne. Erst jetzt bemerke ich, dass Sonnenblumen zwischen dem Getreide wachsen. Ich drehe mich auf die Seite, suche den ukrainischen Soldaten, aber der ist nicht da. In der Ferne, durch Halme und
Blumenstiele, entdecke ich den Mann mit dem Hawaiihemd.
Er hockt am Feldrand und winkt mir zu. Dann macht er sofort eine Stoppgeste.

»Wie bist du denn hier gelandet?«, fragt er. »Wieso lebst
du noch?«

Ich will ihm schon von dem großen Restaurant erzählen,
das an die Eingangshalle im Palast grenzt, doch ich schlucke
die Worte hinunter. Sonst hält er mich noch für verrückt. Ich
will mich wieder auf den Rücken drehen und aufstehen, doch
der Mann ruft: »Nein! Nicht! Das ist ein Minenfeld! Bleib liegen. Ich hole Hilfe!«

Ich stütze mich in der schwarzen Erde auf meine Ellen-
bogen und lasse mich vorsichtig auf den Rücken sinken. Die
Hirsche schauen mich an, legen kurz die Köpfe auf meinen
Bauch.

Mein bescheidenes Land ist das Herz des Donbass, summe
ich. *Das freundliche Haus meiner Eltern. Der Donbass hat alles,
was ich brauche: Flüsse, Steppen und hart arbeitende Menschen.*

Die Vögel singen für mich aus dem strahlenden Himmel und der Sonnenaufgang wird für mich rot.

Die Hirsche stehen auf und traben über das Feld davon. Ich drehe den Kopf und sehe ihnen nach. Ihre Silhouetten verflüchtigen sich auf der dünnen Linie zwischen dem hellblauen Himmel und dem goldgelben Feld.

Karte Ukraine und Donbas

Legende:

- Von Russland annektiert
- Von Separatisten kontrolliert
  - 1 Volksrepublik Lugansk
  - 2 Volksrepublik Donezk

POLEN
SLOW.
UNG.
RUMÄNIEN
MOLDAU
TRANSNISTRIEN
UKRAINE
BELARUS
RUSSLAND
Schwarzes Meer
Asowsches Meer
KRYM

Lwiw
Kyjiw
Odesa
Sewastopol
Mariupol
Donezk
Stanyzja Luhanska
Luhansk

250 km

Lisa Weeda

Tanz, tanz Revolution

Roman

Lisa Weeda
Tanz, tanz Revolution
Roman
Aus dem Niederländischen von Birgit Erdmann
176 Seiten
Gebunden
ISBN 978-3-98568-108-2
Auch als E-Book erhältlich

Der *Svaboda Samoverzjenja* ist ein traditioneller Tanz, mit dem man Menschen zum Leben erwecken kann. Die *schlechten Toten*, all jene, die zu früh von uns gegangen sind. Wir können es von der alten Baba Yara lernen, sie macht es vor, wir müssen nur hinschauen. Doch in diesem bösen Märchen, in das sich unsere Zeit verwandelt hat, sehen die Menschen lieber weg. Denn so lebt es sich leichter, auch wenn die Welt zugrunde geht. – Hier setzt Lisa Weedas hellsichtiger Roman ein, der unsere Kriegsmüdigkeit anklagt und das Tanzen feiert: Denn Tanz kennt keine Sprache, kennt keine Grenzen. Es braucht nur Körper, die sich bewegen.

»Weeda ruft auf zur friedlichen Revolution durch das einfache Mittel des sich bewegenden Körpers.«
MDR KULTUR

»Lisa Weeda zeichnet unter dem Zauber ihrer fantasievollen Erzählung letztlich ein entlarvendes Gesellschafts-Bild.«
Leipziger Volkszeitung

»Entlang zahlreicher Mythen und Metaphern erzählt Lisa Weeda in Tanz, tanz Revolution *witzig und schwarzhumorig, tieftraurig und zugleich humorvoll von weit mehr als der kriegerischen Gegenwart.«*
ORF

kanon verlag

Tim Staffel

Südstern

Roman
304 Seiten
Broschur
ISBN 978-3-98568-136-5

Das neue Traumpaar der deutschen Gegenwartsliteratur

Vanessa ist Pharmakologin. Sie liefert Substanzen, die für Erfolg und Glück sorgen. Ihre Kunden sind Sportler, Ärzte und Politiker. Deniz ist Streifenpolizist. Er fährt Doppelschicht und pflegt seinen parkinsonkranken Vater. Jeden Tag suchen Vanessa und Deniz verlorene Menschen auf, doch dann treffen sie sich. Ihre Begegnung öffnet den Himmel über einer pulsierenden Stadt. Ein zarter, starker Großstadtroman, der danach fragt: Wie halten wir dem Druck stand? Wie wollen wir leben, und wie können wir lieben? Nominiert für den Deutschen Buchpreis 2023

> *»Ein Meisterwerk aus Sound und Rhythmus.«*
> Ronald Düker, DIE ZEIT

kanon verlag

Christine Koschmieder

Dry

Roman
280 Seiten
Broschur
ISBN 978-3-98568-137-2

Dieses Buch ist eine Mutprobe

Dry handelt vom Trinken und wie es ein Leben bestimmt. Und
es handelt vom Aufhören. Es ist der Versuch einer Frau, sich
nicht nur vom Alkohol, sondern von falschen Ansichten freizu-
machen. Hellsichtig tritt sie eine Reise in die Kindheit, zum früh
verstorbenen Mann, zu den eigenen Rollen als Mutter, Geliebte,
Tochter an. – Radikal ehrlich und mit literarischer Meisterschaft
erzählt Christine Koschmieder von sich und von uns.

*»Ein überwältigender Roman über Sucht und Sehnsucht
und die große Angst vor großer Nähe.«*
Mithu Sanyal

kanon verlag

Kirsty Bell

Gezeiten der Stadt
Eine Geschichte Berlins

Roman
Aus dem amerikanischen Englisch
von Laura Su Bischoff und
Michael Bischoff
368 Seiten
Broschur

ISBN 978-3-98568-140-2

Diese seltene Mischung aus Memoir, Kulturgeschichte und Stadtbild ist ein Gegenentwurf zu den Berlin-Büchern der Vergangenheit

Von ihrem Zimmer am Landwehrkanal aus hat die britisch-amerikanische Kunstkritikerin Kirsty Bell einen besonderen Blick auf die Stadt, in der sie seit 20 Jahren lebt. Ihr Augenmerk gilt nicht den Königen und den Monumenten. Es sind die Brachen, die drängenden Wasser und die besonderen Frauenschicksale, die sie interessieren.

»Ein fesselndes Porträt der deutschen Hauptstadt.«
Katharina Rudolph, FAZ

kanon verlag

kanon colours

Tim Staffel
Südstern
Roman · 304 Seiten
ISBN 978-3-98568-136-5

•

Christine Koschmieder
Dry
Roman · 280 Seiten
ISBN 978-3-98568-137-2

•

Kirsty Bell
Gezeiten der Stadt
Eine Geschichte Berlins
Aus dem amerikanischen Englisch von
Laura Su Bischoff und Michael Bischoff
Roman · 368 Seiten
ISBN 978-3-98568-140-2

www.kanon-verlag.de

kanon colours

Titus Müller
Feuerland
Roman · 480 Seiten
ISBN 978-3-98568-147-1

•

Titus Müller
Tanz unter Sternen
Roman · 400 Seiten
ISBN 978-3-98568-148-8

•

Manfred Krug
Ich sammle mein Leben zusammen
Tagebücher 1996–1997
200 Seiten
ISBN 978-3-98568-117-4

•

Bov Bjerg
Deadline
Roman · 174 Seiten
ISBN 978-3-98568-079-5

www.kanon-verlag.de

kanon colours

Sophia Fritz
Steine schmeißen
Roman · 222 Seiten
ISBN 978-3-98568-080-1

•

Stine Pilgaard
Meter pro Sekunde
Aus dem Dänischen von Hinrich Schmidt-Henkel
Roman · 254 Seiten
ISBN 978-3-98568-077-1

•

Katharina Volckmer
Der Termin
Aus dem Englischen von Milena Adam
Roman · 128 Seiten
ISBN 978-3-98568-078-8

•

Domenico Müllensiefen
Aus unseren Feuern
Roman · 336 Seiten
ISBN 978-3-98568-081-8

www.kanon-verlag.de